云霞满纸情与性

读《金瓶》说女人

曾庆雨 著

中国出版集团 东方出版中心

图书在版编目（CIP）数据

云霞满纸情与性：读《金瓶》说女人 / 曾庆雨著
. — 上海：东方出版中心，2019.8
ISBN 978-7-5473-1483-8

Ⅰ. ①云… Ⅱ. ①曾… Ⅲ. ①《金瓶梅》—人物形象
—小说研究 Ⅳ. ①I207.419

中国版本图书馆 CIP 数据核字（2019）第 126254 号

云霞满纸情与性——读《金瓶》说女人

出版发行：东方出版中心
地　　址：上海市仙霞路345号
电　　话：（021）62417400
邮政编码：200336
印　　刷：上海盛通时代印刷有限公司
开　　本：710 mm × 1000 mm　1/16
字　　数：239千字
印　　张：16.75
插　　页：20
版　　次：2019 年 8 月第 1 版第 1 次印刷
ISBN 978-7-5473-1483-8
定　　价：59.00元

目录

《金瓶梅》女人故事之序说

"女人心，秋天云。时而里秋风阵阵，时而里暴雨倾盆。多少个忧愁不眠夜，多少个欢愉黎明晨。"这是一首流行于 20 世纪 80 年代的歌词，活化了女人善变，女人善感的心理特性。

明代四大奇书之一的《金瓶梅词话》，与同代的《三国演义》《水浒传》《西游记》相较，最显著的叙说特征是，把女人作为故事主体。书名由潘金莲、李瓶儿、庞春梅三个女人名字中的一字汇成，便表明其文本创作目的有二：一是创作旨趣专注女人；二是金瓶皆用人名第一字，而梅用人名末一字，非是随意安置，而是暗指三个女人身份上的差异性。故而，这部洋洋百万字的巨著，花费笔墨最多的是女人故事，写得最为悲切的是女人故事。人生的洞察与透悟，皆与女人的喜、怒、哀、乐紧密关联；人生的理想与辉煌，皆与女人的爱、恨、情、仇互相纠结。故，有明代文杰袁宏道大赞："云霞满纸，胜于枚生《七发》多矣！"云霞之谓，言炫丽而自然非人工可为。用于指女性故事，贴切真实。

《金瓶梅》之前的古典小说，特别是长篇章回小说故事，其选材更多讲的是男人的事情，大多歌颂的是那些历史上的伟人才俊，江湖中的草莽英雄，神魔修行者的奇幻历险，等等。在各式各样的男人故事中，女人埋没在男人们辉煌夺目的光芒之中，难以摄入叙述视野。即使故事不得不对女人的事情偶有染笔，女人也只为炫示男子汉气概做衬料，只是彰显英雄多情的美饰罢了。兰陵笑笑生之于《金瓶梅》则打破了这种惯性的题材选择，他以勇敢的态度、开创性的眼光、缜密的理性思考、娴熟的写作技巧，构建了一部以女性故事为主的杰出文学作品。

自《金瓶梅》出，写女人的作品越来越多。至清代，终于诞生了一部经典小说《红楼梦》。脂砚斋题"深得《金瓶》之壶奥"语，可谓一语中的，言简意赅地说明了《金瓶梅》对后世创作的影响之巨。确实，文学本源于生活。从人类形成社会以来，女人的世界犹如男人的世界一样丰富多彩、千姿百态。女人的生活与男人的生活一样千回百转、复杂玄妙。在对待性欲、情爱、友情、婚姻、子女、财富等问题上，女人尤比男人更敏感，更注重、也更愿意珍惜和付出。因为，与男人广大的存在空间相比，那些男人不成为问题的诸多问题，构成了女人逼仄生活境遇的主旋律，尤其对于生活在"伪道学"盛行时代的女人们，那些对男人而言不成问题的问题，极有可能就是她们生活的全部问题。

中国传统社会中的婚姻是建立在家族血缘关系和等级制度之上的，传统的婚恋观，的确能有效地维系家庭关系的稳固和社会秩序的安定。但这种稳固与安定，却是以牺牲个人的幸福，特别是女性恋爱自由的可能为代价。在君主集权时代，男女婚姻关系的建立，最为强调的是要合乎"礼数"，即"父母之命，媒妁之言"，以及"门当户对"的社会等级配置。很显然，家庭利益需要远远大过个人幸福的权利追求。这种"唯利是图"的悲剧婚姻，一经被社会熟视无睹、习以为常之后，个人情感价值受到极度漠视的情形，便成为自然而然的惯性和常态。在这种婚恋观的操纵下，个人选择情感对象的自由被剥夺，女性的贞操在道德的审视中被过分强调，甚至到了"饿死事小，失节事大"的程度。女人能否守节，特别是为死人守节，看得比女人的生命还重要。这种重死不重生，重节不重命，对个体生命价值淡漠与轻视的伦理道德观，使人的合理情欲备受压抑，使很多美好的爱情遭到扼杀。

中国社会曾长期存在过"一夫多妻"的制度，这充分说明两性地位的不平等，以及对女性性别的歧视。一夫多妻，不仅是富贵人家的专利，即便生活水平较差的一般家庭亦可如此。如果说，在《孟子》中出现"一妻一妾"的家庭模式，与当时因战争或社会动荡引发的两性人口比例失调有关，使得讨饭度日的男子身边尚有两个女子跟随的话，后来社会婚姻家庭制度沿袭"一夫多妻"制，则只为不平等的两性地位提供合法性而已。更有甚者，男人若对家中妻妾仍觉不能如意，他们便可以嫖客的身份，到妓院、窑子等场所去寻找肉体的快乐和满足，尤其是那些在社会上有权有势、腰缠万贯的所谓成功男士，欢场的女人是专为他们所准备的。男人性满足的合法体制是以女人的痛苦为基础，女人是不能作为社会人，对"性"问题有话语权的。在所谓"一把茶壶四只碗"的家庭构成模式中，两性间不对等的搭配关系，造成家庭中女人们几人欢喜几人忧。在那样的时代，女人一生的意义完全取决于她在家庭中所处的地位如何。女人一旦受丈夫冷落，意味着她一生价值的完结。由此可见，中国古代妇女的命运是悲惨的，至少明清时代普通女性的"生态"大多如此。可既然这世界本来就是由男人和女人共同组成，那么作为对人类情感生活进行观照与折射的文学，特别是叙事文学，在它讲述人生时，男与女本应拥有同等的分量。这样看来，《金瓶梅》对中国女性文学的开创贡献，便具有重要的意义。

《金瓶梅》不仅是一部着意描写女性群体生活的书，也是一部广泛探讨女性性爱、婚姻问题的作品。这种探讨是通过虚拟故事中人物自身的婚恋行为，以及作者所秉持的臧否态度来进行的。作者很在意因人而异的叙述呈现，同为性行为，反映在不同人物身上就呈现出不同的观念类型：有的人视婚姻为获取心理平衡和生理满足的方式，情爱的表现就是尽情泄欲和"把拦汉子"（如潘金莲）；有的人把男人是否能满足自己的性需要视为爱情和婚姻的基础，只要能做到"像医奴的药一般"令一己可意，便可舍弃一切，把全部身心奉献出来（如李瓶儿、韩爱姐）；有的人把两性关系作为一种筹码，以此来寻求自身的地位和社会身份识别的改变，一旦达到目的、婚姻中性关系的专一性和神圣性就变得微不足道（如庞春梅）；有的人看重以婚姻作为保障的性关系，并认为女人在失去丈夫后，有权对自己的婚姻作出选择（如孟玉楼）；有的人把性关系视为极其神圣的东西，看作是维护家庭夫妇感情的重要手段（如吴月娘）；有的人把性关系视为一种利益交换关系，在这类人眼里，性，沦为有价可售的生财之源，并以此来改变已有的生存现状和环境，以"输身"来"借色谋财"，甚至幻想着进入大户之家，挣个小妾位置（如宋惠莲、王六儿、如意，甚至妓家出身的李桂姐之流）。还有的"唯性是图"，一味追求感官的满足，丧失了礼义廉耻，不顾伦常道德（如林太太之流）。面对这些不同类型的性行为和性心态，作者表现出不同的态度，有对真诚与善良的褒扬，也有对丑恶和无耻的针砭。

明代四大奇书，唯《金瓶梅》最长于描摹人情世故。小说从武大郎的三口之家，牵出了西门府几十口人的大户人家，再延伸到一个县，一个省，一个王朝，一个天下。朴素的笔触，勾画的全是龌龊又苟且的现实生活之种种。审视的目光，冷峻到骨痛。兰陵笑笑生笔下的人物，撕碎了文学对现实曾经丰满的理想，注入的是浊世生存必备的"城府"智慧与市井手段。

这部小说中的人物很俗，可正因为这份俗气，使读者愈加懂得了俗世的生存之道，明白了人生多是一个忍辱负重、百折百损的过程。在这些文学人物的生命词典里，诗和远方都是生僻字，钱势与享乐才是人生的终极一端。如今，人们透过古代社会中俗人们的生命过往，每每会在经意与不经意间，发现现实周遭的生活中，不乏相类似的生存挣扎与恐惧，现实的人生与小说中形形色色人物的经历、命运何其相似。然而这部十足世俗的小说，历经不同朝代的封杀，远离了与它最为贴近的世俗社会，留给后世的竟然是第一"淫书"之名的误识。真可谓：一部《金瓶梅》，人间悲与泪。误作风月谈，孤愤几人会？真真地可哀可叹！故，想要斗胆为《金瓶梅》、为《金瓶梅》中的女人们说道说道，说说她们的家长里短，道道她们的命运多舛。

兰陵笑笑生一方面揭示晚明的女性们敢于冲破传统的婚恋模式，以更具现实性的两性婚姻观念作为自己的行为指导，另一方面赋予她们言行和心理的合理内涵，表现出对女子自主婚姻、寡妇改嫁等进步婚恋观的赞同。有理由认为，《金瓶梅》对妇女的爱情、婚姻及性问题的探讨，不仅较为全面，而且具有一定的进步意义。这是此前的其他长篇小说所望尘莫及的。正因如此，对文本中女性人物形象的分析讨论，已然超越一般意义的文学批评，而是更多透过小说塑造出来的各式形色的女人，通过这些被称为"第二性"（西蒙·波伏娃语）者所走过的心路历程，透视在东方文明大国发展途程中，她们的身心所经历过的"炼狱"。在赏阅她们百媚千姿的音容笑貌，进入她们奇异迷离、惊心动魄、令人目眩神摇的心灵世界后，让那些熟悉又五光十色的世态人情，那些道不明说不清的人生迷津，以及感人、迷人的生命绝唱，都随着对一个个人物的品味，获得一份感悟后的愉悦。

在中国叙事文学的历史陈列中，如果没有了《金瓶梅》这样一部首次集中笔墨描写女人生活的书，没有了女人故事的讲述，失缺了对女人情感世界的触及，文学史的书写该是怎样难以想象的寂寞。

既是说书品人，依据的底本当是第一要紧的事儿。思来想去，余以为选择人民文学出版社《金瓶梅词话》（1989 年版）是较妥当的。理由是，《三国演义》《水浒传》《西游记》，包括《红楼梦》《儒林外史》等其他古代小说，出版过不止一种普及读本，而《金瓶梅》在国内一向没有普及读本。这部 1989 年版《金瓶梅词话》为简体横排删节本，属普及率较高的读本，故作为底本使用。

滚滚红尘涌传说

潘金莲这一文学人物，始出于《水浒传》，成名在《金瓶梅》。她堪称中国知名度最高、指代性最明确、刻画最成功的文学形象之一。在不同时代、不同社会阶段、不同意识形态中，潘金莲一直是个争议最多、评价最复杂，也最具符号性功能的形象。在中国文学人物画廊里，潘金莲因《金瓶梅》，得以成为最具个性、最为多姿、最是淫荡、最可悲哀的女性人物。

潘金莲美丽的容貌令人陶醉，一副瓜子形的脸上长着一对风情万种的美目，双眸盼顾，似秋水盈盈，定睛注目，似醉里含情。白里透红的粉腮，一张红润的小口似湿漉漉的新鲜樱桃，散发着诱人的脂香。高高隆起的胸脯，柔软似柳的细腰，圆润结实的臀部，构成了她全身流畅美丽的线条，潘金莲真是造化给予人间的尤物。不要说西门庆这样的男人，就是吴月娘第一次见她时也感到"从头看到脚，风流往下跑。从脚看到头，风流往上流"（第九回），在心里也不由赞道："果然生的标致。"然而，正如常言所说，上天对每一个人都是公平的。老天爷造就了潘金莲美丽的外貌，却给了她一个卑微的出身、一颗冷酷的心。

　　潘金莲出身于一个普通裁缝家庭，父亲死后，九岁的她被母亲"卖在王招宣府里"（第一回），开始了学艺生涯。所谓学艺，其实是培养女孩子各种取悦于男性的才艺技能，目的是通过这些女孩学成才艺后，既能为招宣府彰显声势，亦可送去攀附更有权势、更有财富的高层势力，便于权力阶层结成同一利益集团，相互间能有更多的利益勾连。

　　小小年纪的潘金莲，不仅学会了填词唱曲，还学会了描眉画脸，插戴妆饰。这些技艺傍身，虽是求生存的不得已，但已然描画出潘金莲心灵成长的畸形轨迹。学艺第六年时，王招宣战死，招宣府显赫的家势一夕失色。年仅十五岁的潘金莲被母亲从招宣府"抢"出来后，又卖给了经营房产的张大户家，专习琵琶弹唱一技。潘金莲聪明机灵，"虽然微末出身，却倒百般伶俐，会一手好弹唱，针指女工，百家奇曲，双陆象棋，无般不知"（第三回）。这样一个才貌双全的女孩儿，又是个家奴身份，厄运便悄然来临。一天，这个张大户趁主家的老婆外出之机，形同强暴似地"收用"了潘金莲。之后，又以一个老男人的温存抚慰她，并给予潘金莲小恩小惠的衣食照拂。张大户把一次次对潘金莲的性侵害，变成主与奴之间你情我愿的通奸。可事情终是败露了，张大户的主家老婆便以"苦打"的方式拿潘金莲出气。潘金莲在张大户家中所有的悲惨遭遇，也成了她生命途程中的一个转折点。

　　潘金莲变了，这不仅仅是生理上由一个少女变成一个妇人，更是从心理上产生了质的变化。她从少女时爱美天性的自然表露，到初次尝到美色带来的生活变化。与此同时，她明白了自身可利用的价值是什么。尽管夺去了她贞操的糟老头张大户能暗地里偷偷给她鲜衣美食，但不能纳为妾室就改变不了潘金莲卑微的家奴地位。眼见老婆对潘金莲的"苦打"，这张大户是看在眼里，疼在心上。张大户还真是左右为难，留吧，即便能纳潘金莲为妾室，也要被正室所辖制，怎忍其受苦受辱。放吧，从心理到生理的需求，皆不忍潘金莲的离去。张大户此时最好的解套之法是，有一个既能给潘金莲名分，使她摆脱家奴卑微的地位，又可提供自己"鸳梦重温"机

争宠爱金莲斗气

会的人。这样两全其美的人还真是给张大户找到了，此人就是人称"三寸丁，谷树皮"的武大。张大户满心的欢喜难以言表，他倒赔妆奁，把个美人儿潘金莲嫁给了又矮又丑的武大做了填房，也算是妻。他还给武大一笔做炊饼（馒头）买卖的本钱，给武大的住房也不收房租。一直过着食不果腹日子的武大，既白得了一个媳妇又得了一笔本钱，住房还不用交租花钱，心里自然对张大户是感激不尽。所以，武大在日后撞见自己老婆与房东老大人在家里私会，也就装聋作哑，眼盲发作，当没这事发生。武大的这般德行，不由使人想到，倘若西门庆不是与潘金莲偷情，而是大大方方地向武大买人，或者西门庆在被武大捉奸后，不要打人逃跑，而是与武大讨价还价，讲个条件，应定能得偿所愿，便不会发生潘金莲听从王婆毒计，拿西门庆送的药毒死亲夫，招致武松报仇，潘金莲横尸刀下等一系列命案了。可惜，生活从不会让人去设计它的轨迹，文学故事的编写更有作者个人的主张。

潘金莲从九岁学艺，到十八岁被张大户强行"收用"。这九年的岁月带给她的是如花的靓丽容颜，浪漫的情感幻想，对人情物事的察言观色，机敏快速的思维反应，以及事事占尖儿的强硬个性。如果说，容颜是青春成长的产物，幻想是诗词歌赋育蕴的产物，察言观色是早年离家的产物，机智敏捷是与生俱来的悟性产物，强硬个性是生存环境伴生的产物，那么所有的这些产物对潘金莲的一生都造成了全面的影响。一个人儿童、少年时期的生活状况，将会影响其一生的观点，已被现代心理学家、社会学家给予了科学证实。古代小女子潘金莲，当然不会例外。

张大户死了，结束了潘金莲既为人妻又兼职情妇的不明不白的生活。潘金莲虽对自己的婚姻不满，但仍愿守着这份空虚却自主的安静生活度日。所以，她住在紫石街时，虽有浮浪子弟相扰，潘金莲并未予理睬。为能堵住他人的闲言碎语，潘金莲拿出自己的钗梳、首饰交给武大去典当，凑钱为自家搬离是非之地，另租新房。对于酷爱打扮的潘金莲而言，竟然把自己的首饰都拿将出来典当租房，兰陵笑笑生对这一行为的描写，已然表现出了一个女人、一个主妇、一个人妻应有的自尊。此时的潘金莲尚能自爱，尚有自尊，也够自强。只可惜后来的评说者往往忽略了这一细节。

武松的出现是潘金莲人生命运的第二次重大转折。这位身材雄健、威风凛凛的打虎英雄，使潘金莲生平第一次见识到何为真男子。武松是潘金莲青春岁月里出现的唯一有着一身正气、充满阳刚之美的异性。在潘金莲眼里，武松是"身材凛凛，相貌堂堂，身上恰似有千百斤气力"（第一回）。自古美女爱英雄，这实属人之常情。潘金莲对武松的"惊艳"之感，立刻激起了她发自内心深处的欣赏与占有欲望。潘金莲激动得甚至忘了自己已为人妻，竟然胡想："奴若嫁得这个，胡乱也罢了。"此时，潘金莲嫁武大的各种委屈一股脑地涌上心头："你看我家那身不满尺的丁树，三分似人，七分似鬼。奴那世里遭瘟。"再看看眼前的武松，一种突如其来的喜悦感，使潘金莲把自己不幸的婚姻当成了幸福的机缘："谁想这段姻缘却在这里。"潘金莲对武松的喜爱，激活了她作为一个女人的美好天性，她好似换了个人，一扫往日的慵懒、无聊，没有了空虚无对的脂粉涂抹，她变得热情活跃，体贴殷勤，格外精神。潘金莲终于找到了值得她奉献、愿意为之操劳的对象。她为武松早起烧水，拿肥皂，递手巾，叮嘱要早些回家吃饭，她每一餐都亲自动手烧制，做得整整齐齐，就连饭后的香茶也是亲手端到武松的面前。这样的家庭主妇，这样的潘金莲，是个多么贤惠的持家女人。

潘金莲在遇见武松之前，对男女之事已是十分了然，但对男女之爱却是无知茫然。在潘金莲的认知域里，两性间的关系就是征服与被征服的关系，犹如丛林原则的弱肉强食，她从不知道男女之间尚有真挚和圣洁二词。潘金莲学习过诸般取悦男性的技能，却没人教会她如何去爱他人。她以凭她的热烈似火，凭她的貌美如仙，凭她的柔情似水，凭她擅长的"小意儿"手段，定能赢得武松的心、武松的情，她一定能为自己做一次命运的主人，平复现有的全部委屈，取得自己想要的生活和幸福。可潘金莲并不懂武松，更理解不了像武松这样不为美女形色所感动的男人。在潘金莲的生活里，像武松这样做人行事讲究原则，为了原则可以不要利益，为了理想和信仰可以牺牲自己生命的人，那绝对是世间仅有的一朵奇葩，武松这样具有人格精神魅力的人，于潘金莲而言是第一个，也是最后一个。而这时的潘金莲起码在她的下意识里，也有想从过去堕落的男女之欲中解脱出来，想给自己第一次认真的动情有所寄托。可潘金莲万万没有想到，她的"撩拨"技巧竟使武松勃然大怒。真是落花有意，流水无情。面对此情此景的潘金莲，羞愧气恼在所难免，她先为自己解嘲，说武松把开玩笑当了真，以示武松做人太较真，太小气，继而回到房中却真正地狠狠伤心哭泣了。

　　潘金莲自认从来都是男人宠着、惯着的，只有她给男人脸色看，没有男人不领她情的时候。此时潘金莲的心绪，如同西方童话《白雪公主》里那位后娘皇后，从魔镜里听到自己已经不再是世间最美丽的女人时的那种失落、悲伤和恼怒。潘金莲生平第一次被男人所鄙视，所以她能想到的便是一定要报复。潘金莲先把污水泼向武松，然后把怒气撒到武大身上。面对潘金莲的撒泼行为，武松表现出了一种毫不理会的淡然态度，并采取搬离哥哥家的措施，这使得潘金莲更加感到羞辱难当而耿耿于怀。待到武松接受公差，去向哥哥武大告别时，潘金莲一见之下，又情难自禁。惯性思维使潘金莲幻想武松是回心转意，可武松对她的临别赠言却是："嫂嫂是个精细的人，不必要武松多说。我的哥哥为人质朴，全靠嫂嫂做主。常言表壮不如里壮。嫂嫂把得家定，我哥哥烦恼做什么！岂不闻古人云：篱牢犬不入！"（第二回）从武松这番话里，潘金莲知道了自己在武松心目中是个什么东西，她感到委屈，感到一种绝望后的恼怒。武松的话深深刺痛了潘金莲的自尊心，因为她对武松卖弄风情，绝不是一般意义上的追欢行为，而是她的深情表白。可潘金莲所有的款款深情，在武松的眼里竟是如此不堪。潘金莲不由一点红晕从耳根涌到脸上，她不由咬牙切齿地要为自己辩白："我是个不戴头巾的男子汉，叮叮当当响的婆娘，拳头上也立得人，胳膊上走得马，人面上行得人；不是那腆脓血搠不出来鳖老婆！自从嫁了武大，蝼蚁不敢入屋里来，有什么篱笆不牢犬儿钻得入来？你休胡言乱语，一句句都要下落！丢下块砖儿，一个个也要着地！"（第二回）潘金莲这些话说得铿锵有力，透着极为强烈的回击性。可见潘金莲在说这番话时，下意识地表现出了她不认怂、不服输的个性，这倒让武松领略到了一点巾帼女子的"英雄气概"。

武松走了。潘金莲虽在武松面前着实尽力地表现了一把她的自尊、自信和自爱，但她感到寂寞无边，她并不开心。在潘金莲貌似强烈自尊的言辞里，透着的是同样强烈的自卑。如此聪明的潘金莲，不可能不明白她自己在武松心中是怎样的卑微，更何况她又如何能忘记张大户带给她的耻辱？如果不是对武松认真了，她就没有必要为本就没有的面子而斥责武松"胡言乱语"，她自己完全明白，武松并没有胡言乱语，潘金莲也明白自己说的那番慷慨激昂的话，其实苍白无力。

武松走了。不再需要面对心仪者的潘金莲渐渐生出了莫名的自卑感，她虽然一时不能改变生活习惯，可还是渐渐自愿地循规蹈矩，她按武松的叮嘱过生活。潘金莲虽表面仍喜欢站在帘下，衣着光鲜地目视往来行人，但她此时已是心有所待。她在等待丈夫的归来，只是这期待的本质是她在期待自己意中人的归来而已。这种期待之情，这种少有的安静与服从，使得武大也暗自高兴："怎的却不好？"试想，如果不是发自内心的真爱，这世上有谁会愿意为他人的几句话而改变自己的个性和生活习性呢？

武松使潘金莲失去了以为可以驾驭天下男人的自信，潘金莲被武松刺伤的自尊心，也随着时光的推移，越来越深地感到了阵阵痛楚。这份痛感一点点加重，演变成潘金莲深深的自卑心理，使她几乎不再对自己不幸的婚姻有何改变的想法。不管是爱是恨，武松成为长久留驻在潘金莲心灵深处的一片阳光影子。潘金莲本可以守着这影子，与武大过着没有爱、没有激情、没有生气的庸常日子。相信岁月将会磨去她的棱角，会平息她高傲的心性，会使她习惯于平庸，会使她忘记自己是个美丽的女人，会让她在虚幻的英雄爱美人梦幻与柴米油盐醋的现实生活中找到平衡，最终把自己变成一个合乎寻常规范度日的人。她也可以从此与心中那个阳光影子相伴，过一种似梦非梦的日子，与武大厮守到白头。看这世间有多少婚姻不幸的女人，她们不都是这样过了一辈子吗？潘金莲也未尝不可。时至今日，由于种种原因，有爱不能婚、有婚没有爱的所谓凑合式家庭有很多，也很普遍，这些人也能白头偕老，度过他们了无生趣的一生。那些会掩饰的人尽管明白不爱，也不妨要搞点结婚纪念仪式什么的，这不也是一种现实的生活吗？潘金莲也当然是能"现实"的，她也曾"现实"地去做了，但命运又一次注定让她声名狼藉。

长路迢迢身还骄

某年某月的某一天，就在潘金莲心境渐趋平静，欲望日渐沉息之时，她偶然失手掉落的竿子，竟然把一个叫西门庆的人"砸"入了自己的生活。

浓春时节的一个傍晚，准备放下窗帘子，等待武大回家的潘金莲，万没料到会有一阵风儿吹来，吹落了她手中的窗帘撑竿，更没想到这根竿子竟然正巧砸在一个路过的青年男人头上。被砸了脑袋满心恼怒的男子同样没想到，进入他怒目中的竟是一张美丽女人充满惊愕表情的脸：

> 头上戴着黑油油头发鬏髻，口面上绲着皮金，一径里踅出香云一结。周围小簪儿齐插，六鬓斜插一朵并头花，排草梳后押。难描八字湾湾柳叶，衬在腮两朵桃花。玲珑坠儿最堪夸，露菜玉酥胸无价。毛青布大袖衫儿，褶儿又短，衬湘裙碾绢绫纱。通花汗巾儿袖中儿边搭剌，香袋儿身边低挂，抹胸儿重重纽扣，裤腿儿脏头垂下。（第二回）

本是怒从心头生的西门庆，此时不由展现出了一副宽容、和蔼的笑脸。这一笑，给他俊俏的面庞平添了几分生动，这一笑，也使惶恐不安的潘金莲得到了宽慰。他们相互间产生出好感，这本是自然而然、情理之中的事。所谓机缘巧合，潘金莲也难抗拒命运的安排。西门庆与潘金莲的相见极具戏剧色彩，然而，他们却没能出演正剧中的角色。

风流英俊、一团和气的西门庆，给潘金莲平淡无味的生活带来了回味，带来了幻想无穷的余地，令她不时想起这个不知姓名的男人，对她一步三回头的流连顾盼。西门庆的出现让潘金莲失落的心境得到了平复，使她的情绪莫名骚动起来，西门庆那温和的言辞，那不舍的神情，让她开心，让她得意，让她自我感觉良好，让她从武松轻蔑的眼神中淡出，重又找回了属于潘金莲的飘然:"他若没我情意时,临去也不回头七八遍了。不想这段姻缘,却在他身上。"漂亮的女人一旦见识浅薄,容颜的靓丽就成为一种莫名其妙的骄傲资本,也会使性情变得轻狂,可轻狂的女人也定会为她轻狂的行为付出代价。这个陌生男子的笑脸,竟成了潘金莲与武松的冷颜相较的人,她由此而发出感慨:"那武松若有他一半情意倒也好了。在身边的无情,有情的又捉摸不着。"潘金莲这话说得很是有趣,因为武松此刻并不在她的身边。潘金莲如是说,只能说明她时刻把武松放在身边,放在自己的心里。既然潘金莲把"无情"的武松直视为身边人,那对"有情"的西门庆自然更是思之不已。西门庆此番成了潘金莲心里的一个月光影子,朦胧而柔美。潘金莲与西门庆之间仅此一节,倒有些"金风玉露一相逢,便胜却人间无数"的浪漫感。

潘金莲二见西门庆是在隔壁开茶铺的王婆家。王婆何许人也?"便是积年通殷勤,做媒婆,做卖婆,做牙婆,又会收小的,也会抱腰,又善放刁。"(第二回)活脱脱一个市井奸猾妇。王婆精心安排了潘金莲与西门庆的这次会面,为的是西门庆愿意大把使钱的好处。为让西门庆能勾搭上潘金莲,王婆不惜费尽心力,周密设计,利用潘金莲的色来得到西门庆的钱。王婆把潘金莲视为自己的摇钱树,自然是顾不得潘金莲还叫她一声"干娘"的情分。只此一笔,便是写出了世道人心竟险恶如此,令人心惊肉跳。

对潘金莲来说,给王婆做寿衣,正好可以打发庸常无聊的时光。可潘金莲万万没有想到,自己以为已随风而去的那个男人,竟然出现在她的面前。聪明的潘金莲在惊喜之余,不会不感到这巧合皆是人为安排的。潘金莲为西门庆对她如此用心而高兴,而感动。她为幻影成了真实,为自己又复活了的女性魅力,为那改变自己生活现状的一丝希望,或者说就为了眼前这个男人的十分殷勤,她以酒精壮胆,为西门庆宽衣解带终不悔。风月老手的西门庆,则使潘金莲第一次感到两性交合的快乐,强壮的西门庆,从生理上激活了潘金莲。这种生理上的满足感,使潘金莲从对武松生出虚无缥缈的想象,变成落实在西门庆身上可见可感的欲望。从此,在这欲望的牵引下,潘金莲走上了一条人生的泥泞之路,并一去再无回头。

潘金莲与西门庆的偷情生活，使她在心理与生理两方面都得到很大的刺激和满足。但就在这激情高涨的生活中，潘金莲已使自己步步堕落，对满足一己的情欲追求，渐已成为她生活的唯一目的，成为她人生的终极所在。就在潘金莲沉溺欲海，享受着西门庆带给她的激情生活时，发生了武大捉奸的事。武大捉奸一节，从表面看这事件本属人之常情，做丈夫的被妻子欺骗，不明不白地戴上了绿帽子，那是一定会去捉奸，在妻子无法抵赖的时候，便可痛惩奸夫淫妇，为自己出口恶气，这样既能给对方一个教训，又能找回一点做丈夫的尊严。通常评论家的理解也多认为这应该是作者的一种叙事构思，因为这捉奸事件的发生，既为潘金莲杀夫改嫁西门庆、武松报仇陷冤狱等情节而设，也为潘金莲最终死于武松刀下，体现因果报应思想埋下了一个伏笔。可在逻辑上产生了一个问题，这就是武大并不是"通常情理"中的男人，他并不具有那份男儿的血性。当初张大户把潘金莲嫁给武大时，武大面对张大户对潘金莲的暧昧与越轨行为，采取的是鸵鸟政策，"一时撞见，亦不敢声言"。潘金莲形容武大是"牵着不走，打着倒退的。只是一味呷酒，着紧处，都是锥扎不动"。（第一回）这样一个武大，又怎会忘了弟弟武松临别的嘱咐："若是有人欺负你，不要与他争执。待我回来，自和他理论。"又怎会陡然长出了胆气，竟然跟着一个卖果子的少年去干捉奸那样的大事？武大对张大户越轨行为的无视，可否理解为因张大户与潘金莲是武大早以知晓的旧暧昧，武大娶潘金莲时还得了好些陪嫁，因此能容忍他们的奸情。而西门庆私通潘金莲，武大全然不知，还是从别人嘴里才得知此事，这令武大失了面子而恼怒，又或是因为武大没有得到西门庆相应的报酬，不满自己赔了夫人又折兵？究竟是什么使得矮小、怯懦的武大，敢于面对潘金莲和她的情人西门庆？这一点与武大如何看待潘金莲，又如何看待自己与潘金莲的情感（如果还谈得上有情感的话）有关。

看武大捉奸一节中细节的描写处理是很有意思的，西门庆听到武大打门，第一反应"便仆入床下去躲"（第五回），而顶住门的是潘金莲，这画面绝对是一大笑点。《金瓶梅》里的西门庆，比起《水浒传》里被鲁智深拳打的镇关西可真是大有区别，镇关西横行霸道，不知畏惧为何物，西门庆可是有惧怕心与羞耻感的。与潘金莲相比，西门庆面对突发事件的应对，还不及一个女人有胆气。这表明，西门庆算不得是个完全彻底的流氓恶棍，在他的下意识里，还存留有一定的羞愧之心，还具备有一定的廉耻感。因为，只有尚知羞耻的人，才会对一己的恶行，有畏惧躲避的心理和行为反应。西门庆床下这么一钻，使潘金莲又一次感到被抛弃。那个在床笫间曾经表现得如此有力的男人，竟然在此关键时刻要靠女人来保护。值此情景，西门庆与武大整个颠了个个儿。武大显得很像个男子汉，而西门庆就是个胆小鬼。面对如此境地，潘金莲怎不银牙紧咬，怒言："你闲常时只好鸟嘴，卖弄杀好拳棒，临时便没些用儿，见了个纸虎儿也吓一交。"可见，西门庆平日里在潘金莲面前不知吹了多少牛皮，让潘金莲以为他是个猛男。潘金莲这几句话把躲在床下的西门庆"激将"了出来，他给自己打了个圆场，说："娘子，不是我没本事，一时间没这智量。"西门庆既然自认"没这智量"，就说明还不算老江湖，他的智力、胆量均不及潘金莲。之后，西门庆使出他的本事，打伤了武大，并趁乱逃走，把收拾烂摊子的事儿留给了潘金莲。仅此一事，西门庆虽说不上是无耻的领袖，但肯定也算不得是护花的英雄。这些细节的描写，足以使人细细品读后不禁莞尔，也为潘金莲一叹。

其实，知夫莫若妻。以潘金莲的聪明，她完全可以将和张大户玩暧昧、行通奸的经验告诉西门庆，此事便可摆平，可潘金莲没有选择这条路。此时的潘金莲已横下一条心，一定要趁机与武大彻底脱离，一定要抓住这个能有情于自己，也能用情于自己，并能满足她情欲，给她以快乐的男人。她要抓住西门庆，她巴望着武大能快些死去，能从她的生活中彻底消失。所以，潘金莲对被打伤卧床的武大不闻不问，每天打扮得衣着光鲜，与西门庆如胶似漆、难分难舍。而在生死间挣扎的武大，只好把兄弟武松作为最后的砝码，他对潘金莲恫吓道："你做的勾当，我亲手又捉着你奸，你倒挑拨奸夫，踢了我心，至今求生不生，求死不死，你们却自去快活。我死自不妨，和你们争执不得了，我兄弟武二，你须知他性格，倘若或早或晚归来，他肯甘休？你若肯可怜我，早早扶得我好了，他归来时，我都不提起；你若不看顾我时，待他归来，却和你们说话。"（第五回）武大这番话太有分量，他本希望潘金莲能慑于武松威名有所收敛，希望妻子看在武松的分上看顾于他。如此一来，相信武大定会守诺沉默，不会向武松提这事。对武大的承诺，就连老于世故的王婆也相信。王婆向潘金莲和西门庆指出："等武大将息好了起来，与他陪了话，武二归来都没言语。待他再差使出去，却又来相会，这是短做夫妻。"但潘金莲绝不愿在授人以柄的约束下过日子，她也不甘心与西门庆"短做夫妻"，过日日相盼、待机相会、偷偷摸摸的日子。对感官欲望不可遏止的追求，使潘金莲选择了罪恶，她丧失了心底里最后的善良，与王婆、西门庆合谋，并亲自动手，鸩杀了丈夫武大，永远地堕入了罪恶的深渊。

是谁使潘金莲堕入万劫不复的恶薮？是谁促成潘金莲丑陋、惨痛的人生？有人认为就是那个不食人间烟火的武松，也有人认为潘金莲本性淫荡轻狂，心肠狠毒，自己作孽与人何干？更不能把英雄武松与她拉扯一起。可是，武松之所以能杀潘金莲为兄报仇，正是很好地利用了潘金莲对他的情感幻想。武松骗潘金莲说要娶她为妻，才轻而易举地做到对她的剖腹挖心。可怜精明一世的潘金莲，在有了视她为生命的陈经济的婚约后，竟然忘记自己鸩杀武大的罪恶，竟然会相信，曾为武大报仇，不惜杀西门庆而被害坐牢的武松会放过她潘金莲，竟然会相信，武松要娶她做正头娘子的谎言，使得自己身首异处。潘金莲如果不是爱昏头了，就是得了健忘症，但潘金莲并没有得健忘症，合理的解释只有前者。潘金莲因武松一句要娶她的话便心绪大乱，情感脆弱，她竟对陈经济的一片痴心也弃之不顾。如果这还不是一种爱的痴迷，那又是什么呢？又该怎样解释潘金莲这种糊涂的选择呢？

武松的出现对潘金莲究竟意味着什么？应是意味着一种境界，一种远离市井苟且恶俗的生活境界。面对一个满身正气的英俊男子，于潘金莲这样一个在肮脏、低俗、污秽环境中长大的女子而言，不仅是从未有过的新鲜感觉，更是灵魂上的一种震撼。但对武松而言，市井生活的享乐追求，两性间眉目传情或偷欢纵欲等行为，根本就进不了他的人生视野，更与他的生命价值追求无关。潘金莲再美，只是他武松的嫂嫂罢了。如果要武松接受潘金莲的示爱，那也同样是不可理喻的事。可以这样说，武松使潘金莲看到了理想的男人，看到曾在诗词歌赋中被颂扬过的那种崇高之境和阳刚之美，可潘金莲对于武松而言，只是一个称谓上的家里人，一个对于自己生命走向无足轻重的女人罢了。这是潘金莲的悲剧，也是市井间女人的命运悲剧。如作者所言："但凡世上妇女，若自己有些颜色，所禀伶俐，配个好男子，便罢了。若是武大这般，虽好杀也未免有几分憎嫌。自古佳人才子相凑着的少，买金的偏撞不着卖金的。"（第一回）婚姻不幸的潘金莲，试图赢得武松，试图拉住改变自己不幸婚姻的希望风筝之线，可惜这只风筝飞得太高，离她太遥远，经过一番拉扯后，风筝终究还是断了线。

昨夜西风昨夜雨

杀过一次人的潘金莲，完成了她人生的第三次转折，而且又是一次质的突变。她身上已没有了廉耻，淡漠了善良，也疏离了属于人应具备的情感和人性。

潘金莲此时美女变毒蛇，终成为情欲的化身、人性恶的典型，以及后来社会中荡妇的代名词。作者正是借助这一人物的变质过程，表达了他对道德沦丧社会进行指斥的原旨主题。小说通过引起潘金莲心理与个性质变的人生过程描述，促使人们去思考：人的情欲为什么会成了一切"恶"行的根源？西方近代哲学家雅科布·波墨认为："当情欲与善相分离而变为自身的生命时，情欲才成为恶的原则和恶本身。"（《费尔巴哈哲学史著作选》第一卷）所以，潘金莲希望能满足情欲本身，这并非"恶"，她的"恶"在于，为了自己情欲的满足，为了自己的利益和愿望，不惜夺取他人的性命，剥夺他人生存的权利和愿望。潘金莲让一己的私欲无限膨胀，直至与人性的善与美相背离，把情欲变成了"恶的原则和恶本身"，这是潘金莲至死也没有对毒死武大表示过一点点的不安和愧疚的原因。

潘金莲终于走进了西门府，成了西门庆的第五房小妾。这个把满足自

李瓶姐墙头密约

己情欲视为生活唯一目的的女人，在妻妾成群的环境里，自然不会安于这五姨娘的身份，也不会安于过锦衣美食的生活，做个呼奴唤婢的女主。进门不久的潘金莲，依仗着西门庆的偏宠，便"恃宠生娇，颠塞作热，镇日夜不得个宁静"，她专爱蹑手蹑脚，听篱察壁，寻些情由，惹是生非，与人厮闹，全面地表现出她多疑善妒、心性狭偏、尖酸刻薄、争强好胜的个性特征。

潘金莲一进西门府，西门庆就把正房里的大丫头庞春梅拨在她房里听使唤。这个心志出众、机灵聪明的大丫鬟，很快就得到潘金莲的赏识。当潘金莲看出西门庆有"收用"庞春梅之心时，为了讨得西门庆的欢心，也为了得到庞春梅的忠心，她大度地让西门庆把庞春梅收了房。这一来，潘金莲与庞春梅互为倚仗，很快便闹出了激打第四房姨娘孙雪娥的事，为自己在西门府中树立起了所属势力范围的标牌。当然，于潘金莲而言，仅仅表明自己有权威还很不够，在她的心里，凡是能与她共享西门庆的女人，都是她要排挤和打击的目标对象。出于这一目的，她凡事都特喜欢"咬群""掐尖儿"，就算是正头娘子的吴月娘，她也要与之斗上一斗，争上一争，更不要说是排位低于她的李瓶儿，姿色不及她的二房李娇儿、三房孟玉楼、四房孙雪娥，以及身份比她低下的宋惠莲、王六儿、如意等。不管是谁，只要是与西门庆发生了性关系者，或有可能危及西门庆对她专宠的人，潘金莲都会想方设法干涉。而干涉的办法有二：一是侦察西门庆的性事活动；二是控制西门庆的性事器具。潘金莲的招数十分奏效，闹得西门庆每每隐瞒不得，只有实情相告。潘金莲便借此"情报"的掌握来制约对方，一旦时机成熟，或者有机可乘，就给对方以致命一击。潘金莲把自己的聪明心智全数用上，其目的只有一个，那就是击退所有与西门庆有染的女人，实行"霸拦汉子"，巩固她的专宠。潘金莲对此类的"专项打击"从不放松，甚至乐此不疲。然而，她苦心孤诣的防范手段，除了使她在西门府中结怨积仇，使西门庆对她格外警惕之外，并没能阻止西门庆依旧不疲地寻花问柳，逐日追欢。既然社会制度对女性的轻蔑，对两性的性观念、性意识、性行为等，以及由此而引发出来的各类社会问题出现，用于道德要求和行为规范皆使用双重标准，那么，以潘金莲自己的一己之力，又如何能够与之对抗呢？但就这样顺势从流，默认许可西门庆的放纵，潘金莲又是绝不甘心的。因此，她的不满就只能借助撒泼搅事，闹得"家反宅乱"，以求发泄。

在潘金莲的生活中，物欲是唯一有价值的东西。满足物欲是她生活的唯一目的，只有物欲得到满足才是潘金莲活着的证明，她才会有生气。然而，潘金莲机关算尽，也抗不过那个践踏女性尊严的社会。西门庆对潘金莲的宠爱维持不长，新婚不到一月，他便在妓院里安营扎寨，还"梳笼"了妓女李桂姐。李桂姐在得知潘金莲骂妓女"淫妇"后，便借机和西门庆撒娇闹脾气。为了得到李桂姐的欢心，西门庆竟然设计要来了潘金莲的一绺头发，让李桂姐放在鞋垫里，整日踩踏出气。西门庆对潘金莲的薄情，可见一斑。潘金莲终日在家等候着西门庆，深感时光难挨，更觉寂寞无边，不免心生对西门庆的寡情要施以报复的念头。潘金莲把小厮琴童领上了卧榻，行着曾是她和西门庆之间共效的"鱼水之欢"。

潘金莲私通小厮一事，是她与西门庆关系的一个重大转变。在此之前，潘金莲在言行上还是很在乎西门庆的，一切都想着要投西门庆所好，行西门庆所爱，对西门庆有所牵挂和顾忌，这正是她能被西门庆偏爱的一个重要原因。但当西门庆梳笼了妓女，在妓院流连忘返后，潘金莲那点可怜的自尊心无疑受到了严重的打击。看重表面、虚荣心强的潘金莲，面对自己再次的情感失落，更加深了自卑的心理。堕落了的潘金莲，内心充满躁动的情绪。她只有得到更多欲望的满足，才会有些许内心的平衡，她更有着想要领略征服弱者的快感体验。从潘金莲与西门庆相互较劲、彼此竞争的性行为中，想要征服彼此，成为他们之间不谋而合的默契，甚至是下意识的行为表征。当他们每一次"征服"过程结束后，相互得到的是更多的不满足，故而便对下一次的征服产生了期待。如此循环，潘金莲与西门庆两人间的关系也变得比与其他人更为亲密，也更加残忍。

潘金莲与西门庆已互不信任，继而形成了彼此间一种互害的性关系。在这样的关系中，虽无硝烟密布，尸横遍野，可也同样激烈复杂，血肉横飞。这种关系所形成的排挤与拥有，占有与被占有，征服与被征服，利用与再利用，真可谓五花八门，各有高招，但却看不到两性关系中最重要的因素——爱。就两性关系而言，没有爱情的婚姻是残忍的。且看，西门庆和潘金莲醉闹葡萄架时，因不满潘金莲对怀有身孕的李瓶儿言语多讽，便施以激烈的性惩罚，险些要了潘金莲的命。潘金莲则为了满足自己中烧的欲火，全然不顾西门庆已精疲力竭，她把烈性的壮阳药大把灌进他嘴里，使西门庆精竭而亡，致使不久整个西门府就做了鸟兽散。小说中这两个情节的描写，充满了令人心悸的血雨腥风，这可谓是他们夫妻生涯中，最为典型的互害事件了。虽说他们二人，有时会因为彼此的需要使得明争暗斗的趋势有所缓和，但相互之间身心的折磨却是注定的，夫妻间上演升级版的悲剧也是必然的。

潘金莲的人生悲剧，既是命运的作弄，也是性格使然。潘金莲的个性、行为表现出她极度不平衡、极度自卑的心态，往往导致她在行为上的表现是过激的，甚至是夸张的自尊姿态。这种心理代偿使潘金莲的心态与行为，产生出巨大的失衡，她的个性行为便充满了矛盾与反差，让人难以接受。潘金莲出身低微但喜欢攀比，她美丽聪慧却极端妒忌，她识文断字可不通人伦，她善解人意却心地歹毒。潘金莲每一次在西门府大张旗鼓的闹事，纠察缘由，大多是她深感失意，或自尊心受到重度伤害的时候。她每一次的作恶行为，也基本是她想要捡拾自尊的心理驱动使然。例如，西门庆为了长期占有宋惠莲，将宋惠莲的丈夫来旺陷害入狱，宋惠莲为丈夫求情，西门庆也答应了她的请求，但潘金莲却不断向西门庆进言，定要把来旺递解还乡（第二十六回）。潘金莲并非与来旺有何不解仇怨，她此举的指向其实就是宋惠莲。她就是要让宋惠莲明白，西门庆对我潘金莲才是真正的言听计从，对你宋惠莲不过是随便哄哄罢了。潘金莲得逞了，她从西门庆那里得到了绝对的脸面，那倍感受了欺骗的宋惠莲则羞愤难当，自缢而亡。宋惠莲的父亲也因不忿女儿的死，与西门庆打官司，最终命丧黄泉。潘金莲为了显示自己在西门府中的得势，让两个人失去了性命。她倘若还有点人性，该是有些后悔的吧？可她没有，她心安理得地看着这一出悲剧演完。潘金莲这样一个冷酷的女人，那该是对一切都很不在乎的吧？可在宋惠莲死去已有一段时间后，她仍不能释怀。在与西门庆醉闹葡萄架后，潘金莲发觉丢失了一只红色睡鞋，她几次三番叫房里的粗使丫头秋菊去找，因为西门庆在性交时，女人三寸金莲上穿红鞋能使他亢奋，潘金莲是丢不得这双时时要穿的红睡鞋的。秋菊在几次挨打之后，终于在花园的小山洞里，找到了一只红鞋。经过潘金莲的辨认后发现，那是宋惠莲曾经穿过的鞋。潘金莲一时间怒不可遏，不仅痛打秋菊一顿，又叫秋菊头顶石块儿罚跪。这还不够解恨，她又拿出一把利剪，把捡到的睡鞋剪得稀巴烂，口中还不停地咒骂。潘金莲这近乎疯狂的举动，正好说明她内心的自卑和害怕。正是这只精致小巧的红色弓鞋，使潘金莲联想起宋惠莲的脚比她小巧好看，这使她曾为之骄傲的金莲一名有些黯然失色，引起了她内心某种身不如人的感觉。宋惠莲的决然一死，使潘金莲心中留下一块永不消失的黑暗，这个暗点会不时地让她打个冷噤。

再如，潘金莲对第六房的李瓶儿原是不很在意的。在李瓶儿还是花家二娘子时，西门庆为让潘金莲默许他与李瓶儿偷情，曾以金簪子等首饰送给潘金莲。得了这些个好处之后，西门庆从潘金莲的院墙翻上翻下，与李瓶儿偷偷往来了两个多月，潘金莲不仅不吃醋，还为他们的越墙幽会提供便利，观察把风。为此，西门庆好生地感激潘金莲。再后，西门庆想娶李瓶儿进门，吴月娘听闻便默不做声，不肯表态，潘金莲却没有当面反对。为此，西门庆心里更偏向了潘金莲，而对吴月娘搞起了家庭"冷战"，竟有半个来月不与之说话。按说，李瓶儿进西门府后，潘金莲该是和她最交好的吧，况且李瓶儿又是个手儿散漫的人，潘金莲既得人情又得财物，还能得西门庆的好感，何乐而不为呢？开始，潘金莲自认可以轻松摆平李瓶儿，可事与愿违，富有白净、身软如棉、柔情似水的李瓶儿，渐渐抢了潘金莲的势头。这位"好性儿的姐姐"，以她成熟的女性魅力，大户出身的举止与修养，很快赢得了阖府上下人的喜欢，西门庆也很是爱重她。这一来，本就喜欢无事生非、拈酸吃醋的潘金莲，一方面把李瓶儿视为劲敌，必要置之于死地而后快，另一方面又深感自己不及李瓶儿太多。潘金莲虽能涂脂抹粉地修饰其外表，但做人的修为和素质，尤其是财势的缺乏，那是她竭尽所能也无法弥补和达到的。每当夜深人静，潘金莲一人独处时，她耳听窗外细碎的落雪声，面对影孤行单的自己，多么期待有人来抚慰。所以，当她得知西门庆去了李瓶儿房里，深深的悲哀情绪一股脑儿地涌上心来。潘金莲拿起了琵琶，拨动着琴弦，把她一腔的哀怨，都寄予在激昂的旋律中（第三十八回）。此时此刻，潘金莲的内心是这样的脆弱，可她的琴声却是极度的高昂。"潘金莲雪夜弄琵琶"一节，是对潘金莲个性心理的突出刻画，也为后来的评论家所称赞不已。

潘金莲的个性心态说明，越是内心荒芜的人，越注重外表的强大。心灵越是脆弱的人，个性越是冷硬。潘金莲只能依靠外表的张扬，掩饰她内心的苍白。西门庆带给她的生活意义，就是使她把自己定位在得到性的快乐、性的满足中。男人对她的容颜和身体是否关注，就是她衡量自身有无价值的指标。不论这个男人是谁，只要对她有所注意都会激活她狭隘的自尊心，使她暂时脱离自卑感。久而久之，两性生活成了各取所需，没有什么行为是与情有关。兰陵笑笑生在描述潘金莲的人性、人格因生存环境的逼仄，渐渐被异化成情欲化身的同时，赋予了她合理的心理演变内涵。所以，潘金莲的形象才会如此真实、生动，充满了世俗现世的生活气息。仅此一点便足以说明，作者善于表达对人生深刻的洞察。

潘金莲的一生，是丑恶的一生，也是悲哀的一生。在她的一生际遇里，可悲可叹者多，可怜可惜者少。除武松外，潘金莲曾与六个男人有过性关系。在潘金莲阅历过的这些男人中，武松是她唯一深情向往的人，却情不能依，最终命丧其手。陈经济是唯一对她一往情深的人，可她不知把握与珍惜，终使其情付诸东流。潘金莲一生的情感生活中，张大户、武松和西门庆是改变她命运走向的三个男人。张大户结束了潘金莲的少女岁月，引诱她利用性关系作为利益换取的欲望，从心性上造就了她的轻狂与低俗。武松给了她一个伟男子的认知，也给了她一把人格比对的尺子，促使她感受自己的卑微与下贱。西门庆则成就了她女性的全面成熟，也引导了她身心的全面堕落。

潘金莲的身份从低贱走向富贵，潘金莲的人生从普通走向特别，以致最后走到悲惨结局的经历叙述，这既是兰陵笑笑生对情欲之恶的最好诠释，也是对人的美好天性怎样被暗无天日的社会扭曲和异化过程的形象说明，更揭示了在男权世界里求生的女性们，命运多舛，身不由己的宿命。

潘金莲形象塑造的成功，与兰陵笑笑生对这一人物矛盾心理的把握到位不无关系，潘金莲因心理上极度的自尊意识与极度的自卑意识相结合，在行为上便表现为无知带来的浅薄与美貌带来的轻狂相统一。这样的刻画，使这个人物在她无所作为的一生中，表现出人生命运的不可抗拒性，也展示出人性的复杂性，以及生存状态的困惑与无奈。从潘金莲这一形象引导出了人们对于女性与社会，女性与男性，女性与家庭，女性与女性等诸多问题的思考。

潘金莲已成为中国市井生活中的特定符号，相信今后会生出许许多多的人性解读与生存方式的解构话题，形成小说阅读史上说不尽的潘金莲，说不尽的《金瓶梅》现象。

风中飘零惹人怜

《金瓶梅》里的女性人物中，李瓶儿是最富于感情化的一个女性形象。西门庆身边女人众多，李瓶儿是唯一和西门庆建立起了真挚情感的女人，也是令人最为感动的女人。

李瓶儿的形象，曾因其极端矛盾的心理和行为，使得后来的文学评论家们不知所措，赞不是、骂不是，只好作出"个性前后矛盾太大，性格不统一"的评述了之，并视为是兰陵笑笑生的败笔。

这个让人爱不能、恨不能的女人，却让人忘不了。李瓶儿这一形象所具有的女性魅力，较之潘金莲更为浓烈和醇厚。从对女性心理特征和生活态度的反映看，李瓶儿所具有的普遍表征可谓更具有传统东方女性的典型意义和代表特性。

兰陵笑笑生在设计李瓶儿这一人物形象时颇为用心，李瓶儿还未出场，就已先声夺人。且看这样的情节安排：西门庆在得知武松已被发配孟州后，紧张的心终于能够松一松了，他情绪高涨之下，便安排了五房的妻妾们在芙蓉亭上大开筵席。此时，李瓶儿以隔壁邻居的身份，遣自己的婢女和仆童一道，给西门府的大娘子吴月娘送来两盒礼物："一盒是朝廷上用的果馅椒盐金饼，一盒是新摘下来鲜玉簪花儿。"（第十回）人际关系往来，礼物必不可少。中国社会传统上是十分讲求礼仪的，人际交往也是以礼相待。送礼，这是人们生活中的寻常之事，但如何把礼品送得恰如其分，送得合情合理、合乎身份，这可是件十分考究，也十分难办的事。所谓的送礼，其实送的是人的品位、身份和地位。况且对礼品内容的选择，往往最能反映出送礼人的生活情趣和审美趣味的高低。从李瓶儿送给西门府的礼物可看出，李瓶儿不是个小家碧玉式的市井俗人，而是一个极有生活品位，也颇具审美眼光的女人。李瓶儿送礼给隔壁邻居的女主人，说明她懂得礼数，注重人际环境的建构。送给西门府带有宫廷特点的食物，说明李瓶儿是见过大场面的，以美丽的鲜花作为礼品，显示出她所具有的审美情趣。这对于接受礼物的西门一家来说，则表示被赠予者和赠予者一样，具有相同的品位和情趣。这无疑是对接受方的一种抬举，一种暗示。难怪吴月娘很是高兴，一面向西门庆讲自己礼数不周，定要把礼还上，一面又讲自己见到的李瓶儿是个"生的五短身材，团面皮，细湾湾两道眉儿，且自白净。好个温克性儿。年纪还小哩，不上二十四五"。李瓶儿人未现身，便已经得了个满堂彩。这一笔法，清人张竹坡在《批评第一奇书金瓶梅》中就已指出："然而写瓶儿，有每以不言写之。夫以不言写之，是以不写处写之。"可见作者在构思上，对这一人物是相当地用心。

李瓶儿送礼，不仅引出吴月娘对她外貌的一番介绍，还引出了西门庆对她另一番身世的补叙："你不知，他原是大名府梁中书妾，晚嫁花家子虚，带了一分好钱来。"（第十回）由此可见，西门庆对李瓶儿其实早已有所耳闻，不仅知道她的来历，印象最深刻的还有李瓶儿给花家"带了一分好钱来"。通过吴月娘说的话，西门庆便对李瓶儿从很有钱的第一认知，进而到对李瓶儿相貌的不俗引发了某种欲望与好奇心的产生。可真是说者无心，听者有意，如果吴月娘能料到，有一天李瓶儿会与她分享丈夫，想必她是不会对李瓶儿的外貌如此津津乐道了。

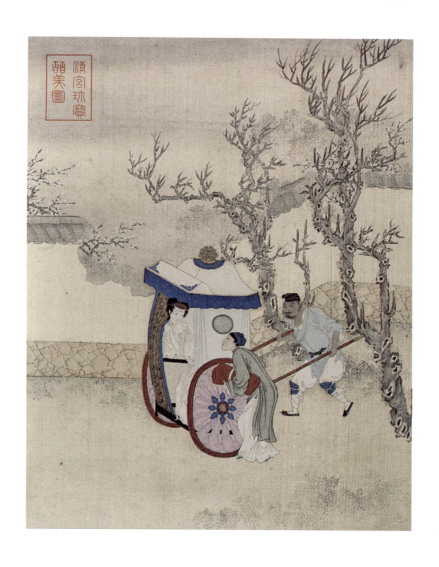

李瓶儿迎奸赴会

李瓶儿曾是梁中书家的小妾，仅此身份，方知此人定然品貌不俗。常言道："丞相府里七品官。"在传统专制的等级社会体制中，能进丞相府中做事的人，哪怕是烹茗洒扫之人，也不是随随便便就会被留用的。更何况做个贴身侍奉主子的妾室，这不仅要相貌可观，还要知书达礼。行、坐、站、卧皆有讲究，穿、戴、搽、抹力求不俗。兰陵笑笑生写李逵杀入梁中书府，不论一家老小，皆排头砍杀，唯有独居后院的李瓶儿躲过了这一劫难，她带着财宝细软和自己的奶娘一路狂奔，逃到了东京城，投亲避难，后又嫁给了花太监的侄儿花子虚为妻。在花太监告老还乡回到清河县时，花老太监在他的四个侄子中，就只带了二侄子花子虚一家与他同住。不久，花老太监死了，把一多半的家产留给了侄媳妇李瓶儿，而不是亲侄子花子虚。在这"以不言写之"的朦胧笔法中，隐含了花老太监与侄媳妇间，有一种颇为暧昧难言的特殊关系，而正是这种关系的特殊性，使得李瓶儿与花子虚的关系，成为有名无实的挂名夫妻。

美丽的李瓶儿于花子虚而言，如同家里拥有的许多宫廷摆设品一样，李瓶儿不过是其中之一。这个所谓的家，并不是他花子虚的，家里的一切财物都是花老太监的，其中包括以花子虚的名义娶过来的李瓶儿。对花子虚而言，这家里的宫廷陈列品也好，他名义上的妻子也罢，都不属于他。他不能触碰那些贵重的宫廷陈设，他也同样不能触碰自己的妻子。面对这样难堪的局面，花子虚只能与街头混混为伍，只能去妓院找寻发泄和慰藉。花老太监死后，花子虚本可以理所当然地拥有他的妻子，但长期以来形成的对李瓶儿的畏惧与隔膜感，夫妻间感情的淡薄，使得花子虚不知该怎样面对李瓶儿。同样，李瓶儿也不可能接受一身纨绔毛病的花子虚。花子虚夫妇间这种微妙关系的叙说，作者是通过李瓶儿与西门庆在偷情过程中的对话，借助于相关人物的口，渐渐地透露给读者的。

习惯于妓院生活，眠花宿柳路数稔熟的花子虚，因为使钱大方，被吸收为以西门庆为首的"十兄弟"之一。所以，对李瓶儿来说，她对西门庆应是有所耳闻，其信息来源就是花子虚，亦如西门庆知晓李瓶儿的身世也是通过花子虚一样。所不同的是，西门庆只知李瓶儿有钱，可李瓶儿却知道西门庆的风月手段。如此看来，李瓶儿与西门庆之间是前者有心，后者有意。因此，在后来他们之间的关系发展上，李瓶儿显得更为主动。与潘金莲和西门庆的交往过程相比，李瓶儿更显出一己主观选择的把握性。在李瓶儿与西门庆关系的演进中，故事情节安排便是李瓶儿给西门府送礼在前，托付西门庆关照花家，之后又有花家兄弟与花子虚为家产打官司一事在后。再看李瓶儿与西门庆的第一次会面：西门庆到隔壁约花子虚去妓女吴银儿家喝酒，可花子虚不在家，只见李瓶儿"夏月间戴着银丝𩮰髻，金镶紫瑛坠子，藕丝对衿衫，白纱挑线镶边裙。裙边露一对红鸳凤嘴，尖尖趫趫"（第十三回）的一双小脚儿，静立在二门的台阶上，此时匆匆走进来的西门庆正好与她撞了一个满怀。西门庆一见"人生的甚是白净，五短身材，瓜子面子，生的细弯弯两道眉儿"的李瓶儿，自然是"不觉魂飞天外，魄散九霄"了。按说，一个陌生男人的到来，李瓶儿理应回避。可李瓶儿不仅没有回避，还叫婢女把西门庆让进厅内坐下，自己则在角门首观察。外表彬彬有礼的西门庆，大约是给了李瓶儿某种好感，李瓶儿先对西门庆说："大官人少坐一时，他适才有些小事出去了，便来也。"一盏茶之后，李瓶儿又对西门庆说花子虚喝酒去了，她要西门庆"好歹看奴之面，劝他早些来家"，因为"家中无人"。西门庆对李瓶儿所言之事自是满口应承，可就在两人絮叨间，花子虚却回来了。细品一下这一情节的描写很有意思，李瓶儿话说得很是曲折，她对西门庆开始说真话，一盏茶后又撒了个谎。看者一头雾水，而西门庆却是听得明明白白。李瓶儿要西门庆看她的面子为她办事，这对第一次见面的人而言显得过于亲昵，颇有套近乎的意思。这种写法不是因为要显出李瓶儿接人待物没有分寸，而是意在表明，李瓶儿想要拉近她与西门庆彼此间的距离，表示出李瓶儿对西门庆的一种亲近感。李瓶儿撒谎，便使西门庆明白了她有留客之意，李瓶儿以"家中无人"来暗示着她的某种企盼。风月老手的西门庆，对女人如此说辞的小心思、小伎俩当然很是了然，也对李瓶儿闪烁言辞下的多情很有领会。作为回报，西门庆确也特别"留心"地把花子虚灌了个酩酊大醉，并亲自扶回花家，兑现了他向李瓶儿承诺的与花子虚定然"同去同来"（第十三回）。

李瓶儿与西门庆第一次相见，在言语上多少有点交浅言深。这恰好反映出李瓶儿对西门庆是一见钟情的。所以，当西门庆扶着酩酊大醉的花子虚回到家时，李瓶儿一会儿说"看奴薄面"，一会儿说"奴恩有重报，不敢有忘"。几番感谢的说辞，简直就是几番心意的表白。说穿了，李瓶儿就是希望西门庆能多多往来花家，这样可以让西门庆从花子虚的浮浪行为中，看到并了解自己的寂寞处境。善解人意的西门庆，既已明白了李瓶儿的这份苦心，便更为用心地创造机会。西门庆一边叫人把花子虚挂在妓院过夜，一边到李瓶儿面前说些温和体贴的安慰之语。这一来二去，两人自然是"眼意心期，已在不言之表"，都是心知肚明了。之后，李瓶儿特意让花子虚安排答谢西门庆的家宴，随后将花子虚打发去了妓院，终于把西门庆领进了自己的"鲛绡帐内"。

那么，李瓶儿有可能对西门庆一见钟情吗？所谓一见钟情的情感冲动状态不多是发生在情窦初开的少女身上的吗？李瓶儿曾为人妾，再为人妻，于异性方面她也算得上是见多识广，对两性秘事也说得上是得心应手，就连西门庆也曾经对潘金莲赞李瓶儿"好风月"。那么，李瓶儿怎会对西门庆产生这种痴迷的、一见钟情式的感情呢？清人张竹坡评说"瓶儿是痴人"，她的"痴"又所为何来呢？且说，李瓶儿虽是梁中书家的妾，但未见她受宠，她不过只是个小妾，被打发在深宅中最偏远的后院居住。在她为妾的生涯中，何时能得到中书大人的召见，她自己都不知。李瓶儿逃出青州，来到东京城投亲不果，后嫁与花子虚为妻，可婚后花老太监让她另居他室，并不与丈夫同房。一次，李瓶儿和西门庆躺在床上，说起她与花子虚一起的生活："他逐日睡生梦死，奴那里耐烦和他干这营生！他每日只知在外边胡撞，就是来家，奴等闲也不和他沾身。况且老公公在时，和他另一间房睡着，我还把他骂的狗血喷了头。好不好对老公公说了，要打百棍儿也不算人，什么材料儿，奴与他这般玩耍，可不硌碜杀奴罢了！谁似冤家这般可奴之意。"（第十七回）从李瓶儿这段话中可知，花老太监与这个侄媳的关系很好，花子虚与妻子却不一定有夫妻之事。在花老太监严格的呵护之下，李瓶儿对花子虚其人的感觉是可有可无，更没有什么夫妻情意可言，有的只是李瓶儿对花子虚发自内心的轻蔑。然而，关系亲密与感官满足毕竟是不同的两码事。试想花老太监，一个丧失了性能力的老头，他能给青春正盛、活力充沛的李瓶儿带来什么快乐和满足呢？一个积年在皇家内宫行走的太监，又能对年轻女人的身心需求了解多少呢？这个好色却无能的花老头子，唯一能做的就只是在锦帐香被里，拥着肤白如玉、"身软如棉花"的美女，拿出他从皇宫里盗得的所谓"二十四春意动关情"的春宫画册，按图索骥一番罢了。

晚明社会，人欲横流。不仅皇帝好色，就算太监也少有安分的。太监们以自己特殊的工具——舌或手，完成性欲的满足。妓女李桂姐对吴月娘就诉过太监嫖客的苦："把人掐拧的魂也没了。"（第三十二回）由此可证，花老太监与李瓶儿的性行为也无出其右，左不过就是点拨点拨。李瓶儿与潘金莲相比对，她对男女之事在感性方面是知之不多的。花老太监死后，李瓶儿与花子虚过的是一个在家独守空房，一个嫖妓夜夜洞房的生活。论情感，李瓶儿谈不上对谁动过什么真情。讲体会，她也没有过女人在生理上真正享有的愉悦感受。在这方面的感知上，李瓶儿与遇见西门庆以前的潘金莲倒是有所相似，不同的只在于，李瓶儿缺少潘金莲生于斯、长于斯的那个市井生态的低俗环境。另外，她与潘金莲成长的经历，毕竟是不一样的轨迹。所以，李瓶儿情感的成熟，令她不会像潘金莲那样滥情，也不会像潘金莲那样矫情。

李瓶儿在遇到西门庆之后，生理的愉悦体会引导出她心灵的归依之情，她曾对西门庆这样表白道："谁似冤家这般可奴之意，就是医奴的药一般。白日黑夜叫奴只是想你。"（第十七回）此时，在李瓶儿心灵的深处，还存有一份真诚的痴情，那种似少女般纯真的情怀。这说法似乎有点让人难以置信，可事实就是这样的。西门庆曾故意在李瓶儿面前卖乖，把自己制造、包装成了一个极有责任感的男人。这使李瓶儿对他的好感，闪变成了爱情。

兰陵笑笑生通过写西门庆与李瓶儿第一次相见，李瓶儿把西门庆让进"客坐"，并主动与西门庆套近乎、拉家常，以说明她对西门庆的好感。再写西门庆把大醉不醒的花子虚扶回家，那时李瓶儿便对西门庆动了真情，心里有了朦胧的欲望。作者以含蓄委婉的手法，写出了李瓶儿情感的变化。读者虽不易一下就看清，但却更加真实可信。

一喜一悲一枉然

爱情使人变得温柔，沉浸在爱情里的女人会加倍温柔。从西门庆与李瓶儿偷情的过程可知，西门庆眼中图的是美色，心里想的是钱财，李瓶儿主动约会西门庆为的就是一种感觉，一种女性特有的直觉。不错，西门庆的确使李瓶儿感到了做女人的幸福，再没人能这样"可奴之意"，为此李瓶儿要报答西门庆带给她的幸福愉悦。李瓶儿不断地送东西给西门庆，给西门府中的各位娘子。知道西门庆偏宠潘金莲，她便要为潘金莲做鞋，就只为了让西门庆高兴。在床笫间，李瓶儿与西门庆一起把对春宫图的观感，通过实践变成身受，她尽力使西门庆得到满足。李瓶儿从不掩饰自己的感官愉悦，也不对西门庆有何隐瞒，更没有潘金莲那样的造作之态。确如清人张竹坡所评："描写瓶儿勾情，纯以憨胜。"憨，那就是一味的发痴状。

作者写李瓶儿心性善良的一面，并不是直接写出，而是采用以事明人的手法。花子虚被自己的三个兄弟告进了衙门，说他独占花家的财产。李瓶儿的第一反应，便是要尽快寻找门路，要赶紧救出花子虚。她拿出六十锭大元宝，共计三千两银子的私房钱，让西门庆帮忙。西门庆说："只有一半足矣，何消用得许多！"可李瓶儿却说："多的大官人收去，奴床后边还有四口描金箱柜，蟒衣玉带，帽顶绦环，提系条脱，值钱珍宝好玩之物，亦发大官人替我收去。放在大官人那里，奴用时取去。"（第十四回）李瓶儿的这番话，可以有两方面的理解：其一，李瓶儿想转移财物。想当年她从梁中书家躲过一劫，狼狈出逃就不是空手跑的。而花老太监给她的那些值钱玩意儿，那些只属于她所有的财物，她当然不想留与她不喜欢的任何人来分享，不论与她是何关系。其二，李瓶儿有了他适之心。她想借此机会，甩了花子虚，嫁给西门庆。从情节发展上看，似乎后一点理解比较准确，也较为普遍。所以，许多评论家对她多有指责。可如果从女人的一般私密心态，或称之为小女人的思维特点上分析，则恰恰是前一点比较符合人物心理的真实性。因为，女人在把财宝交给自己心爱的人时，一如把困难交给对方一样。那既是信任对方的表示，也是考验对方的方式。况且热恋中的女人是不懂计较得失后果的，这就是通常说的，恋爱中的女人智商为零。李瓶儿对于西门庆是否会吞掉她的财宝一节，压根儿就没想过。即使在西门庆自食其言，没有向她哪怕一点点的有所交代，就无限期地推迟了预定的婚期，使李瓶儿一下进入到艰难的生活中时，她对西门庆仍有着一份坚定的信任。这一写法已是活化出李瓶儿具有的那种"痴"与"憨"，或说豁达的心性，还颇有些视钱财为身外之物的大气和见识。正是这种女人身上少有的豁达胸襟和大度气质，使李瓶儿后来进到西门府，历经几多风云诡谲、醋海翻波的复杂人际关系时，还能站住脚跟，得益不少。

在西门庆的积极活动下，花子虚经受了一场官司的纠缠，可却没换一下打就被放回了清河老家。按判决，花子虚必须变卖田宅和老屋，将所得银子分给他的另外三个兄弟。由于花家老屋与西门府是紧邻，清河县中人等都畏惧西门庆是地方一霸，无人敢买。李瓶儿便有意让西门庆买下，并自许"不久也是你的人了"（第十四回），其意是要西门庆看在他们之间有肌肤之亲的份上，尽快结束官司。西门庆则在吴月娘的告诫下，打着吞财的算盘，借口怕花子虚疑心而不愿意出钱买花家的房子。一边是限时交款，一边是无人来买，花子虚被逼得走投无路，急火攻心，因此埋下了病根。情急之下，花子虚请求西门庆买下，李瓶儿也在暗地叫西门庆拿她寄放的钱来买房子，不要西门庆花一分钱，这才终于了结了这场官司。西门庆发了一笔不小的横财，轻松得到花子虚偌大的一所宅院。李瓶儿则觉得自己对花子虚尽了力，于情于理都算是对得起花家和花子虚了。

一场官司后，变得一无所有的花子虚终于感到了钱的重要性。且不说日常的开销用度，仅仅是安身必备的居所，就是一个不可避免的大问题。花子虚此时也注意到家里不见了的箱子，尽管他不清楚里边装的究竟是什么东西，但也知道其中大概。同时，花子虚更明白知道他所经受的这类官司的开销花费，以及上下打点所用的大概价码。所以，花子虚安排下丰盛的酒席，招来当红的歌妓们，邀请西门庆前来喝酒。花子虚的真实目的有二：一是为表感谢之意，二是想询问西门庆打点官司所剩余银两的下落。西门庆碍于和花子虚所谓的兄弟名分，本想把银子找补几百两还给花子虚，让花子虚作为购买房产的资金。李瓶儿在得知西门庆的打算后却坚决不同意这样做。李瓶儿反对西门庆还钱的心态动因究竟何在？我以为，李瓶儿之所以在这问题上会如此决绝地表态，不仅是因为不愿让花子虚用她的私房钱，更主要的原因在于，李瓶儿认为她已经为花子虚花掉了她能给他、该给他花的钱，她已经不再欠着花家什么了。更何况买房置产，这些本就是男人对家庭应尽的责任，不该是她的事。李瓶儿从骨子里就认为，花子虚这时该尽一尽他从未尽过的家庭责任和义务。花子虚后来东拼西凑，终于在狮子街买下了房子，置办了一个家。谁知"刚搬到那里，不幸害了一场伤寒"。（第十四回）花子虚在初病时，李瓶儿为他请了医生，后来"怕花钱"，就干挨着。一个月后，花子虚病死了。为此，李瓶儿被受众视为心肠狠毒的恶妇，寡情薄义的女人，就是第二个潘金莲。

那么，李瓶儿与潘金莲是否同属毒妇一流的人物？从表面看，李瓶儿与潘金莲在行为上确有许多相似点，例如与人私通，对丈夫不忠，个人欲望至上，为情欲的满足，不惜一切手段，等等。甚至在对待某些事物的态度、言行方面，她们俩都有极为类同的地方。尤其在对待西门庆的心态和行为上，她俩有更多的相同。但细细琢磨一下便不难发现，李瓶儿与潘金莲是大不一样的两类女人。先看，为了花子虚的家产官司，李瓶儿拿出自己的私房钱。虽说这钱有一大部分是花老太监给的，可那也是在李瓶儿名下的钱。而且，她在花家所付出的青春代价，也不是花老太监出的钱就能作得了价的。李瓶儿把许多的财宝给了西门庆，那不仅仅是因为她有情于西门庆，也是因为西门庆比花子虚更能得到李瓶儿的信任。所以，李瓶儿认为把私房钱交给西门庆，是不会有"到明日没的把这些东西儿吃人暗算明夺了去，坑闪的奴三不归"（第十四回）的事情发生的。李瓶儿对花子虚在官司上的花费，并不是她必须支付的费用，她可以不花这钱。可要是那样做，花子虚就必然要被打，还不一定能出狱。既然李瓶儿已经拿出自己的钱，帮助花子虚了结了官司，那么，她就没有再出买房子钱的道理。在这种心态之下，李瓶儿势必要阻止西门庆，不愿意他把打官司结余下的费用退还给花子虚，此其一也。再看，当花子虚生病，李瓶儿立刻为花子虚请来了太医进行诊治。可是在缺少抗生素的那个年代，伤寒已然属于重疾，形同绝症，治愈率本就不高。再加上花子虚因长期泡在妓院里，身体状态是可想而知的。尽管治疗这种病的诊费是否昂贵，小说里没有说得清楚明白，但既然请的是"大街坊胡太医"，就算是冒名的太医，想必诊金的费用也一定不会太便宜。以李瓶儿的心性推测，如果看病的费用很是低廉的话，她也不至于"怕花钱"的。通过分析应可知，以往评说李瓶儿不愿再花钱给花子虚看病，就是希望花子虚死，好嫁给西门庆的观点虽然很普遍，但不一定符合人物特性与事物逻辑。不妨细究一下原因，花子虚即便活着，他并没有对李瓶儿与西门庆之间的偷情产生过什么明显的阻碍，花子虚实际上也从未对李瓶儿的生活有所关心。因此，花子虚终究是病死，李瓶儿也并没杀人。仅此一端，潘金莲与李瓶儿二人在人格心性上就有着云泥之别。

花子虚死后，李瓶儿仍是西门庆的情人。一年后的某一天夜里，西门庆与李瓶儿谈起了迎娶之事，还决定了嫁娶的日子。这一夜他们快活至极，这一夜李瓶儿倍感幸福，因为她就要成为西门庆名正言顺的女人了，这使李瓶儿激动不已。就李瓶儿来说，她一心只想做西门庆的女人。只要能让她实现这一愿望，她可以不计较自己的名分排位，更少考虑过西门府里的女人们将会如何对待她的问题。想到即将可以嫁给西门庆时，李瓶儿声泪俱下地对西门庆说道："随你把奴做第几个，奴情愿伏侍你铺床叠被，也无抱怨。"（第十六回）真是个痴情痴心的人。李瓶儿愿以一生为代价，只要能让她成为西门庆的女人。可是人算不如天算，美梦总会被打破，好事也总要多磨，这大概属于人事发展的一个真理吧。李瓶儿与西门庆这次幸福的约会还未尽兴，西门庆就被贴身小厮玳安给急急忙忙叫走了。李瓶儿只听说是西门庆家里有急事，但并不知晓发生了什么事。有谁能想得到，西门庆这一走，竟大半年的时间里再没露过面。当李瓶儿心急如焚地派人寻找时，只见西门府大门紧闭，更不见西门庆的一丝人影。李瓶儿为嫁西门庆，整日里忙碌着妆奁，掰着手指，计算着那长得令人无奈的半年时光。她等啊等，盼啊盼，真是为佳期把手指数遍。可李瓶儿怎么也想不到，眼看着佳期已过，西门庆依然不露面，西门府也仍旧是大门紧闭。李瓶儿曾多少次设想过双宿双飞的美妙，就算西门庆不在她的身边，她也时时都能感到西门庆曾经给她带来的身心愉悦。她等，等得心力交瘁。她盼，盼得望眼欲穿。可西门庆仍然是"音信全无"。她忧思郁结，心中便自然生出种种的幻觉。兰陵笑笑生对她此时的状态，有很细致的一段描绘："每日茶饭顿减，精神恍惚。到晚夕孤眠枕上，辗转踌躇，忽听外边打门，仿佛见西门庆来到。妇人迎门笑接，携手进房。问其爽约之情，各诉衷肠之话。绸缪缱绻，彻夜欢娱。鸡鸣天晓，顿抽身回去。妇人恍然惊觉，大呼一声，精魂已失。"（第十七回）自此，李瓶儿夜夜有梦，她只有在梦中才能见到西门庆。所谓相思成疾，她"渐渐形容黄瘦，饮食不进，卧床不起"，命在旦夕。

李瓶儿怎么也想不到，西门庆有个女儿，名叫西门大姐，早早便嫁给当时京城里的官宦陈家为媳。这陈家与朝廷重臣杨戬有连襟之亲，这也是西门庆能在清河县胆大妄为的"气势"所在。杨戬因兵败边塞被弹劾，皇上一怒之下，把他抓进大牢，并下旨："其门下亲族用事人等，俱照例发边卫充军。"（第十七回）这一祸连九族，凡与杨戬沾亲带故的人都吓得心惊胆战。陈家连夜叫儿子陈经济带着西门大姐和细软，一口气狂奔回到清河县娘家避难。当西门庆得知此事，"耳边厢只听飕的一声，魂魄不知往那里去了"。要知道，西门庆收留女儿和女婿的事，一旦被官家查出，那就是窝藏钦犯。这可是满门抄斩的大罪，西门庆怎不魂飞天外？此时西门庆已是顾不得与李瓶儿的儿女情长了，他忙着派人上京打探消息，想方设法走门路，讨人情，以防祸及自身。西门庆生怕走漏了一丝的风声，自然是整日里大门紧闭，足不出户，喘气都只有半分。关于要娶李瓶儿进门的事，早就随着惊魂，一路飞到了九霄云外。

可怜李瓶儿相思成疾，奄奄一息。她的奶娘冯妈妈为李瓶儿请来了太医蒋竹山，这位太医虽年轻，对六欲七情之病的诊治倒十分在行，也懂得些岐黄之术。李瓶儿服下了蒋太医几副药之后，身体竟渐渐好了起来，精神和容颜都有了恢复，蒋竹山也由此赢得了李瓶儿对他的好感。为了表示感谢之意，李瓶儿设宴款待蒋竹山，这时才得知西门庆家的事根本不是一时半会儿可以了结的。如此一来，只身无归的李瓶儿必要思忖，自己的未来该怎么办？她对自己的后半生不能不作出安排。此时，李瓶儿倒是有些后悔了，她后悔自己过去也太过孟浪了些。当想到自己今后的生计时，李瓶儿对"自己的许多东西都丢在他家"（第十七回）觉得有些后悔。为今之计，无依无靠的李瓶儿只能另谋打算，寻一个可以主家的可靠之人。李瓶儿这么一转念，蒋竹山便是当然的首选。这位颇有些医道的太医，与李瓶儿年纪相当，长得"五短身材，人物飘逸""语言活动，一团谦恭"。有了这样的想法，李瓶儿便觉得："奴明日若嫁的恁样个人也罢了。"对李瓶儿的青眼相看，蒋竹山正是求之不得："倘蒙娘子垂怜见爱，肯结秦晋之缘，足称平生之愿。小人虽衔环结草，不敢有忘。"

蒋、李二人很快就把这门亲事给定下了。按常理，感情刚受挫折的李瓶儿对婚嫁之事理应谨慎小心些，可此时李瓶儿考虑的是如何撑起一个家，这是个十分现实的生活问题，它促使李瓶儿不能犹豫，也不容她过多从容地考虑清楚情感问题，她只能以世俗功利的眼光来择偶。李瓶儿选择嫁给蒋竹山，其中不乏对蒋竹山救命之恩的感激心理。可是，李瓶儿没搞明白一点，在男女情爱上，感激之情不等于就是情爱，更不可能代替爱情。没有爱情的夫妻生活既难以和谐，也难以产生所谓的日久生情之情。这门急促的婚姻生活才开始，李瓶儿马上就意识到，她又错了！

一世一情一红颜

李瓶儿与蒋竹山成婚后便拿出本钱给蒋竹山开了家药铺，生计算是有了保障。当温饱不再是必须面对的问题时，身心的快乐势必成为生活的追求。人生往往就是这样，被欲望所牵引，也被欲望所左右。唯有理想特别远大、追求相当与众不同的人，才可避免被无穷无尽的欲望不断驱使的命运。李瓶儿只是个平凡的女人，她不仅平凡，还有着比别人多得多的丰富情感。她渴望爱人，更希望被人爱，这是她比别人更多些痴、多点憨的原因。这男女之爱，夫妻之情，往往在人生最活跃的中青年时期，会多以性爱的方式所表示。西方哲学家叔本华曾在《爱与生的苦恼》中精辟地指出："性欲是一种最激烈的情欲，是欲望中的欲望，是一切欲求的汇集。"本就以欲之纠结获病，又以欲之纾解而痊愈的李瓶儿，自然十分希望自己在婚后与蒋竹山的性生活能和谐与美满。

但是，被西门庆这样的性机器造就过的李瓶儿，很快就感到蒋竹山根本不能满足她感官的欲望。出于难堪且不得已的缘由，蒋竹山只好买些辅助工具以求得到认可。李瓶儿对蒋竹山这一可笑的行为大为恼火，竟勃然大怒。她感到自己的尊严受了侮辱，不由骂道："你本虾蟆，腰里无力，平白买将这些行货子来戏弄老娘，把你当块肉儿，原来是个中看不中吃，蜡枪头，死王八。"（第十九回）就这样的恶骂李瓶儿还觉不解气，半夜把蒋竹山赶到了药铺里睡，从此不许蒋竹山再进自己的房。每到夜静更深时，李瓶儿便不免会把她与西门庆在一起的种种都回忆起来，与西门庆在一起的愉悦之感又浮上了心头。西门庆却并非如李瓶儿想象的那么多情，当西门庆得知李瓶儿不仅嫁给蒋竹山，还开了家药铺，大有要抢他的独家生意之势时，竟怒火攻心。整个清河县只有西门庆开了一家药铺，这是他独霸的行当，李瓶儿竟要来分他的市场，这分明是与他过不去。要知道，一说到生意，西门庆可不管曾经还是情人，也决不会看李瓶儿的脸面高抬贵手，他一定要出这口赔了夫人又折兵的恶气。西门庆找了两个流氓"捣子"，狠狠地打了蒋竹山，还砸了药铺子，并赖走蒋竹山几十两银子。莫名中招躺枪的蒋竹山满心委屈，只好回去向出资的老婆哭诉。李瓶儿听完丈夫一腔哭诉后更是一肚子气，她真的以为蒋竹山向人借了钱不还。一怒之下，李瓶儿把这个惹是生非的男人赶离了家门。如此绝情，如此决断，如此泼辣，这时的李瓶儿已经全然没有了一点点的女人味儿。那个曾是西门庆情妇的李瓶儿，对情人曾有过太多的温柔和体谅，她是那般的柔情似水，温和体谅，善解人意。可如今同是这个女人，竟然变成了一头河东狮。曾记得有一次因生意上的事，西门家里派人来叫西门庆回去，西门庆不愿起身，李瓶儿硬是要他起床，要他回去打理生意，这样识大体的事是永远不会发生在潘金莲身上的。而今，同是这个李瓶儿，她对待蒋竹山的言行，倒与潘金莲颇为类似。李瓶儿如此大的心性变化，这符合人的生活实际吗？对于这样的质疑，学术界多持有作者败笔的说法。其实，这本是属于清官难断家务事的范畴，李瓶儿与蒋竹山之间各种不和，不仅仅是李瓶儿为了一己感官愉悦得不到满足而造成的。正所谓冰冻三尺，非一日之寒。李瓶儿对蒋竹山有着极大的怨气，可谁也不清楚这股怨气是如何积存下来的。不过有一点还是比较明白，那就是蒋竹山生性懦弱，缺少大丈夫气概。按现代社会学家的分析，家庭组合的男女两人，他们在个性特征上应该是一龙一虫、一刚一柔。龙性刚，使家立；虫性柔，使家和。男性刚则女性柔，男性柔则女性刚。如果一家子皆为虫性，家便不立。一家子皆为龙性，家便不和。如此看来，李瓶儿个性的变化是合乎现实生活中家庭性格构成组合规律的，也就具有了真实性。

西门庆怎么也没想到，李瓶儿对他依然情有独钟。李瓶儿请西门庆心腹小厮玳安吃酒，玳安回去之后，向西门庆转述了李瓶儿的一番哭诉，说李瓶儿后悔嫁了蒋竹山，希望再嫁西门庆。西门庆听罢，心内真是得意之极：你李瓶儿满世界绕了一圈，终于想要回到我这里来，想离开我那是不成的。李瓶儿求嫁，西门庆的虚荣心得到了极大满足，西门庆这种得意的心态，应是男性群体中比较常见的。此时的西门庆居高临下，对李瓶儿摆了个大大的谱，他甚至不愿亲自给李瓶儿一个回话，只叫玳安传了个可以进门的口信儿。李瓶儿几经周折，总算用了一顶轿子抬往西门府。然而，她乘的不是新娘的花轿，西门庆也没给她安排下类似孟玉楼过门时的排场。在西门府的大门前，迎接李瓶儿的不是新婚的热闹场面，而是无人问津的冷冷清清。李瓶儿坐在轿里大半天，形同上门要饭的乞丐，受尽了门童的冷言冷眼。而西门庆此时就坐在新园子的卷棚里，正得意地欣赏着自己导

李瓶儿许嫁蒋竹山

演的这场苦戏，这园子正是西门庆空手套白狼，没花一分钱从李瓶儿手里得到的。

在孟玉楼的劝说下，正在与西门庆怄气的吴月娘勉强让孟玉楼接李瓶儿进门。但一连三天，西门庆都让李瓶儿独守空房，这在任何一个时代都是对新嫁妇人的最大侮辱，自然也是西门庆给李瓶儿最大的差辱。李瓶儿万万没想到，竟然是自己把自己送进了火坑。那些日月星辰周而复始般的日夜思念，换来的是这般的不堪和折辱。那些煎熬炙烤似的火热情怀，得到的竟是一盆泼面冰水。面对这样寡情的男人，李瓶儿万念俱灰，唯有一死。她穿着新娘的盛装，选择了悬梁自尽。由于下人发现及时，李瓶儿被救活了。这事惊动了西门府家中上下人等，也激怒了西门庆，他认为李瓶儿是想出他的丑，要使西门府家声扫地，这是西门庆决不能容忍的事。为此，他一定要给李瓶儿一个大大的教训，给李瓶儿一个狠狠的下马威。西门庆手提马鞭，气势汹汹地跨进了新房。西门府的全体妻妾们都静悄悄地聚拢在那成了刑房的新房外，她们都想看看西门庆会如何惩罚李瓶儿。还在婚床上抽泣的李瓶儿，只听得西门庆劈头一顿臭骂，接着要她脱光衣服跪在地上……此时的李瓶儿简直不敢相信，眼前这个满脸怒气的男人就是她曾苦苦想着的人。这难道就是她盼望已久的情爱生活吗？李瓶儿难以相信眼前的事，她还想着西门庆会不会宽宥她？她裸露的身体只想承受爱，不想承受鞭子。李瓶儿心里的迟疑导致了她行动的延迟，这更加激怒了西门庆，他把李瓶儿拖下床来举鞭就打，李瓶儿只得脱下衣服，忍受这巨大的人格羞辱。

这场家庭闹剧，最终以喜剧结尾。李瓶儿一番柔声细气的辩说，让西门庆一腔怒火消弭殆尽，脸上又高兴了起来。虽然他们两人重归于好，但西门庆的鞭子，还是打落了李瓶儿在西门府中的地位。从此以后的日子里，不仅潘金莲常常拿李瓶儿开心，就算是丫鬟们也敢奚落她。在吴月娘的房里，大丫头玉箫和小丫头小玉，当着李瓶儿和孟玉楼、潘金莲的面，学着李瓶儿与西门庆做爱时的亲昵称呼，把孟玉楼和潘金莲笑得不行，吴月娘只好出来制止道："怪丑肉们，干你那营生去，只顾奚落她怎的。"（第二十回）李瓶儿是羞得脸红一块白一块，真不知这时她心里是否酸一阵苦一阵。被丫鬟们当众戏弄羞辱，这在李瓶儿以前的生活中还不曾有过。李瓶儿心里的疼痛一定很深，很深。这样的羞辱有几个女人能够忍受？可李瓶儿忍了。她无法与大房里的丫鬟们计较，她只要还有西门庆的软语温柔，她就什么都能忍。也曾有过颐指气使生活的李瓶儿，过了门就被西门庆的鞭子打没了势头。但不与人争、凡事退让的李瓶儿，很快赢得了阖府人的好感。

李瓶儿怀孕了，这使她在西门府的地位一下攀升至顶峰。后嗣缺乏的西门庆更是欣喜万分，对李瓶儿那是宠爱有加。眼看着发生这一切变化的潘金莲，心里大为妒忌，便开始想法儿给李瓶儿小鞋穿，给她脸色看，用言行堵她的心窝子。李瓶儿对潘金莲的所作所为，表现出了极大的忍耐和退让。她送给潘金莲母亲礼钱、送给潘金莲房里丫头们东西、送给潘金莲衣物首饰，极力向潘金莲示好。李瓶儿所以能具有这样大度、豁达的性情修养表现，那是因为这份涵养来自于一个对自己生活充满信心的人，在面对另一个生活中已然前途无望人的同情和怜悯。李瓶儿十分清楚，只要有了孩子，自己在西门府就永远有了根。她知道，不管潘金莲有多么嚣张跋扈，除了拥有一张易老的红颜外，潘金莲可说是一无所有。李瓶儿太理解潘金莲对她为何不满，也不屑与潘金莲认真计较。李瓶儿这种高人一等的宽容态度，更进一步激怒了潘金莲。因为在李瓶儿面前，潘金莲不仅看见自己的小气、穷酸，就算是引以为傲的美丽容颜，在李瓶儿面前也显得不够丰润和夺目。怀孕使李瓶儿变成了体态成熟的少妇，更具有了女性的美丽。潘金莲只好整日琢磨，怎样才能挫一挫李瓶儿的风头。

李瓶儿产子时间比预计提早，这使敏感又多思的潘金莲终于找到了突破口，她在西门府提出，这孩子是否是西门庆孩子的质疑。可对西门庆而言，李瓶儿生产，他终于当上了父亲。西门庆是中年得子，乃人生一大快事。况且得子不久，他又升了官，真是双喜临门。西门庆得意非凡，他给儿子取名官哥，为儿子大摆酒宴，大办满月席，为孩子大把花钱，毫不吝惜。儿子的出世，使西门庆的心性也变得宽容了起来。上房的大丫头玉箫弄没了一把宴席上用的银壶，整个内院里都在吵，西门庆得知后只淡淡说了句："慢慢寻就是了，平白嚷的是些甚么？"（第三十一回）后来，查出是李瓶儿房里丫鬟仆童们开的玩笑，他们把藏着的银壶拿出来，潘金莲想借此踩一下李瓶儿，要西门庆打丫鬟仆童们一顿，西门庆见潘金莲矛头对着李瓶儿，"心中大怒"，瞪眼便吼道："看着你怎说起来，莫不李大姐他爱这把壶？既有了，丢开手就是了，只管乱什么！"几句话把潘金莲说得下不来台。就在此事发生不久，又发生了更严重的事情。西门庆把一只十几两重的金手镯拿进李瓶儿房里给孩子玩，不想这金手镯子竟不见了，一整房的人都乱起来，奶妈和家仆相互推诿，哭的哭，发誓的发誓，李瓶儿也觉得这是个事儿了。可西门庆只是轻描淡写地说道："谁拿了呢？由他，慢慢儿寻吧。"（第四十三回）西门庆并不是不在乎，他出了李瓶儿的房，走到吴月娘房里就让放话出去：不交出金子，被查到后，将用狼筋鞭子抽打。很显然，西门庆是不愿李瓶儿这一房被人说三道四的笑话。西门庆对李瓶儿这样思虑周全的顾及，与新婚时羞辱她相较，态度真是 360 度的转变。西门庆对李瓶儿的维护，不仅因为他最清楚李瓶儿的财富和品行，更说明西门庆已经对李瓶儿有了较深的感情。所以，他听不得有人说李瓶儿的不是，说李瓶儿的不好。孩子的出世使西门庆在不知不觉中把对李瓶儿的性欲需求心理，上升到了对李瓶儿情爱需求的心理。这一时期也是西门庆人生中最为风光、最为显赫的发达时期。作者似乎下意识地写出这样的意思：成功男人的背后必站着一个坚韧的女性。这时的西门庆已不是清河县城里的一个市井混混，而是在整个山东省都小有名气的富豪官员。在集权体制下，社会对富人从来都是宽容的，因为这样的社会只承认财富和权力的价值。所以对西门庆的贪赃枉法，称霸一方，以权谋私，非法行商，贿赂官员，道德沦丧等恶劣行径，管理层常常视而不见。

西门庆仕途如此"成功"，李瓶儿算不算是坚韧的女人呢？就一般意义上的坚韧而论，李瓶儿远远不及吴月娘。但李瓶儿一切为家中大局着想，从不计较个人的委屈，也不依仗西门庆的偏爱而打击别人，哪怕她明知潘金莲是故意伤害她，她也尽量大事化小，小事化无，不让西门庆知道。李瓶儿要求自己房里的奶妈、丫头，就算有何怨气，也不许对西门庆说半个字。李瓶儿之所以这样做，只为了一个理由，那就是她的孩子官哥。

李瓶儿为了孩子，为了官哥能平安长大，她能忍受任何的委屈。这种能忍常人之难忍的心胸，不正是女人坚韧品格的另一种呈现方式吗？

生死离别终有情

母爱，使李瓶儿有了巨大的变化，她通情达理，解人困难。当潘金莲的母亲潘姥姥来到府上，李瓶儿视为自己的长辈，以礼相待，送钱送物，把潘老太太给感动得哭了，因为女儿潘金莲对母亲从没有这样好。李瓶儿对潘金莲嫉恨官哥已有察觉，但还是隐忍在心，不对人说。后来，潘金莲精心训练的雪狮猫，乘人不备时抓破官哥的脸，使孩子受到巨大惊吓而死。李瓶儿作为母亲，只陪着儿子在这世上过了一年零两个月，她的心全碎了。官哥的死使西门庆怒火万丈，他摔死了雪狮猫，以泄心头之愤。李瓶儿虽也悲痛万分，但仍然没对西门庆讲过潘金莲一字的不是。李瓶儿已太明白家和万事兴的道理，她爱西门庆，她要维护这个家，她不愿为了她的不满和委屈，把家里闹得鸡犬不宁。李瓶儿长于忍让的品性，使人深深感悟到，家庭生活中的容忍，既是女人的柔弱，更是女人另一种形式的坚韧。

儿子官哥的死，对于李瓶儿在西门府往后的日子而言，不仅意味着情感上将背负着永远的伤痛，更主要的是这同时否定了李瓶儿想要作为一个完整女人的理想追求。李瓶儿的精神垮了，伤不起的她已然失去了在夹缝里求生存的勇气和力量，她的心已经太累。李瓶儿整日泡在苦涩的泪水里，沉浸在深深的失子之痛中。虽有西门庆的劝慰与陪伴，可她已心如死灰。住在隔壁的潘金莲却很是心花怒放，情绪得意，她时常抖擞精神，指桑骂槐，幸灾乐祸。李瓶儿本可以利用西门庆此时对她的无比关爱之情，好好惩戒毒妇潘金莲，又或将事情原委对西门庆说，让西门庆为自己撑腰，以治住潘金莲。但李瓶儿却选择了沉默，凡事总是一副淡漠的样子。其时的李瓶儿已是看淡这些你死我活的争斗了，因为对她来说争斗已经没有什么意义。李瓶儿整日里噩梦缠身，恶鬼缠身，厄运缠身。她的身体垮了，血崩不止，心结难开。死，已是预料中的事。西门庆尽管心里明白李瓶儿是救不过来了，可他仍不放弃，求医问药自不必说，请神求佛，除邪解禳，把能做的都做了。

一部《金瓶梅》中，西门庆如此用心地对待一个女人，一生中唯李瓶儿一人而已。这是西门庆第一次，也是唯一的一次以真挚的情感、平等的态度、尊敬的心理去对待一个女人。西门庆在即将失去李瓶儿的时候，他才感受到自己对李瓶儿的爱。西门庆也十分用心地守着这份来得迟晚、走得迅疾的爱情。李瓶儿以一个女性真挚的深情厚谊、执着的痴爱之心，真正打动了一个流氓心底的柔软之地。李瓶儿用女人痴心的真爱把一个流氓也感化得如同君子一般，竟然生出了对他人的真爱之情。这种逆变，这种对人性的改造，算不算是女性的一种伟大且不说，最起码这是李瓶儿生命价值的一个体现，李瓶儿用自己一生的时间，终于让一个从来不懂得爱的人学会了对爱的感受和表达。

李瓶儿与家人生死话别一章，称得上是中国传统章回小说各类题材文本中，最为精彩的篇章之一。且看兰陵笑笑生对此一节的描写：李瓶儿先向西门庆安排自己的身后事："奴今日无人处，和你说些话儿。奴指望在你身边团圆几年，死了也是做夫妻一场。谁知道今二十七岁，先把冤家（指儿子）死了，奴又没造化，这般不得命，抛闪了你去了。若得再和你相逢，只除非在鬼门关上罢了。"（第六十二回）这番话说得西门庆心中悲切，他一边要人向衙门告假陪李瓶儿几天，一边对李瓶儿说些安慰的话，他告诉李瓶儿已派人去买最上等的棺材板，冲一冲晦气。李瓶儿眼见西门庆为她做的一切，忍不住拉着他的手，点头说道："也罢。你休要信着人，使那憨钱。将就使十来两银子，买副熟料材儿。把我埋在先头大娘坟旁，只休把我烧化了，就是夫妻之情。早晚我就抢些浆水，也方便些。你偌多人口，往后还要过日子哩。"西门庆听到这里，心中已是大恸，"如刀剜肝胆，剑挫身心"。西门庆为何如此伤怀？因为在他的生活里，从没有哪个女人，为他的家庭生计作过这样细致长远的考虑。李瓶儿对西门庆的关爱直以朴实的话语道出，那份款款深情包含其中。李瓶儿自嫁进西门府，对西门庆要求的少、付出的多，西门庆对此是再明白不过了。到了晚夕，李瓶儿不让西门庆陪她，她需要时间来安排其他的家人。西门庆走后，李瓶儿把箱中衣服和银饰拿出来，预付给王道姑，作为死后为她诵经的钱。接着叫来老家人冯妈妈，给了银子、绫袄、绫裙，以及一些银首饰，并说道："老冯，你是个旧人，我从小儿，你跟我到如今。我如今死了去也，也没甚么，这一套衣服，并这件首饰儿，与你做一念儿。这银子你收着，到明日做个棺材本儿。你放心，那房子等我对你爹（指西门庆）说，你只顾住着，只当替他看房儿，他莫不就撵你不成！"交代完冯妈妈，又叫过奶妈如意，给她绸衣、绸裙和一件绫披袄，还有两根金头簪子，一件银满冠儿，说道："也是你奶哥儿一场。哥儿死了……不想我又死了了。我还对你爹和你大娘说，到明日我死了，你大娘生了哥儿，也不打发你出去了，就叫接你的奶儿罢。这些衣物与你做一念儿，你休要抱怨。"如意本是个无处可去之人，李瓶儿的安排自是叫她感激涕零。最后，李瓶儿对她房里的两个丫鬟，也作了十分周到的安排。直到吴月娘来看她时，病势已很沉重的李瓶儿，还不忘对每个人都有所交代，尤其不忘对吴月娘进行忠告，她悄悄对吴月娘说道："娘到明日好生看养着，与他爹做个根蒂儿。休要似奴心粗，吃人暗算了。"（第六十二回）李瓶儿这话吴月娘当然是心领神会的，李瓶儿临死前的这番忠告是对吴月娘把无人问津的她接进西门府中的报答，也是对吴月娘在后来的岁月里关照她的报答。李瓶儿临死终于把她对潘金莲的怨愤，转变成了吴月娘认真防范潘金莲的警惕之心。这也埋下了潘金莲在西门庆死后，终被吴月娘赶出西门府的因由。

是夜，李瓶儿与西门庆最后话别，兰陵笑笑生写下让人十分动容的场面：

> 那李瓶儿双手搂抱着西门庆脖子，呜呜咽咽悲哭，半日哭不出声，说道："我的哥哥，奴承望和你并头相守，谁知奴家今日死去也。趁奴不闭眼，我和你说几句话儿：你家事大，孤身无靠，又没帮手，凡事

斟酌，休要那一冲性儿。大娘等，你也要少亏了他的，他身上不方便，早晚替你生下个根绊儿，庶不散了你家事。你又居着个官，今后也少要往那里去吃酒，早些儿来家。你家事要紧，比不得有奴在，还早晚劝你。奴若死了，谁肯只顾的苦口说你？"西门庆听了，如刀剜心肝相似，哭道："我的姐姐，你所言我知道，你休挂虑我了。我西门庆那世里绝缘短幸，今世里与你夫妻不到头！疼杀我也！天杀我也！"（第六十二回）

这是生离死别极为感人的一幕。李瓶儿是人之将死，其言也善。临终之时，她仍心有千千结。在弥留之际，心里最最放不下的还是西门庆和西门府的家事。西门庆听完李瓶儿这些体贴入微、感人肺腑的临终叮嘱后，如何忍得住，他顿足捶胸，痛哭不已。正是男儿有泪不轻弹，只是未到伤心处。此时的西门庆已成了泪人儿，面对哭泣不已的丈夫，李瓶儿只得宽慰他，说自己不会立刻就死去，劝西门庆到吴月娘房里歇一歇。此一别后，但等西门庆再见到李瓶儿，她已永远地离开了这个让她爱、让她恨的悲情世界，也留下了她说不尽恩与怨的长长故事。

在这一章节中，兰陵笑笑生以细腻朴素地笔法，描画了李瓶儿与众家人生死离别的感人场面。活现出李瓶儿温柔、善良、多情、重义、和顺的美好品格。面临死神渐渐走近的脚步，李瓶儿更多牵挂的不是自己，而是与她一起生活过的家人。李瓶儿对家中各仆妇婢子，不仅了解她们此时此刻的心思，还为她们考虑到了今后的出路问题。对老家人冯妈妈而言，李瓶儿就像女儿，对奶妈子如意儿，她像对姐妹，对小丫鬟们，她更像位母亲。通过写李瓶儿在自己身后对这些家中下人细致周到的安排一节，充分说明，李瓶儿平时很关注这些人生活中的细节和状况，很有心地把她们的喜、乐、哀、愁记在心里。否则，临死前的短暂时间里，李瓶儿也不可能作出如此周密而长远的安排。李瓶儿把自己临死前所有的一点精神、一点力气无所保留地都给了这些在她生活中亲近过的人。难怪她们哭瓶儿之死，哭得如丧考妣，难怪西门庆在李瓶儿死后很久很久，还心里阵阵作痛。面对死亡还记挂着要对生者有所交代和安排，要完成自己活着的最后一份责任，这不能不说是一种很高贵的人品。

在中国小说史上，描写生死离别场面比较精彩的，在《金瓶梅》之前有《三国演义》中的刘备白帝城托孤，在《金瓶梅》之后有《红楼梦》中的林黛玉之死。但就笔墨的集中，铺陈的尽致，描写的细腻真切，以及从对众多人的临终嘱托的全面看，能如此明晰地表现出人与人之间关系的亲疏远近，写得"一笔不苟，层层描出"而言，就悲剧场面的情感张力而论，《金瓶梅》中的"李瓶儿之死"是写得最好的。后来的《红楼梦》，在这类事件的书写手法上有所继承也是显而易见的。

李瓶儿之死敲响了西门家族败落的第一声丧钟，后来的《红楼梦》写秦可卿之死，也有着异曲同工之妙。尤其描写西门庆为李瓶儿居丧和出殡的隆重场景，与西门庆死后丧事办得杂乱简陋的情景对比手法，在《红楼梦》中描写秦可卿丧葬场面极为奢靡和盛大，与贾母的丧事办理得简单又无序，便是运用了对比的手法，不难看出，后者写作技法上对前者的承继和借鉴的印迹。当然，《红楼梦》毕竟还有着叙述上许多的创造、发展和升华，较之《金瓶梅》，是更为精致和典雅的优秀古典长篇章回小说。

回顾李瓶儿短暂又可怜的一生，可知她曾经历了两次生死关头：一次是因相思成疾、命在旦夕之时被蒋竹山救活，为感救命之恩而嫁与蒋竹山，并以这次婚姻为开端，最终实现了她对西门庆的情爱表达。李瓶儿能被蒋竹山救活，那不仅是因为蒋竹山的医术神妙，更要紧的是蒋竹山还能喜欢她这样一个没了依靠的女人，这使她感到有活下去的希望。李瓶儿对生命意义的认定与潘金莲十分不同，李瓶儿身上表现出来的自信多于自卑，自爱多于自哀。李瓶儿不仅要求有表面的社会地位，她更要求有女性的实质性体现。李瓶儿追求做爱人的妻子、做孩子的母亲，唯此方能体现她的生命价值。李瓶儿做花子虚的妻子，她不爱也得不到爱。李瓶儿做蒋竹山的妻子，她不爱却被人爱。只有嫁给西门庆，才是她所希望的爱，她虽因为西门庆而受尽凌辱，饱尝委屈，但她终于做成了西门庆的妻子，她对此无怨无悔。李瓶儿为西门庆生下儿子，成了母亲，成为一个完整的女人，一个真正意义上的女人，她满足了，她成了一个安分守己的好女人。这就是兰陵笑笑生笔下的李瓶儿，一个普普通通的女人心肠。在李瓶儿的生命里，唯有情爱，唯有孩子。情爱与孩子就是她的生命线，无论失去其中的哪一个，都会戕害到她的生命，使她的生存失去意义。这一次孩子死了，不能复活，李瓶儿也就再救不活了。爱她也罢，恨她也罢，人总该有个属于自己的最后归宿吧。

李瓶儿的悲哀不只属于她个人，作为爱情的化身，只要这世界上还有求之不得的爱，李瓶儿式的悲哀就会具有相当普遍的意义。

03

庞春梅

的女人 心比天高身为下贱

天定命数人为运

"心比天高，身为下贱"一语，来自《红楼梦》写晴雯这个小丫头的判词。在晴雯之前的文学人物图谱里，已经有一个这样的人物出现，这就是《金瓶梅》里的"梅"，西门府里的大丫鬟庞春梅。

庞春梅在中国文学人物画廊中是一个极富个性、刻画十分成功的婢女形象，她被描写成为一个身份下贱却不甘于下贱身份的女子。清人张竹坡认为，兰陵笑笑生写这个人物"纯用傲笔"。庞春梅在整个西门府的仆妇丫鬟堆里，在那个相互倾轧、相互争斗的底层女人小社会中，她不仅活得游刃有余，而且还能得心应手。

庞春梅本是上房吴月娘的使唤丫头，位在通房大丫头玉箫之后。潘金莲嫁入西门府，庞春梅便被西门庆从吴月娘的上房给拨到了潘金莲的五房，成了第五房的掌事大丫鬟，位子算是升了半级。不久，西门庆以花子虚"收用"李瓶儿的贴身丫鬟一事向潘金莲暗示，他想"收用"庞春梅。潘金莲因初进西门府，正是极力想讨得西门庆处处满意之时，也是需要有帮手助她站稳脚跟之际。所以，她很大方地同意了西门庆的要求。庞春梅自被西门庆"收用"后，潘金莲对她就另眼相看，"自此一力抬举他起来，不令他上锅抹灶，只叫他在房中铺床叠被，递茶水，衣服首饰拣心爱的与他"。（第十回）潘金莲对庞春梅的友爱亲善态度，不仅因为她是初来乍到，需要像庞春梅这样在府中时间长的大丫头扶助，更因她从庞春梅被西门庆占有，联想起她自己当年在张大户家的情形，自然会对庞春梅生出一种怜爱之情。庞春梅因"周岁克娘""早年克父"（第二十九回），不得已被卖进西门府为奴。她虽进了上房当丫头，可吴月娘倚重的不是庞春梅，而是玉箫。庞春梅在上房时，很少能得到关爱和温情。尽管西门庆对庞春梅早有觊觎之心，但吴月娘只允许西门庆"收用"玉箫，而不让他收用庞春梅。这就意味着庞春梅在上房没有了可能上升的空间。庞春梅来到潘金莲的五房不久，不仅很快得到西门庆的"收用"，成了通房丫头，算是有了准小妾的身份，而且她还得到了潘金莲，这位美丽的新女主人，如母似姐的关怀。尤其庞春梅还看到，潘金莲也是大户丫头出身，她不仅能言善辩，通晓音律，识文断字，还会写曲辞，如今又做了富豪的姨娘，这一切的一切都使庞春梅极为佩服。

庞春梅和潘金莲为什么都看重西门庆"收用"丫鬟一事呢？因为，丫鬟一旦被男主人"收用"过了，就意味着身份有所改变。大凡是被主子收用过的家奴，一夕间，就不再是普通低等级的家奴，而是具备了升格为小妾的基本条件，若是手段玩得好，还有可能直击更高的女主位置。宫斗为皇后之位，家斗为主母之位，格局不同，目的一样。通房丫头虽不一定有名分，但生活待遇与一般丫头相比，却有着十分的不同。通房丫头不仅吃穿用度比一般丫头规格高，胭脂水粉也比一般丫头多，在家庭佣人的实际位置上，也颇是有势可依者。另外，女主人如果同意男主人"收用"自己房中的某个丫头，这是表明此丫头是这房女主人的心腹。因此，庞春梅既是"性聪慧，喜谑浪，善应对，生的有几分颜色"（第十回），西门庆又早有了占有之心，庞春梅对此当然是心知肚明的。但是在吴月娘上房侍候时，吴月娘并不把庞春梅当成自己的心腹看待，而没有吴月娘的同意，庞春梅绝不可以和西门庆有越轨之举。就此一点，可见出吴月娘确是不喜欢庞春梅这丫头，庞春梅那种不很随和又比较自我的个性，使她很难得到吴月娘的认可，更不可能成为上房女主的心腹之人。

庞春梅性格的倔强，使她的言行举止也往往显得任性和强硬，心智的聪慧，则更使她表现出与众不同的个性特征。像庞春梅这样一类人，往往具有认死理，重感情，守承诺，只讲义气，不讲是非，敢做敢当，恩怨分明的性格特征。庞春梅之所以会形成这样不屈服、不服软的个性，实在是和她早孤无依、身世可怜有着密切的关系。只是可怜之人，必有其可恨之处。在西门庆的宠幸、潘金莲的抬举下，庞春梅任性而为，不依不饶的较真个性特点被极大地释放出来。长期受到压抑的人，一旦得以扬眉吐气，能够抬头挺胸时，其言行举动一定会夸张到变形。兰陵笑笑生写庞春梅在西门府的第一次张扬行为，便是因被潘金莲骂了几句后，她一肚子气来到厨房，掌厨的第四房娘子孙雪娥见她"槌台拍盘，闷狠狠的模样"，便逗她说："怪行货子，想汉子便别处去想。怎的在这里硬气？"（第十一回）庞春梅才听完孙雪娥的话，竟然暴跳如雷，孙雪娥便一声不吭了。孙雪娥的话或许正说在了庞春梅的痛处，她或许正好遇上潘金莲因不满西门庆的"收用"一事，以及对庞春梅的偏爱，故意找茬儿骂她。孙雪娥对庞春梅的性格脾气应该是早就了解，虽说庞春梅进西门府的时间比孙雪娥晚了些，但她们两人之间，这种磕磕碰碰的事儿也应该不会少。从孙雪娥对吴月娘说"这丫头在娘房里，着紧不听手，俺们曾在灶上把刀背打他，娘（指吴月娘）尚且不言语，可可今日轮他（指潘金莲）手里，便骄贵的这等的了"的话中可知，庞春梅在上房时，孙雪娥只当她是个小丫头，时不时会以姨娘身份，给予庞春梅或痛或痒的教训。以庞春梅桀骜不驯的性格看，也说不定就是从那时起，就已经对孙雪娥积下了怨气，更何况懵懂的孙雪娥还真搞不清楚，新的五房娘子，现在庞春梅的直接主子潘金莲，可不是上房那个息事宁人的吴月娘。

潘金莲自打进门后就喜欢无事生非，生性又很多疑，时时刻刻最怕的就是被人看不起。她性喜张扬，行为外露，总是把自己的心理活动暴露无遗。而聪慧的庞春梅怎会不懂自己主子的这点顾忌和忌讳呢？庞春梅这次在厨房被孙雪娥说了这几句话，不能随随便便就算了，她不能再忍受谁的逗气，庞春梅要让新主子潘金莲为她撑腰，为她出一出这口久憋在心里的恶气。于是，庞春梅回到房里，小题大做地向潘金莲进行汇报："他还说娘叫爹收了我，俏一帮儿哄汉子。"（第十一回）这一来，心窄量小的潘金莲与孙雪娥立马便结下了梁子，可孙雪娥自己还不知道潘金莲为何那般地恨她。

潘金莲是一定要报复孙雪娥的，她不能让她房里的丫头被其他房的人欺负，哪怕是有位分的女主也不行。潘金莲认为，谁敢欺负五房的人，哪怕是欺负五房的丫头，那就等同于欺负她潘金莲。她虽排行第五房，但谁欺负她以及她所代表的五房都不行。潘金莲必要从孙雪娥开始，杀一儆百，使西门府中其他房的人不敢小看第五房的人。为此长远计，潘金莲是绝不可能放过孙雪娥的。让潘金莲扬威立万的机会很快便来到了，第二天一早，西门庆忽然想吃荷花饼和银丝鲊汤，他便派庞春梅去吩咐掌厨的孙雪娥给做来，可庞春梅就是不动身，西门庆问缘由，潘金莲便乘机告了孙雪娥一状。西门庆看叫不动大丫头，又叫做粗活的丫头秋菊去取。可是，等了半天秋菊也没取来。西门庆心里很是来气，他再让庞春梅去催要。这位已是鸟枪换炮的五房大丫鬟一来到厨下，就没说一句好听话。她明骂秋菊，实骂孙雪娥。那孙雪娥再不济，好歹也是个姨娘的身份，怎耐一个被她曾用刀背打过的丫头骂，孙雪娥还嘴自是难免。这庞春梅要的就是孙雪娥开口还击，她一边与孙雪娥对骂，一边扯着秋菊的耳朵回到前院房中，添油加醋地说了一遍事由。潘金莲则旁敲侧击，进一步挑唆。西门庆不听罢了，一听这主仆的一番挑唆之语，那是火从心头起，怒向胆边生。性格本就冲动的西门庆疾步冲进厨房，不由分说，给了孙雪娥一顿拳脚，打得她疼痛难忍，放声大哭。潘金莲和庞春梅主仆二人听着这哭声，心中都不由得暗暗得意，一身的舒爽。潘金莲得意于西门庆偏宠着她，偏向着五房。庞春梅得意于自己也能有出口气的时候，整治了这个也是丫头出身，还敢用刀背教训她的四姨娘。

庞春梅为人个性很直露，对人的态度也爱憎分明。她爱潘金莲，因为潘金莲对她好；她敬潘金莲，因为潘金莲不管到哪里，一定是最引人注目的美女。在爱与敬的情感作用下，庞春梅在不知不觉中模仿着潘金莲的言行，学着潘金莲的风骚，适应着潘金莲的思维，实践着潘金莲的做派。孙雪娥挨打，庞春梅更把潘金莲视为自己可依赖的人。可是不久后，庞春梅发现就算是女主人，那命运有时反倒是不能够掌握在自己手上的，而做丫头的人却往往能帮衬上主子，扭转主子运势的乾坤。

在西门庆包占妓院，"梳笼"了新当红的妓女李桂姐期间，潘金莲把小厮琴童勾上了床。这事被秋菊传到了上房丫头小玉那里，小玉又传给孙雪娥与二房的姨娘李娇儿知道了。孙雪娥与李娇儿两人，本就与潘金莲多有嫌隙，有这样报复的机会，她们二人自然不会放过。在得到潘金莲如此劲爆的绯闻材料后，孙雪娥与李娇儿都觉得完全可以狠狠地搞死这个时时看不起她们，时时想要踩住她们的潘金莲。既然家主与家奴私通是死罪，她们二人怎能不置潘金莲于死地而后快？孙、李两人不顾吴月娘的告诫，决定无论如何也一定要与潘金莲好好地斗上一斗。终于有一天，西门庆回家中来了。孙雪娥与李娇儿联袂向西门庆告了潘金莲一状，勃然大怒的西门庆，一进房就打了潘金莲几个大耳光子，并喝令她脱光衣服跪在地上。潘金莲原想为自己作辩解，却反惹西门庆手提马鞭"向他白馥馥香肌上，飕的一马鞭子"（第十二回）就抽打了过去。潘金莲哭了，但她仍咬紧牙不松口，坚决不承认与小厮有私情。潘金莲坚不松口，拼死抗拒，不仅是因为她知道事态的严重性，更是因为庞春梅已私下跟琴童串好了供词，她心里有不认账的底气。西门庆见潘金莲不认，供词又相符，心下开始有点不忍。西门庆为给自己一个台阶下，便把庞春梅搂在怀中问道："淫妇果然与小厮有首尾没有？你说饶了淫妇，我就饶了罢。"庞春梅其时心里很明白，西门庆问这话便已经是饶过了潘金莲。西门庆问话的用意有两个：一是给他自己下个不后悔饶过潘金莲的决心，二是向潘金莲表示，庞春梅是我放在你这房里的耳目，你的事瞒不了我。可西门庆懵然不知的一点是，"性聪慧"的庞春梅可不是"为人浊蠢"的秋菊。庞春梅做了长年丫鬟，她深知

潘金蓮私仆受辱

遇到一个能一力抬举丫头的女主子，并不是一件容易且随时都会发生的事，潘金莲对她有知遇之恩，有怜惜之情。此外，庞春梅还很清楚，如果没有了潘金莲，五房也就不存在了，她就不可能是什么大丫头。庞春梅很懂得"皮之不存，毛将焉附"的道理。此时，便是她报答潘金莲的时候。只见庞春梅一副娇痴模样，对西门庆说道："这个爹，你好没的说，和娘成日唇不离腮，娘肯与那奴才！这个都是人家气不愤俺娘儿们，作做出这样事来。爹，你也要个主张，好把丑名儿顶在头上，传出去好听？"（第十二回）庞春梅这番话包含三层意思：其一，你西门庆既然宠爱潘金莲，就该相信她不会再看上别人，况且还是个家奴。其二，让西门庆知道府中女人们的争斗，孙雪娥、李娇儿二人告状是有意陷害她们这一房。其三，向西门庆表明，那些告状的人根本不顾及你的家声，这种事就算是真的，你查出来对你的声名也有害无益。西门庆自然是听懂了这些话的意思，所以他听完这番话后很是高兴。庞春梅既能忠心为主，又懂得息事宁人的态度很得西门庆的欢心，西门庆此后对她更是另眼相看。潘金莲经此一事，与庞春梅结下了姐妹般的情谊，在以后的日子里，这两个人是情意相通，心心相连，名为主仆，实是战友。后来，这主仆二人在西门府中便沆瀣一气，同声同气，几乎是打遍全府无对手，占尽了风光，出尽了风头，弄得许多家奴，包括西门庆在外头的朋友，只要关系稍稍亲近的，都要奉承这位五娘子，也对庞春梅这个通房丫头十分地讨好。

随着潘金莲这房势力的增长，庞春梅在西门庆那里更加得势，潘金莲也把她当成和西门庆周旋用计时的砝码。西门庆与宋惠莲有了奸情，为避人耳目，本想到潘金莲住的前院宿一晚。西门庆去跟潘金莲商量，潘金莲因得了西门庆的好处，自是不好拒绝，但心里又极不愿意，她便把庞春梅抬了出来："我就算依了你，春梅贼小肉儿他也不容他这里。你不信，叫了春梅小肉儿，问了他来。他若肯了，我就容你容他在这屋里。"（第二十三回）潘金莲这一说，西门庆也无可奈何，只好让潘金莲派人去把花园山洞打理一番，点了一盆火御寒，和宋惠莲一起过了一个哆哆嗦嗦的偷情之夜。

世事通明才会赢

西门庆究竟畏惧庞春梅什么？细探究竟，应当是畏惧庞春梅那种直露的个性，倔强的脾气和尖刻的话语所营造起来的一种气势。当然，如果西门庆对庞春梅不喜欢，不看重，他自然可以无视庞春梅的那种个性、气势的存在，也无须对她有什么畏惧之情。很显然，西门庆看中庞春梅的不仅是姿色，更欣赏她对事物的感悟力，也就是通常所说的"懂事"。

说人所谓"懂事"，最能体现的是对发生的每一件具体的人和事上，均能审时度势，知道什么时候开口，什么时候闭嘴。庞春梅是很懂事的人，这一点潘金莲无论如何是比不上的。再者，庞春梅是西门府的旧人，西门庆对她的了解也多过对潘金莲。由于西门庆深感庞春梅是个忠心主子的好丫鬟。所以，当西门庆在对负气自杀未遂的李瓶儿施以家法鞭打时，他只把庞春梅留在院里使唤，其他人都给赶到了院子外。尔后，西门庆与李瓶儿和好，庞春梅对打听过程的那些人绝不多谈，可见庞春梅是个心中颇有分寸的人。然而，庞春梅也有向西门庆多嘴的时候，可她一旦开了口，就让西门庆不知如何是好。庞春梅敢说敢讲，见不惯的事喜欢当面就说，言辞也很是尖锐。这在那个女人成堆、无事生非的西门府里，显得她颇有点男儿的气质。庞春梅这种偏中性的个性特点，令整日混迹在女人环绕境况下的西门庆，始终会生出对她的一种新鲜感。西门庆往往面对庞春梅的冲撞不仅不加以责备，还有点故意放纵的意思。一次，潘金莲让庞春梅来找西门庆，庞春梅找到书房外，西门庆在房里听到她的声音，急忙把正在与之暧昧的少年仆人书童推开，躺到床上装睡。庞春梅一步跨进去，见西门庆在炕上躺着，敏感到有什么见不得人的事，张口便道："你每悄悄的在屋里，把门儿关着，敢守亲哩？娘请你说话。"（第三十五回）边说边把不肯动身的西门庆硬拉进潘金莲的房里来，转头对潘金莲说："他和小厮两个在书房里，把门儿插着，捏杀蝇子儿是的，赤道干的什么茧儿，恰似守亲的一般。"听着这番数落，西门庆也不生气，庞春梅大大咧咧的样子，西门庆也竟然接受了。西门庆一贯认为，庞春梅就是个藏不住事儿的直率人。庞春梅泼辣的个性、爽直的行为，其中多少还隐约透着一点正形儿。虽说西门府里正不压邪，但对庞春梅的较真劲儿，西门庆仍有些畏惧。西门庆与书童间的变态性行为，府中许多下人都是知道的，看大门的小厮平安儿还曾把这事告诉过潘金莲，西门庆知道后把平安儿打得皮开肉绽，不省人事。因此，阖府上下，对西门庆好美童这事谁也不敢说，唯有庞春梅能说。正是由于西门庆认为庞春梅是个很正经的人，是个很自爱的人，故而面对庞春梅的数落，西门庆也就不会见怪了。可实质上，庞春梅不少的观念和行为，与她的主子潘金莲有着许多的共同点，但西门庆为什么会认为庞春梅很正经、很自爱呢？这要从庞春梅另一次夸张到变形的表演说起。

西门庆像天底下所有的暴发户一样，喜欢附庸风雅。他从府里各房中指派一个丫鬟学习弹唱，上房的玉箫，三房的迎春，五房的春梅，六房的兰香。西门庆为了让这四大丫鬟学习弹唱，还专门请来二房李娇儿的兄弟，这个出身妓馆的乐工李铭，给四个丫鬟做教习。一天，西门庆不在家。孟玉楼、潘金莲、李瓶儿和宋惠莲都在吴月娘的房里下棋，学弹唱的玉箫、迎春、兰香与李铭说笑了一阵，就都到了大小姐西门大姐的房里去了，只剩下庞春梅和李铭两人在西厢房学琵琶。其间，庞春梅因衣袖过宽兜住了手，李铭在拉她的衣袖和手时略微地重了点，庞春梅一声怪叫，随口便骂了李铭七八个"王八"（第二十二回），骂得李铭连申辩一句的勇气也没了，拿起衣服没命地往外跑，李铭深知这个庞春梅是惹不起的主儿。庞春梅从厢房出来，一路骂到上房，她在各房的女主面前表白："我不是那不三不四的邪皮行货，教你这王八在我手里弄鬼，我把王八脸打绿了！"这骂声的用意很明显，既是借此事抬高自己的身份，更是顺便把其他丫鬟们贬损一番，还对那些有"邪皮行货"嫌疑的女主子们，显示出自己的清高尤胜她们的意思。尤其还可以借此对二房姨娘李娇儿狠狠地踹上一脚，这是对李娇儿参与孙雪娥告发潘金莲与小厮有奸，挑唆西门庆鞭打潘金莲一事，进行了一个宛转的报复。庞春梅此举可谓一箭双雕，既羞辱了李娇儿，又让自己"声价竟天高"，使她从此在西门府，赢得了一个洁身自好的好名声。

与此同时，庞春梅也为自己在西门府抢到了一个道德制高点，这以后她便有了对别人的行为举止，可以随意进行道德评判的特权。庞春梅一举成了西门府中的贞洁名片，成为西门府的道德面子。所以，当西门庆请吴神仙为各房娘子看相时，也不忘把这位特殊的丫鬟叫出来让神仙给相面。出乎主子们的意料，吴神仙竟看出庞春梅有贵人相，说她"五官端正，骨骼清奇"，说她"山根不断，必得贵夫而生子"，还说她"早年必戴珠冠"，而且"三九定然封赠"，并"一生受夫敬爱"（第二十九回）。主子们听了吴神仙的断语都不以为然，庞春梅听了可是句句在心。事后她和西门庆议论起来，掷地有声地说道：

> 那道士平白说戴珠冠，叫大娘说有珠冠只怕抢不到他头上。常言道：凡人不可貌相，海水不可斗量。从来旋的不圆砍的圆。各人裙带上衣食，怎么料得定？莫不长远只在你家做奴才罢！（第二十九回）

西门庆就是喜欢庞春梅这带刺的性儿，听了庞春梅这番话不仅不恼，还把她搂在怀里许诺道："你若到明日有了娃儿，就替你上了头。"西门庆看重的就是庞春梅对西门府的这份忠诚之心。的确，西门庆活着的时候，庞春梅是不敢也不会有何越轨行为的。

愈来愈得宠的庞春梅，也越来越有了潘金莲的做派。她对房中干粗活的丫头秋菊，常常是又打又骂。还伙同主子潘金莲，对秋菊极尽虐待之能事，俨然一个二主子的样子，其所作所为真是令人发指。在西门府中，庞春梅自以为不是个普通的丫头，而是个没正名的小妾。庞春梅从不屑与玉箫、兰香、迎春等大丫鬟们为伍，她自视比她们高一个档次。一次，富商乔大户的娘子邀请西门府上的全部女眷去做客，为了显示西门府家的气派，西门庆为他的六个妻妾，每人制作了几套富丽堂皇的衣服，又让四个大丫鬟打扮成一个样儿，随女主子们一起到乔家府里做客，并上前去给主家递酒。庞春梅对西门庆却表示她不去，西门庆问其缘由，她竟然说："娘每都新裁了衣裳，陪侍众官户娘子，便好看。俺每一个一个只像烧糊了卷子一般，平白出去，惹人家笑话。"西门庆当即就爽快地答应道："连大姐带你们四个，每人都替你裁三件：一套段子衣裳，一件遍地锦比甲。"可庞春梅却强调："我不比他。我还问你要件白绫袄儿，搭衬着大红遍地锦比甲儿穿。"这里说的"他"，指的是西门庆的女儿西门大姐。试想，一个丫鬟要与小姐衣饰穿戴相比照，这本就是一种僭越，更是庞春梅的一种嚣张。可西门庆对庞春梅这样的嚣张态度并不在意，他答应了庞春梅的要求，还又向庞春梅说明一下："你要不打紧，少不的也与你大姐裁一件。"这西门庆已然是把庞春梅的地位等同于大小姐了。可庞春梅却并不乐意，道："大姑娘有一件罢了，我却没有，他也说不的。"（第四十一回）那意思她庞春梅应等同于那些妾们的待遇，而不是小姐。这对还没有名分的通房丫头而言，庞春梅要求的衣服数量已超过了四房姨娘的孙雪娥。面对庞春梅极为过分的要求，西门庆却满不在乎，只见：

> 西门庆于是拿钥匙开楼门，拣了五套段子衣服，两套遍地金比甲儿，一匹白绫裁了两件白绫对衿袄儿。惟大姐和春梅是大红遍地锦比甲儿，迎春、玉箫、兰香都是蓝绿颜色；衣服都是大红段子织金对衿袄，翠兰边拖裙；共十七件。（第四十一回）

由此一事可见，在西门庆的心里，庞春梅是有着一份位置的人。同时还说明了一个重要问题：西门庆治家不正，有偏有倚，这势必造成家中人际关系的重重矛盾，也进一步鼓励了庞春梅得势便猖狂的行为，使庞春梅在西门府中睥睨裙钗的高傲心理，进一步恶性膨胀起来。庞春梅有了西门庆的偏宠之后，就更加喜欢自抬身份，有时连主子们对她的示好，她也不甚领情。一天，西门庆在李瓶儿房中饮酒，见庞春梅进来便邀她一起喝。别的丫头是求之不得，她却推辞。李瓶儿听西门庆夸庞春梅十分善饮，以为她推辞是怕潘金莲知道后会不高兴，便诚意劝道："左右今日你娘不在，你吃上一盅儿怕怎的？"谁知这话刺到了庞春梅的自尊心，只见她脸顿时绷得紧紧的，似罩了一层寒霜，张嘴回话："六娘，你老人家自饮，我心里本不待吃，有俺娘在家不在家便怎的？就是娘在家，遇着我心不耐烦，他让我，我也不吃。"（第三十四回）几句不硬不软的话，噎得李瓶儿一句话也说不来。西门庆一看李瓶儿下不来台，立即把手中的香茶递给庞春梅喝，"那春梅似有若无，接在手里，只呷了一口，就放下了。"饮这一口茶，庞春梅已经算给了西门庆面子。

随着时间的推移，庞春梅时时想自比姨娘的心理，终于膨胀到要与正房吴月娘分庭抗礼的地步。春节期间，西门庆的外室王六儿推荐了一个唱小曲的盲女申二姐到西门府里唱小曲。所谓小曲，是指当时的流行歌曲。这个申二姐因会唱不少南方的流行小调歌曲，故在地处北地的清河县算是小有名气，西门庆便把她安排在上房，专为吴月娘以及往来的内眷亲戚唱。正月二十八，吴月娘和众位妻妾都出门做客去了，只有吴月娘的嫂子和小姐西门大姐在上房听曲儿。有另一个常在西门府唱曲的郁大姐，则是在李瓶儿房里，专门唱曲给下人们听。庞春梅来到李瓶儿房中，拿出一副大姐大的架势，她不仅对其他人指东唤西，还让小厮春鸿把申二姐叫来，唱曲儿给她听。春鸿到了吴月娘上房，掀了帘子进屋就叫道："申二姐，你来。俺大姑娘前边叫你唱歌儿与他听去哩。"申二姐不明就里，说道："你大姑娘在这里，又有个大姑娘出来了！"（第七十五回）申二姐只知府中就西门大姐这位被称为"大姑娘"的小姐，根本不知还有个特殊地位的丫鬟庞春梅，府里人也叫她大姑娘。当申二姐知道是个丫鬟要听她唱曲时，便说道："你春梅姑娘他稀罕？怎的也来叫我？有郁大姐在那里，也是一般。这里唱与大妗子奶奶听哩。"庞春梅得知申二姐不赏她的脸，不来唱曲给她听时，便"一阵风走到上房"，指着申二姐一顿大骂，口口声声"我家"长，"我家"短，完全是一副主子的口吻，根本就不把上房吴月娘的嫂子和其他客人，包括西门府的大小姐放在眼里。可怜那盲人歌女申二姐，被庞春梅骂得连轿子也等不得，哭哭啼啼走了。吴月娘做客回来得知此事后，心里自然十分地不快。吴月娘要潘金莲好好管束庞春梅，不想反被潘金莲抢白："莫不为瞎淫妇打他几棍儿？"吴月娘听这话气红了脸，只好对西门庆抱怨：

"你家使的好规矩的大姐。"西门庆对此事却不以为然，还笑道："谁教他不唱与他听来。也不打紧处，到明日，使小斯送一两银子补伏他，也是一般。"吴月娘见西门庆也不管束庞春梅，只好以孟玉楼过生日为由，不许西门庆到潘金莲房里过夜，以此出出心里的闷气。后来，王六儿在枕边向西门庆再提此事，想为她推荐的人找个理儿，西门庆却有一段形象的说辞："你不知这小油嘴，他好不兜胆的性儿，着紧把我也擦杠的眼直直的。"庞春梅的"性儿"，让西门庆如面对带刺的玫瑰，既舍不得香气，又不敢碰触。

西门庆猝死，潘金莲这一房的舒心日子也到了头。欲火难禁的潘金莲，与西门大姐的丈夫，西门庆的女婿陈经济有了奸情。庞春梅无意间撞见他俩这事，在潘金莲的苦苦情逼之下，也半推半就地与陈经济有了一腿，从此，庞春梅与主子潘金莲共享一个情人。这一来，庞春梅与潘金莲的主仆关系发生了进一步的改变，她们成了名副其实一根绳上的两只蚂蚱，是真正意义上的荣辱与共、利害相连。东窗事发后，吴月娘叫来当年买庞春梅进府的媒人，要她把庞春梅领出去卖了，只要付给买进时花费的十六两银价就行。庞春梅被媒人带走时，吴月娘还专门发话，不许庞春梅带走一件衣服，她要庞春梅"罄身儿出去"，可见吴月娘对她的恨有多深。

这位曾在西门府中要风得风、要雨得雨的庞大姐，在得知自己已被吴月娘打发离开西门府时，"一点眼泪也没有"，反过来安慰哭得无比伤心的主子潘金莲："娘，你哭怎的？奴去了，你耐心儿过，休要思虑坏了。你思虑出病来，没人知你疼热的。等奴出去，不与衣裳也罢，自古好男不吃分时饭，好女不穿嫁时衣。"（第八十五回）庞春梅的话说得是掷地有声，这人也走得是干脆利落。只见她"头也不回，扬长决裂，出大门去了"。对庞春梅而言，这个装满了她整个少女时代的西门府已是无可留念。庞春梅毅然决然地离开，她与西门府的决裂本已无可回转。可谁会想到，庞春梅的命运因她这决然一走，却被彻底改变了。庞春梅也没料到，她会进入自己生命的灿烂时期，真可谓换了人间。

幸与不幸徒叹息

庞春梅再次被卖，不是再当丫头而是做了小妾。买她的守备周秀，为解决后嗣问题，需要找个会生养、能传宗接代的女子。守备是一省的军事要职，地位和权力均在西门庆千户官位之上。年轻俊俏的庞春梅很快就赢得了周秀的欢心。周秀在守备府里拨了西厢三间房给她住，还让她掌管府里各处的钥匙，衣服穿戴更不用说，并且给她买了服侍的丫头，庞春梅想成为夫人的梦终于实现了。面对这份突降的富贵人生，庞春梅感到生活真的幸福。一个人的幸福，如能与他人分享，幸福感就会成倍增长。庞春梅首先想到能与之分享幸福的人，当然是曾与她朝夕相处的旧主子潘金莲。在得知潘金莲也被赶出了西门府，庞春梅想和旧主子相聚的心情就更为迫切。谁知阴差阳错，潘金莲命丧武松之手，庞春梅唯一能做的事，就是给曝尸街头的潘金莲收埋尸骨。庞春梅与潘金莲竟以如此惨痛的方式再见，这件事成了庞春梅一生的遗憾，成了她心中永远的痛。虽然庞春梅失去了与她分享幸福的人，但命运仍给了她显示幸福的机会。

两年后的清明，吴月娘到城郊永福寺为西门庆上坟，庞春梅也到这里为潘金莲上坟。这时的庞春梅因为给守备老爷周秀生下了儿子，已经被封为守备夫人。吴月娘与庞春梅这对曾经的主奴，当年西门府的旧人首次重逢，但彼此的地位和待遇已是今非昔比。庞春梅是被侍卫、丫鬟、仆人前呼后拥的守备小夫人，吴月娘却是个寂寥的寡妇。庞春梅见到吴月娘，仍以家奴之礼拜见，定要磕下四个头去，她向吴月娘的嫂子说："奴不是那样人，尊卑上下，自然之理。"庞春梅没有丝毫中山狼式的得志猖狂态，吴月娘见如此情形，也忙说："姐姐，你自从出了家门在府中，一向奴多缺礼，没曾看你，你休怪。"（第八一九回）庞春梅听了说道："好奶奶，奴那里出身，岂敢说怪。"庞春梅这话表面听起来是谦卑低调，富贵亦不忘自己的卑贱出身，似乎奴性未脱，可当庞春梅见到在奶妈怀里抱着的是吴月娘生的孝哥时，便立即从头上拔下一对金头银簪，插在孩子的帽子上。庞春梅此举一出，再回味刚才的那番不忘出身的话，话里话外颇含讥讽之意的锋利处便显露无遗。兰陵笑笑生写人之个性，可谓是一以贯之。机敏与智慧的快捷思维，尖刻与得体的用语说辞，这些正是庞春梅能屹立富家和宦门皆不倒的凭借。这位守备府的小夫人，此时此刻言辞谦恭，举止大方，礼数很是周到。庞春梅把官太太、小夫人做得是那样的从容有度，反衬出当年西门府的正头娘子吴月娘，完全是一副小官绅人家女子的局促和巴结。庞春梅对吴月娘确实尽到了礼数，还始终不忘自己出身的谦卑言行，表面看似为人大方，对吴月娘不计前嫌，可在吴月娘的眼里，这一切都叫她感到自惭形秽，无地自容。当初是吴月娘要潘金莲、西门庆好好管束庞春梅，认为庞春梅不懂礼数，现而今是庞春梅以礼相待，吴月娘倒要说自己"缺礼"。想当初是吴月娘要庞春梅"罄身儿出去"，现如今她的儿子却得到庞春梅的重礼馈赠。面对吴月娘谨小慎微地陪着笑脸，庞春梅在情感上完美还击了曾践踏她尊严的人，她在精神上得到了极大的满足，在心理上产生出十分的快感。庞春梅对吴月娘绝非是不计前嫌，而是一种高水平的隐性报复。

只有感觉人生十分成功的人，往往才会对他人坦言曾经卑微或失意的身世。只有手握权柄者，才有权力显示对他人的宽恕。尤其在对宿敌表示宽恕时，才更能说明掌中权柄的稳固性和包容量。庞春梅不费吹灰之力，便成功地使她往日的对手吴月娘，乖乖臣服于她的威势下，特别是在庞春梅帮吴月娘打赢了一场官司后，吴月娘对这位昔日的使唤丫头，更是只有敬畏的份儿了。西门府的小厮平安因偷盗一事引起一场官司，平安从西门府开的典当铺中偷取了一副金头面，被做巡检的吴典恩抓获。这位吴典恩曾依靠西门庆的一手提拔，才做到了巡检，可没想到他完全不念旧恩，还恩将仇报，借题发挥，逼迫平安诬告吴月娘与小厮玳安有奸，要提吴月娘到公堂见官。这不仅是让吴月娘感到极其丢脸的事，且只要这一上公堂，就算是没有奸情也变成有所嫌疑。吴月娘为能免于对簿公堂，万般无奈之下，只好求庞春梅帮忙。庞春梅把这事对丈夫一说，周守备便狠狠教训了小小的巡检吴典恩。这一来，不仅吴月娘不用进公堂，还为西门府讨回了金头面。为此，吴月娘对庞春梅真是感激不尽，她派出西门庆生前最贴心的小厮玳安，恭请庞春梅回旧府做客，以示友善和感谢之意。

这天，已是诰命夫人的庞春梅回来了。她盛装打扮，漫步在她曾为人端茶送水、被人打骂支使的走廊甬道。庞春梅不断给孝哥送礼，不断给府里的仆人们赏赐，不断听着吴月娘一遍遍的感激之辞，接受着被恩赏的人们一次次磕头谢恩。庞春梅衣锦归来的荣耀，祭奠的是她少女时代的屈辱岁月，还有她不能忘怀的恩恩怨怨。正因如此，她才不顾吴月娘的劝阻，一定要去看看当年五房的院落，定要重游离别三年的旧园子。西门府前院花园的旧园池馆，正是她脱颖而出的地方，是她第一次感受男女情事的愉悦之床，是她由少女变成女人的人生驿站。庞春梅就是在这里遇见了第一个教她做女人，教她会生活，真心对待她，一力帮助她，处处抬举她的美丽女人潘金莲。庞春梅的这段流金岁月是与潘金莲的喜怒哀乐、爱恨情仇难分难解的，她们曾如此的相依相靠，情投意合。庞春梅此番回来，只是为对这段人生举行一次凭吊，可当年那生机盎然的游玩之地，如今出现在她眼前的竟是"满地花砖生碧草""两边画壁长青苔""垣墙欹损，台榭歪斜"（第九十六回），当年庞春梅以及西门府的女人们下棋玩耍的卧云亭，现成了狐狸窝，西门庆与宋惠莲偷情的藏春坞，如今见黄鼠狼奔突往窜，西门庆曾搂抱着她观看潘金莲大展春情的葡萄架，此时已坍塌在一片蒿草丛中。面对人去楼空的厢房，面对满目荒凉的院子，庞春梅该有怎样的感慨万千。此景此情，那些骄人的荣耀，那些喧嚣的争斗，早已被苍凉淹没得无影无踪。庞春梅重游旧家池馆，激起了她浓烈无比的怀旧情感，带给她的是对现世生活的把握，是人生苦短要及时行乐的迫切感。从此，怀旧和感官的享受追求，成为庞春梅生命的主旋律。她怀着对死去的潘金莲的深情，发疯似的要寻找到陈经济，只有陈经济是她与潘金莲的共同情人，是庞春梅最富有活力的那段生活的见证人。只有找到陈经济，庞春梅才能平静，才能把西门府的岁月，再续入现在的守备府中，才能重温她与潘金莲曾经共有的温馨。天可怜见，庞春梅终于找到了陈经济，并把他接进了

延华闹奉趋闹帮傻

守备府。从此，庞春梅不再需要，也不屑对吴月娘展现宽恕、炫耀幸福了。庞春梅再也不回西门府，她终于与西门府永远地告别了。

兰陵笑笑生笔下的庞春梅是个有着矛盾心理和复杂情感的女性人物形象。庞春梅的个性行为十分对立，却又很是统一。重情和宽容，并不是庞春梅个性的全部，她对潘金莲重情重义，对西门庆忠心不贰，对陈经济情深意切，是一个性情中人。她虽过于率直与激烈，但不乏古道热肠、痴心一片。然而，进了守备府后的庞春梅却是刚愎自用、待人苛刻。她对丈夫周秀，外热内冷，表里不一，少见有夫妻的情感，常见的是对周秀的利用。周秀是爱她的，但她对周秀的态度给人以曾经沧海难为水的感觉。庞春梅在理智上也明白，她是守备府里的内当家。所以，她在外能表现出守备夫人的雍容与风度。她衣饰华丽，行动庄重，对吴月娘能表现得宽宏大量，颇为大度。但在情感上，她却无法摆脱潘金莲、西门庆乃至整个西门府留在她心灵深处的浓重阴影。她把犯案被官卖的孙雪娥买来给自己当丫头，她以主子的身份，挑剔这个曾是四房姨娘的女人，她为回敬孙雪娥当年对她的责骂，对孙雪娥又打又骂，百般凌辱。她为了能把陈经济接进守备府，做局寻事，最后把孙雪娥赶出了守备府，还发誓一定不给孙雪娥过干净的日子。庞春梅银牙紧咬，叮嘱领卖的媒人："我只要八两银子，将这淫妇奴才好歹与我卖在娼门。随你转多少，我不管你。你若卖在别处，被我打听出来，只休要见我。"（第九十四回）庞春梅是一心要把孙雪娥卖进娼门，让她成为一个人人可夫的娼妇方肯善罢甘休，似与孙雪娥有血海深仇。

庞春梅对待孙雪娥之残酷，丝毫没有女性的一点点恻隐之心，也没有丝毫的仁厚之行，更看不到零星半点的贵妇风范。庞春梅在虐待孙雪娥时，精神几近疯狂。她把在西门府里有过的所有失意，堆积于心的全部怨恨和寄人篱下的满腔悲伤，一股脑儿地发泄在这个女人身上。庞春梅对完全的弱者决不会心慈手软，比照她对待吴月娘，庞春梅心态的另一面则是极为阴暗，甚至变态。可就是如此对立的性格，在她身上又是如此协调和统一。由于兰陵笑笑生对庞春梅的行为描写，有其合理的心理内涵作为依托，使得这一人物个性不是支离的，而是和谐的，不是割裂的，而是统一的。庞春梅因早孤的身世，逼得她想要生存就要去自立，驱使她为生存炼就了性格的刚硬，形成了她对其他女性柔媚与世俗的蔑视心理。所以，庞春梅在西门府里显得卓尔不群，总是一副睥睨裙钗的态势。但那只是她的行为表象，在庞春梅的心灵深处，她依然有着小女人的柔媚与世俗。庞春梅对别人给予她的怜爱十分看重，同时对鄙视和欺负她的人和事也十分敏感和记仇。这爱与恨的成长经历，随同她的生活记忆，从有意识渐变为无意识，从而影响到她的行为举止。故而，在故事情节中，出现了她对潘金莲真诚的情感，对孙雪娥变态的施暴，对西门庆忠实可信，对周秀不贞不节。吴月娘曾以家长的态度对待她，所以在她的潜意识里，尚存有一丝敬畏，这也是她宽待吴月娘的心理基因。庞春梅之所以要苦寻陈经济，并把陈经济留在自己身边，那是因为在陈经济身上，她能感到潘金莲的气息，能看到西门庆的影子。每当她与陈经济发生性关系，或与陈经济一起喝酒下棋时，庞春梅仿佛又回到她与西门庆、潘金莲在一起的生活。庞春梅对陈经济，颇似李瓶儿对西门庆。她拿出五百两银子给陈经济开大酒店，又为了陈经济的前途，全力给陈经济操办婚事。可是庞春梅更似潘金莲，她不能放弃感官的享受，即便在陈经济婚后，仍保持着两人间密切的性关系。然而，好景不长，守备府的卫士张胜包占了孙雪娥，张胜怕被庞春梅整治，便想杀人灭口。庞春梅侥幸躲过了一劫，可陈经济却身首异处。

陈经济的死，结束了庞春梅在现实生活中对西门府旧时情感延续的可行性。周秀也成了她唯一的生活依靠。周秀战死后，庞春梅剩下的生活只是空虚与无聊，只是没有前途地打发时光。庞春梅的生活轨迹进入了拐点，她只有在情欲放纵时，心里才能获得充实和安全感。这种醉生梦死的生活没过多久，庞春梅便死在了一个年轻小伙的身上，欲海终于淹没了她的生命存在。

庞春梅所具有的多重性格及其心理特征，使该人物成为我国古典小说中少有的立体多面的文学形象。庞春梅形象刻画的成功，很好地反映出了人性的复杂性和多极性。正因有《金瓶梅》里对庞春梅复杂性格的勾画，才有了后来《红楼梦》中写晴雯判词的精准，那句"心比天高，身为下贱"的深深叹息，直击人心。

吴月娘 04

世俗人家市侩心性的女人

俗世凡尘最无聊

世态本就离不开世俗，无所谓好，亦无所谓坏。常言道：世俗就是存在。存在的可以好，也可以坏，只看人的选择是什么，需要的是什么罢了。世俗的女人也是如此，不可以简单地用好坏作评判，因为每个人都只是依据自己的生活需要而作出选择。一部《金瓶梅》，一部家庭史。世俗的家庭必选择世俗的女人或男人，那也是再正常不过的。

有道是：家无夫不立，家无妇不兴。西门庆只身一人创下西门府偌大的家业，家中自然也少不得要有个掌内定房之人。西门庆在原配陈氏死后，几经筛选，选中了出身小官吏家庭的"剩女"吴月娘做"填房"。所谓的"填房"，又叫续弦、续妻。虽说西门庆娶吴月娘是补了正房之缺，吴月娘嫁给西门庆，做的也是"正头娘子"，可吴月娘终非原配，用潘金莲的话说，只是个"后生老婆罢了"，家庭地位还是不及原配。

专制社会等级森严特权突出，这是社会特征之一，也本是儒家伦理道统僵化后的社会结构表征之一种。作为社会的缩影，家庭中同样会复制等级严明的伦理规范。原配和填房的级差，少说也是一个等级。像吴月娘这样，具有官家小姐的身份，又是个尚未婚配过的女儿家，如果没有什么难言之隐，一个混混出身的西门庆是不敢高攀这门亲的，吴家当然也不会把女儿下嫁给一个已结过婚，又是个没有功名的市井商人做填房。

　　吴月娘出身于一个千户官员家庭，以明代官职论，千户是武官，虽不及文官受重视，但也是个有着五品级别的官位，吴月娘怎么也算得上是个有头有脸的千金小姐。从相貌论，吴月娘姿色不差，"生的面若银盆，眼如杏子，举止温柔，持重寡言"。（第九回）不仅五官端正，且"模样不肥不瘦，身材不短不长"，虽不妖娆，但富态可观。这诸般不差的吴家大小姐，竟然在年方二十有三，才出嫁做了个商人的填房。以当时社会婚嫁年龄论，这样的年龄出嫁已经是个老姑娘了。倘若再嫁不出去，会成为"剩女"，而家中有嫁不出去的女儿，就会成为一桩家庭丑闻。吴家为何有女难嫁呢？原因很简单，那是因为吴家少的是个"钱"字，多的是个"穷"字。财富多寡是人的一种社会价值衡量指标，且不论男女，均是以财论价的。所谓的"人穷志不短"，也就是一说罢了，最多只是被视为一种做人的理想境界。在现实生活中，人穷志必短，这才是在情在理的实际状况。穷，或许可以说明吴千户是个为官清廉者，可这份清廉并不能使女儿找到一个好婆家。吴家同意和西门庆结亲，因为西门庆在清河县虽声名不够清白，但家境宽裕，小有财富，此其一也。西门庆虽身无功名，但他的女儿西门大姐与京城大官人家订有婚约，这也算是结有官亲了，何况只要有钱，那官位是可以买的，此其二也。西门庆娶吴月娘，虽做的是填房，称谓不甚好听，但吴家的女儿嫁过去是正经八百的大娘子名分，掌有实权的内当家，此其三也。故而，西门庆敢于向吴家提亲，吴家也愿意嫁女，这三点是双方都看得很明白的地方。

　　吴月娘嫁给西门庆，表面是下嫁，其实是难得的一门好亲事。以家财论，吴月娘是真正高攀了西门庆。当然，穷有穷的好处，穷人的孩子早当家。西门庆要的就是会当家，能为他守住钱，还能为他生儿育女的女人。另外，对男人而言，正房是一个家庭的正脸儿，是面子所在。因此，男人不仅谈婚论嫁时十分正式，而且在建立婚姻关系时，男人对家庭利益的考虑，会多过对于感情存在与否、感官愉悦与否等问题的考量。这样的婚姻观，几乎成为中国千百年来人们对家庭构成的一种集体无意识。女方出身的高低，自然成了婚姻中择偶的先决条件，西门庆当然也不例外。西门庆选择吴月娘入主正房，这既能正一正自己不太好的家声，有利于自己今后在社会上立足，又可因免除了吴家的陪嫁，便杜绝了吴氏入府后妨碍自己寻花问柳的生活。既然吴家已没有了官势，不时还要依靠西门庆的财势，吴月娘就不可能对西门庆的奢靡生活有所干涉。所以，在吴月娘嫁进西门府时，家中"也有了四五个丫鬟妇女"（第二回）。吴月娘身为填房，必须很快适应这样"种马式"结构的家庭生活环境，只有及早地适应，她才能做真正的裙钗之首。吴月娘知道，她若是吃醋闹事，难免会被年纪尚轻、性格冲动的西门庆，以一纸休书休了。

　　吴月娘对自己与西门庆之间关系维系的根本是什么十分清楚，他们之间的婚姻与情感无关，吴月娘只有顺从西门庆习惯的生活去生活，才有可能赢得西门庆对她的好感，才能够在西门府中站稳脚跟，使自己立于不败之地。所以，在吴月娘进门后，西门庆又娶进来了一妓女李娇儿排在二房，一娼妇卓丢儿排在三房。面对此局面，吴月娘也只能坦然接受，且不能因自己与娼妓为伍而气恼。对吴月娘而言，只要家中的财务大权能牢牢抓在自己的手里，西门庆娶再多出身低贱的姨娘进门，只会进一步增加她的威势，绝动摇不了她的地位，再多的女人进到西门府里，也是要听从她一人管教和约束的。吴月娘很明白，西门庆把娼妓招进家来，很显然不是为了家业，正如同娶她吴月娘来西门府，也不是为了她的风月一样。把此中局面看得明明白白的吴月娘，对自己与娼妓为伍自然是没什么好生气的。再后，西门庆又勾搭上了风情万种的潘金莲，就在他俩情热如火时，三房的卓丢儿病死了。潘金莲因武大死期尚不满百日，按风俗还不能改嫁西门府。这时，西门庆从媒婆那里听说，富有的寡妇孟玉楼要改嫁，他便很快把孟玉楼娶进了家门，顶替已死的卓丢儿，排在第三房。紧随其后是排在第四房的孙雪娥，西门庆原配陈氏的贴身丫鬟。再后，是潘金莲进门排的第五房。这些所有婚嫁、排位等家庭大事，西门庆似乎都没有与吴月娘有过商量。因此，吴月娘对西门府中发生的一切事情，也只有接受下来的份儿。西门庆不论把什么样的女人带进家门，吴月娘唯一能做的就是与之姐妹相称，和睦相处。这就是吴月娘一直表现出的贤良与淑德了，这也是西门庆对她一直客客气气的原因。可是，这种不得已的贤良淑德有多苦多难，其个中滋味如何，唯吴月娘自己知道。

吴月娘的这份懂事，正是基于她对自己所处家庭环境和境遇看得懂，能理解的表现。吴月娘对她婚姻状况的现实，如果仅仅只是客观存在的被动接受，相信她也会出现心有不甘、情有不愿的时候，人的容忍终究是有限的。兰陵笑笑生写吴月娘，也会为西门庆喝醋，为西门庆含酸。但吴月娘在主观上，她并不认为西门庆的行为与道德伦理规范有何相悖之处，她反而认为家中小妾多，就是家财兴旺，人丁也是财富嘛。人丁兴旺不仅可以弥补西门庆后嗣匮乏之憾，姨娘多了家里才会有丰富的谈资。对府内而言，女人多可以作为吴月娘迟迟不能为西门家添丁加口的掩饰，对府外而言，是她做正妻能与丈夫相知相携，特别能容人的一种展现。吴月娘如此能包容，这不仅为她赢得了贤良之名，更重要的是，她还赢得了夫君西门庆的心。

吴月娘要在家中体验一呼百应的优越感，必要依靠人多方才显出势众。更何况容许纳妾，本就是传统社会的旧式家庭主妇"妇德"必备之一。吴月娘的所有认知形成，与她生长的环境，与她所接受的家庭教育的片面性，有着极大的关系。从小对女德、烈女故事的听讲，使吴月娘只具有做简单家庭主妇的基本概念，而缺少管理大家庭所需要的雷霆手段。吴月娘生长的家庭环境是一个完全恪守儒家基本正统理念的小官吏之家，尤其是在对女儿的教育中，所灌输的几乎都是"在家从父，出嫁从夫，夫死从子"的三从原则，以及"妇德、妇言、妇容、妇功"四德的行为标准。因对圣人之言中"女子无才便是德"的误解，吴月娘目不识丁，但这并不影响她接受诸如《论语》《女诫》等大书中的"女卑"思想。在《女诫》中曾有明言："礼，夫有再娶之义，妇无二适之文，故曰夫者天也。"这种"夫者天也"的思想观念，不仅吴月娘有，那个旧时代的所有女人几乎都有。如果说还有何分别的话，只在于这些女人们所遵从的道统原则多与寡的不同而已。就算是潘金莲这样的人，至多也只是在心里发发牢骚："什么人造出这个缺德法儿，几个女人共一个男人，女人岂不是活守寡、死受罪？为什么不让一个女人有几个男人呢？日日尝新，那该多快活！"似潘金莲这种在两性关系上，对男女两性不能平等对待的不满情绪，以及感官愉悦得不到满足的困囿，吴月娘是压根儿不会有的。在吴月娘的意识域中，根本不存在对一夫多妻制家庭婚姻现象是否合理的类似疑问。吴月娘是个既不懂得诗词，也不懂得歌赋，音律乐器一窍不通的人，没什么才情。她对凡是能激活人心灵深处情感的文化元素都远离，加之习以为常的狭窄的生活空间，使得吴月娘对道德行为操守与人情事理的认知，都只是从父兄们的口中听到只言片语。吴月娘只知道，正妻有容纳妾的义务，丈夫有娶妾的权利。吴月娘能容得下西门庆有许许多多的女人，正与她的这种认知范围有关。

然而，吴月娘毕竟是一个有着七情六欲的平常女人，在西门府里，作为正房的吴月娘曾有过两次认认真真的伤心：一次是吴月娘在得知西门庆与李瓶儿有了私情的事。这事儿其实吴月娘早有耳闻，所以她开始并不惊讶，也不在意。对吴月娘而言，李瓶儿不就是个将来又要进到西门府的小妾嘛，用不着大惊小怪。花子虚吃官司时，李瓶儿要想把家中的财宝转移到西门府里，西门庆便与吴月娘商量，如何做到悄悄地把如此多的财宝运进府里，又能掩人耳目，不被街坊邻居等闲杂人知晓？一听有飞来的横财，这个平时有点木讷、反应迟钝的吴大娘子，此时的思维反应却极其敏捷。只见她对着不知所措的西门庆，不慌不忙地说道："银子便用食盒叫小厮抬来，那箱笼东西，若从大门里来，叫两边街坊看着不惹眼？必须如此如此，夜晚打墙上过来方隐密些。"（第十四回）这次从花家到西门家的财物大转移行动，吴月娘自己亲自出马。在那个月明星稀的夜晚，这位西门府的财务总管，率领着潘金莲和庞春梅，把一只只箱子接过了院墙，全都搬进了她住的上房。从此之后，这些贵重物品，银钱东西的出出进进，全要打吴月娘这个上房过手，这可真是过手的财主也威风啊！吴月娘怎么都没想到，为了这个送钱财给西门府的李瓶儿，她竟与西门庆发生了结婚以来的首次重大冲突，以至于两人还翻了脸，搞起了冷战。这事起因是西门庆与李瓶儿商议好了嫁娶事宜，可西门府房子一时建不起来，李瓶儿提出先与潘金莲借两间房，西门庆便和潘金莲进行商议。潘金莲心里自然是一百个不愿意，但看西门庆十分想娶李瓶儿，她又不想让西门庆为这事对她心存芥蒂，潘金莲便使了个顺水推舟计："可知好哩！奴巴不的腾两间房与他住，只怕别人。你不问声大姐姐去，我落得河水不碍船。看大姐姐怎么说。"（第十六回）潘金莲把这事推给了吴月娘，而吴月娘的表态大大出乎西门庆的预料：

> 这西门庆一直走到月娘房里来。月娘正梳头，西门庆把李瓶儿要嫁一节，从头至尾说一遍。月娘道："你不好娶他的休。他头一件，孝服不满；第二件，你当初和他男子汉相交；第三件，你又和他老婆有连手，买了他房子，收着他寄放的许多东西。常言：机儿不快梭儿快。我闻得人说，他家族中花大，是个刁徒泼皮的人，倘或一时有些声口，倒没的惹虱子头上挠。奴说的是好话，赵钱孙李，你依不依随你。"（第十六回）

吴月娘这番不紧不慢、有理有据、话中带骨的说辞，西门庆听了虽心下不快，却也哑口无言。当潘金莲得知吴月娘不同意西门庆娶李瓶儿进府时，这心里真是快活极了。潘金莲眼见西门庆不知该如何给李瓶儿回话的窘态，她主动担当起了责任，帮西门庆找了个借口。她让西门庆对李瓶儿说，她潘金莲的房一时空不出来，使得西门庆得以解脱窘境。就在西门庆加紧建房，为娶李瓶儿做准备时，京城发生了高官杨戬被弹劾一案。被牵连在内的西门庆，如惊弓之鸟，恐慌万状，他紧闭门户，不敢妄动。等到风声过去后，才得知那个白皙柔媚的李瓶儿，已成了别人的妻子。西门庆心里那个郁闷，他弄到手的女人，尤其是那么富有的女人竟跟了别人，成了别人的老婆，这怎不叫他气不打一处来。西门庆难以咽下这口窝囊气，他不由得对潘金莲发了发牢骚，吐了吐不满。没事都爱挑事的潘金莲便乘机挑拨："亏你有脸儿还说哩！奴当初怎么说来？先下米的先吃饭。你不听，只顾求他，问姐姐，常信人调丢了瓢。——你做差了！你抱怨那个？"（第十八回）西门庆这时哪里还会记得，当初是潘金莲让他去问吴月娘的。西门庆只记得潘金莲不反对他娶李瓶儿，就是吴月娘不同意。西门庆越想越气。他"冲得心头一点火起，云山半壁通红"，不由得骂道："你由他，教那不贤良的淫妇说去，到明日休想我这里理他！"由此，便再也不和吴月娘说话了。

枉费意悬半世心

吴月娘对西门庆突然变脸十分伤心、委屈，她与西门庆之间的突然"失语"，导致了整个家庭处于"冷战"状态。西门庆的冷脸令吴月娘治家为难，颜面尽扫。尽管后来李瓶儿还是嫁入了西门府，且在进门时西门庆故意刁难李瓶儿，不让人把李瓶儿接进门。可为了家庭的面子，吴月娘还是不得不忍了气性，同意孟玉楼把被西门庆晾在大门口的李瓶儿接进了门。吴月娘对因李瓶儿再嫁的事情，造成她与西门庆之间的芥蒂一事，仍是心存不满。那么，一向婆妾不打招呼、不带商量的西门庆为什么会听潘金莲的指使，要去征求吴月娘的意见？而一向不过问此类事情的吴月娘又为什么要提出反对意见呢？其原因都在那个钱字上。西门庆因娶亲的房子一时建不起来，在此情形之下，便提出是否让潘金莲搬动一下，以便腾出两间空房让李瓶儿暂住。对李瓶儿暂住的房间所选用的房内家用物品，还有必须要有的陈设物品等项目，均需要有相当的开支。况且，西门庆以及府中的人都知道李瓶儿十分富有，李瓶儿住房内的物品花费价值也必须要与之相称才行。面对这笔不菲的开销，要拿家里的钱用，上房的吴月娘那是绕不过去的，西门庆自然要把事情的原委告诉吴月娘，还应问问她的意见。若吴月娘能同意李瓶儿进门，在花钱上是方便取用的。何况西门庆觉得，他把李瓶儿许多的财宝都交到了吴月娘手里，吴月娘又是从不在意娶小妾这样的事情，所以，西门庆认为吴月娘是肯定会同意的。

令西门庆没想到，这吴月娘可真的就是不同意。在吴月娘讲出的几条理由中，最能治住西门庆的一条，就是被花大扯进官司里去。杨戬被弹劾一案，西门庆受牵连一事尚未完全了结，这使西门庆对上公堂、应对官司仍心有余悸。所以当西门庆对潘金莲说到李瓶儿嫁蒋竹山一事时，还不由骂道："那蒋太医贼矮王八，那花大怎不咬下他下截来？他有甚么起解，招他进去，与他本钱，教他在我眼面前开铺子，大刺刺做买卖！"（第十八回）李瓶儿改嫁，证实了她曾对西门庆反复讲，说花家人管不了她的事的真实性。西门庆真是很懊恼，没把这个有钱又到了手中的女人给早娶进门。吴月娘这次违拗西门庆的意愿，表面上说是为了这个家，为了西门庆不背上"贪财娶妇"的恶名，其实要真是为了这家的名声，吴月娘当初就不应让丈夫占有别人的家财，更不要说还帮着出主意，帮着把来历不明的财宝搬进自己的屋里去。于吴月娘而言，所谓的名声，那只是一个幌子而已。

吴月娘不愿意李瓶儿进门的原因有二：第一，李瓶儿如此阔绰，一旦进了门，一旦以财买势，财大气粗，有可能就不服她的管束，甚至会凌驾于她之上。倘若发生这种事，她一个穷官女儿，又无娘家的什么势力，在府中将依靠什么作为立足的本钱呢？第二，见识不多的吴月娘想到，那一大笔不明财物藏在她的房里，她心里很不坦然。吴月娘也知道花家的财产官司一事，这更使她心中忐忑。她考虑的是，万一李瓶儿嫁进来，引来了什么官司的麻烦，说不定就会人财两失。对这事情的琢磨，吴月娘都不知想过了多少遍。所以当西门庆向她提起娶李瓶儿过门一事，一问她的主意，这位口齿并不伶俐的吴月娘，竟能一口气讲出三条不能娶李瓶儿的理由，还说得头头是道，可见她对这事的思虑之深。

吴月娘与西门庆的矛盾在府中公开后，除了潘金莲难掩欢喜，其他的人都觉得很是为难，家里的气氛也总是阴沉沉的。吴月娘自认，她都是为西门庆和西门府考虑着想的，她没做错什么，所以她不愿意和西门庆主动和解，她既一心为这个家，可丈夫西门庆却这样误会她，让她在家里威信全无，她只是感觉自己很是伤心。吴月娘苦心积虑地为自己找理由，而这些理由差不多把她自己都说服了，以为当初她真是出于公心，西门庆不该怪罪于她。这一点倒是反映出吴月娘性格中所具有的一种执拗与认真劲儿，吴月娘个性并不只是一味地柔顺，她是个对自己所认定的原则从不轻易放弃和迁就的人。吴月娘在心理上还有比较幼稚、憨拙的一面，什么样的美丽谎话都会使她坚信不疑。这样的人就算是干起坏事来，其破坏的程度也有限得很。吴月娘现在除了家，除了她正头娘子的权威性外，已没有什么可以再牵挂的事情。她焚香祈祷，希望对上苍的祈求能使她更坚信自己的作为都是为了西门家业。

三个来月的时间，吴月娘夜夜对天焚香。终于有一天，西门庆听到了吴月娘感人的祝祷词："妾身吴氏，作配西门，奈因夫主流恋烟花，中年无子，妾等妻妾六人俱无所出，缺少坟前拜扫之人。妾夙夜忧心，恐无所托。是以瞒着儿夫，发心每逢夜于星月之下，祝赞三光，要祈保佑儿夫，早早回心，弃却繁华，齐心家事。不拘妾等六人之中，早见嗣息，以为终身之计，乃妾素愿也。"（第二十一回）这天西门庆恰在春楼受了妓家的骗，正满心委屈，听到吴月娘这番话好不心存感激，更加羞愧报颜。西门庆主动向吴月娘道歉，还跪地讨饶，这使吴月娘越发相信自己是一心为他还备受委屈，自然就不肯轻易饶恕。西门庆只得死缠不放，两人最终演了个佳期重会、鸾凤和鸣的戏码。打这以后，西门庆真心视吴月娘为家中柱梁，吴月娘也坐稳了正房这把交椅。此后，不论府中大事小情，两人也喜欢一起商量斟酌。尽管吴月娘和西门庆两人在思想和情感上，并非到了亲密无间的程度，但此事件以后的吴月娘在西门府的分量大增，她对姨娘们的态度和评价，开始影响到了西门庆。由此为始，西门庆开始较多地注意在众妇人面前树立吴月娘的威信，众妇人自然认可了吴月娘的家庭地位，视她为首领。吴月娘也可以再不为西门庆采花拈草的行为，而背负着有可能被取代的危机感。这一来，西门府的日子在以吴月娘为首的"正经夫妻"们的掌控下，开始了有所发达，直到姹紫嫣红的时期，婚姻的双桨终把西门府之船引入了正航。

吴月娘既然已成了家庭的首脑，自然不希望家里有不安定的动乱因素产生。为了维稳，她总是反复告诫府中各房的姨娘们，要警惕出现"家反宅乱"。一心致力于西门府安定团结、和睦以共的吴月娘，渐渐发现潘金莲是家中的一个动乱分子。从四房的孙雪娥、二房的李娇儿、六房的李瓶儿，再到她这正房娘子都与潘金莲有着多多少少的矛盾纠葛，尤其看到潘金莲插手宋惠莲、来旺两口子的事情，简直就是巴不得把事情闹得越大越好的劲头。潘金莲做事那种心狠手辣的作风，使吴月娘对潘金莲越来越累心。但吴月娘对女婿陈经济却很疏于防范，她忘了要对女婿也存些戒心，她更不懂要以礼和以理服人的治家之道。吴月娘只知女婿如半子，她让这位生性本就风流的大小伙，在各个小妾的房中随意出入，这给西门府埋下了极大的不安定隐患，种下了潘金莲偷女婿，陈经济反出西门家，西门大姐惨死等一系列事件的祸根。

李瓶儿有孕是吴月娘治家有方的最大成绩，是吴月娘约束西门庆少往妓家滥情后所取得的明显成效。李瓶儿怀孕不久，西门庆给朝廷重臣蔡京行贿，被封了官职。这对吴月娘而言，真可谓是双喜临门。在西门府里，不论那房小妾有了孩子，吴月娘都理所当然是大娘。丈夫得了官职，将来如果朝廷有所诰封，那也只能是正房的吴月娘才有份。李瓶儿有孕，西门庆封官，吴月娘自然感觉是名利双收、锦上添花的好事情。这一段日子是西门府人过得最顺畅的时光。李瓶儿产子后，吴月娘对孩子官哥的关怀，尤胜于做母亲的李瓶儿。孩子满月，吴月娘张罗在家中摆酒请客，一连几天下来她身子累，可心里甜。当吴月娘看到潘金莲有意把才满月的孩子高举惊吓时，便警惕地立即加以制止，还意味深长地提醒李瓶儿不要大意。孩子刚过半岁，吴月娘又热心地为孩子定亲。在吴月娘一手安排下，西门府与乔大户家的定亲喜宴场面堂皇又热闹。那排场，在当时的清河县城都是很少见的。每当孩子生病，吴月娘便寝食不安，请医问药，殷勤看视。的确，西门庆这儿子，如若没有吴月娘的疼爱和保护，居心叵测的潘金莲会更有机可乘。如若没有吴月娘的悉心关照，李瓶儿母子的日子会更加地难过。李瓶儿就曾对她的干女儿吴银儿说："若不是你爹和你大娘看覷，这孩子也活不到如今。"（第四十四回）吴月娘对官哥这般地情感投资，为的是孩子、西门府的未来，也为的是吴月娘今后的一个倚仗和希望。吴月娘有一次对奶妈如意儿说道："我又不得养，我家的人种便是这点点儿。休得轻觑着他，着紧用心才好。"（第五十三回）正是女性共有的母性，使吴月娘与李瓶儿两人能尽释前嫌，相互关照，一致警惕共同的对手潘金莲。

吴月娘对李瓶儿母子无微不至的照顾，也毕竟有违大户人家正房处事要一碗水端平的治家原则，自然也会引起他人的不满。一天清晨，吴月娘又到李瓶儿房中探视被潘金莲养的猫吓病的孩子。从房中一出来，吴月娘就听到潘金莲对孟玉楼说："姐姐，好没正经。自家又没得养，别人养的儿子，又去涎遭魂的挜相知，呵卵脬。我想穷有穷气，杰有杰气，奉承他做甚的？他自长成了，只认自家的娘，那个认你？"（第五十三回）潘金莲是个市侩之人，她认为吴月娘对孩子好，只是为了日后能得到点依靠。吴月娘听了这话当然是怒不可遏，但这终究是背后偷听到的，若是要发作起来"反伤体面"，落下偷听他人说话的名声。以吴月娘的见识和心智，她也只能自己气恼一番，然后对李瓶儿和孩子都有所疏远，以避人言。吴月娘不会懂得，她的回避行为正是潘金莲所希望的。吴月娘此刻想的就是自己也能揣上个孩子，气一气那些喜欢拨弄是非之人。由此可见，吴月娘的气度和胸襟是十分有限的。

吴月娘为怀上孩子，通过王姑子得到了薛尼姑给配制的一种灵丹妙药。为此，西门府请进了一段与佛有缘的故事。吴月娘服用了薛尼姑的坐胎药后，如愿以偿地怀孕了，但西门府与吴月娘所期盼的安定和睦，距离却越来越远。随着李瓶儿母子的先后死去，西门府的内里也渐渐透出了颓败之相。西门庆虽官升一级，可身体却日见衰弱。吴月娘对西门庆的关心本就从来不及李瓶儿，西门家中的生意虽说做得红火，经营的内容虽然丰富多样，但吴月娘对这些生意的了解，还不如潘金莲多。这时候方显出，在这个家里，吴月娘与西门庆之间，他们心与心的距离有多么远。虽说家里的内务还在吴月娘手里，但她的管理也是力不从心。潘金莲这五房根本就不服她管束，先有西门庆把李瓶儿的皮袄给潘金莲，不曾与她商量，也没让吴月娘经手，这使吴月娘掌管家中事务之权形同虚设。潘金莲此头一开，家中的小妾、下人等，人人都只管向西门庆要东拿西，吴月娘管家的大权已经旁落，这家自是没法管了。吴月娘对潘金莲的越级行为相当不满，可气的是，西门庆对吴月娘不满他插手内务的情绪完全无视，这使吴月娘就更加郁闷。之后，府里发生了"庞春梅毁骂申二姐"的事儿，这简直就是没把大娘子吴月娘这个当家的放在眼里。西门庆对庞春梅的偏袒，使吴月娘在家里的管理权威大打折扣。为了泄愤，吴月娘不但在上房里发牢骚，还与潘金莲斗嘴："俺每王这屋里放小鸭儿？就是孤老院里，也有个甲头。"（第七十五回）此外，她月计不让西门庆去潘金莲房里过夜，让同样服用了薛姑子丹药的潘金莲，错失了为西门庆怀孩子的机会。吴月娘的所为，进一步激化了她与潘金莲之间的矛盾，经过一番酝酿，吴、潘二人终于爆发了一次很大的正面冲突。这次冲突的结果是吴月娘给气得躺倒，这使西门庆终于对"家反宅乱"有了一个感性的认识。为给吴月娘看大夫，家里的头面人物都出来作了表现，大丫头玉箫掌镜，孟玉楼掭鬓，孙雪娥拿衣，李娇儿勒钿，好一番惊动 面对裙钗环伺，吴月娘在心理上又找回了掌家大娘子的颜面，但也和潘金莲结下了不解的心结。

　　就在大房与五房间的冲突爆发不久，西门庆病倒了。看到病势沉重的西门庆，吴月娘大概觉得这是让潘金莲尽点小妾义务的时候了，她让西门庆就此住进了潘金莲的房旦。不知吴月娘是认为潘金莲会像李瓶儿似的照顾西门庆呢？还是因自己身怀六甲懒于服侍呢？可不管是基于何种原因，西门庆在潘金莲房中，被潘金莲搞得"死而复苏者数次"，病势已沉重到了难以挽回，这才被扶回到上房去。肉体的满足感令西门庆死前还忘不了叮嘱吴月娘，要她"好待"潘金莲。西门庆对吴月娘说的最后心愿是："一妻四妾携带着住，彼此光辉光辉。我死在九泉之下口眼皆闭。"（第七十九回）吴月娘的心里可否有过故意整治西门庆的懊悔呢？

一场欢喜忽悲辛

　　西门庆死时，恰是儿子孝哥出世。生者，得不到新生的吉祥祝福和喜庆欢乐。死者，给这个家带来了震荡不安和悲伤，犹如大厦即倾的恐慌。西门府里连口棺木都来不及备下，西门庆的丧事办得不伦不类，身为半子的女婿陈经济办事毫无章法，西门府中一片混乱。此时此刻，世态的炎凉，人情的淡薄，亲缘的冷漠，便立即显现了出来。李娇儿乘混乱之机盗走钱财，孟玉楼听吴月娘直言不讳地责骂丫头玉箫，说人不在房里竟大开着钱箱，心中甚是不快，吴月娘给产婆的银两，比李瓶儿生子时少了半数，过早露出了衰败之相，潘金莲与陈经济置家事于不顾，只管明调情、暗偷香……更叫吴月娘难堪的是，她的大哥以公务忙为托词，尽量避事。她的二哥明知李娇儿盗财，睁一只眼闭一只眼，因自己是李娇儿的旧客，更不会对亲妹子吴月娘提起。吴月娘的两个哥哥，面对妹妹家庭这样的变故，却很少出手帮她一帮。面对这样的世态人情，吴月娘也只有叹气的份儿。更叫吴月娘感到主妇难为的是，西门庆死后才过了五七，二房李娇儿就以吴月娘只请三房孟玉楼喝茶不请她为由，跟吴月娘大闹一场，第一个离了西门府，这使吴月娘想要成全西门庆最后愿望的心意，也成了一个虚妄之想。尽管吴月娘以丽春院李家想"买良为娼"的严词，禁住了李娇儿要把元宵、绣春两个丫头带走的企图，成功把这两个小丫头留在了西门府中，但李娇儿离开西门府后，吴月娘还是"大哭了一场"（第八十回）。她不是舍不得李娇儿走，吴月娘所悲痛的是西门庆与李娇儿也算患难相交，在李娇儿最低落的时候西门庆为她赎身迎娶，可西门庆刚走李娇儿就离家，人没走远茶已凉透。李娇儿对西门府竟然如此的无情无义，这确是吴月娘始料不及的。李娇儿这一走，成了西门府将散的预兆。

西门内府难管，皆因人心四散。西门外府的生意往来，吴月娘完全摸不到边际。西门庆生前让伙计来保和韩道国到扬州一带办了两千两银子的货，这两伙计在返回清河县城的途中，听说了西门庆的死讯，韩道国立即拐带了一千两银子的货物跑了路。西门府中的老伙计来保，私扣了八百两的货，只给府里交出一百两的货。吴月娘让那陈经济和来保一同发售货物，这来保欺负陈经济不懂买卖，懦弱无能的陈经济一赌气乘机甩手不管。等货物发售完了，来保交回给吴月娘的钱还不到本金的十分之一。完全不懂行的吴月娘，在收到来保交回的银子时，还按家规给了他二三十两的赏钱。这来保不仅托大不收赏金，还用话语调戏吴月娘。这位西门府里曾经的内务女总管，这个让所有家人都要听命于她的正房大娘子，此刻面对一个伙计的调戏，竟"一声儿没言语"，只能忍受着。这屈辱还没完，接着，京城大员蔡京府上的总管，原来帮西门庆行贿买官的翟谦大管家，在得知西门庆死了，想今后再也得不到西门庆"孝敬"的礼物了，他便变相索要西门府中会弹唱的四大丫鬟。面对这样的软性勒索，吴月娘就完全不知该如何对付，她只好叫来保和她一起商议，因为来保是过去常为西门庆在京里走动的家仆。这个西门庆活着时恭敬能干的家奴，现在管着外联事务，哪里还把吴月娘放眼里，他竟当着吴月娘的面数落西门庆在生意上种种的不是。无奈之间，吴月娘只得经过一番权衡，把原来李瓶儿房里的迎春和自己房里的玉箫放出去，忍气吞声地让来保送她们上京。此番情景真是应了"蜀中无大将，廖化做先锋"的景了。

吴月娘看到西门府中竟找不到什么可用之人，怎不悲从中来？按说迎春、玉箫两个大丫鬟都是被西门庆收用过的，以当时的规矩论，她们算是半个姨娘，身份都要高过伙计来保，可恨来保在去往京城的路上，把这两个可怜的丫鬟都给"奸了"。来保这个背主忘恩、胆大妄为的家奴，从京城返回后悄悄开了个杂货铺。为了改变家奴的身份，名正言顺地独立出去做买卖，这来保便采取再次调戏吴月娘的手段。万般无奈之下，吴月娘只好还给来保以自由身，同意来保带着全家人离开西门府。加之，因女婿陈经济无能，吴月娘只得收缩西门府的生意规模。此时的西门府大有坐吃山空的态势，人心已很不稳定。为了能维持住妻妾一堂的局面，吴月娘绞尽脑汁，严管家中门户，杜绝家母与女婿私通的丑事发生。可就算吴月娘严防死守，也难免有百密一疏的时候，正所谓该来的事是挡不住的。

吴月娘历经千辛万苦，从泰山还愿回来。摆在她面前的是家中问题层出不穷，潘金莲与陈经济私通打胎，还传扬得人人皆知。西门大姐与陈经济破脸对骂，双方都冷了心。在府外看守店铺的伙计们，因陈经济无脸进内府吃饭，内府里也不送中午饭出来，常常饿得头晕眼花，自己掏钱吃馆

应伯爵簪花邀酒

子。吴月娘没有了对西门庆的仰仗，也没有了以往对自己必须的限制，便渐渐露出了穷官女儿管家理财的本事，既然不懂如何开源，那就只能厉行节流了。吴月娘紧缩开支的做法，与西门庆生前对伙计们的待遇相比，那是大大倒退。这种节流做法，实在是太过小家子气，更是自绝门户，伙计们都有了要散的心。面对窘境，手足无措的吴月娘依旧还是只懂得紧缩开支，伙计们也就只能告假的告假，辞工的辞工，作了鸟兽散，西门府家曾有过的令人羡慕的兴隆生意已成了明日黄花。

既然是无力挽回颓势，吴月娘只有拿出她的铁腕本色治家。她先把败坏家声的潘金莲这一房赶出府，再把挟私泄愤、诋毁她清白的女婿陈经济打出府，家中所有的不安定因素终于给消灭了。吴月娘感到，她终于可以重振家声，与其他的小妾们团结一致，同心协力，使西门府再现辉煌。吴月娘骨子里冷硬的本性流露，已很难再留得住人心。她执意打发西门大姐回陈氏夫家，眼看西门大姐被陈经济打得伤痕遍体，吴月娘也不让这位昔日的西门府大小姐留在娘家。一贯只是顾及自己贤良声名的吴月娘，竟不怕被人说她不怜惜西门大姐，只因不是她亲生亲养的女儿。显然，与薄待养女的议论相比，吴月娘更怕的是，陈经济要真的休了西门大姐，那就成了西门府一个真正的耻辱了。更有一点，万一陈经济要追回当年为避难带进西门府来的那些财物，吴月娘是铁定不肯给的。不久，家里又发生了四房孙雪娥想嫁给被赶出府的旧伙计来旺，私带一包金银首饰和几件衣物，从府里偷跑私奔被官府抓住的事情。吴月娘畏惧到官府提交供证，她甚至不愿意把人与财领回。吴月娘的畏惧心理，导致孙雪娥只有由官府拍卖。这一拍卖，孙雪娥就被卖进了守备府，成了被庞春梅虐待的下人。真是一波未平一波又起，陈经济乘势以打官司为要挟，逼吴月娘拿出西门大姐的陪嫁，还把丫头元宵硬给要走，这才算和吴月娘歇了手。再后，因西门大姐的死，吴月娘亲自出马，她率家中众妇痛打了陈经济，并将这个昔日的女婿一纸诉状，告进了官府。这一告使得陈经济倾家荡产，只捡了条命。吴月娘终于找到了报仇泄愤的机会，可自己也费了不少的精气神儿，可谓两败俱伤。这场官司使吴月娘彻底摆脱了陈经济带给西门家那些不名誉的阴影，不论从家声恢复还是从钱财利益，吴月娘所为都是利大于弊、得大于失的。为此，吴月娘也只能牺牲掉西门大姐。

对吴月娘所作所为冷眼旁观的孟玉楼，感到"月娘自有了孝哥儿，心肠儿都改变，不似往时"（第九十一回），不由得要为自己的今后作一些打算。西门庆死后一年多，孟玉楼改嫁了，吴月娘把孟玉楼热热闹闹地送出了西门府的大门，又风风光光地吃了孟玉楼夫家三天的喜酒，可回到府中后，看到的只有一片寂静。吴月娘不由想起，从前孟玉楼也是热热闹闹地抬进西门府，西门府那时也是风风光光地迎来送往、车水马龙的成亲景象。吴月娘再忆起府中曾有一夫六妇的簇拥，时时可呼奴唤婢，四季花团锦簇的生活，终于难忍心中的哀伤，扑在西门庆的灵床前放声大哭了一场。吴月娘为西门府繁华似锦已不再而哭，为自己寂寥凄清度余生而哭。在哭声里，她掩上了西门府的大门，带着儿子、二哥和两个仆从，远走他乡躲避战乱。在哭声里，吴月娘亲眼目睹西门府唯一的继承人，自己的儿子孝哥，出家当了和尚。心中满是伤痕的西门府大娘子吴月娘，战乱后幸存了下来。她历尽艰辛，终于重返家园。

吴月娘的一生，总是在"为人做"与"人为做"之间纠缠。她为人主妇时，为了别人的评价，不得不以人为的方式来对待那份复杂的生活。在西门庆活着的时候，她只是西门府的半个主子，可府内上上下下矛盾的斡旋、各种勾心斗角关系的平衡，她都要参与其间，有时也难免有自陷其中的尴尬。西门府外大大小小的应酬、各种礼节性的往来要求她能做到进退有度，不差礼数。吴月娘要使自己的言行合乎各方面的要求，任何事情都不能做得过分和任性。于吴月娘而言，唯一可行的就是不断压抑自己的真实情感和本性流露。她的日子过得很累。西门庆死后，吴月娘是个寡妇。在偌大的西门府中，她总在恩怨与利害中挣扎。她让媒人把庞春梅和潘金莲领出西门府，卖了。这一卖，庞春梅有幸成了守备夫人，潘金莲不幸成了刀下怨鬼。吴月娘这般快刀斩乱麻的处理，只不过是西门府里旧人之间的恩怨罢了。从面上说，吴月娘是为挽回西门府的名声。就本心讲，吴月娘是怕儿子孝哥有什么吃了他人暗算的地方。吴月娘担心有人坏了自己的名头，今后还影响了孩子。为了孩子，母亲是能心狠手辣的。所以，吴月娘就算明知西门大姐与陈经济夫妻之间的关系极为恶化，她还是让西门大姐回到陈家，其铁面无情的决绝做法，就是出于她对利害关系的考量。吴月娘担心陈经济翻历史旧账，扯出行贿脱罪的天大干系。更为要紧的是，吴月娘不愿意把已占为西门府家财的东西，再如数地拿出去还给陈家。说到底西门大姐是女不是男，嫁出去的女儿泼出去的水，吴月娘对她是难管死活了。再说，西门大姐的确不是亲生女啊！难怪清人张竹坡评道："吴月娘是奸险好人。"尽管奸险，但终归还是个好人。在情感生活中，吴月娘很是可怜。她一方面要为传统观念对女人道德行为的价值认定，付出身心上都只能忍辱负重的代价。而另一方面，她还要压抑真情实感的流露，甚至心底里想对别人付出真情的渴望。西门庆活着时她希望西门庆对自己多点关心，她不时地闹闹脾气，发发嗲，或是生点小毛病什么的，以引起西门庆的注意。在这些假做真来真亦假的事情上，吴月娘不失是一个有女人的小心眼、小手段的小女人。正因如此，西门庆也会被她吸引，并不仅仅出于礼貌和她在一起。作为女人，作为母亲，吴月娘可称得上完整，可西门庆的确不爱她。一个没有爱情体验的女人，她的情爱生活只能是一片空白，最多还有一点苍老而已。

在西门府妻妾中，如果说潘金莲对感官愉悦不停追求，且不会为任何事情放弃性的快乐，因此是性欲的象征；李瓶儿不计名分，不计钱财，只为能和西门庆一起生活，婚后更是事事替西门庆打算，可视为情爱的象征；那吴月娘就是笑笑生所刻画的，千万普通家庭婚姻的象征。集权的传统社会婚姻对女性而言，只有义务和责任，没有权利和平等。潘金莲为自己夺得了有限的追求权利，李瓶儿为自己赢得了相对平等的爱情，吴月娘就只有尽人妻的义务，满足丈夫的需要，并为他生儿育女。吴月娘负有主妇的责任，她要相夫教子，主持好内务，为丈夫守好他的财富。若是对潘金莲、李瓶儿、吴月娘三个女人的生活作一概括性的评论，潘金莲可谓浪漫，李瓶儿可谓温馨，吴月娘可谓平淡。婚姻本来大多都是平淡的，唯其平淡，方能持久。可谁又真能说明白婚姻的本真是什么？谁能搞清楚生活究竟该如何？

吴月娘的一生经历过丧夫失子之痛，尝尽了颠沛流离之苦。她的人生也犹如那个时代的江山一般，进入了晚境。吴月娘依旧怀着西门庆的那份嘱托，把一直带在身边的小丫头小玉，配给了西门庆原来的心腹小厮玳安，又让玳安承继了西门姓氏，并承受了西门庆尚存的一些家业。改过头、换过面的西门府，主妇也易了人。当年只是上房普通丫头的小玉，此时已是西门府里真正的女主人。吴月娘既承受这两个当年家奴的奉养，但事实上已经是一名客居在西门府的食客，真可谓是沧海桑田，造化弄人。吴月娘活到古稀之年，无疾而终。

05

孟玉楼
坐贾行商世事圆通的女人

风过情薄爱无门

俗语有云：做人难，做女人更难。跻身于妻妾成群大家庭里，想做一个人人说好的小女人，这其中的九曲回肠事儿，酸甜苦辣味儿，尤其难以言说，如若再无一颗玲珑剔透心，那就是人生中难得不能再难的事。

人既生于浊世，那就更要活得明明白白。可何为明？何为白？看看在西门府里生活的女人们，她们不是陷入各种利弊得失的算计，就是引起或卷入犹如战场的情场厮杀。府中的女人们，或以利得情，或以情得利。有的人机关算尽，反算了卿卿性命，这可谓不明。有的人攀附权势，终落得水月镜花，可谓不白。在这些滚滚红尘的纷纷扰扰中，在这个浑浑噩噩的生存空间里，要想保护自己不受伤害，必得要有属于自己的独立思考和个人决断，方能做到看人眼明，行事身白，可这是何等之不易。然而，兰陵笑笑生笔下的这位孟三姐，便是一个能超然于各种人事纷扰之上，能在浑噩世俗的生存状态中，始终保持着"明白"的一个"乖人"（张竹坡语）。

兰陵笑笑生写孟玉楼出场即给人一种与众不同的感觉，这不仅是因为她有一副"长挑身材，粉妆玉琢。模样儿不肥不瘦，身段儿不短不长。面上稀稀有几点微麻，生的天然俏丽；裙下映一对金莲小脚"（第七回）的曼妙身姿，也不仅因为孟玉楼"手里有一分好钱。南京拔步床也有两张。四季衣服，妆花袍儿，插不下手去，也有四五只箱子。珠子箍儿，胡珠环子，金宝石头面，金镯银钏不消说。手里现银子，他也有上千两。好三梭布也有三二百筒"（第七回）的富裕家财。孟玉楼的与众不同是，在丈夫死后一年多，她竟一本正经地提出想要明媒改嫁，这在"好女不嫁二夫""饿死事极小，失节事极大"等道统思想依旧在人们头脑中普遍存在的时代，她的举措无疑具有惊世骇俗的震撼力。因此，孟玉楼改嫁绝不会是一帆风顺的。只是在写孟玉楼改嫁一节时，整个过程中所遇到的种种难题，并没有涉及孟玉楼该不该改嫁的问题，而是她最应该嫁给谁的问题。

孟玉楼改嫁，她的婆家舅舅和姑妈在侄儿媳妇应该改嫁给谁的问题上，产生了很严重的意见分歧，遂成为她改嫁的最大阻碍，也是孟玉楼出场情节的矛盾焦点所在。这从一个侧面反映出，当时的社会于市民阶层而言，他们对"三从四德"的传统道德，对以"好女不嫁二夫"为约束女性节操行为的价值判断，其实是比较淡漠，甚至是忽略的。

孟玉楼的丈夫原是清河县一个姓杨的卖布商人，孟玉楼嫁入杨家后，兢兢业业，帮助丈夫打理生意。她是杨家的长房媳妇，杨氏长子发妻。孟玉楼的哥哥，人称孟二舅，是个搞长途贩运的行商。所以，这位在家排行第三的孟三姐，出身于商贾之家，从小便对商贾行业中的各种关窍耳濡目染。在这样的家庭环境中生长成人的孟玉楼，早已养成了眼观六路、耳听八方，胆大心细，遇事不慌的心理素质。她长于察言观色，能善解人意，精于平衡各种关系，能言善辩，行为举止又颇具分寸。她很懂得保护自己，也懂得周全别人。孟玉楼的个性突出，却低调而不张扬。执掌杨家内务的孟玉楼，由于丈夫常年出外经商，便长嫂为母一般，把年幼的小叔子一直带在自己身边。她把杨家的生意和内宅都管理得井井有条，一丝不苟，显示出相当出色的管家理事的才能。哪知恩爱夫妻不到头，孟玉楼的丈夫不幸病故。这一不幸，使得孟玉楼成了寡妇。无儿无女的孟玉楼，只能与一个十几岁的小叔子一起生活。这般情形，令孟玉楼的生活处境一下变得尴尬了起来，且不说生活中无依无助，寂寞孤单，就是今后杨氏的家事也将会变得复杂而棘手，孟玉楼再是能干，只怕也是枉费心思一场。

古语有云：寡妇门前是非多。尤其对于年轻貌美、手握财富的寡妇而言，更是流言蜚语的直击对象。孟玉楼握在手里的财权，杨氏家族的人早已有了觊觎和不甘。孟玉楼自己也很明白，倘若一直留守杨家，待日后小叔子长大成人，有了妻室，她在杨家便是无依无靠，难免会落得寄人篱下、孤老一生的晚景。精明世故、玲珑通透的孟玉楼，对这一眼便能看到结局的境况自是了然于心。既然留在杨家很可能出现的是，最终出力却不一定讨好，甚至还有可能出现无人为她养老送终的情形，她唯有主动提出改嫁才是明智之举。孟玉楼对自己今后的前途，有着深远的考虑，她对要选择什么样的改嫁对象，更是思虑缜密。这一情节，写活了孟玉楼善于审时度势，具有独立思考和解决问题的个人能力。

针对孟玉楼改嫁一事，杨家娘舅和杨家姑妈都站在各自的立场上，从各自的利益出发，向这个前侄媳妇推出了各自的人选。杨老姑妈无后，故她对杨家的财产没有什么野心，老太太只想侄媳妇能嫁个有财的人家，能给她这个孤老婆子养老送终就成。而娘舅张四想的则是，只要把孟玉楼嫁出去，自己就能借口有小侄儿要抚养，便可以多分得一些家产。所以，杨家姑妈为得终养，许孟玉楼嫁给富商西门庆，杨家娘舅为得家产，许嫁举人这个身价来打动孟玉楼。孟玉楼对他们各自的用心十分清楚，对双方的目的也自是心知肚明。孟玉楼考虑的结果是愿意听从姑妈的意见，决定嫁给家中有商铺营生的西门庆。那杨家娘舅张四，一听说孟玉楼已收了西门庆的订婚聘礼，便明白改嫁这事儿，已没他什么事儿了。张四既不是保亲的一方，也就无从参与杨氏家财的交接，更无从知道孟玉楼的陪嫁究竟价值多少？这位娘舅爷情急之下，便跑来对孟玉楼进行劝说：

娘子不该接西门庆插定，还依我嫁尚推官儿子尚举人。他又是斯
文诗礼人家，又有庄田地土，颇过得日子。强如嫁西门庆。那厮积年

把持官府，刁徒泼皮。他家见有正头娘子，乃是吴千户家女儿。过去做大是，做小却不难为你了！况他房里，又有三四个老婆，併没上头的丫头。到他家，人歹口多，你惹气也！（第七回）

张四这番话真可谓晓之以理、动之以情，句句是实在话。可孟玉楼因早已明白了张四的真正用心，她就算知道西门庆娶她做正房是假话，也不会同意嫁给尚举人家的。再说，西门庆给孟玉楼的第一印象不错，孟玉楼也才会收西门庆的定礼。孟玉楼怀着已有的己见，对这位娘舅的规劝巧妙地进行了回击："自古船多不碍路。若他家有大娘子，我情愿让他做姐姐，奴做妹子。虽然房里人多，汉子喜欢，那时难道你阻他？汉子若不喜欢，那时难道你去扯他？不怕一百人单撮着。休说他富贵人家，那家没四五个。着紧街上乞食的，携男抱女，也挈扯着三四个妻小。你老人家忒多虑了！奴过去，自有个道理，不妨事。"孟玉楼此番话说得是清清楚楚，充满自信。不难看出，孟玉楼面对将要在西门府大家庭生活，她对有可能发生的种种事由，都进行过十分缜密的考虑，并已有了自己的应对之策。此番话语，亦可见孟玉楼是个很注重实际的人。但这张四舅还是不肯善罢甘休，他仍对孟玉楼絮叨："娘子，我闻得此人，单管挑贩人口，惯打妇熬妻，稍不中意，就令媒人卖了。你愿受他的这气么？"张四舅的这番说辞虽不算是空穴来风，只是这些话听在孟玉楼耳里，就只当是张四舅的道听途说罢了，不足为凭。何况对这样的家庭矛盾和纠纷，孟玉楼有她自己的看法。只听孟玉楼对着张四舅说："四舅，你老人家差矣！男子汉虽利害，不打那勤谨省事之妻。我在他家把得家定，里言不出，外言不入，他敢怎的？为女妇人家，好吃懒做，嘴大舌长，招是惹非。不打他，打狗不成？"孟玉楼的话俨然是主家娘子的口吻，且也表现出对张四那份过于的热心，已是颇不耐烦。怀有他图的这位娘舅爷，见难用家长里短之事说服孟玉楼，便又说西门庆家有待嫁之女，西门庆还喜在外眠花宿柳，这本是改嫁女子最感头痛的两件事。按一般常理论，凭孟玉楼的精明，她应该对这些事情有所顾忌，起码对嫁给西门庆一事，要再作些考虑。可孟玉楼已是认定张四别有用心，故意诋毁，所以张四讲得越是真实详细，孟玉楼就越是不信，越是要反驳。针对西门庆家有女儿的问题，孟玉楼说的是："四舅说那里话！奴到他家，大是大，小是小，凡事从上流看，待得孩儿们好，不怕男子汉不欢喜，不怕女儿们不孝顺。休说一个，便是十个也不妨事。"针对西门庆在外行为不端的问题，孟玉楼说的是："四舅，你老人家又差矣！他就外边胡行乱走，奴妇人家只管得三层门内，管不得那许多三层门外的事。莫不成日跟着他走不成？常言道：世上钱财倘来物，那是长贫久富家？紧着起来，朝廷爷一时没钱使，还问太仆寺借马价银子支来使。休说买卖的人家，谁肯把钱放在家里！各人裙带上衣食，老人家到不消这样费心。"从这些话语中不难看出，孟玉楼对自己选择嫁给西门庆如此态度坚定，主要是基于这三个方面的心理原因：首先，孟玉楼对张四的人品很是反感，故只要是这位娘舅提议或是赞成的，孟玉楼就本能地反对和否定。其次，西门庆家是坐贾行商人家，孟玉楼嫁过去理家主内，商家事务管理都是她轻车熟路、上手就有的事，比之她嫁举人为妻，为举人操持家务，打理那些不知所云的诗书经籍，更容易发挥自己的长处。再有，就是孟玉楼过于相信自己的直觉，因为西门庆的外表举措，总能给女人留下好感。

孟玉楼出嫁这天，杨家娘舅张四和姑妈杨老太太之间，终于爆发了一场激烈的唇枪舌战。在他们彼此互不相让的一片叫骂声中，孟玉楼的妆奁抬进了西门府，孟玉楼离开了杨家，风风光光地嫁进了西门府。从此，孟玉楼的生命之船便驶进了新的航道，不论顺利还是曲折，这都是孟玉楼自己的选择。曾有一位西哲学人认为：人只有在对生活作出选择时，才体现出人存在的价值。确实，人生中具有的选择可能性越多，人存在的价值才能得到更多的意义体现。孟玉楼此时能对一己婚姻作出力所能及的自主选择，就选择的行为本身，便已经体现出当时社会给予女性的最大掌控空间了。这不仅是孟玉楼对婚姻的选择，还是孟玉楼对自己生活理念的价值选择。在孟玉楼看来，人世间有意义的生活未必只有"万般皆下品，唯有读书高"这一种价值存在，游走在商铺与客户、钱庄与市场的生意场上，也是一种人生意义所在。当然，颇有头脑的孟三姐不是个放浪不拘、行为狂悖之人。孟玉楼在对待生活的各方各面，甚至包括夫妻间的性生活，她也谨持有度，一副很是中规中矩的态度，这种不愠不火的生活态度，完全不适合西门庆的生活方式，更不可能满足西门庆对男女间情事的兴趣要求。所以，尽管新婚时西门庆一连在孟玉楼的房里歇了三个晚上，可还不到三个月，随着潘金莲的进门，孟玉楼在西门府的情形，就像款式过时了的精制服装一般，被西门庆放置于西院里收藏后，就很少问津了。

错付年华心怎依

西门府的六房妻妾中，孟玉楼的年龄最长，可孟玉楼的排位却是居于中间的第三房，这的确使她的处境很是不尴不尬。在这个"人歹口多"的环境中，孟玉楼处世为人颇为艰难。她既不会像潘金莲那般刁蛮耍横、明目张胆地挤兑众人，以一身的好风月来抓住西门庆，甚至为满足西门庆，不惜作践自己，又不可能像李娇儿和孙雪娥那样，与他人较一日之短长，争风吃醋，庸俗不堪。孟玉楼既没有李瓶儿对西门庆那样的痴情一片，也没有吴月娘的正房之位，权柄在握。她不愿以下流的姿态迎合他人，又没有居于上位掌控全局的优势。孟玉楼经商理家的才能无处发挥，只好在衣饰打扮上，把不俗的气质充分地表现一番。遗憾的是，孟玉楼的气质风度，根本吸引不了本就低俗下作的西门庆。孟玉楼每天精心的打扮，只有那位从小在招宣府养成审美眼光的潘金莲才懂得欣赏。潘金莲自进西门府后，便跟着孟玉楼学做高跟鞋穿，模仿着孟玉楼穿戴各种款式的衣服配饰，以致渐渐给人这样的印象：在西门府的女人中，孟三姐与潘六儿的穿着打扮总是十分相似。甚至连李瓶儿对西门庆也发感叹："只相一个娘儿生的一般。"（第十六回）

既然，孟玉楼在阖府人中只有潘金莲会欣赏她，那她自然也与潘金莲的关系要好过其他人。所以，当孟玉楼听到潘金莲因私通小厮被西门庆暴打一事后，她当然第一个就去看望潘金莲。那时的孟玉楼对潘金莲的为人和德行还真了解不够，以为是李娇儿、孙雪娥与潘金莲过不去，故意告潘金莲的黑状，连带自己陪嫁过来的小厮也被赶出了府。因此，她让潘金莲讲真相："六姐，你端的怎么缘故，告我说则个。"（第十二回）孟玉楼以如此真挚的口吻与人对话，而不是顺着他人的意思爬，这在西门府里只仅此一次而已。当孟玉楼听完潘金莲的哭诉后，她真诚地安慰道："六姐，你休烦恼，莫不汉子就不听俺每说句话儿？若明日他不进我房里来便罢，但到我房里来，等我慢慢劝他。"（第十二回）此时的孟玉楼很自信，她相信自己说的话对西门庆是具有一定影响力的。孟玉楼没有失言，当天晚上西门庆正好到她房里歇息，孟玉楼既为潘金莲，也为自己的小厮向西门庆进言："你休枉了六姐心，六姐并无此事。都是日前和李娇儿、孙雪娥两个有言语，平白把我的小厮扎罚子。你不问了青红皂白，就把他屈了。你休怪六姐。却不难为六姐了。我就替他赌了大誓。若果有此事，大姐姐有个不先说的？"（第十二回）孟玉楼如此认真对待这事，只因这是她进府以来，与她这一房有所关联的一件事。孟玉楼的确乖觉，她既为潘金莲在西门庆这里说了情，也为她自己这一房撇清了涉及主仆偷情这大逆不道事件的所有干系，同时还奠定了孟玉楼三房与潘金莲五房之间良好的关系基础。此后，孟、潘两人在西门府的关系便与其他人不相同，有了一种惺惺相惜的默契。

的确，孟玉楼与潘金莲在表面上一直都保持着亲切的关系，但这只是孟玉楼做人做得很"真"的一个方面的表现。与这种做人做得"真"相对，孟玉楼也有不少做得很"假"的表现。这才是真做假来假亦真，可如果做人的"真"是要靠刻意的"做"才能显现出真来，那还能有什么真的"真"可言？孟玉楼在这真真假假的人际周旋之中，渐渐透出了她做人的世故与圆滑，这不能不说是孟玉楼这类精明人另样的悲哀。

孟玉楼在西门府中得到了潘金莲相当善意的对待，巧妙地把西门府里这个最具攻击性的一房力量，变成了她最可依仗的一股势力。孟玉楼以做得"真"来换取潘金莲颇为真诚的回报，可以说投资不大却获利丰厚。潘金莲过生日，李瓶儿前来祝贺。这是花子虚死后，李瓶儿首次来到西门府。李瓶儿与众妻妾一见面，她先给吴月娘下跪磕了四个头，又与潘金莲平行磕了头。这还顶着花家二娘子身份的李瓶儿，给吴月娘竟是行跪拜之礼，用的是小妾对正妻的问安礼节。虽说这大大错了礼数，但这也恰好透露出，李瓶儿下意识中已有了为妾的心态。可笑的是李瓶儿对此浑然不觉，她还要请西门庆出来行上一拜，可是西门庆不在家。作为西门庆暗地里的情人，李瓶儿此番来西门府祝寿，最想要见的人当然是西门庆。或许，李瓶儿把没见到西门庆的失望神态写在了脸上，在众人都只注意李瓶儿的好酒量时，孟玉楼却提出留她在府里过夜："二娘今日与俺姐妹相伴一夜儿啊，不往家去罢了。"（第十四回）李瓶儿心里愿意，但毕竟还在给花子虚服孝的孝期，自然不便答应，她推说"家中无人"，可又说有个叫老冯的老家人"来与奴做伴"。心活嘴快的潘金莲马上接口道："却又来，既有老冯在家里看家，二娘在这过一夜儿也罢了。左右那花爹没了，有谁管着你。"潘金莲把李瓶儿的推辞一下给说白了。孟玉楼紧接着说："二娘只依我，教老冯回了轿子，不去罢。"孟玉楼和潘金莲都知道西门庆与李瓶儿有一腿，她俩一唱一和，配合默契，意在促使吴月娘表个态度。李瓶儿当然知道她们的言下之意，此时难免羞涩，只能笑而不答。吴月娘却只是让喝酒说闲话，就是不表态。

天色已晚，爱打扮的潘金莲，又回房重匀粉脸去了。吴月娘托大地说潘金莲："我倒也没见你倒是个主人家，把客人丢下，三不知往房里去了。俺姐儿一日脸不知匀多少遭数，要便走的匀脸去了。诸般都好，只是有些孩子气。"吴月娘此话明显是对李瓶儿说的，这话既明说李瓶儿是客，客就没有自己留下的道理。等潘金莲匀完了粉脸，再进到上房时，孟玉楼把吴月娘说的话，以开玩笑的方式传给了潘金莲："五丫头，你好人儿！今日是你个'驴马畜'，把客人丢在这里，你躲房里去了，你可成人养的！"吴月娘的话对潘金莲并无恶意，孟玉楼的传话是一种友好的表示，潘金莲听后与孟玉楼嬉笑打闹，说明领了孟玉楼的情。潘金莲换上的一身衣裙与孟玉楼的一模一样，暗显出潘金莲对孟玉楼的亲近感，在潘金莲头上插着的寿字金簪，却引起了吴月娘的注意。当李瓶儿听说吴月娘要照这款式打一副时，立即表示每位娘子送一对，还说这簪子是官里的样式，外边打不出来。李瓶儿大方的送礼使吴月娘很是开心，这位大娘子终于松了口，对李瓶儿表示挽留："二娘不去罢？叫老冯回了轿子家去罢？"有意思的是，这挽留客人的话用的是询问的句式，这自然表明，西门府掌家娘子的吴大奶奶，她留客的意思算是十分勉强的。李瓶儿喝酒喝得虽不少，却已听出吴月娘留客勉强的味道，李瓶儿自是再次推辞。孟玉楼见吴月娘很不愿意留李瓶儿在西门府过夜，便巧妙地把西门庆抬出来压吴月娘："二娘好执古，俺众人就没些分上儿？如今不打发轿子，等住回他爹来，少不的也要留二娘。"此处写孟玉楼的热心，不是为讨好西门庆。孟玉楼若是为了西门庆而挽留李瓶儿，很可能一个不留神就会得罪了吴月娘。再说，这也显不出孟玉楼做人有什么特别的。那么，孟玉楼所为何来呢？她为的是李瓶儿对她会有一个好印象。西门庆对李瓶儿的暧昧态度，就算瞎子也看出来了。吴月娘对围在西门庆身边的所有女人，就李瓶儿是她最在意的一个。孟玉楼明知不久的将来，李瓶儿就会成为西门府的一房妾室，或许还是最有实力、最能与潘金莲相抗衡的一房势力，此时孟玉楼能留给李瓶儿一个热心人的印象，又何乐而不为？况且，孟玉楼对李瓶儿的憨直劲儿，也是存有些许好感的，否则，孟玉楼也不会极力成全，让李瓶儿和西门庆能见一面，以慰藉他们彼此的相思之情。孟玉楼善解人意之处，由此可见一斑。这一夜，西门庆进了孟玉楼的房，这是巧合，事后李瓶儿对西门庆说，那个孟三娘待她很亲热，这是回报。

孟玉楼虽不是正头娘子，可在她初进西门府时，仍以"家和万事兴"的态度作为她对待人和事的一个原则。西门庆因记恨李瓶儿嫁蒋竹山一事，娶李瓶儿过门时，不仅没用花轿，场面冷清，新妇到了门首，连招呼的人都没有。李瓶儿被一顶小轿，抬到西门府大门口歇下，西门庆却不让家里人出去迎进门，致使李瓶儿一直坐在轿子里无法出轿。面对这不进不出的尴尬局面，善解人意的孟玉楼去劝正与西门庆怄气的吴月娘，让她出面把新人接进府，孟玉楼轻言道："姐姐，你是家主，如今他已是在门首，你不去迎接迎接儿，惹的他爹不怪。他爷在卷棚内坐着，轿子在门首这一日了，没个人出去，怎么好进来的？"（第十九回）孟玉楼这话的意思，是让吴月娘不要再扩大与西门庆之间的矛盾。吴月娘听这话，真觉得孟玉楼挺为自己着想的。吴月娘左思右想之后，把李瓶儿迎进了门。西门庆并不省事，竟三日不进新房，故意要冷落李瓶儿。羞愤难当的李瓶儿自尽未遂，孟玉楼对闻讯后仍在喝酒的西门庆劝道："你娶将他来，一连三日不往他房里去，惹他心中不歹么？恰似俺每把这庄事放在头里一般，头上末下，就让不得这一夜儿。"这话分明是对西门庆说，不要使新娘子误会，以为家里的女人都想争夺她的新婚之夜。孟玉楼为使吴月娘与西门庆和好，借西门庆使唤的小厮被吴月娘派出去干活一事，对吴月娘说："姐姐在上，不该我说。你是个一家之主，不争你与他爹两个不说话，就是俺每不好张主的，下边孩子们也没投奔。他爹这两日，隔二骗三的，也甚是没意思。看姐姐恁的依俺每一句话儿，与他爹笑开了罢。"（第二十回）虽说这话被吴月娘一番冷硬地抢白，把孟玉楼说得是"讪讪的"，很是没趣，但后来西门庆感动于吴月娘的雪夜祝祷，自己主动与吴月娘和解，两人还来了个佳期重会，孟玉楼对此事打心眼里高兴。她第二天一早，就把西门庆与吴月娘和解的事告诉了潘金莲，这唯恐天下不乱的潘金莲，听了孟玉楼笑着学吴月娘对西门庆亲热时的话后，张嘴就说吴月娘是"假撇清"。孟玉楼对吴月娘与西门庆重归于好一事，则是自有另一番看法：

> 他不是假撇清，他有心也要和，只是不好说出来的。他说他是风老婆不下气，倒教俺每做分上。怕俺每久后玷言玷语说他，敢说你两口子话差，也亏俺每说和。那个因院里着了气来家，这个正烧夜香，凑了这个巧儿，正是：我亲不用媒和证，暗把同心带结成。如今你我这等较论，休教她买了乖儿去了。你快梳了头，自过去和李瓶儿说去：咱两个人，每人出五钱银子，教李瓶儿拿出一两来，原为他废事起来。今日安排一席酒，一者与他两个把一杯，二者当家儿只当赏雪，耍戏一日，有何不可？（第二十一回）

细看孟玉楼的分析，她真不愧是个世事通明、人情练达之人，还有长者风范。她的话通情达理，反映她为人大气，心性机敏，情趣不俗。孟玉

敬济元夜戏娇姿

楼既欢喜于西门庆与吴月娘和好，家里别扭的阴霾一扫而光，又不让吴月娘独占西门庆感念她的好处。孟玉楼拉上潘金莲、李瓶儿一起搞个颇有情趣的府内小宴，既能让西门庆高兴，也让吴月娘看清楚，府里哪些人是她的依傍，真可谓心思缜密、滴水不漏。

　　孟玉楼做人虽然随和，但却很有自己做事的原则和底线。她从不与风尘中人沾亲，也不与下人交友，她心性外圆内方，自有主张。吴月娘、李瓶儿都各自认了一个妓家女子为干女儿，可孟玉楼对这两个女子极少有所应酬。孟玉楼对待西门庆从妓院赎身的二房李娇儿，采取不近不远，保持距离的淡然态度。她对上灶丫头出身，被西门庆收房为妾的四房孙雪娥，打心眼儿里就看不起。但孟玉楼在西门府里，从不挑起说是道非的什么话头。就算对谁有所微词，也都是搭借着别人的话说出来。且看，潘金莲激西门庆打了孙雪娥后，西门庆过了一年多才进了一次孙雪娥的房。潘金莲听说孙雪娥让来府里唱曲儿的艺妓叫她四娘，张口就数落开了："没廉耻的小妇人，别人称道你便好，谁家自己称是四娘来。这一家大小，谁兴你，谁数你，谁叫你是四娘？汉子在屋里睡了一夜儿，得了些颜色儿，就开起染房来了。"孟玉楼借机搭腔道："你还没曾见哩，今日早晨起来，打发他爹往前边去了，在院子里呼张唤李的，便那等花哨起来。"（第五十八回）虽说孟玉楼和潘金莲都对四房的孙雪娥有厌恶感，但厌恶的原因却各有不同。就孟玉楼而言，纯粹就是鄙视孙雪娥的猥琐而产生的厌恶心理。所以，只要孙雪娥有一丝一毫的得意张扬，孟玉楼就会心生无比的厌恶，她就是看不惯孙雪娥小人得势的轻狂样。再看孟玉楼对待家奴媳妇身份的宋惠莲，因依仗着和西门庆的暧昧关系，被西门庆抬举的因由，宋惠莲便常常和姨娘们一起下棋、掷骰子玩耍。一次，宋惠莲看众妻妾玩牌，有意高声评论，想表示自己的牌技高明。她一会说吴月娘："娘把长幺搭在纯六，却不是天地分，不赢了五娘？"一会又说李瓶儿："你这六娘骰子是个锦屏风对儿。我看三娘这么三配纯五，只是十四点儿，输了。"孟玉楼见宋惠莲如此没有分寸，没大没小的张扬样儿，便教训道："你这媳妇子，俺在这里掷骰儿，插嘴插舌，有你什么说处！"（第二十三回）几句话，说得宋惠莲飞红了脸，回下房去了。在孟玉楼的心里，人本就有着高低贵贱的等级分别，不能因为得势就可猖狂，攀附就能张扬。孟玉楼对待身份低微的人从来就是待以正色，她对自己房里的贴身丫鬟，即便是被西门庆收用过的，也不会像潘金莲对庞春梅那样的抬举一番，任其放纵。孟玉楼对庞春梅的态度和对潘金莲的态度就有显著的尊卑之别，哪怕庞春梅后来成了守备夫人，且有诰命在身，可在孟玉楼的眼里依旧是个出身卑微的房里丫头而已，孟玉楼始终也不与庞春梅有更多的交往。根深蒂固的等级观念使孟玉楼对待不同出身的人，采取的是不同的态度。孟玉楼这种处世态度，使得她在接人待物的把握上，从不会乱了章法、失了分寸，惹出类似吴月娘把西门庆嫖养、包占的妓女认作干女儿，闹出夫妻之间乱了辈分的大笑话。

再度风雨桃花酬

天长日久，随着对西门府里的情形越多的了解，孟玉楼渐渐以一种淡漠的态度去面对那些纷纭复杂的争斗。她把自己的真心、用心、关心都尽数收藏起来，也把自己的真实面目尽力掩盖起来，她变得更加着意在人前去认真地"做"。她的目的就一个，即尽力不与人结怨。孟玉楼"做"的具体方法就是，给他人一种一切人和事她都置身事外、十分超然的误识，这是孟玉楼保护自己的最好方式。譬如，潘金莲偷听宋惠莲与西门庆偷情，正好听到宋惠莲说她的坏话。为此，潘金莲对宋惠莲极为不满，随后便把西门庆与宋惠莲的事告知孟玉楼。孟玉楼本就不喜宋惠莲的攀附作势，再说，这西门府里自打潘金莲、李瓶儿进来之后，孟玉楼的日子过得就够像是活守寡了，要是再进个宋惠莲，她岂不更是被打入另册。一个家奴媳妇，比自己一个出身富商的姨娘还得势，这是孟玉楼不能容忍的。她正好可以利用潘金莲的不满，来整治这个不知高低的家奴媳妇。当孟玉楼听说宋惠莲的丈夫来旺喝醉酒后，狂言要杀西门庆和潘金莲，她便煞有介事地对潘金莲说道："这桩事咱对他爹说好，不对他爹说好？大姐姐又不管。倘忽那厮真个安心，咱每不言语，他爹又不知道，一时遭了他手怎的？正是有心算无心，不备怎提备。六姐，你还该说。正是为了驴扭棍，伤了紫金树。"
（第二十五回）这话说得巧，使潘金莲觉得孟玉楼遇事都和她商量，她自然
要表现出是有相当主张的。潘金莲果然去对西门庆添枝加叶地说了一番，
西门庆给来旺栽了个"非奸即偷"的罪名，抓进牢里打了个半死。宋惠莲
虽说与西门庆有私情，可又不忍看丈夫被冤枉，于是向西门庆讨人情，恳
求放了来旺。西门庆那时正对宋惠莲着迷，便答应了她的请求。孟玉楼的
信息来得可真快，她立即去和潘金莲说，西门庆要放了来旺，要把宋惠莲
调到对面新买的乔家大院，要把宋惠莲扶成"就和你我等辈一般，甚么张
致？大姐姐也就不管管儿"。（第二十六回）从这话可看出，孟玉楼对吴月
娘治家无方，只求不与西门庆再发生矛盾，一味地息事求安做法的不满。
孟玉楼知道，她有种种不满，只要和潘金莲说就够了。孟玉楼很清楚，潘
金莲是个没事还能生出事的主儿，有事还不得闹翻天。果然，潘金莲听了
孟玉楼此言，面色变得红上加红，咬牙切齿道："真个由他，我就不信了。
今日与你说的话，我若教贼奴才淫妇与西门庆做了第七个老婆，我不是喇
嘴说，就把潘字吊过来哩！"孟玉楼听言则说："汉子没正条，大的又不管，
咱每能走不能飞，到的那些儿？"表面看这话说得低调，意思是小妾地位
低，遇事无能为力。但这内里是进一步刺激到了潘金莲最敏感的神经，喜
欢争强好胜的潘金莲，一下子真是十分的激动了："你也忒不长俊，要这命
做甚么？活一百岁杀肉吃！他若不依，我拼着这命，摈兑在他手里，也不
差甚么。"孟玉楼一看潘金莲被她挑动起了肝火，脸上露着笑，以退为进地
说："我是小胆儿，不敢惹他，看你有本事和他缠。"请将不如激将，潘金
莲的确有本事，西门庆没娶成第七个老婆，宋惠莲则丢了性命。全府上下
惧怕怀恨的是潘金莲，吴月娘厌恶警惕的是潘金莲，而真正撺掇递话，把
潘金莲当枪使的孟玉楼却置身事外，她把自己遮蔽得干干净净，冷眼看了
一场她一手引出的家庭悲剧。就此，潘金莲成了整个西门府里众目睽睽的
目标，一旦她出现什么不牢靠，便是墙倒众人推的靶子。

　　孟玉楼对他人极度冷漠的心理状态，对有碍于自己利益的人不择手段
除掉的做法，才是真使人感觉恐惧的。由此可知孟玉楼做人外热内冷的冰

箱式性情，以及心理上不易被人觉察到的阴暗。张竹坡眼里的这位"乖人"，真真是个令人不寒而栗的人。孟玉楼虽城府极深，但终究不是阴谋家。对于不危害到她的利益之人，她会显得很是随和亲切，也容易与之相处。孟玉楼处世的主要方法，就是现今很常见的随机应变，即见人说人话，见鬼说鬼话，真正遇事不说话。李瓶儿生子后，潘金莲心里十分妒忌，可又不能对其他人表示出来。潘金莲心里的恨意就只能对她认为在西门府里最要好的朋友孟玉楼发泄一通。当听到潘金莲说李瓶儿的孩子官哥不见得是西门庆亲生子时，孟玉楼"只低着弄裙子，并不做声答应他"。（第三十回）潘金莲的说辞，孟玉楼故意装作没听见，巧妙地避开了西门府里这个最大的是非。西门庆为孩子摆满月酒席，潘金莲借不见了一把酒壶，在孟玉楼跟前骂了吴月娘，又诅咒西门庆，孟玉楼只是听着，却"一声儿没言语"。潘金莲与陈经济调情，孟玉楼只是冷眼旁观，从不对潘金莲表露出已经知道此事。孟玉楼很明白，这种家中风月是一件迟早会露馅的危险事儿，孟玉楼不仅不规劝潘金莲，甚至连作为密友间应有的提醒，都不想去做。这足以见出，孟玉楼的心中对潘金莲也是很蔑视的。

在《金瓶梅》中，只要是有关西门府里人情世故、情场是非的事，孟玉楼都格外谨言慎语，从不轻易表态。就算孟玉楼开了口，往往也只是点到为止，言浅意隐，显得意味深长。妓女李桂姐吃了官司，跑到所谓干娘的吴月娘身边躲避，刚进来西门府，哭哭啼啼，神情狼狈。一听吴月娘说要西门庆帮她说人情，立刻笑吟吟脸儿，有说有笑又唱曲。孟玉楼见此情形说道："李桂姐倒还是院中人家娃娃，做脸儿快。头里一来时，把眉头忔惚着，焦的茶儿也吃不下去。这回说也有，笑也有。"（第五十一回）真是一语道出了妓家女子的做派，便是惯于逢场作戏。还有，当潘金莲对着孟玉楼大谈如何限制西门庆与奶妈如意儿偷情，孟玉楼笑言："你这六丫头，倒是有权属。"这话咋听是明褒，回过味来就知是暗贬。

在孟玉楼的心里，潘金莲只是她用来打击和平衡其他各房势力的合伙人罢了，并非什么朋友。一遭有必要时，孟玉楼也会拆潘金莲的台。书中有这样一个情节：潘金莲与西门庆醉闹葡萄架后，丢失了一只红色睡鞋。

一个女人的睡鞋竟然遗失在户外，这本是件丢脸面的事，潘金莲很担心这睡鞋被旁人捡走。后来，这只睡鞋落到了西门庆女婿陈经济的手里。原来这鞋被家奴的孩子拾到，陈经济见是潘金莲的鞋，因而有心要勾搭她，便从孩子手里要来还给潘金莲。潘金莲为了遮掩其丑，便向西门庆编了一套说辞，西门庆竟打了这孩子。那时，西门府里刚刚发生过宋惠莲自杀一事，这时又发生打家奴孩子的事。吴月娘知道这事儿后，对西门庆一味袒护潘金莲，致使家中不得安宁很是不满。孟玉楼以规劝和论事的样子，把吴月娘的话传给潘金莲听："你还说哩，大姐姐好不说你哩。说：'如今这一家子乱世为王，九条尾狐狸精出世了，把昏君祸乱的贬子休妻。想着去了的来旺儿小厮，好好的从南边来了，东一帐，西一帐，说他老婆养着主子，又说他怎的拿刀弄杖，成日做贼哩，养汉哩，生生儿祸弄的打发他出去了，把个媳妇又逼临的吊死了。如今为一只鞋子，又这等惊天动地反乱。你的鞋好好穿在脚上，怎的叫小厮拾了？想必吃醉了，在那花园里和汉子不知怎的饧成一块，才吊了鞋。如今没的撒羞，拿小厮顶缸，打他这一顿，又不曾为什么大事。'"（第二十九回）潘金莲一听扯出宋惠莲的事，便气塞于胸，于是口无好言。孟玉楼见潘金莲来了脾气，又是劝道："六姐，你我姊妹都是一个人，我听见的话儿有个不对你说。说了，只放在你心里，休要使出来。"乖巧的孟玉楼知道，潘金莲是有仇必报的主，根本不会听她劝说的。果然，潘金莲那时虽不敢与吴月娘正面交锋，但也不会咽下这口气。是夜，潘金莲一番挑唆，便使西门庆第二天就把小孩子一家，赶到府外去看守空房了。吴月娘这个主持府内家务的当家人，就这样吃了个闷头亏，她在众妇人面前失了权威，心中对潘金莲自是极为恼怒。潘金莲哪里知道，孟玉楼这番好意的传话，正是让她与吴月娘积下深深怨恨的开始。吴月娘不满潘金莲、西门庆宠惯庞春梅，便使气硬叫西门庆到孟玉楼的房里去过夜。孟玉楼则因过生日时西门庆没来，而是跑到了潘金莲房里，这不仅有违家规，也扫了孟玉楼的脸面。所以，孟玉楼因心有怨气而犯了胃痛病，西门庆知道后便来到三房，给孟玉楼问病拿药。孟玉楼此时并不领西门庆的情，她含酸说道："今日日头打西出来，稀罕往俺这屋里来走一走儿。"

（第七十五回）西门庆知道自己理亏，直是陪着笑脸，孟玉楼却借题发挥地说："可知你心不得闲，可不了一了，心爱的扯落着你哩！把俺每这僻时的货儿，都打到揣字号听题去了，后十年挂在你那心里。"这是隐指着说潘金莲把拦汉子。孟玉楼的含酸，并没能使西门庆有所表示，她见西门庆不搭她的话，便又提出她不想管理府里的流水账了，要西门庆把账交给潘金莲去管。西门庆当然很了解潘金莲的能耐，他知道，管理府中用度的事情不是潘金莲的强项。可西门庆转念一想，正可做个顺水人情，以此来表示对潘金莲的宠爱。西门庆让孟玉楼摆完请那些官员的家宴酒席后，再交账给潘金莲。孟玉楼通过这一试探，明白看出西门庆其实根本不疼惜她，让她把累人烦人的大宴席弄完才交账出去，分明就是不想让潘金莲受累辛苦和出丑，说明西门庆对她也没有什么真的感情。

本就知道潘金莲在用钱上非常抠门儿，孟玉楼却还是提出来让潘金莲管账，她一来是试探西门庆对她的心，二来也是让府里下人们作个对比，使大家都知道"在三娘手里使钱好"。让潘金莲管家，其实是使潘金莲在西门府里拉仇恨，使金莲更加成为众矢之的。果然，交账后不久，潘金莲与吴月娘的正面冲突终于爆发。家里上下人等因畏惧潘金莲，待西门庆回家来后，没一人敢说出此事。孟玉楼却把这事"具说一遍"，西门庆因惦记着吴月娘怀着孩子，不能不作出表态，赶紧先去讨好吴月娘，孟玉楼此时则施展出她的口才。她先说潘金莲是个有口无心的人："这六姐，不是我说他，要的不知好歹，行事儿有些勉强，恰似咬群出尖儿的一般，一个大有口没心的行货子。大娘，你若恼他，可是错恼了。"（第七十六回）这话明说要吴月娘不与潘金莲计较，可话里话外说的是，潘金莲就是那挑事儿"咬群"的疯狗般人物。这一来，吴月娘把孟玉楼对比潘金莲道："他是比你没心？她一团儿心里！"吴月娘此刻真认为家里数孟玉楼好。孟玉楼便顺水推舟地奉承起了吴月娘："娘你是个当家人，恶水缸儿，不惩大量些罢了，却怎样儿的。常言一个君子待了十个小人。你手放高些，他敢过去了，你若与他一般见识起来　他敢过不去。"孟玉楼捧吴月娘是"君子"，又说让潘金莲磕头赔礼。等到了潘金莲的跟前，孟玉楼的话里就充满了对潘金莲的同情："你去到后边，把恶气儿揣在怀里，将出好气儿来，看怎的与她下个礼，陪了不是儿罢。你我既在檐底下，怎敢不低头。"接着，孟玉楼听着潘金莲向她发了纷纷的牢骚，她则以更多的不满使潘金莲住了口。

孟玉楼拉着潘金莲来到吴月娘面前，以插科打诨的口吻说："我儿，还不过来与你娘磕头？"接着口口声声叫吴月娘"亲家"，以潘金莲老娘的身份说话，众人都被她逗笑了。待这件事情完结后，不磕头赔礼的孟玉楼，比磕头赔礼的潘金莲更得人心。表面上潘金莲与吴月娘算是一笑泯恩仇，其实两人的隔阂依旧，孟玉楼则是双向得分，人人都认为她是个好好人、和事佬。孟玉楼就是常常把看似严肃、重要、正经的事情，以一种诙谐、轻松、玩笑的方式对待处理，对此方法的运用，她十分擅长，这也是孟玉楼处世为人的一个重要谋略。笑笑生借用卜龟儿卦的婆子的口，对孟玉楼作了这样的概括："你为人温柔和气，好个性儿。你恼那个人也不知，喜欢那个人也不知，显不出来。一生上人见喜下钦敬，为夫主宠爱。"（第四十六回）孟玉楼这一人物的个性特征，在后来《红楼梦》人物中，与薛宝钗的性格刻画多有相仿之处，也是"恼那个人不知，喜欢那个人也不知，显不出来"的圆滑之人。这孟、薛二人是颇为相似的一类人。

西门庆死后一年，府里的日子已大不如前。清明时节，仅有孟玉楼一个妾室，陪吴月娘来祭扫西门庆的坟茔。孟玉楼没想到，正是这次祭扫，孟玉楼把自己也"扫"出了西门府。在距离西门庆坟冢不远处，身材出众的孟玉楼引起了县府通判的儿子李衙内的瞩目。李衙内那热切灼人的目光，也引得孟玉楼注目相望。就在这四目相对的一瞬间，他们彼此都产生了某种特别的感觉。吴月娘还没来得及作出反应，孟玉楼就已经决定再次改嫁，离开这个孤寂多过温馨、眼泪多过欢笑的西门府。吴月娘带着李衙内请的官媒，到孟玉楼的房中问嫁，孟玉楼一句"奴也吃人哄怕了"（第九十一回）的话，便是她对嫁进西门府七年生活的总结。在西门府生活的七年光阴里，她忍怨含酸，她处处防范，她小心谨慎，她察势观风。她在人前调笑打闹，在没人处冷泪凄颜。七年的岁月，孟玉楼过得孤寂，活得辛苦。李衙内的提亲，结束了孟玉楼心无所依、神魂飘零的日子。

孟玉楼又一次风风光光出嫁了，她成了李衙内的正妻，成了执掌家事的主妇，吴月娘成了把她嫁出去的娘家人。永别了西门府的孟玉楼，是否会感慨命运真的很是弄人？她曾经以为，嫁进西门府可发挥她卓越的理财之能，谁知让她真正有所发挥的地方，是她原来不愿嫁的书门官家。她曾以貌取人，以为西门庆会给她幸福。可直到七年后，她才真正找到了所需要的幸福。孟玉楼就是凭借着对这种幸福生活的认定，把仗着被李衙内收用过、不服她管教的大丫头赶出了府，也因为对这种幸福生活的认定，孟玉楼才能冷静地面对后来陈经济的威吓引诱，才能够与丈夫李衙内齐心合力，好好收拾了这个日益堕落的宦门子弟，使陈经济倾家荡产，吃尽苦头。虽说因为陈经济的事，孟玉楼和丈夫一同被赶回了老家，可他们的小日子过得是开开心心。

　　实实在在的婚姻，实实在在的人生，始终以实在的态度对待生活。这就是务实的孟玉楼想要的幸福，也是孟玉楼对幸福的诠释。的确，每个人对幸福都有自己的理解，而幸福对每个人来说，只是一种感觉而不是一种模式。幸福，向来是没有一定之规的。

孙雪娥
命途多舛一生悲苦
的女人

穷通苦乐有命定

在一个妻妾成群的大家庭里，女人要的幸福似乎是一种难以掌控的撞大运，运来是幸，运走是悲。而运气的来来去去，其决定因素无迹可寻，无则可循，无矩可守。这流动着的幸运，即便在一个貌似幸福的大家庭里，也是可遇不可求，更何况西门府绝非是一个幸福的家庭。亦如俄国伟大的列夫·托尔斯泰所言："幸福的家庭都是相似的，不幸的家庭则各有各的不幸。"

西门府排在第四房的姨娘孙雪娥，是西门庆原配老婆陈氏的陪嫁丫鬟，陈氏死后，已被西门庆收用过的通房丫头孙雪娥，便成了西门庆丧妻后要守礼百日的陪伴。她日里做饭给男主人吃，夜里上床给男主人解愁。孙雪娥善于烹饪美食，她能用双手配制出精美的菜肴，可惜却配制不出一份像样的生活，她能抓住西门庆的胃，却抓不住西门庆的心。孙雪娥做人不谙世事，懵懂无知，加之心智平庸，性格鲁莽，过于普通的个性性格，使她在这个弱肉强食、人唯求有更多利用和被更好利用价值体现的生存环境里，成了被他人任意主宰和欺凌的最佳对象。

以资格论，孙雪娥是西门府里的元老级家仆，她本应对府中的人际关系最是熟悉不过了。就算不说天时、地利，只讲人和，孙雪娥也应该是占尽优势的。可是，在吴月娘嫁进西门府做了填房续弦后，孙雪娥并没有得到一个相应的名分，她仍旧处于丫鬟与小妾之间的通房丫头地位。孙雪娥虽是原配陈氏的旧人，可为人拙笨，缺心少眼，说话鲁直，不是讨人喜欢的类型。加之她本就缺少阿谀奉承的心思和手段，新的女主吴月娘定然是不会抬举她的。孙雪娥在西门庆心里，只是个吃饭所需、睡觉备用的房里丫头。对喜新厌旧的西门庆而言，越是在西门府里呆的时间长的女人，他就会越是忽略不计。因此，当西门庆把李娇儿、卓丢儿一一娶进了门，还分别做了二房、三房的姨娘时，孙雪娥仍然只是个没名分的通房丫头，只是个"单管率领家人媳妇在厨中上灶，打发各房饮食"（第十一回）的小妇人。

在潘金莲进西门府前各房的女人中，若以出身论，李娇儿、卓丢儿这两人身份都很低贱。李娇儿是妓家女子，卓丢儿是娼门妇人。孙雪娥无论如何，也是西门府明媒正娶的前正妻房里的贴身丫鬟。仅身份而言，或以任何时代的社会级别看，孙雪娥的出身无疑高过李娇儿、卓丢儿。可一直到卓丢儿病死，孟玉楼嫁进西门府，顶了卓氏三房姨太的缺，随后潘金莲又嫁进西门府了，西门庆才把孙雪娥扶成第四房的姨娘，算是给了她一个名分。虽说孙雪娥还是上灶，打理一大家人的一日三餐，"譬如西门庆在那房里歇息，或吃酒吃饭，造甚汤水，俱经雪娥手中整理"，但她终于可以按姨娘位分穿戴打扮，有了属于她的房间，有了每月的脂粉银子。尤其是府中有往来的新人旧客，西门庆要应酬的各类人等的家属女眷，孙雪娥也都有了参与见面和受礼的份儿。潘金莲新婚第二天，孙雪娥一早来到吴月娘的上房，参与众妻妾的见面。孙雪娥第一次有名有分地来到上房，接受新姨娘的拜见礼。潘金莲第一眼看到排在她前一位的孙雪娥："乃房里出身。五短身材，轻盈体态，能造五鲜汤水，善舞翠盘之妙。"（第九回）就看对此女子的描写，孙雪娥应属姿色不差，且有着一手精湛的厨艺，当

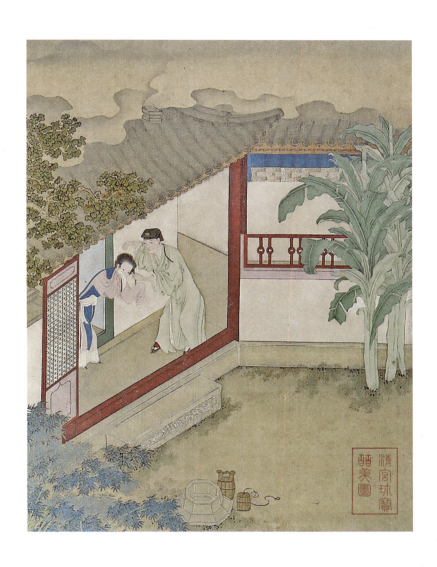

潘金蓮激打孫雪娥

是一个能以美味抓住男人胃口的能干女人吧。

在西门府里过活，见人待客是各房有名分的女主们才配享有的交际资格体现，也是她们拥有的家庭地位和身份的彰显，这一项待遇，决定着女主们享有的家庭地位如何。见客、待客是在那特定生活环境里，已婚女性能接触外界社会、提高自身社会知名度的少数途径之一。孙雪娥因是"房里出身"的一个丫鬟、一个服侍小姐的人、一个小姐身边的陪衬，也使她打小就只是走动在厨间、卧房，生活空间十分有限、人际关系结构极为简单、上下尊卑界限很是明了的环境里。因而，孙雪娥不懂什么叫"识时务者为俊杰"，也不知道"见人且说三分话，未可全抛一片心"的必要与重要。一句话，她不知道该如何为人处世，不懂得世俗社会人情事理的复杂和凶险，她的言行无疑像个傻子。孙雪娥在府里，一向说话口无遮拦，稍有得意之事便"性喜张扬"，她既不知道如何保护自己，也不知道怎样审时度势。她遇事总是率性而为，对人也从不分好歹亲疏。由于她长期在狭隘的生活圈里行走，必然眼浅视短、不通情理，加之缺乏基本的理性教养，她言行粗鄙，心态庸俗。正所谓无知便无识，行起事来自然就会很蠢，妥妥地一个二百五。潘金莲进门后，"每日清晨起来，就来房里与月娘做针指，做鞋脚。凡事不拿强拿，不动强动。指着丫头，赶着叫月娘一口一声只叫'大娘'。快把小意儿贴恋"。（第九回）吴月娘很是喜欢这新来的潘金莲，不仅叫她"六姐"，还把"衣服首饰，拣心爱的与她。吃饭吃茶，和她同桌儿一处吃"。看到这样的情形，府中其他女人都知道这是潘金莲有意讨好吴月娘，唯有心智简单的孙雪娥，她看不出这是潘金莲想得势的重要步骤。她既不会像孟玉楼那样友好地与潘金莲相处，哪怕是表面的友好，更不知道该使用何种手段去打压潘金莲。她只是逢人就说："俺们是旧人，到不理论。她来了多少时，就这等惯了她？大姐姐好没分寸。"这些话传到潘金莲耳里，便正好是与她过不去的一种表示。潘金莲当然懂得人善被人欺的道理，她不仅要交好有实力的吴月娘，她还要找个无势可依的人作为她展示实力、杀一儆百的牺牲品。

在西门府众位妻妾当中，二房李娇儿有清河县人气妓馆丽春院的娘家作依靠，她的手里还掌管着西门府中日常开支的支付权力，潘金莲不能与她有正面冲突，要斗也只能玩儿阴的。三房孟玉楼是潘金莲想要结交的盟友，也是潘金莲在西门府中一眼就看得很顺眼的女人。四房孙雪娥是个舅舅不爱、姥姥不疼的人。拿势单力薄的孙雪娥来小试牛刀，对潘金莲而言，真是再合适不过了。可对这些各房情势的观察分析、各种力量的利弊得失对比等，孙雪娥想破脑袋也看不出来。她只以为潘金莲在府中排位第五房，在她之后，她便可以对潘金莲不以为然。孙雪娥对庞春梅被西门庆拨进五房，成了五房的掌事大丫头一事也不以为意，竟然还是像过去对小丫头那样的态度，去对待已飞上树枝，距离枝头仅几步之遥的庞春梅。孙雪娥怎么也不会明白，她的快意口舌是在为他人提供口实，把自己变成与西门府的两个新宠相对抗的孤军。所以，当孙雪娥因一句玩笑话，引来庞春梅对她一顿臭骂后，她也没意识到危机，自己需要格外小心。第二天早晨，在潘金莲房中歇了一夜的西门庆，想换换口味，要厨房做些荷花饼和银丝鲊汤。这种高手艺的精致食品，只能是厨艺精湛的孙雪娥亲自动手。既然是功夫菜，当然就要花功夫，做的时间也就慢了些。西门庆等不得地让庞春梅去催要，潘金莲便乘机说了孙雪娥一堆的不是。已是五房掌事丫头的庞春梅来到厨房，指着五房做粗使活的丫鬟秋菊就骂。庞春梅要骂本房里的下人，这本不关孙雪娥的事，若是一个明白事理的人，定当充耳不闻。可这个性直又鲁莽的孙雪娥，从庞春梅的言辞中听出有些指桑骂槐的意思时，便凑过去搭腔："怪小淫妇儿，马回子拜节，来到的就是！锅儿是铁打的，也等慢慢儿的来。预备下熬的粥儿，又不吃，忽刺八新梁兴出来，要烙饼做汤，那个是肚里蛔虫？"（第十一回）孙雪娥这话说得夹缠不清，她本想对庞春梅说饭做得为何慢的原因，可一张嘴，把本想说的解释变成了埋怨。一番话里，把她对西门庆的不满统统流露了出来。这下话把儿给人拿着了，庞春梅回房连说带叫地一通告状，西门庆这一听，一肚子的火气，便三步并作两步地冲进了厨房，踢了孙雪娥几脚，骂道："贼歪刺骨，我使他来要饼，你如何骂他？你骂他奴才，你如何不溺泡尿，把你自家照照？"西门庆的骂，正说明孙雪娥在西门府里何以少有人缘。孙雪娥为人处世所缺乏的重要一点就是，人贵有自知之明。孙雪娥只知已是姨娘身份了，但就不知道，在西门庆眼里，她依旧只是个家奴而已。以孙雪娥在西门庆心中的分量，她真还不及庞春梅叫西门庆可意和挂心。孙雪娥此番挨踢，别人看到的是家里的男主子为一个丫鬟打了个姨娘。懂事的人当只有忍气吞声，孙雪娥本就是一个家奴，就算心有不平又能如何？人在屋檐下，怎能不低头呢？可孙雪娥理解不到什么是退后一步天地宽，更没有君子报仇十年不晚的胸襟和涵养。她只会想到自己的委屈，只想到在哪里丢了面子，就一定要在那里找回来。西门庆才一转身走出厨房，孙雪娥就把她满腔的羞愤发泄出来。她对着在厨房做工的另一个家奴媳妇诉说："你看我今日晦气，早是你在旁听，我又没曾说什么。他走将来凶神也一般，大嗓小喝，把丫头采的去了，反对主子面前轻事重报，惹的走来平白把恁一场儿。我洗着眼儿看着主子、奴才，长远恁硬气着，只要休错了脚儿！"孙雪娥这番话的言外之意很是明白，等你们这些做奴才的失势的一天，看我怎么整治收拾你们。孙雪娥一方面不敢承认对西门庆的埋怨，另一方面又想在别的下人面前发点狠话，给自己找点儿心理平衡。尚未走远的西门庆听了此话，更是火气大盛，他返身进来厨房又给了孙雪娥几拳，打得她疼痛难忍，不由得"两泪悲啼，放声大哭"。

在西门庆眼里，孙雪娥这个姨娘只是他赏赐的名号，他不会当真视为妾室，自然就不会给她留做姨娘的面子。孙雪娥在一个早上，两遭被打，当然是气愤不过的。她跑到吴月娘的房中，想要诉说这心中的怨气，她也知道只能是出出气。孙雪娥自己很明白，吴月娘是个一心只想着息事宁人的人，且对她也不是很亲近，当然不会给她摆平什么。她去找吴月娘倾诉委屈，也只是想要句安慰的话。既如此，就该就事论事。可憎懂得一塌糊涂的孙雪娥不是就事论事，而是揭人疮疤："娘，你不知淫妇，说起来比养汉老婆还浪，一夜没汉子也成不得，背地干的那茧儿，人干不出，她干出来。当初在家把亲汉子用毒药摆死了，跟了来，如今把俺每也吃她活埋了。弄的汉子乌眼鸡一般，见了俺每便不待见。"要知道，潘金莲毒死武大一事，可是西门府的大忌。别人说有这事，府里的人还得要极力否认。这不更事的孙雪娥，反拿着这事当新闻，理直气壮讲给吴月娘听，以示自己消息灵通。不料这些话，被惯爱在窗下偷听的潘金莲听了个清清楚楚。这一来，孙雪娥与潘金莲更激烈的矛盾冲突不可避免了。冲突的最后结果，孙雪娥再次遭到西门庆痛打。一天之中，孙雪娥三次遭受西门庆痛打，却没有任何一房的妻妾们对她表示过同情。这位四房姨娘，也只好自怨自艾一番罢了。

一个命运被他人掌控的人，要想以率真立身、以任性而为，那绝对是一个极大的错误，至少是一个对自己所处情势的误会。孙雪娥不能清醒地知道西门府环境所起的变化，更不能理智地对待人情事理，便很难有松快的生存空间。所谓适者生存，不能适，就难以存。

霜繁露重伴凄凉

可叹经此一事，孙雪娥并没有学乖点儿，她只想着如何报复对她欺辱的五房。她找事、找机会，一心只想把失去的面子给找回来。潘金莲私通三房小厮琴童的事，孙雪娥与李娇儿一同去告诉了吴月娘。可吴月娘只认为，她们两个都是与潘金莲有矛盾，才故意生事。因此，吴月娘不仅不相信她们，还说："不争你们和他合气，惹的孟三姐不怪，只说你们挤撮他的小厮。"（第十二回）既然内当家执意不理，这事也就可以不了了之。但是，急于报这一箭之仇的孙雪娥，并不愿意善罢甘休，她与李娇儿一道，又在西门庆面前，把潘金莲与小厮通奸的事儿说了。西门庆虽鞭打了潘金莲，可因有庞春梅与小厮的串供证明在前，又有孟玉楼的劝说调解于后，潘金莲只哭闹了一场，西门庆也就把这件天大的事，以雷声大雨点小的方式完结了。孙雪娥、李娇儿本想看着潘金莲出个大丑，甚至有可能置潘金莲于死地，谁知潘金莲经此一事，却得到西门庆更加的宠爱，这对于孙雪娥来说，不仅没有报成仇，反使潘金莲更加有恃无恐。孙雪娥虽说一直是个理不清人际脉络的复杂、搞不懂事理关系的错综和演变的愚人，可潘金莲是不会因为她的愚蠢而宽宥她的，潘金莲势必要报复这个愚蠢又多嘴的四姨娘孙雪娥。

孙雪娥虽有妾的身份，但她的心理一直没有进入到做妾的状态。从西门庆扶孙雪娥为姨娘始，到她私自逃出西门府终，她从没对西门庆表示过有何感激，甚至看得若有若无。在孙雪娥心里，她和西门庆的关系不全是夫妇，也不全是主子与家奴，而是两者皆有。所以，当西门庆进到她的房里过夜时，他们是夫妇。这时孙雪娥可以对西门庆提出衣服首饰、零碎银子甚至要个粗使丫头等这些做妾的物质要求，西门庆也会很大方地答应。但指望西门庆兑现这些承诺，却不知是何年何月的事儿。孙雪娥也明白，她对西门庆在性方面的吸引力，远远比不上她的推拿按摩术，更能得到西门庆的认可。孙雪娥也常对人说："我是个没时运的人，汉子再不进我屋里来，我哪儿讨银子？"（第二十一回）孙雪娥的确是西门府家所有妻妾中最穷的姨娘。西门庆走出她的四房，她就只是个家奴，家中饮食的一切事项，各房的女主都能使唤她。孙雪娥虽身为姨娘，可她房中却一直没有一个供她使唤的丫头，四房的大小事务、粗细活计，常常是她自己干，西门庆来过夜，也只能是她一手侍候。孙雪娥妾室的身份，仅仅是称谓形式上的升级，没有任何实质上的改变，或者物质方面名副其实的充实。窘迫，使孙雪娥很少会意识到自己的名分已经有升迁。所以，孙雪娥始终也改不了她的丫头习性，这使她更习惯和家中的丫头、小厮、女佣等相处，而与各房的女主少有什么共同语言。

孙雪娥与其他妻妾在一起时，总显得和她们格格不入。有一年正月间，西门庆因每天酒席不断，外出应酬。妻妾们为了图热闹好玩，便在家里凑份子，每天轮流做东请客。当"问着孙雪娥，孙雪娥半日不言语"，吴月娘只好说："她罢，你每不要缠她了。"轮到李瓶儿做东时，孙雪娥嘴上说来，可"只顾不来"。她这样小家子气的做派，把自己变成了众妻妾议论的中心。果然，孟玉楼对众人说道："我就说他不来，李大姐只顾强去请他。可是他对着人说的'你每有钱的，都吃十轮酒，没的那俺每去赤脚绊驴蹄。'似她这等说，俺每罢了，把大姐姐都当驴蹄了看承。"（第二十三回）孟玉楼说的话，除表明孙雪娥说话没轻没重，出口呛人，心性不是与人为善之外，也说明孙雪娥这人不分上下尊卑，没有分寸感，不值得与她为伍。吴月娘对孟玉楼的话很是赞同："他是恁不是才料出窝行货子，都不消理他了。又请他怎的！"吴月娘此话一出，不仅影响到众妾妇对孙雪娥的态度，也会影响到众丫鬟女佣的态度。此后，阖府上下人等，不再有谁把这个四姨娘当回事儿。孙雪娥使的小气性子，把自己孤立于众妻妾之外，使自己仍旧回归到了丫头仆妇的阵线中来。因此，孙雪娥在情感上对家奴来旺的倾注，对来旺的依赖，更胜于对西门庆。所谓亲不亲，阶级分。来旺和孙雪娥心境同属奴仆层次，他俩定然才能彼此有心。来旺从杭州办货回来，不忘带些东西给孙雪娥。孙雪娥在厨房里给来旺倒茶，给来旺说他老婆宋惠莲与西门庆如何有奸。孙雪娥对来旺说此事，倒不是为了让她与来旺的感情有什么结果，孙雪娥也知道官家的法规，她的姨娘身份是绝对不容许下嫁一个家奴的。即使将来那来旺真把宋惠莲休了，孙雪娥也没可能和来旺在一起生活。之所以孙雪娥会告诉来旺，他老婆宋惠莲与西门庆有奸情的事，一是因为他们是老情人，彼此间说话随便，凡事知无不言，言无不尽；二是孙雪娥那种心直口快，说话做事不思后果的性格反映。可是，对妻子宋惠莲有着感情的来旺，还是选择相信宋惠莲的哭诉，只当孙雪娥说的话是女人间的吃醋行为。宋惠莲来厨房一片海骂，孙雪娥也只能装聋作哑。但是，吴月娘房里的丫头小玉，却发现孙雪娥和来旺之间有私情，她很快将此事传到了潘金莲的耳里，潘金莲又以更快的速度，告知了西门庆。西门庆知道后，暴打了孙雪娥一顿。在吴月娘家丑不可外扬之类的劝说下，西门庆采取"拘了他头面衣服，只教他伴着家人媳妇上灶，不许他见人"（第二十五回）的处罚。这从待遇上，彻底结束了孙雪娥做西门府姨娘的资格。孙雪娥本来只想向来旺表示一点自己对他的关心，可到头来，不仅没得到好报，反给自己惹了一身的骚。

孙雪娥重被打回原形，她顶着姨娘的名，过着家奴丫头的日子，可这样的悲催生活没有就此完结。来旺酒醉吐狂言，说要杀了西门庆和潘金莲。西门庆为防后患，采用了栽赃陷害之计，把来旺抓进了大牢，随后又被递解回原籍。宋惠莲为丈夫说情，被西门庆连哄带骗欺瞒，她得知实情后，心中满是愤怨。潘金莲为了进一步刺激宋惠莲，便行两头挑唆之事。潘金莲去对孙雪娥说，她与来旺私通的事是宋惠莲告诉西门庆的，之后潘金莲又去对宋惠莲说，孙雪娥骂宋惠莲养主子，是宋惠莲把自己的汉子搞得离了西门府。缺心眼儿的孙雪娥，竟忘了潘金莲对她的欺辱，竟会相信潘金莲的为人和说辞。孙雪娥不懂得忍耐的个性，只想着赶快把吃的亏找回来，她寻着一个事由，对不愿搭理她的宋惠莲嚷嚷："嫂子，你思想你家旺官儿哩，早思想好来。不得你，他也不得死，还在西门庆家里。"（第二十六回）其实，孙雪娥要比宋惠莲更希望来旺能留在西门府里。已经满肚子怨气的宋惠莲，听着孙雪娥找上门来的不痛快，正可以发泄一下这心中的愤怨。只见宋惠莲一跃而起，对着孙雪娥说道："你没的走来浪声颡气。他便因我弄出去了，你为甚么来？打你一顿，撺的不容上前！得人不说出来，大家将就些便罢了，何必撑着头儿来寻趁人。"（第二十六回）宋惠莲说到了孙雪娥的疼处，恼羞成怒的孙雪娥便骂："好贼奴才，养汉淫妇！如何大胆骂我？"孙雪娥骂人奴才、淫妇，无疑是自己骂自己。宋惠莲乘机便反唇相讥："我是奴才淫妇，你是奴才小妇！我养汉养主子，强如你养奴才！你倒背地偷我的汉子，你还来倒自家掀腾。"宋惠莲伶牙俐齿，分明是骂孙雪娥自贱身份，一个姨娘私通家奴。气急败坏的孙雪娥走上前去，给了宋惠莲一大耳光子，两人扭打在一处。这时吴月娘走进来，说她们"都这等家反宅乱"。孙雪娥更没想到，她这一耳光，使宋惠莲一腔的怨气，化成了一腔的委屈。宋惠莲气恨难消，寻了短见，上吊自尽了。孙雪娥的不谙世事，使自己充当了潘金莲的枪手，更招来了西门庆与众妻妾们，包括府中下人们对她的嫌恶。

　　宋惠莲的死，对孙雪娥的内心产生了巨大的震撼。孙雪娥在惊骇之余，才慢慢想清楚、看明白内府中人与人之间，那狰狞可怕的明争暗斗。这血的代价，使她长出了一点心智。孙雪娥此时虽被打入了另册，但也让她学会了忍耐，学会了冷眼观察人与事。被动向生活学习，使孙雪娥渐渐地分辨出了西门府中人与人之间的善与恶。六房的李瓶儿，孩子被潘金莲害死后，孙雪娥前去看望。她见李瓶儿伤心不已，止不住地哭泣，便对李瓶儿劝慰道："你又年少青春，愁到明日养不出来也怎的！这里墙有缝，壁有眼，俺每不好说的：他使心用心，反累己身。谁不知他气不忿你养这孩子。若果是他害了，当当来世，教他一还一报，问他要命。不知你我也被他活理了几遭哩！只要汉子常守着他便好，到人屋里睡一夜儿，他就气生气死。早时前者，你每都知道，汉子等闲不到我后边，到了一遭儿，你看背地乱都嗫唧喳成一块。对着他姐儿每，说我长，道我短，那个纸包儿里也看哩！俺每也不言语，每日洗着眼儿看着他。这个淫妇，到明日还不知怎么死哩！"（第五十九回）这番劝慰的话，更多宣泄的是孙雪娥自己心头的愤恨，是孙雪娥对潘金莲的诅咒。在李瓶儿心里，也正有着深深的愤恨和更多的诅咒，可李瓶儿不善表达这些情感，孙雪娥的话，的确使李瓶儿停止了哭泣，也感到气平了些。此时的孙雪娥，与从前那个因不舍得凑份子钱，赌气不吃李瓶儿请的酒，喜欢使点小性子的孙雪娥相比，还真是成熟了不少，她终于学会了如何理解他人。在血与火的经历中，孙雪娥渐渐懂得，要与强手争斗，不可正面力攻，只可侧面智取，同时还要寻找同盟。李瓶儿不傻，孙雪娥对她说的一番心里话，就是希望李瓶儿也和潘金莲斗一斗。但失去了孩子的李瓶儿，这会儿已是哀大于心死，她对孙雪娥的回答是："罢了，我也惹了一身病在这里，不知在今日明日死也。和他也争执不得了，随他罢。"孙雪娥听了李瓶儿这话后，知道她们两人都彼此理解了对方。不久，李瓶儿死了。潘金莲又因窗下偷听，与吴月娘吵闹了起来。事后丫头小玉对吴月娘说，潘金莲进屋偷听，竟没听见她脚步声。孙雪娥乘机说道："他单为行鬼路儿，脚上只穿毡底鞋，你可知听不见他脚步儿响。想着起头儿一来时，该和我合了多少气，背地打伙儿嚼说我，教爹打我那两顿，娘还说我和他偏生好斗的。"（第七十五回）孙雪娥终于等来了让她吐露心中积怨的时机，吴月娘顺着孙雪娥的话说潘金莲："他活埋惯了人，今日还要活埋我哩！"这话让孙雪娥感到，今后的西门府中，她有了支持的人，这几年积在孙雪娥心里的种种不平得到消释。西门庆回到家，知道吴月娘被气病的事，慌忙来看身怀六甲的吴月娘，又请来太医做检查，孙雪娥在一旁为吴月娘起床备衣，心里暗自高兴，潘金莲将会有倒了势的一天。

平生遭际实堪伤

又一个新年到来，西门府里还是一派花团锦簇、繁华热闹、酒席不断的景象。众妻妾们也都"施朱付粉，插花插翠，锦裙绣袄，罗袜弓鞋。装点妖娆，打扮可喜"。（第七十八回）忙着迎来送往，应酬频繁。"众伙计主管，门下底人，伺候见节者，不计其数。"这时，作为厨房统领的孙雪娥，自然是忙得个不亦乐乎。但是，当众妇人出去做客，没了应酬资格的她只能留在家里。西门庆因身子不适，"只害这边腰腿疼"，便进孙雪娥的房里，叫孙雪娥给他"打腿捏身"。谁能想到，西门府到最繁华之时，也进入了最凄凉之境。正月还没过完，西门庆就死了。吴月娘所担心的"家反宅乱"，终于开始。

李娇儿拐带了钱财重归妓馆丽春院娘家，潘金莲与庞春梅串通一气，与女婿身份的陈经济偷情一事，传得府里府外沸沸扬扬，满城皆知。陈经济与西门大姐吵闹之后，与内院断了走动，各处的买卖也乱了章法，吴月娘为平息事态，发卖了庞春梅。陈经济借酒撒疯，当众指着吴月娘的孩子说："这孩子倒相我养的。"吴月娘听闻此话，气得晕倒在地，不省人事，慌得众人抢救不迭。行事不再鲁莽的孙雪娥，等到众人走后，给面对乱局的吴月娘，悄悄说出了一个主意：

> 娘也不消生气，气的你有些好歹，越发不好了。这小厮因卖了春梅，不得与潘家那淫妇弄手脚，才发出话来。如今一不做，二不休。大姐已是嫁出女，如同卖出田一般，咱顾不的他这许多。常言养虾蟆得水蛊儿病，只顾教那这小厮在家里做甚么！明日哄赚进后院，老实打与他一顿，即时赶了离门，教他家去。然后叫将王妈妈子，来是是非人，去是是非者，把那淫妇教他领了去，变卖嫁人，如同狗屎臭尿，掠将出去，一天事都没了。平空留着他在屋里做甚么？到明日，没的把咱们也扯下水去了。（第八十六回）

孙雪娥这些话，虽说处处是为积怨旧恨的发泄，可说来却似处处都是为吴月娘着想。话说得入情入理，方法步骤也切实可行。尤其最后这一句，正说中吴月娘的心事，吴月娘不由得说道："你说的也是。"

　　第二天，吴月娘果真带领孙雪娥和家奴媳妇、房里丫头等七八个女人给陈经济一顿结结实实的好打。孙雪娥出谋划策，使吴月娘出了口恶气，也给西门大姐的婚姻生活结了个解不开的死结。就此，孙雪娥又能过上坐稳了奴才的安心日子。走了惹是生非的五房，西门府的一群寡妇人家，也无须再攀势争宠，大家乐得相安无事，亦可顺势打发寂寞的岁月时光，等待着生命的终结。可命运从来不依人愿，总给人带来无法抗拒的欲望和诱惑。

　　当年被发配递解原籍的来旺，学了一手做银器的手艺之后，重又回到了清河县，还去了有怨有恩的西门府，他去看望过去的各位女主人。其实，来旺的怀旧，怀的只是孙雪娥一人而已。孙雪娥对此当然是心知肚明，她邀来旺常来走走，看到吴月娘款待来旺，她也大为高兴，还特地为自己的老情人煮了一大碗肉。来旺的出现，挑起了多年以来孙雪娥对来旺挥之不去的深情厚意。老情人相见，亲热的动作代替了所有的语言，肢体表达了他们彼此内心的激动和热烈。一次次悄悄的幽会在所难免。但来旺和孙雪娥都知道，幽会不是长久之计，要想真正拥有想要的生活，做一辈子的夫妻，他们只有远远离开西门府才行。孙雪娥与来旺已是心有灵犀，在第一次幽会之后，孙雪娥给了来旺"一包金银首饰，几两碎银子，两件缎子衣服"。分别时还吩咐来旺："明日晚夕你再来，我还有些细软与你，你外边寻下安身去处。往后这家中过不出好来，不如我和你悄悄出去，外边寻下房儿，成其夫妇，你又会银行手艺，愁过不得日子。"（第九十回）一向被他人主宰命运的孙雪娥，面对西门府没有前途的生活，又在领受了来旺的爱情之后，终于有了对自己命运作个安排的打算。孙雪娥想得很仔细，她对今后与来旺在一起过日子充满了信心。孙雪娥与来旺继续着他们的幽会，也在为彼此的未来筹备资金，即"金银器皿，衣服之类"。以孙雪娥在西门府里所付出的相比，这点东西是她应得的。

经过一阵子准备，孙雪娥终于偷偷离开了西门府，与来旺私奔了。可怜的孙雪娥，她还来不及安顿一下自己与来旺的新生活，还在对未来幸福的期盼中，厄运已降临到他们的头上。孙雪娥与来旺暂住在城外的细米巷躲避，这是来旺姨娘的家。这对折腾奔波了一夜一天的人，躲进这僻静的小巷里，以为可松口气了。就在他俩沉沉睡去的时候，姨娘的儿子"夜晚见财起意，掘开房门"，偷了孙雪娥的金银首饰去赌钱，"致被捉获"，供出了这些东西的来路，致使来旺与孙雪娥被抓进了衙门。在官府有案底的来旺被问成了"死罪"，且"准徒五年"，孙雪娥被"拶了一拶"，要西门府来人把她领回去。心性本就硬冷的吴月娘，没有再让这个曾经的四娘孙雪娥，重新回到西门府。

孙雪娥被官府卖到了守备府，开始了她更加凄惨的生活。才一进到守备府，便被昔日潘金莲房里大丫头、如今守备府的小夫人庞春梅给除去了头饰，剥去了艳服，直接打进了厨房。庞春梅不许府中人叫孙雪娥的姓名，只能以"淫妇奴才"呼之。就是这样忍辱偷生的日子，庞春梅也没能让孙雪娥过下去。为把陈经济接进守备府里，庞春梅推说身体不舒服，一连打了她房里的两个丫头。过了良久，这位给守备府生育了儿子，一举一动都揪着府中上下人心的小夫人，终于开了金口，吩咐丫头道："我心内想些鸡尖汤儿吃，你去厨房内，对着淫妇奴才，教他洗手做碗好鸡尖汤儿与我吃口儿。教他多有些酸笋，做的酸酸辣辣的我吃。"（第九十四回）这碗汤可让守备府一府的人提着的心得以放下，孙雪娥也很知道这碗汤的重要，这汤直接关系着一府人的安宁。于是，孙雪娥仔细地"洗手剔甲，旋宰了两只小鸡，退刷干净，剔选翅尖，用快刀碎切成丝，加上椒料、葱花、芫荽、酸笋、酱油之类，揭成清汤"。可这碗精心制作的鸡汤，到了庞春梅的嘴里，成了一碗"精水寡淡"，难以下咽之物。面对气焰大盛的庞春梅，孙雪娥只能忍气吞声，重做了一碗"香喷喷"的汤。庞春梅一拿起汤就"照地下只一泼"，嫌这汤咸了，还让"教他讨分晓哩！"孙雪娥哪里知道，即便她的汤做得再怎么精心，味道再怎么香浓可口，她还是要被庞春梅卖出府的。性本率直的孙雪娥，心有不满，口中就出。她一句"姐姐几时这般大了，就抖擞起人来"的嘟囔，招来了庞春梅一场大闹。庞春梅以自己的孩子和自己的性命作要挟，逼孙雪娥当众脱光衣服，叫守备府的仆役打得她皮开肉绽，还叫来媒人要立即把孙雪娥领出府去卖了，庞春梅为把孙雪娥推入火坑，以生意饭碗作为威胁，暗地吩咐媒人："我只要八两银子，将这淫妇奴才，好歹与我卖在娼门，随你转多少，我不管你。你若卖在别处，我打听出来，只休要见我。"这个为孟玉楼保过媒的官媒，不忍对孙雪娥下此狠手，好心把孙雪娥卖给了一个自称是棉商的人贩子。这人带着孙雪娥到了临清县城后，露出了真面目，原来是个专门做娼家女子买卖的。

经历一次次的苦打后，三十五岁的孙雪娥学会了弹唱，可以倚门卖笑了。就在孙雪娥出来做娼时，守备府里的主管张胜认出了她，经过一番交往后，"这张胜就把雪娥来爱了"。张胜包占了孙雪娥，她不用接客，只待张胜来办差事，陪他过夜即可，生活还算安宁。孙雪娥又有了一份属于两个人的日子，又有了一份心有所属的感情等待。可惜好景不长，张胜的小舅子因喝酒闹事，得罪了陈经济。陈经济在得知张胜包占孙雪娥后，便怀恨在心。一次，庞春梅与陈经济在房里做爱，陈经济乘机说了张胜许多的不是，尤其是包占孙雪娥的事。庞春梅听罢便说："等他爷来家，交他定结果了这厮。"（第九十九回）谁知正在巡府的张胜，听到庞春梅、陈经济要借周守备的手，置他于死地，便来了个先下手为强。只见张胜手持大刀，走进陈经济的房里，两刀结果了他的性命。随后，提着陈经济的头去杀庞春梅时，被另一个叫李安的府役看见，把张胜抓了起来，后被守备周秀一顿乱棍打死。孙雪娥在得知张胜死讯后，再一次为自己的命运作出了选择，这也是孙雪娥一生中最具决断性的选择，她上吊自尽了。孙雪娥用一条绳子结束了她被侮辱、被损害的一生。没有人为她流泪，没有人为她哀伤。孙雪娥活得艰辛，死得轻飘。

孙雪娥的悲惨人生，并没有给人以强烈的震撼，甚至也没有带来多少的感动。因为孙雪娥式的命运悲剧，实在是太普通，普通到几乎人人都能在自己的生活中见到、感到，甚至犹如身临其境。一言以蔽之，这就是普通小市民的惨淡人生，是一个小女人的一己悲苦罢了。然而，恰恰是这种普通与平常的惨淡悲苦人生，才更有力地写照出俗世凡尘中的芸芸众生相，才能折射这些小人物，在面对命运的不公、欲望的诱惑、社会的压迫时，他们的无力抗争。孙雪娥悲惨的一生，抹掉了人们生活中习以为常的、以为可以用来哄骗自己的梦幻色彩。笑笑生通过孙雪娥这一人物，揭示出无情的社会现实，展示出人生的血色历程。

孙雪娥任性而为、率直少思、极易冲动的性格，世人可以视为愚。孙雪娥气量狭小、遇事不肯忍让、难以和人相处的言行，世人可以视为蠢。可是，孙雪娥的人生悲剧，并不完全是性格悲剧。在孙雪娥的一生中，被人规范的生活多，自己想要的生活少。在她的一生里，被人设置的时候多，安于这种设置的时候也多。但不管怎样，她总算是还想挣扎一下的奴才，而不是安于做奴才的奴才。

孙雪娥不算长的生命历程里，她对命运作出过两次选择：一次是与来旺私奔，一次就是上吊自杀。由此可知，孙雪娥一生的选择机会真是有限得很。尤其让人觉得可悲的是，她这两次对命运的自主，得到的是一次比一次悲惨的结局。孙雪娥也有过对幸福人生的追求和执着，可她却得不到幸福的眷顾和怜惜。孙雪娥只是一个想过普通生活，甘愿满足于普通生活的普通女人，可她存身其间的社会体制却剥夺了她，以及与她同时代的许多普通人，尤其是女人，选择和追求的权利，使她们丧失了对自己命运自主的可能性。

孙雪娥式的悲剧人生，不免引起人们的追问：普通人该如何争取自己应有的生存概率（不敢说要求权利）？这暗无天日的社会体制，是不是造成孙雪娥们的人生只有悲苦、没有喜悦的根源所在呢？

07 宋惠莲 的女人 轻浅一生追逐虚荣

游荡无根浮萍心

宋惠莲是西门府中一个俏丽的佣人小媳妇。她原名叫金莲，后来随丈夫入了西门府后，为避免与潘金莲重名，吴月娘便将她改名惠莲。

这两个曾同名金莲的女人，被赋予了很多相似之处：宋惠莲也是容貌出众，"生的黄白净面，身子儿不肥不瘦，模样儿不短不长"。尤其是在当时社会视为女人品牌的那双小脚上，比潘金莲"还小些儿"。宋惠莲也是出身于小市民家庭，她的父亲是开棺材铺的。宋惠莲也曾是大户人家里的丫头，"当先卖在蔡通判家，房里使唤"。宋惠莲也是个性情风流的女人，"斜倚门儿立，人来到目随。托腮并咬指，无故整衣裳。坐立随摇腿，无人曲低唱。开窗推户牖，停针不语时。未言先欲笑，必定与人私"。（第二十二回）

这个风流灵巧的宋惠莲，虽出身卑微，但与潘金莲相比，最大的不同在于，有一颗真诚和善良的心。宋惠莲因是房里干活丫头出身，她不似潘金莲曾受到过招宣府的专业培训，既不能识文断字，也不会抚琴唱词，她的千般风流姿态，便带有一些与生俱来的自然。在宋惠莲的心理意识中，她少有潘金莲那般对生活的浪漫幻想，也就更能安于接受已有的命运安排。宋惠莲虽说也同潘金莲一样想攀附权势，想获得更多情感依附的渴望，但还属于比较单纯的一类。宋惠莲与潘金莲相较，她少有对喜、怒、好、恶的掩饰之心，也少有对他人的恶意揣度之意。除了天生丽质外，宋惠莲取悦男性的手腕、心机和技巧，不及潘金莲多矣！

宋惠莲"因坏了事"（第二十二回），只好离开蔡通判家，后嫁给了做厨役的蒋聪为妻。对这门婚姻，宋惠莲是一种随缘随分的态度，没有十分的不满，也没有满心的欢喜。西门府里的家仆主管来旺，因时常叫蒋聪到西门府里做厨房的事，便与生性好动、活泼热情的宋惠莲相互熟识了起来，这本不足为怪。这来旺能在西门府里做到主管，与他办事认真、行为干练、头脑精明以及能独当一面的决断力，有着极大的关系。能干精明的来旺，渐渐在宋惠莲的心里留下了很好的印象。宋惠莲越来越觉得，来旺比起那个只会舞勺弄锅的蒋聪，真是强得太多了。随着交往的增加，宋惠莲对来旺生出了更多的好感，两人的关系也更加亲近起来。而后，蒋聪因与人分财不均，在打斗中丢了性命。在那"衙门八字两边开，有理无钱莫进来"的时代，一夕间变成了寡妇的宋惠莲，要为死去的丈夫讨个理儿，要个说法，她只能恳求在西门府里做主管的来旺帮忙，因为来旺是宋惠莲人脉中最有实力的人了。来旺不负宋惠莲所托，"对西门庆说了，替他拿帖儿县里和县丞说，差人捉住正犯，问成死罪，抵了蒋聪命"。（第二十二回）对于一个无权无势、草根级别的民妇而言，能赢得人命官司是难以想象的喜悦。作为人妻的宋惠莲，算是对死了的丈夫有了完全的交代，对蒋聪她可谓是尽心尽力了。宋惠莲与来旺暧昧关系的形成，既是市井社会的风气使然，也是人往高处走的心理选择体现。他们之间发生的那些打情骂俏、眉来眼去等行为，只是反映出了宋惠莲为人的轻浮，甚或还有点风骚罢了。笑笑生并没有写他们有什么十分不堪的行为。当然，从社会正统观念对女性的行为规范要求看，宋惠莲这种待人的轻狂或放荡行为，无疑是她人格品行上的缺点，但并不是罪恶。

在打赢蒋聪这桩人命关天的官司上，来旺自是有恩于宋惠莲。已是形单影只的宋惠莲，嫁给没有家室的来旺，也是顺理成章的事，并不悖理。来旺虽说与西门府中的四姨娘孙雪娥有私情，但来旺和孙雪娥都知道，他们是不可能名正言顺地成家的，他俩的感情不会有什么结果。而很想过正常家庭生活的来旺，对娶年轻貌美的宋惠莲为妻，当然是他心中所愿。就这样，宋惠莲心甘情愿地嫁了来旺，来旺也满心欢喜地娶了宋惠莲。家仆的媳妇自然也是家仆，宋惠莲由此成了西门府中的一个小媳妇，在府里也干厨役女佣的活儿，算是有了一个安身立命之所。

宋惠莲刚进入西门府时，与其他上灶的家奴媳妇没什么两样，她的言行举止也没什么特别之处。过了一个多月，这个"性明敏，善机变，会装饰"的小少妇，把孟玉楼、潘金莲等这些能在府外抛头露面的姨娘们那些时髦的打扮穿戴，统统都偷偷看在了眼里，并随之效仿起来："他把鬓髻垫的高高的，梳的虚笼笼的头发，把水鬓描的长长的，在上边递茶递水。"（第二十二回）稍加修饰后的宋惠莲，立刻显出她不同于其他小媳妇的妖娆。再而，宋惠莲常常出入在上房端茶送水的，很快便引起了好色的男主人西门庆的注意，且生出"安心早晚要调戏他这老婆"，要想设计占有宋惠莲的心。

宋惠莲喜欢仿效姨娘们那些时髦穿戴的举动，这本身无可厚非。爱美，本是女人的天性。追求时尚，也是人之常情。时至今日，适应社会审美，追求时尚风格的心理，有几人能不跟随，更何况是小户人家出身、小吏府中长成的宋惠莲，她既不可能免俗，也不会懂得该如何免俗。宋惠莲喜欢精心打扮自己，这是年轻女人的属性之一，未必是存心为了去勾引谁。宋惠莲并没有想到西门庆会对她起了占有的心，更不知为了她，西门庆把来旺派往杭州办货，让来旺一去就是半年之久。西门庆已有心于宋惠莲，就在孟玉楼过生日那天的宴席上，特别注意观察宋惠莲，感觉她的衣裙颜色搭配很不协调。西门庆故意在酒席上对大丫鬟玉箫说："这媳妇子怎的红袄配着紫裙子，怪模怪样的，到明日对你娘说，另与她一条别的颜色裙子配着穿。"西门庆对看在眼里的女人，很会表现出特别的关注和品鉴。从这话中不难读出，西门庆对女性服装的色彩搭配，有着很是不低的赏鉴水平。

当西门庆听了玉箫回复"这紫裙子，还是问我借的裙子"时，已对宋惠莲的喜好心中有数了，同时不免生出了一点点怜香惜玉之情。

相反，宋惠莲并没有在意过男主子西门庆。有一次，酒喝得有些醉了的西门庆走进内府，与正往外走的宋惠莲撞了个满怀，西门庆乘势"一手搂过脖子来，就亲了个嘴"。酒壮色胆，西门庆口中喃喃："我的儿，你若依了我，头面衣服随你拣着用。"带点醉意的西门庆并不糊涂，他对宋惠莲是否会答应他的偷情要求并无多大的把握。西门庆只想抓住宋惠莲喜爱打扮，很想追赶时尚，但却苦于少衣短饰的苦恼，想用"头面衣服"来打动她。宋惠莲对西门庆这突如其来的示爱，作出了相应的反应，她"一声儿没言语，推开西门庆手，一直往前走了"。连头也没回一下，给西门庆来了个冷处理。宋惠莲此时在西门府已一月有余，她对西门庆的德行嗜好，绝对不会不略知一二。西门庆对她的那番示意，于宋惠莲而言，她只当是西门庆酒醉后的胡言乱语，或是一时看花了眼的误会。所以，宋惠莲无话可说，也不可能答应西门庆什么要求。宋惠莲唯一能做的，就是推开西门庆那只拦路的手，悄然离去。由此可证，如果宋惠莲早有想要勾引西门庆的心，风月老手的西门庆哪里会没有察觉而早作安排呢？宋惠莲也不会对西门庆的亲热示意不作出迎合的反应。

宋惠莲对西门庆的冷淡态度，恰恰刺激了占有欲强烈的西门庆。西门庆突感府里这么个小媳妇，竟然不把他的亲热示意当一回事儿，对他还竟然甩手而去，这大大增加了西门庆要征服、占有这个有个性的小女子的欲望。西门庆让收房了的大丫鬟玉箫带着他的旨意，给宋惠莲送来了"一疋翠蓝四季团花兼喜相逢段子"，玉箫还转告宋惠莲："你若依了这件事，随你要甚么，爹与你买。今日赶娘不在家，要和你会会儿，你心下如何？"宋惠莲听了这话后的反应，竟是笑而不答。宋惠莲此时已有所悟：原来西门庆带着醉意的亲热举动，并不是表错了情，看花了眼，也不是一时的心血来潮，而是真看上了自己。宋惠莲没想到，身边美女环绕的西门庆，竟然对她上了心。她只是府里的一个小媳妇，却进到了西门庆的视野里，不仅如此，西门庆竟还让人转告想和她幽会……宋惠莲心里，一时间产生了一种难以言表的得意，她心里随之荡漾起一股暖洋洋的感觉。宋惠莲笑了，这突如其来的幽会要求，使宋惠莲不知如何作答。面对玉箫，宋惠莲这个被虚荣感满足了的女人，能作出的举动就只能是笑而不答。西门庆对宋惠莲像对所有喜欢被人奉承的女人一样，他知道女人面对他人的奉承，一般都会智商速降。仅此一段细节描写，兰陵笑笑生便称得上是个善解女人心的高手。

西门庆想在府中名藏春坞的花园山洞里与宋惠莲幽会见面，这提议是西门庆对宋惠莲最好的奉承。一个做主子的男人，向一个家奴小媳妇如此曲折地表达对她的需要，这对爱慕虚荣的宋惠莲来说，意味着她一下就比其他的小媳妇高出很大一截儿。她想，这一步要是迈出去了，说不定就是她在西门府中攀升的一个重要台阶。那份荣耀感混合着将与人私会的心理激动感，使宋惠莲不会，也不可能拒绝西门庆的要求。所以"惠莲自从和西门庆私通之后，背地不算与他衣服、汗巾、首饰、香茶之类，只银子成两家带在身边，在门首买花翠脂粉"，这个本就"会妆饰"的宋惠莲，在有了足够支配的钱后，也就"渐渐显露，打扮的比往日不同"。西门庆对宋惠莲的满意和喜爱之态从不加以掩饰，他不仅表现在给钱大方，而且还表现在调整了宋惠莲在府中的劳动岗位。西门庆亲自对吴月娘说，宋惠莲会一手好汤水，"不教他上大灶，只教他和玉箫两个，在月娘房里后边小灶上，专顿茶水，整理菜蔬，打发月娘房里吃饭，与月娘做针指"。很明显，西门庆这是已经把宋惠莲当成小妾来对待了，说明西门庆对她的用心的确不少。

虽说，西门庆每次事后给宋惠莲的打赏都特别慷慨，又对她在家庭劳作岗位安置上颇为关心，但这并不表明西门庆对宋惠莲动了真情。西门庆这一系列动作，只能说明宋惠莲对西门庆感官欲望满足的程度，大大超出了西门庆原有的期望值。商贾出身的西门庆，不仅信守了当初他对宋惠莲物质方面的一番承诺，而且对宋惠莲还有了更进一步的想法。西门庆想长期占有这个可人心意的小女子之心，已经到了不愿与他人分享的地步，哪怕分享之人是宋惠莲的丈夫。如果宋惠莲在丈夫外出的这半年中与西门庆的私通，仅限于他们之间暗中进行的行为的话，那么，宋惠莲的人生过程

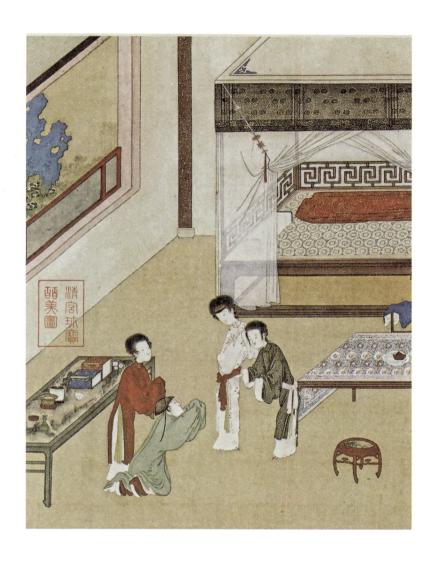

散生日敬济拜冤家

中，就只不过是有了一桩风流韵事，而非是一个悲剧。但兰陵笑笑生塑造这一人物形象之意，并非是为了写一个轻薄女子的风流韵事，而是有其更深刻的意味。这个拿着青春的容颜做本钱，在情欲的海洋中嬉戏玩乐的宋惠莲，实际上是个懵懂无知的人。宋惠莲与西门庆之间的风流快活，实在是把自己推向了一条十分危险的人生之路。宋惠莲在充分享受和西门庆的感官愉悦同时，并没有意识到，这感情的游戏要是玩不好，弱势的一方是绝对伤不起的。

宋惠莲与西门庆第一次幽会结束后不久，潘金莲便立刻发现了他们有私情。机灵的宋惠莲知道，谁要是在这个长于兴风作浪的五姨娘手上落了把柄，后果很严重。宋惠莲心中惶恐不安，她揣着万分的小心，时时"常贼乖趋附金莲"。而潘金莲认为，这事是她与西门庆之间的一个秘密，别人不知情，方显出西门庆和她的关系比和其他女人，要更加特别、更亲密一些。再说，潘金莲看宋惠莲对她如此之殷勤，便心下认为宋惠莲难保不是第二个庞春梅。潘金莲看得出，西门庆对宋惠莲已有些情浓意迷，她何不放任他们所为，让西门庆身边又多出一个为自己说好话的人？所以，潘金莲给宋惠莲好脸色看，也能"图汉子喜欢"。至此，宋惠莲在西门府中便与西门庆、潘金莲一道，形成了暂时稳定的三角关系。宋惠莲渐渐习惯了这种处境，她和西门庆之间，保持这种为婢似妾加婚外情的暧昧生活。

宋惠莲对自己所处身份定位的混乱，致使她时常与潘金莲、孟玉楼、李瓶儿等姨娘们混在一起。宋惠莲陪着这些西门府中的高级别女人们喝酒、下棋、玩赌博的游戏，还拿出自己的拿手绝活，只用一根柴禾儿，把个圆滚滚的猪头"烧的皮脱肉化，香喷喷五味俱全"，（第二十三回）制作出了让后人惊羡不已的一道名菜——"宋惠莲猪头肉"。就宋惠莲这烹饪的手段，只怕是"能造五鲜汤水，善舞翠盘之妙"的孙雪娥也是力所不逮。

在西门府的女人堆里，宋惠莲极少与之往来的是孙雪娥、李娇儿。宋惠莲心里明显对二房李娇儿和四房孙雪娥是疏远的，她俩恰是府里不得势的人。正与西门庆打得火热的宋惠莲，当然不屑与这两房的姨娘打什么交道。古语有云：物与类聚，人与群分。宋惠莲自认是西门府的得势派，她与西门庆放肆到竟然在吴月娘上房里，也做出"亲嘴咂舌头"的举动。性本轻狂的宋惠莲，压根儿就不懂得什么是得意须防失意时。

攀附凌霄风中情

西门庆想与宋惠莲有一个完整一些、不受环境限制的春宵一度，宋惠莲本以为潘金莲会成全他们，没想到潘金莲把庞春梅给抬了出来，拒绝西门庆想借用五房之地，与宋惠莲幽会一次的请求。无奈之下，西门庆只好安排在府中花园的藏春坞山洞里和宋惠莲幽会，这是西门庆与宋惠莲两人很难得的一个整夜的偎依。当宋惠莲来到花园山洞时，西门庆已在里边等待。冬日的山洞里，"但觉冷气侵人，尘器满榻"。潘金莲让丫头"虽故地下笼着一盆碳火儿，还冷的打兢"。（第二十三回）倘若西门庆不是对宋惠莲有着一腔的激情，他怎愿来受这活罪。宋惠莲心里对这次幽会颇为期待，眼见西门庆对她如此之用心，宋惠莲也很受用领情。就这样，宋惠莲与西门庆哆哆嗦嗦地亲热着，而那个惯喜偷听站墙角儿、窥人私事的潘金莲，此时也悄悄来到了藏春坞洞外。宋惠莲只顾与西门庆打情骂俏，接着又向西门庆要鞋面，又说潘金莲"原来也是个意中人儿，露水夫妻"等，这些话是潘金莲最敏感也最深恶痛绝的话题和说辞，这时一句不漏地被潘金莲全都听进了耳朵里，记在了心尖上。宋惠莲大有可能是说者无意，而潘金莲却是真正的听者有心。此后，潘金莲不再认为宋惠莲会是第二个庞春梅。潘金莲明白知道了，宋惠莲与她交好只因是真心畏她，而不是真心敬她。潘金莲是不会饶恕背叛她的人的，她要让宋惠莲知道自己的厉害手段。

宋惠莲亦如往常一样，来到潘金莲的房里"殷勤侍奉"，而潘金莲则一反常态，十分冷淡。随后，对宋惠莲更是连讽带刺，把她夜里与西门庆说的话都抖搂出来。宋惠莲很是知道这个女人的狠辣手段，当即跪地向潘金莲道："娘是小的一个主儿，娘不高抬贵手，小的一时儿存站不的。当初不因娘宽恩，小的也不肯依随爹。就是后边大娘，无过只是个大纲儿。小的还是娘抬举多，莫不敢在娘面前欺心？随娘查访，小的但有一字欺心，到明日不逢好死，一个毛孔儿里生下一个疔疮。"宋惠莲知道坏了事儿，她只能作一番狠狠的表白，以示对潘金莲的感恩，再行一番发誓赌咒，否认自己说过的话，以挽救和潘金莲的关系。可潘金莲不仅不理会宋惠莲的表白和赌咒，还对宋惠莲进行了严厉的警告："不是这等说，我眼子里放不下砂子的人。汉子既要了你，俺每莫不与争？不许你在汉子根前弄鬼，轻言轻语的。你说把俺每踩下去了，你要在中间踢跳。我的姐姐，对你说，把这等想心儿且吐了些儿罢！"潘金莲的话，简直就没给宋惠莲有缓和的余地。宋惠莲便想到潘金莲偷听了她对西门庆说的话，于是只好采取死不认账的办法，潘金莲却立刻打消了宋惠莲的猜疑："傻嫂子，我闲的慌，听你怎的？我对你说了罢，十个老婆买不住一个男子汉的心。你爹虽故家里有几个老婆，或是外边请人家的粉头，来家通不瞒我一些儿，一五一十就告我说。你六娘当时和他一个鼻眼儿里出气，甚么事儿来家不告诉我。你比他差些儿！"（第二十三回）潘金莲这分明说，她才是西门庆最贴心的女人。潘金莲把李瓶儿当年与西门庆偷情的事情作为佐证，向宋惠莲证明一点，那就是西门府里，只有她一个女人才是西门庆的最爱。这对于正自以为与西门庆处于情感巅峰的宋惠莲而言，真是兜头泼了一大瓢冷水。宋惠莲这是第一次感到自己被西门庆给出卖了。

宋惠莲从潘金莲屋里一出来，迎头便遇见了西门庆。伶牙俐齿的宋惠莲，冲口而出一大堆的埋怨，她说西门庆："你好人儿，原来你是个大滑答子货！昨日人对你说的话儿，你就告诉与人，今日教人下落了我怎一顿。我和你说的话儿，只放你心里，放烂了才好。想起甚么来对人说？干净你这嘴头子，就是个走水的槽，有话到明日不告你说了。"西门庆被宋惠莲说得是丈二金刚摸不着头脑，只好一脸傻笑，可宋惠莲并不相信西门庆的无辜，她对西门庆"瞅了一眼"，也不加以任何说明和解释便走了，这倒显得宋惠莲尚是心性高傲的人。宋惠莲在潘金莲面前折了风头，她在表面上对潘金莲就更加小心翼翼，处处逢迎侍候，可暗地里她也在处处较劲儿。

宋惠莲在其他小厮、媳妇面前，根本不知道有所收敛，性喜张扬的她总是大把地花钱，大方地请客。宋惠莲的行动做派，好似是妾室，甚至就是个正在得宠的姨娘所为。所谓风流灵巧招人怨，如此大肆地表现自己的得意，必是要招惹得人人不满。元宵之夜，西门府观灯摆宴，下人们都忙得团团转。可还是家奴小媳妇身份的宋惠莲，却搬把椅子，坐在廊檐下嗑着瓜子。酒席上要什么东西，她就只是吆喝一声，让别人去送、去拿、去递，形同一个总管。小厮画童看见自己刚才扫干净的地上，被宋惠莲嗑了一地的瓜子皮儿，便说了她几句："这地上干干净净的，嫂子嗑下恁一地瓜子皮，爹看见又骂了。"宋惠莲听罢不但没停嘴，反抢白小厮一顿："贼囚根子，六月债儿热，还得快就是。甚么打紧，叫你雕佛眼儿。便当你不扫，丢着，另叫个小厮扫。等他问我，只说得一声。"（第二十四回）这话里话外，显见得宋惠莲不仅口齿伶俐，很会吵架，且她提到男主人西门庆时，竟不用敬语，而是直接以"他"呼之，显得她与西门庆的稔熟和亲近，这实在是疏于检点。宋惠莲后来看见西门府大小姐的丈夫陈经济与潘金莲调情，这可是一个意想不到的收获，她心想："寻常时在俺每根前，到且提精细撇清，谁想暗地，却和这小伙子儿勾搭。今日被我看出破绽，到明日在搜求我，是有话说。"既有了潘金莲的把柄在手，宋惠莲便不再畏惧。就在放花炮，外出观灯市时，宋惠莲故意与陈经济打牙犯嘴，任意调笑。这明明就是故意往潘金莲的眼里吹沙子，可这一来，也弄得西门大小姐心里气恼，回房便骂了陈经济，心里直是怨怼宋惠莲。

宋惠莲此时的生活，过得多少有些轻飘。西门庆对她的关照，如同给她打了鸡血一般，使她变得骄傲又自负，轻飘又躁动。上房灶上的活计本属宋惠莲分内的事，可她却常常推给别的家奴媳妇去干，还对别人发号施令。这个年轻的小少妇，真是不知天高地厚。宋惠莲以为有了西门庆的撑腰，她就可以"把家中大小，都看不到眼里，逐日与玉楼、金莲、李瓶儿、西门大姐、春梅，在一处顽耍"。诸般灵巧的宋惠莲，与府里的妻妾们一块儿打秋千，还大大出了风头。只见这惠莲"也不用人推送，那秋千飞起在半天云里，然后抱地飞将下来。端的却是飞仙一般，甚可人爱"。看得吴月娘也赞道："你看媳妇子，他倒会打。"这时的宋惠莲，既颇似潘金莲的风骚，又透着庞春梅的高傲。可是这样得势便猖狂的个性，倒是见出宋惠莲是个乏于掩饰，个性直白而又见识浅薄的女人。

宋惠莲正打着轻松又刺激的秋千时，丈夫来旺从杭州回来了。

看到进来园中的来旺，宋惠莲发现丈夫胖了、黑了。丈夫归来，宋惠莲并不觉得有何不妥。她依旧给丈夫打点梳洗，仍然是"替他替换了衣裳，安排饭食与他吃"，这个家一切平静。这不是宋惠莲的城府很深之故，而是在宋惠莲的心里，丈夫还是自家人，西门庆与她的暧昧关系，只不过是主子与奴才间的一场身体游戏罢了。所以，当夜晚来旺诘问她衣料、首饰的来路时，她伶俐地编了谎。来旺一听，怒气填胸，挥起老拳，"险不打了一交儿"。宋惠莲以大哭来遮掩，不去分说与人有私的事，而是采取对付潘金莲的办法，发誓赌咒不认账：

> 贼不逢好死的囚根子，你做甚么来家打我？我干坏了你甚么事来？你恁是言不是语，丢块砖瓦儿也要个下落。是那个嚼舌根的，没空生有，枉口拔舌，调唆你来欺负老娘？老娘不是那没根基的货，教人就欺负死，也拣个干净地方。谁说我？就不信，你问声儿，宋家的丫头若把脚略翘儿，把宋字儿倒过来。我也还呲着嘴儿说人哩，贼淫妇王八，你要来嚼说我！你这贼囚根子，得不的个风儿就雨儿，万物也要个实才好。人教你杀那个人，你就杀那个人？（第二十五回）

这一撒泼，倒颇有些潘金莲的风范。宋惠莲的坚决态度，使本来自己也有心虚事的来旺，误以为真是孙雪娥的醋意使然。便只好给自己下个台阶："你既没此事，罢，平白和人合甚气。"宋惠莲反正也查不出是谁弄的口舌，挑拨的是非，还以为这事已经就此不了了之。她根本意识不到，孙雪娥不可能让老情人来旺戴绿帽子，更不甘心让来旺以为是受了她的骗。之后不久，来旺终于相信了孙雪娥说的事情是真的，家主西门庆确实和自己的媳妇有奸情，并不是孙雪娥因醋意编造的是非。来旺心中当然充满了不忿，可他又不知道怎样才能出了这口气，便借酒熄火。三杯两盏下肚后，对着诸多的家奴仆从，又是讲事实，又是发大誓，直是逞嘴头子的痛快。

来旺不知，此番痛快淋漓的发泄却给他带来了杀身之祸。本就妒忌来旺的另一个家仆，把来旺的冲天怨言和豪言壮语，捅给了善于整治人的潘金莲，潘金莲就此精心策划，一场在西门府上演的生死争斗随之拉开大幕。

宋惠莲在西门庆跟前力保自己的丈夫，她不仅为来旺发誓，说来旺从无欺主之心，而且还为来旺要来了一个上京的差事。在宋惠莲看来，男欢女爱的情感嬉戏，与婚姻关系的家庭维系不是一回事。所以，不论是来旺有情人，还是她与西门庆有私情，这些通通都不能割断婚姻的关系。宋惠莲与西门庆偷情，于宋惠莲而言，只是一种实惠的生活享乐。宋惠莲实际上更需要的是有属于她的家，更看重的是有一个完全属于她的男人来支撑这个家。家，对宋惠莲是如此之重要。宋惠莲甚至认为，她的所作所为，都是为了帮助丈夫来兴旺这个家。宋惠莲希望拥有一个完整独立的家，希望她和丈夫对主子的逢迎，最终赢得主子的欢心之后，让世代家奴身份的来旺，有朝一日能够脱除奴籍，独立门户。她不愿意来旺一辈子是家奴，她也永远是家奴的媳妇，这是宋惠莲心底的一个愿望。宋惠莲希望通过与西门庆发生性关系，使自己和来旺的生活，以及他们的家庭地位有所改变。

西门庆还真打算派来旺上京了，可临出发前别的人却把来旺给顶换了。宋惠莲感到西门庆又一次在耍弄她，她不理解，西门庆怎会如此地不给她一点情面，她把西门庆叫到僻静处，怨言似洪水般一冲而出，她说西门庆："你干净是个球子心肠，滚下滚上。灯草拐棒儿，原拄不定。把你到明日，盖个庙儿，立起个旗杆来，就是个谎神爷。你谎干净顺屁股喇喇！我再不信你说话了。我那等和你说了一场，就没些情分儿？"（第二十六回）宋惠莲不愧是西门府里第一口齿伶俐人，骂人也骂得相当有水平。这话既形象地骂西门庆言而无信，又暗示彼此的情分，词语锐利，口气发嗲，难怪西门庆被她骂了还忍不住笑了。当宋惠莲听西门庆说，留下来旺是为派他开酒店时，她才觉得是错怪了西门庆，其实西门庆是在悉心关照他们小两口。既是要派来旺去管理酒店，就说明西门庆有心让来旺将来独立门户，让来旺从家奴身份变成上铺子的伙计。宋惠莲没想到，她的希望竟如此之快地就要实现了。她"满心欢喜，走到屋里，一五一十，对来旺儿说了，单等西门庆示下"。宋惠莲自认,她对得起来旺,对得起这个家。

西门庆交下三百两银子的本钱给来旺,看着这白花花的银子,来旺与宋惠莲都觉得,这个家的希望成为现实,仅有一步之遥。宋惠莲得意地对丈夫说:"怪贼黑囚,你还嗔老娘说,一锹就撅了井?也等慢慢来,如何今日也做上买卖了?你安分守己,休再吃了酒,口里六说白道。"这话里有些对来旺的亲热,有些对自己的自得,还透着点娇憨的味道。面对事实,来旺自是无话可说,他让宋惠莲赶紧把银子收好。宋惠莲全然想不到,这是潘金莲为西门庆设下的"拖刀计",为的是对来旺栽赃陷害。当夜,一片"赶贼"的叫喊声,把来旺从睡梦中惊醒,为感主人的重用之恩,来旺毫不犹豫地冲出家门,持刀捉贼去了。当宋惠莲再见来旺时,他已成了盗财杀主的"贼"。

看尽扶桑杳无痕

西门庆要把来旺送进大牢,此时宋惠莲已然明白意识到,她与西门庆的欢爱游戏真的不浪漫,更不实惠。事态已是十分严重,这直接关系到丈夫的清白和性命。于是,宋惠莲跪地直言:"爹,此是你干的营生。他好意进来赶贼,把他当贼拿了。你的六包银子,我收着,原封儿不动,平白怎的抵换了?恁活埋人,也要天理。他为甚么,你只因他甚么,打与他一顿。如今拉刺刺着送他那里去?"西门庆一听银子是宋惠莲收着的,便立即安慰说"媳妇儿,不关你事",还让小厮扶宋惠莲回房,并叮嘱"休要慌吓她"。回过神来的宋惠莲,对此事是知根知底。她看到西门庆为占有她而陷害来旺,事儿做得十分狠毒,宋惠莲心底存有的善良,使她难以容忍西门庆如此所为。她置西门庆的关怀于不顾,跪在地上不起,说道:"爹好狠心处。你不看僧面看佛面,我恁说着,你就不依依儿。他虽故他吃酒,并无此事。"宋惠莲这表态,简直就要捅破窗户纸,直亮出西门庆与她私通后,想要杀汉霸妇,陷害来旺的事情。西门庆当然是"急了",他让小厮把宋惠莲连拉带劝地弄回房去了。

来旺盗银这事，潘金莲就是幕后的主使，西门庆不过是台前唱戏的角色而已。可怜宋惠莲并不知道内情，她只知道西门庆在一次次地欺骗。这件事不仅伤害来旺，更大大伤害了宋惠莲的自尊心。宋惠莲曾在丈夫面前那样得意又自负，她曾以为，凭着她与西门庆有一腿的特殊关系，她便能帮助丈夫自立门户，进而还能脱离西门府。宋惠莲曾自信地看见了自己一手绘制的美妙前程，却不想是一个天大的骗局。宋惠莲以为西门庆会因她的请求，表现出一点人情的迁就。可事与愿违，西门庆仍是我行我素。宋惠莲此时才发现，自己在西门庆心里的分量之轻，根本不足以扭转当前的危机局面。此时的宋惠莲对西门庆不再寄予任何希望，转而乞求女主人吴月娘的帮助，可吴月娘对这事也无能为力，三房孟玉楼则让她耐心等待，等到西门庆消了气再说。

宋惠莲第一次尝到被人玩弄的滋味，而玩弄她的人，正是和她有着肌肤之亲的西门庆。想到这件事情的原委，宋惠莲感到十分地伤心，她觉得自己被西门庆给全盘欺骗了。西门庆的欺骗行为，至少有两点是宋惠莲感到难以容忍的：其一，西门庆竟如此轻视她的当众求情，使她在府里人面前丢尽了颜面；其二，西门庆竟用如此卑劣的手段，使她的家支离破碎。宋惠莲在男女情事上，从未受到过如此的挫折。当年宋惠莲从蔡通判府中出来，嫁给平民身份的蒋聪时，家中虽不富裕，但人身倒还自由。后来她与来旺有染，但来旺也没有对不起她。不管来旺与孙雪娥有怎样的私情，但还是和她组成了一个完整的家，使她有了一份安定的生活。况且，在西门府里，与西门庆有着性关系的小媳妇不止她宋惠莲一个。从西门庆作为交换的物质待遇方面看，无论是衣服妆饰，还是银钱的消费待遇，宋惠莲可算冒尖儿了。宋惠莲有理由当众张扬，以显示西门庆对她的满足和依顺，她也可以借此证明自己的与众不同。宋惠莲甚至也想到过，只要西门庆愿意对她有所安排，她可以离开来旺。但宋惠莲要的是堂堂正正、明明白白地与来旺分手，而不是用这种让人戳脊梁的诡计。

对宋惠莲这一人物形象，认为她是虚荣也好，认为她是自私也罢，但她绝不愿意背上与人私通，陷害亲夫的罪名这一点，作者是给予肯定的。

与潘金莲为满足一己欲望而不择手段相比，宋惠莲尚存有礼义廉耻之心，还具有善良的人性。作者是要以宋惠莲的良知尚存，来衬托出潘金莲的廉耻全无，这是作者创作刻画这一人物的真实用意所在。故而，宋惠莲一定会为来旺求情。

宋惠莲求情，西门庆却拒绝了她的求情。这使宋惠莲明白，她和西门府里其他与西门庆有染的小媳妇们没什么不同，她也不过是西门庆一时高兴的一个玩偶。这是一个残酷的清醒，这一醒悟使宋惠莲一时也无法面对。她整日"头也不梳，脸也不洗，黄着脸儿，裙腰不整，倒趿了鞋，只是关闭房门哭泣，茶饭不吃"。西门庆因怕闹出人命，让家里的小厮、媳妇轮着劝说。宋惠莲听说来旺在牢里没挨一下打，西门庆不久就会放来旺出来，心里又生出了朦胧的希望。她停止了哭泣，恢复了生气，继续向西门庆求情。宋惠莲对西门庆表示，只要放出来旺，把来旺的生活安排妥了，她愿意长留在西门庆身边。宋惠莲想表明，她对西门庆的态度已从轻飘的嬉戏行为，转变为郑重的承诺了。宋惠莲希望西门庆也能以相应的郑重态度，用有分量的措施给予她回应，她不想自己只是个玩偶。西门庆果然答应了："我的心肝，你话是了。"西门庆作出这毫不犹豫地应承，再次激起了宋惠莲的自信心，她仍然是西门府中那个与众不同的小媳妇。宋惠莲再次运用床笫的魅力，想要以此钉牢西门庆的诺言。可是，西门庆再次背信弃义，宋惠莲第三次受骗，来旺被判"递解原籍徐州为民"，永远背负着囚犯的有罪之身。

来旺临走时，按规矩必要与原主子和家人辞别。可西门庆不许来旺见宋惠莲，他怕宋惠莲看见来旺浑身的伤痕，便知道了他对她所有的欺瞒。可怜身无分文、浑身是伤的来旺，只好向岳父宋仁要了一点盘缠，踏上了递解原籍的路，那情形很是悲惨。来旺判处流徙的事，西门庆要家中凡属知情者守口如瓶，不许走露出半点风声，宋惠莲被瞒得紧紧的，毫不知情，还相信西门庆一定会兑现诺言。但世间哪有不透风的墙，宋惠莲从一个小厮口里知道了实情，她的心受到了犹如山崩地裂般的震撼。宋惠莲第三次品尝了被欺骗的酸苦。她原以为，只要对西门庆表示愿意长相厮守，西门庆就会珍视她的付出，就会让她过上没有良心愧疚，舒心愉快的日子，就会给她一份锦衣美食，呼奴唤婢的生活。西门庆给宋惠莲制作了一幅海市蜃楼的美景，可这一切不过是一个假象。宋惠莲只是西门庆众多玩偶中的一个罢了。

西门庆的欺瞒行为，对宋惠莲是一种极大的精神侮辱。宋惠莲没想到，她以体貌的趋奉迎合为代价，换来的却是心灵的践踏与伤害。西门庆显然低看宋惠莲的人格品质，只是把她当作一个可以随便哄哄骗骗的奴才。平民出身的宋惠莲，身上的奴气还不太重，她那副外柔内刚的个性，使她不易坐稳奴才的位置。况且，不论是婚姻的形式，还是情人的形式，宋惠莲在两性关系方面极少受到过挫折，这使她在这个层面上，对自己有着相当的自信和自尊。西门庆的数次欺骗，让宋惠莲在心理上经历了失望——希望——失望的几次大幅度震荡，狠狠地伤害了宋惠莲的自尊心，她实在难以承受如此巨大的痛苦。她唯有一死，以生命终结的方式，才能不让西门庆再有伤害她的机会。宋惠莲大哭一场之后，悬梁上了吊。因被及时抢救，与死神擦肩而过。这一来，惊动了西门府里的上上下下，除了潘金莲和孙雪娥外，吴月娘与各房的姨娘们都来看视宋惠莲。上房的大丫头、府里的小媳妇们也来相陪。宋惠莲在吴月娘的劝慰中，终于哭出了声，众妇人也缓了口气。可无论人们怎样劝，宋惠莲一直坐在冷地上不起身。她的倔强，让吴月娘也无计可施。西门庆听说后，也来到她房里安抚。宋惠莲这次并不领情，西门庆尝到了这"辣菜根子"的辣味：

> 爹，你好人儿！你瞒着我干的好勾当儿！还说甚么孩子不孩子，你原来就是个弄人的刽子手，把人活埋惯了。害死人还看出殡的！你成日间只哄着我，今日也说放出来，明日也说放出来，只当端的好出来。你如递解他，也和我说一声儿。暗暗不透风，就解发的远远的去了。你也要合凭个天理！你就信着人，干下这等绝户计！把圈套儿做的成成的，你还瞒着我。你就打发，两个人都打发了，如何留下我做甚么？（第二十六回）

宋惠莲简直就是蹬鼻子上脸，毫不留情地痛骂西门庆。难怪不知内情的贲四娘子会觉得宋惠莲"和他大爹白搽白折的平上，谁家媳妇儿有这道理？"而知情的惠祥则说："这个媳妇儿，比别的媳妇儿不同好些：从公公身上拉下来的媳妇儿，这一家大小谁如他？"宋惠莲的硬性子，让西门庆开始对她另眼相看。西门庆没想到，这个曾经在他怀里柔情似水、娇媚如花的宋惠莲，竟有如此大的气性，这倒有点像带刺玫瑰的庞春梅，这种感觉让西门庆倍感新鲜、刺激。

　　西门庆要潘金莲去劝说宋惠莲，这简直就等于叫潘金莲去向一个家奴认错，潘金莲当然不会去。无计可施的西门庆又要责打向宋惠莲透露实情的小厮，结果被潘金莲骂了几句："没廉耻的货儿，你脸做个主了！那奴才淫妇想他汉子上吊，羞急，拿小厮来煞气。关小厮另脚儿事！"潘金莲因"几次见西门庆，留意在宋惠莲身上"，便使出一招借刀杀人计。潘金莲与宋惠莲曾过从甚密，她对宋惠莲的个性也比其他人了解得多。潘金莲很清楚，宋惠莲已处于心理承受的极限，再经不起任何一点轻微的刺激了。潘金莲故意挑拨缺心眼儿的孙雪娥，使孙雪娥与宋惠莲大大吵闹了一番。满腔悲凄的宋惠莲，回到形单影只的家中，她再忆这件事情发生的前前后后，真是悔恨莫名。因为自己的风流快活，把这个好端端的家给弄散了。宋惠莲恨自己像个孩子似的，在虚假的奉承游戏中，一个不小心，砸碎了一件十分宝贵的东西，而那一地的碎片已无法修补。宋惠莲恨自己如此轻信，受人欺骗，被人辱骂，却全都是她自作自受，难以去人前哭诉。当想到在将来的日子里，她要背负着这一沉重的悔恨度日时，便感到生活已经没有了意义。了无生趣的宋惠莲，最终还是悬梁自尽了。为了给女儿之死讨个说法，宋惠莲的父亲要与西门庆打官司，却反被西门庆诬告。宋老汉气塞于心，也随女儿去了。

　　宋惠莲以她十分年轻的一生，讲述了在中国集权社会里，女性生命中不能承受之轻。中国有一句古话："红颜女子多薄命。"这话的意思似乎是说，拥有美丽的容颜会使女人的命运不济。女人美丽，就一定会把人生演绎成悲剧性的吗？谁都不会相信这样的话。美丽，不是罪过。美丽，乃是每个女子心中的企望。只有当美丽的女人把人格的独立、人性的尊严，统统交给权势和金钱来支配，把人生变成没有独立姿态的随波逐流，变成生命之轻时，才会使美丽成为人生悲剧的助推，成为出卖灵魂者的替罪羊。

宋惠莲这一人物形象，本是作者为影射潘金莲类型女人心性的复杂而设置的，她作为与潘金莲同类异型的人物而存在。在百回《金瓶梅》中，宋惠莲从出场到死去，仅占五回的有限篇幅，可这个伶俐小女子的形象，却给人们很多的触动和感伤。从清人张竹坡批评始，宋惠莲大多被认为是潘金莲的"一影"，是一个铺排情节所需的陪衬式人物。笑笑生写宋惠莲决然赴死后，并没有就此斩断这一人物与主要人物潘金莲的心理勾连。事过境迁，潘金莲对宋惠莲之死仍是难以释怀，心有余悸，这才会因一只弓鞋的出现而发飙，并怒打拾鞋的家仆孩童。这一情节的设计，不仅是为了故事发展铺叙的需要，也是体悟生命意义的一种表述：那些有颜值却无见识的浅薄女子，她们难免会有些风骚，但只要她们的心底还有着哪怕只是一丝丝的善良，就终究会选择对人格尊严的敬重。其实不论性别为何，浅薄或深刻，这是属于见识的问题。善良与邪恶，这就是人品的问题了。人的浅薄，可以通过增长智识得以纠正。风骚性情，一旦赋予诗文书画的内涵，便可提升成赏心悦目的风韵。可人如果没有了善良作为伦理道德的底线，就会成鬼成魔。

"宋惠莲之死"就表面看，是因宋惠莲爱慕虚荣的心理，以及过于自尊的个性所造成。出身低贱的宋惠莲，把姣好的容颜当成向男人索取金钱和地位的筹码，把柔媚的温顺当成女人对权势趋炎附势的资本。一旦这两方面如愿时，她就四处张扬。一旦都不如愿，甚至事与愿违，她就一心要死。宋惠莲甚至不为年迈的老父亲想想，她的死似乎多少显得有些自私。然而，从内在本质看，"宋惠莲之死"，正是她对那段荒唐人生的彻底否定。当初，宋惠莲在答应了和西门庆偷情时，她就已经把自己的人格和尊严，出卖给了权势与金钱。西门庆的欺骗行为，使宋惠莲下意识地想要找回自尊，想要收回被她贱卖的人格和尊严。可在强势者掌握话语权的社会，弱势者要想和强权一方对抗，那就只有死路一条。所以，宋惠莲选择了死。因为，不死不足以否定她的出卖。"宋惠莲之死"一节，其意义在于，一个人宁愿失去生命，也要无愧于良心。没有不犯错的人生，但犯过之后，只要不加害于人，还懂忏悔过错，终还能赢得最后的尊严。宋惠莲，在生命得失之间所作出的价值权衡和选择，也是相当耐人寻味的。

在《金瓶梅》中，宋惠莲带有浓重抗争意味的死，给全书涂抹了一道悲壮的亮色，使小说具备了"一种有意味的形式"，产生了经久的审美意义。宋惠莲决然赴死，这一幕使人们在心灵震撼的同时，也不由生出对她的一点敬意。

08

李娇儿

妓家魁首薄义寡情的女人

风尘难有多情人

曾有人把女子比喻成种子，若被撒进沃土，她就能茁壮成长、开出花朵、结出硕果。若被撒入瘠壤，她就会早衰、凋零甚至夭折。姑且不论这样的比喻是否准确，就比喻本身而言，可谓形象地道出了人于大千世间之种种，确实存在着一个身份认同，以及生活环境定位的问题。

李娇儿是西门府里的二姨娘，在成为西门庆二房之前，她是当地一家妓馆里的俏娇娘。虽说在当时社会，官府规定有妓馆可以公开出入的时段，按时进出妓院，不算行为不检，算是社会层次结构上属于灰色的交际场所，且妓家女子大多也是经过培养，属于色艺双全型的年轻女孩儿，操此出售色相，往往不能保证是卖艺不卖身的行业，仍是与娼门相提并论，同被视为是社会的一种贱业。

李娇儿曾经是清河县里红极一时的丽春院的头牌姑娘，她歌喉婉转，形态丰腴，后因芳华逝去，叶败花黄，几乎门可罗雀，只好请自己的老主客西门庆为她赎身脱籍，做了西门庆的姿室。从丽春院出来后，她被西门庆娶回家做了二房，这在当时被称为"从良"。

妓女"从良"，即由坏变好。李娇儿已年值二十七岁，作为烟花女，她已是大龄艺人。她嫁给西门庆，能脱离被人唾弃的贱业，回归到一种常态的生活之中，也就是迈入了正当社会的家庭生活中，这应该是一种幸运。按理说，李娇儿该感恩西门庆没嫌弃她，对她还念旧情吧。且不说与那些无法从良的妓女比，就说与李娇儿同时代的另一个名妓，冯梦龙小说《杜十娘怒沉百宝箱》里的女主角杜十娘吧，她从良的过程相比李娇儿，那真是万分艰难，不仅辛苦，而且心苦。杜十娘在历经曲折后，最后还是"从良"无望，于羞愤绝望中，散尽千万珠宝，投河自尽了。相比杜十娘，李娇儿的"从良"之路走得全无悬念，相当地顺利。虽说李娇儿与杜十娘的赎身费相同，都是三百两银子，可杜十娘从良时正值双十芳龄，且为京师名伶，李娇儿则是褪色的年纪，且是一个小地方的青楼歌姬。利用大数据可知，当时五两银子够买五口之家一年的米，以此物价行情的市值计算的话，那李娇儿已经为她丽春院老板的姐姐狠狠地赚了一大笔钱。

李娇儿被一顶花轿抬进了西门府，那时西门府的掌家正妻尚未入得门来，李娇儿立即成了掌管府里日常开销流水账的内管家。西门庆甚至还想过："若得他会当家时，自册正了他。"（第三回）这样的家庭地位，这样的恩主待遇，杜十娘只怕是做梦都不敢想的事，更是那个社会多少从良妓女可望不可得的家庭归宿。若以一般常态社会的价值观衡量，李娇儿不仅是幸运，简直就是幸福。她就算用千百倍的感激来回报西门庆，与西门庆对她的恩情来说，也只能是万一。正因西门庆对李娇儿旧情未了，对李娇儿还有着一份不同于一般嫖客的情义在，才不会计较李娇儿低贱的出身与过气的名声，还能仍以当红时的身价为她赎身，使她从卖技求食、出售色相的卑贱生活，回到了人间天堂的生活。即便当时的西门府还算不得天堂，但最起码，李娇儿从此能过上一个正常女人的家庭生活，这一点是可以肯定的。可是，在《金瓶梅》中，人们看不出李娇儿对西门庆为她赎身有什么感恩戴德。自李娇儿在西门府生活开始，她没有过对安定生活、舒适环境的满意，也没有过任何欢欣的感受或舒心的表示，似乎她并不觉得岁月静好就是好的生活。甚至在西门庆重病弥留期间，吴月娘和孟玉楼都在向天神许愿，祈求天神保佑西门庆能度过生死大关，而唯有李娇儿和潘金莲却是无动于衷的。由此一端可见，李娇儿对西门庆非但没有一点感激之情，甚至连一般夫妇间的人之常情都不具备。难怪清人张竹坡评说，李娇儿是个"死人"。心不为所动，情不会有所感，活着如同行尸走肉，当然就是个活死人，此评当真确切。

李娇儿这副冷漠的心性并非生而如是，而是她成长的那个烟花之地所养成。丽春院本就是前门迎新、后门送旧的交易场所，男欢女卖的烟花之地。认钱不认人的妓家子，自古以来没有不少义薄情的。李娇儿从小生于斯长于斯，见惯了虚假和无情，习惯了翻脸如翻书。她既来自非常态社会的生存环境，必对常态社会所遵从的什么伦理道德、价值观念等不以为然，世俗伦常当然也就不会成为她的行为规范，更不会主动地内化为她内在的自我道德约束，以及自我行为要求。这样的人物刻画，很符合这一人物身份的心理逻辑。

妓是人类古老的社会职业之一，它是人类文明进程中长存且畸形的一份遗产，也是男权社会成熟的标志之一。在中国集权社会里，妓女不仅长相要有几分姿色，还要具备歌、舞、乐器等技艺。倘若是有点名气的妓者，还要懂得一些琴、棋、书、画，诗、词、歌、赋等雅致的玩意儿。妓家女子，在文学和艺术方面所受到的教养，要高出其时社会一般家庭的女子多矣。那时代的从妓业者，须有一技之长，方可从事这个具有社会交际功能的行业。这正是妓家与纯粹操皮肉生意的娼门有区别的地方。由于这一行业的特殊性，妓家女大多具备有察言观色善于应对，谈吐言辞有分有寸，遇人遇事懂得进退等立身处世的很多素养。当然，所有这些方面的良好培养，亦属于一种基本投资，目的就是为了得到更多的物质性、功利性回报，能够更多地得到操纵在男人手中的钱与权。有钱，使妓家的生活过得富足。有权，可以保护妓家的钱，还可以赚更多的钱。一个女子，一旦成了妓女，人性里的真善美，人情中的爱与恨，便都成了金钱可购可买的东西。那些把品格、情操视为无价之宝而绝不出卖的风尘烈女，只不过是妓家风月场

抱孩童瓶儿希宠

中的凤毛麟角，大多还是文人故事中产生出来的幻象罢了。

像李娇儿这类普通的妓女，在她们的眼中，这人也罢，人情也罢，人性也罢，统统都是能够出售的，关键只看价格是否到位，钱是否能多赚一点而已。男人们既然能通过购买，就可得到他们想要的各种身心满足，还不用负担任何形式的道义责任，那面对这些妓馆里有姿色、有教养，又貌美、又青春的女孩子，他们趋之若鹜，并且流连忘返，便是不足为怪的社会行为认同。李娇儿作为丽春院曾经的一块牌子，"乃是院中唱的"，大概也不会太平庸。否则，常在花街柳巷度日、行商头脑精明的西门庆是绝不会因与某妓女一时的"打热"，而愿意不惜重金，把这个行院中的半老徐娘给娶进家门，还让她理财管家，动了"扶正"的心思。

刚进西门府时的李娇儿，面对那个出身娼门、只识床第功夫、体质又弱到"近来得了个细疾，白不得好"的卓丢儿，以及后来进门的小家碧玉、见识不多、为人平庸的长房正妻吴月娘，轻松把西门庆的宠爱集于一身不是问题。可后来卓丢儿一病不起，呜呼哀哉。另一个富有又端庄的寡妇孟玉楼嫁入西门府，顶了卓丢儿的空缺，成了西门府三房姨娘。孟玉楼一嫁进门来，西门庆就"一连在她房中，歇了三夜"（第七回）。李娇儿眼见这新进门的孟玉楼，气质风度简直是不同凡俗，西门庆又与她"如胶似漆"一般亲密。也不知从何时起，西门府里的日常流水账目的管理，便从李娇儿的手里转到了孟玉楼的手里，由三房全权管账。再以后，随着潘金莲、李瓶儿一一进府，通房丫头孙雪娥扶成了第四房的小妾，再而，西门庆身边的女人也随着他社会地位的升迁在迅速增加，这位有着西门府二房姨娘身份的李娇儿，便成了府中一个应景式的人物。然而，这样的情景处境，应是李娇儿在打算"从良"时，应有心理准备的。

从良的妓女，对在家庭生活中会遭受到的冷遇，甚至侮辱，既不能愤愤不平，也没有凄凉闺怨的权利。因为，从了良的妓女还是妓女，就算是家中的所谓一家人，也不会因为这妓女从良了，而给予她宽宥。干过这个贱业的女人，也会自觉或不自觉地视自己为下贱的女人。再有，从良的女子在常态的社会里生活，在妻妾成群的家庭中混迹，她们是没有勇气，也没有资格像普通的女人那样，与家庭中的其他女人去争风吃醋，此其一也。她们迎新送旧、唯钱是论、阅人无数、人皆可夫的妓家生活岁月，也养成了她们情感冷漠，习惯对他人施予虚情假意，也习惯被他人以虚情假意对待，此其二也。所以，李娇儿在西门府里，真可谓是宠辱不惊，冷眼世情。西门庆若进了她的二房，她不会像孙雪娥那样欣喜若狂、得意张扬。西门庆不进她的二房，她也不会像潘金莲那样心中生怨，像孟玉楼那般言语含酸。在李娇儿的眼里，西门庆给她赎身，改变的只有彼此间的身份，她和西门庆从不固定的嫖客关系，变为固定了的嫖客关系。既是客，来不来嫖，嫖的又是谁，这与李娇儿本就无关。西门庆要是进了李娇儿的房，她理所当然地要好好接客。西门庆不进她的房，她也少不了自己的吃穿用度。所以，他们压根儿就谈不上什么谁对谁有无恩情的话。这是她对西门庆进不进二房，表现出如此淡然态度的原因。

以李娇儿特有的个性心理和她具备的妓家普遍心态论，她冷眼观看西门府里的女人们，皆纷纷围绕着西门庆展开各种各样的拼死争斗，施展着阴阳各异的心机手段，她一定会暗自感到好笑的吧。所谓曾经沧海难为水，李娇儿对男女情事是不会很在意的。因此，李娇儿与西门庆之间那样漫不经心的表现，自然会显得与众妻妾有相当的不同，以至于看不懂李娇儿心态的吴月娘，面对李娇儿的超然态度，比照潘金莲的仗势夺人，"霸拦汉子"，不由对李娇儿赞道："你在俺家这几年，虽是个院中人，不像他久惯牢头。"（第七十五回）或许正是这份心情的悠闲，使得潘金莲对李娇儿的第一印象是"生的肌肤丰肥，身体沉重"（第九回），正所谓心宽体胖是也。但是，李娇儿对西门府里的生活，并没有生出别人会视为幸福的那种感受，也不会认为西门庆帮她赎身是给她带来了什么幸运。

李娇儿置身在西门府争宠夺爱的混战之外，西门庆对她很少有关照，甚至关注不多。李瓶儿房里失了一只金镯子，府中内院的上上下下人都感到极其不安。按说，事发时在场的下人都要挨罚。后来发现，偷金子的人是李娇儿房里的丫头。李瓶儿房里失金镯子的事儿被西门庆知道后，他连个招呼都不和李娇儿打一下，当着李娇儿的面，便把那偷金镯子的丫头"捽的杀猪也是叫"。又叫李娇儿第二天就让媒人来，把这丫头拉出去卖了，这肯定是二房当众丢了颜面的事。面对人赃俱获，李娇儿只能"没的话儿说"，她不轻不重地骂了丫头几句："恁贼奴才，谁叫你往前头去来？养在家里，也问我声儿，三不知就出去了！你就拾了他屋里金子，也对我说一声儿。"（第四十四回）很显然，她的丫头没"偷"，只是"拾"到金镯子，她也知道这话不能令人信服，而这不关痛痒的话，只是李娇儿给自己找的推脱之词。

花颜渐槁舞榭留

待到偷金镯子的事情结束后，李娇儿回到房里来，她的侄女儿，丽春院的新头牌红妓李桂姐，对李娇儿在西门府里的低调姿态直是埋怨："你也忒不长俊。要着是我，怎教他把我房里丫头对众挗恁一顿挗子！又不是拉到房里来，等我打。前边几房里丫头怎的不挗，只挗你房里丫头？你是好欺负的，就鼻子口里没些气儿。等不到明日，真个教他拉出这丫头去罢，你也就没句话儿说？"李桂姐的一通煽动，并不能使李娇儿生出一点激动与不平之情。李娇儿的麻木情状，让她的侄女李桂姐也无可奈何："你不说，等我说。休叫他领出去，教别人好笑话。你看看孟家的和潘家的，两家一似狐狸一般，你原斗的过他了！"然而，李娇儿对与人斗狠争风的热衷，此时绝对不及花名正盛、炙手可热的侄女李桂姐。李娇儿以沉默来对抗西门庆对她的轻视，面对李桂姐的不忿，李娇儿仍是以沉默不语作答。在这沉默中，使人感到了李娇儿那种心如死灰的悲哀。李娇儿在西门府过活，不过是一具能行动、会言语的肉身罢了。

李娇儿虽然可以用冷漠的态度来对待西门庆对她的冷淡，虽然可以不同于府里那些妻妾们那样明里暗地较一日之恩宠，但出于妓家的生存本能，她对两件事是非常重视，且是严肃对待的。第一件事是名头，李娇儿和所有的从良妓女一样，最忌讳有人提及与妓相关的词语。这种悖反心理，造成了她近似病态的敏感。潘金莲刚进府不久，西门庆因包占李娇儿的侄女李桂姐而长住丽春院，潘金莲便口口声声"淫妇"长、"淫妇"短地骂不绝口，李娇儿对此记恨于心。所以，她才伙同孙雪娥把潘金莲趁西门庆不在家，暗地里私通孟玉楼房里小厮的事儿，一状告到了西门庆面前，她就是想置潘金莲于死地。虽说潘金莲在庞春梅和孟玉楼的维护下，逃过了一劫，但仍被西门庆鞭打了一顿。潘金莲被打，在西门府中丢了脸面，也稍稍减了她狂妄的势头。对此，李娇儿心里是暗自高兴，她才不会在乎吴月娘一再强调的什么安定、和睦的那一套。由此，李娇儿和潘金莲结下了很深的梁子。为人尖刻、挑剔的潘金莲，当然不会轻易放过妓家出身的李娇儿。潘金莲时时骂人就把"淫妇""粉头"的词儿挂在嘴边，在言语上也常常有意无意地刺激李娇儿。只要一有机会，潘金莲就揭一揭李娇儿妓女出身这个疤。一次，西门庆从外面回来，进门见潘金莲和孟玉楼打扮得十分俏丽，便戏言道："好似一对儿粉头，也值百十银子。"潘金莲立即回嘴："俺们才不是粉头，你家自有粉头在后头哩。"（第十一回）不仅潘金莲如此，就是庞春梅在言语和行为上也对李娇儿有所挤兑。西门庆让李娇儿的兄弟李铭，到府里教庞春梅弹琵琶，李铭在教习时，因略微按重了一点庞春梅的手背，被庞春梅说成是调戏她，破口大骂，吓得李铭是抱头鼠窜。西门庆为这事儿，有一段不短的时间，不让李铭进西门府内。李娇儿当然是大大地吃了个哑巴亏，庞春梅让李娇儿狠狠地丢了她在西门府的面子，可这明白的委屈，李娇儿还无处去申辩。当然，李娇儿出身烟花之地的经历也不是白混的，她可不是个吃素的主儿，只要一有机会，她就一定会给潘金莲和她的五房射出各种暗箭。李娇儿告状，使潘金莲挨了鞭打，那只是她小施手段的一次。潘金莲的五房与李娇儿的二房之间已是结怨难解，而在西门府里动辄以"淫妇""粉头"骂人的，又岂止是潘金莲和五房的人。李娇儿想要堵住府里人的悠悠众口，谈何容易。别人不说，就正妻吴月娘，言语动辄也把"烟花""淫妇"等词挂在嘴上说的。李娇儿能认真得了一个，却认真不了另一个，她只有忍气吞声的份儿。

第二件事是敛财，在妓家的行业原则中，一切都是假的，唯有钱财才是真的。妓家从业的行规之首，就是要善于敛财，钱财得到的多寡，是衡量一个妓女名气高低、人气旺衰的重要标志。在李娇儿身上，兰陵笑笑生把这一妓家特性刻画得入骨三分。写众妻妾不时会在一起凑份子喝酒，李娇儿从来拿出的份子钱都是几钱碎花银子，还没有一次是够数额的。由此不难推想，当初李娇儿在掌管府中日常开销的钱账时，断断是给自己偷落下不少的银两。看来，西门庆把账转给孟玉楼管，倒还不仅仅是对人宠爱与否的问题。钱财的聚敛对妓女而言，那是自身存在的意义和价值的唯一认定标准。妓女对钱财的计较，犹如社会中普通人对自己社会身份和地位认可的注重一样。见钱心动，已成为李娇儿的一种无意识，成了她的一种本能行为。与孙雪娥的境况相比，李娇儿并不缺少零花钱和私房钱。可李娇儿不仅平时吝啬抠门儿，一旦一遇到机会能顺手牵羊地拿钱时，也是绝不会手软。西门庆刚咽气时，"孟玉楼、潘金莲、孙雪娥都在那边屋里，七手八脚替西门庆戴唐巾，装柳穿衣服"。（第七十九回）临近生产的吴月娘忙着开箱拿银元宝，让她二哥吴二舅为西门庆去置办棺材。就在这时，吴月娘要生产了，孟玉楼让李娇儿守着有点昏迷的吴月娘，赶紧去叫小厮请产婆。李娇儿看见钱箱大开着，便把大丫头玉箫支走，偷偷拿走了五大锭元宝，少说也是三百两银子。李娇儿这时已经开始为她离开西门府，提前拿到了赎身钱。孟玉楼回到上房，见李娇儿"手中拿将一搭纸"。这样快速的动作，方可见李娇儿并非是个"死人"，在搞钱的心计上，李娇儿比谁都更活络、更细致、更敏捷。然而，李娇儿真是在名头与钱财之外，便是心如止水的人吗？非也。

李娇儿的风月手段虽不及潘金莲，但她也曾是一个阅人无数的头牌红妓。李娇儿在西门府里做出的超然姿态，只是为使自己显得低调，不引人注意而已。实际上，她的私生活并不寂寞。吴月娘的二哥，西门庆十分信任的店铺主管吴二舅，他是李娇儿在丽春院时的旧嫖客。在西门府，吴二舅与李娇儿两人的关系，那是老鸨儿遇上了旧时客，方便时也暗通款曲。李娇儿和吴二舅之间是老相识的关系十分隐蔽。直到西门庆死后，他俩才不小心被潘金莲发现。潘金莲对孙雪娥说，在西门庆出殡时，她见李娇儿与吴二舅"在花园小房内，两个说话来"。李娇儿竟然是在西门庆死后，才被钻头觅缝、寻人隐私的潘金莲发现她的私情，这掩人耳目的手段可谓实在是高明。潘金莲之所以要对孙雪娥说李娇儿的事，分明是想利用孙雪娥嘴快的性格，加之又身居厨房这一西门府里信息聚散地的优势，让吴月娘知道她的二哥与她老公的女人有染。再加上庞春梅在"孝堂中，又亲眼看见李娇儿帐子后递了一包东西与李铭，撅在腰里，转了家去"（第八十回）的事也被嚷嚷了出来。此刻，已是铁腕儿治家的吴月娘怎会不晓？吴月娘把吴二舅叫来臭骂了一顿，再不许这位哥哥进后院来，又吩咐不许李娇儿的兄弟李铭再进府门。

李娇儿与吴月娘的矛盾公开之日，也是她离开西门府之时。李娇儿使潘金莲发现她和吴二舅之间有私情，那并不是一时大意所导致，而是她故意所为。西门庆一死，丽春院里的鸨娘姐姐，就叫李娇儿的两个侄女以送丧祭祀为名，进入西门府里，把他们李家为李娇儿"铺谋定计"的内容，悄悄地告诉了李娇儿："俺妈说，人已是死了，你我院中人，守不的这样贞节！自古千里长棚，没个不散的筵席。教你手里有东西，悄悄教李铭捎了家去防后。你还恁傻！常言道：扬州虽好，不是久恋之家。不拘多少时，也少不得离他家门。"李家姐妹的这番话语，表达的是典型的妓家心态和妓家行为观念，是妓家特有的生存法则和价值判断。但李娇儿十分明白，真要"防后"，西门府绝对要好过那虚情假意的丽春院。况且，如果再进妓门，李娇儿自知已是今非昔比，丽春院根本不是她的久留之地。所以，她没有作出什么表态。西门庆出殡时，两个侄女又向她传来消息："妈说你没量，你手中没甚细软东西，不消只顾在他家了。你又没儿女，守甚么？教你一场嚷乱，登开了罢。昨日应二哥来说，如今大街坊张二官府，要破五百两金银，娶你做二房娘子，当家理纪。你那里便图出身，你在这里守到死也不怎。你我院中人家，弃旧迎新为本，趋炎附势为强，不可错过了时光。"（第八十回）侄女们话语中的诸多信息中，只有这做张家二奶奶的前程安排，深深打动了李娇儿的心。她开始有计划地挑起和吴月娘的矛盾，这也才有了潘金莲窥见私情的惊人发现，有了庞梅梅看见李铭拐带财物的行迹败露，等等。可见，李娇儿把一切变数都尽数掌控，全部情节都是按照她的预谋发展，她支配着所有与她有关事情的发生和结局，此时此刻的李娇儿，哪里是什么"死人"？可叹，世间薄情最青楼，退却芳华元心忧。一遭觅得金镶玉，哪管前尘系恩酬。

李娇儿终于轻轻松松地走了，她把预感到人走家散的悲伤，留给了大房的吴月娘。李娇儿如愿以偿，她又一次以三百两银子的身价，从丽春院风风光光地出嫁，一顶花轿把她抬进了张二官人的府邸，李娇儿做了张家的二奶奶。之后，当她听说张二官人想把潘金莲也娶过来时，她便对张二官人说，潘金莲是如何"用毒药摆布死了汉子"（第八十七回），勾引小厮，如何把李瓶儿母子害死……这些说辞使张二官人立刻打消了娶潘金莲的念头，这也是促成潘金莲后来死无葬身之地的原因之一。从这个意义上说，李娇儿最终还是战胜了潘金莲，报了她在做西门府二房时，被五房潘金莲羞辱的刻骨之仇。

李娇儿如何走完她一生的路？她的人生结局当如何？《金瓶梅》中并无交代。但从吴神仙给她相面后的判语"额尖鼻小，非侧室，必三嫁其夫；肉重身肥，广有衣食而荣华安享；肩耸声泣，不贱则孤；鼻梁若低，非贫即夭"（第二十九回）可推想，李娇儿有三夫之命，虽不知李娇儿鼻梁高低如何，但她不能与张二官人终老，还有一嫁可待，且晚景孤单无依，这是她的命中定数。从西门府到张府，李娇儿始终都是二姨娘的身份，张二官人娶她的目的，不过是想以她来向清河县里那帮原来追捧西门庆的人炫耀，表明他张二官人将是清河新势力的标志性人物，以展示他将全盘接手西门庆生前的种种经营和利益，这其中当然要包括西门庆曾经的女人们，李娇儿就是张二官人全盘接手西门庆势力的一个明证。

李娇儿，这个人类社会发展畸变的遗留产物，这个烟花世界养育成的佼佼者，虽有一副婉转动人的歌喉，却没能唱出人生中美妙的生命旋律。她既无法安于妓女的生活状态，又不能回归到常态家庭的岁月静好。李娇儿的一生，只能在妓院和家庭的夹缝里苟且，在世理人情的胶着中蹉跎。可就算是她掌握了烟花女子的种种算计手段，也给不了她一丝获胜的热感，去捂一捂她那冰冷的心境。

09

如意

的女人

寄人篱下唯求安稳

弱弱小草逢春生

如意，形容人顺心而惬意的词语。人生一世，谁都希望能岁月静好，事事如意。可人生在世，横走竖行中，往往是难以顺心，不得如意。民谚有言："不如意处常八九，可与人言无二三。"骨感的现实，总能把人丰满的理想打个粉碎，使人不由得发出叹息：人生啊，真是难得称心如意！

如意是《金瓶梅》中描写的一个奶妈形象，也是小说中写到的唯一奶妈人物。如意原名章四儿，丈夫从军（实是被强征）走了，她的孩子出生还不到一月又死了，在生活无依无靠没着落的时候，恰遇西门府的六姨娘李瓶儿生了儿子，正要找奶妈，章四儿便被媒人领到西门府面试。吴月娘"见他生的干净"（第三十回），便让西门庆花六两银子把她买下，给她取了这个意思极好的名字——如意。此后在西门府里，再没人知道她姓甚名谁，人人都只唤她"如意儿"。

吴月娘给奶妈取"如意"这个名儿，确实表明西门府在李瓶儿生了儿子后，西门庆和吴月娘那份称心顺意的心境。西门庆是中年得子，紧随其后又是官运亨通。西门府里有姨娘生子，吴月娘便升格当了大娘。西门庆升了官儿，吴月娘便可以得到诰封。身在此情此景中的西门老爷和西门太太，可是真切地感到了事事称心、事事如意啊。要说那段时日里，西门府的日子过得锦上添花、烈火烹油，那是一点都不夸张。

在西门府的日子过得最红火鼎盛、花团锦簇的时候，如意进到了府里最得势的女人，有了儿子的李瓶儿房里，做了西门庆最最宝贝的儿子官哥的奶娘。如意由于奶水甘美，哺育官哥犹如半个养娘的特殊功用，西门府里但有的锦衣美食，她几乎都不缺少。西门府里只要可以炫耀儿子的各种应酬往来场面，如意都会作为官哥的伴随到场出席，这奶娘要比做妾的孙雪娥风光无数倍。对于前一刻还是生计堪忧的章四儿来说，这后一刻却能华丽转身成了衣食无忧，身在灯红酒绿的富家的如意，这实在是一种突然降临的意外。如意的幸福感可说大大超出了她的预期，也让她不由得产生出好景不长的隐约担忧。这份突如其来的富足生活，对于一个在贫寒中求生存的女人来说，那是做梦都不敢想的。如意对这份吃得好、穿得美，又十分安宁的生活，打心眼儿里生出的惊喜感和庆幸感，真是难以言表。因此，如意十分地珍视奶妈这个工作位置，她很尽心，也很尽力于这份工作。

随着如意对西门府里各种人际关系逐渐的了解，她渐渐开始明白自己肩负的责任之重大。官哥不仅仅是庶出的长子，更是西门庆的掌上明珠，他身系着阖府上下人的明日希望之所在。所以，官哥在生活中一切的一切，事无巨细，可出不得一星半点的差错。如意怀里抱着官哥，却如同怀抱着一个价值连城的无价之宝。西门庆对这孩子，可谓顶在头上怕晒着，含在嘴里怕化了，捧在掌中怕飞走，简直不知道要怎样爱才好。只要孩子稍有不适，还没等到做亲娘的李瓶儿出言，如意就会被西门庆一顿恶骂。如果仅仅是应付来自孩子父母的责备，做奶娘的如意倒还觉得不是一件很难的事儿，要命的是，如意还要对付来自五房潘金莲发了疯似的妒忌和阴损招数。官哥满月后不久，已能外出走动的李瓶儿，有一次去了吴月娘的上房，官哥一时找不到亲娘便不停啼哭，哭声被住在旁院里的潘金莲听见，她一进房来就要抱着官哥去找李瓶儿,如意连忙阻止:"五娘休抱哥哥,只怕一时撒了尿在五娘身上。"童子尿的借口,根本挡不住别有用心的潘金莲,官哥还是被潘金莲抱走了。毫无戒备心的如意,竟然没有跟着孩子。这潘金莲抱着孩子,"走到仪门首,一逗把那孩儿举得高高的"。(第三十二回)这一举动恰被吴月娘给看见了,她便训斥了潘金莲:"五姐,你说什么话?早是他妈妈没在跟前,这咱晚平白抱出来他做什么?举的恁高,只怕唬着他。他妈妈是在屋里忙着手哩。"吴月娘又叫来李瓶儿说道:"好好抱进房里去罢,休要唬他!"可怜的官哥,经潘金莲这一吓,回屋里睡下不多时,"那孩子就有些睡梦中惊哭,半夜发寒潮热起来"。如意儿喂奶孩子也不吃,李瓶儿见状吓得发慌。西门庆看见孩子只哭不吃,横眉就骂如意:"不好生看哥儿,管何事,唬了他!"如意真是百口莫辩,她眼见李瓶儿和吴月娘,两人都绝口不对西门庆说起潘金莲吓了孩子的事,她又能为自己辩解些什么?但经此事后,官哥便落下了惊恐症。这事的发生如意竟然没有意识到什么,她没有经一事长一智,可接下来发生的事儿,就真叫如意提心吊胆。

一日,李瓶儿抱着孩子到花园游玩,迎头遇见了潘金莲。李瓶儿让如意回房传话,告诉房里的丫鬟迎春办点事儿,她自己和潘金莲在玩牌,便把官哥放在了一旁。吴月娘和孟玉楼在花园的高处观景,顺眼看见李瓶儿在下面,孟玉楼就叫李瓶儿上去。粗心的李瓶儿竟然放心地把孩子交给潘金莲,请她给照看着。这潘金莲却任由孩子躺在凉席上,自己跑进山洞里,与西门庆的女婿陈经济调情嬉闹。吴月娘见李瓶儿没抱着孩子一块儿上来,立刻就要孟玉楼赶紧去把孩子抱上来。待孟玉楼来到孩子身边,哪里有潘金莲的影子,只见到一只大黑猫在孩子身旁,那猫把官哥惊吓得只会"怪哭"。官哥前症未愈又经此番惊吓,受惊已非同小可。之后,如意一直把那孩子抱得紧紧的,连吃饭都没敢下炕。官哥伏在她身上睡着后,如意连一动也不敢动。如意的尽心竭力并没换来官哥的好转,几天后,官哥竟"两眼不住反看起来,口里卷些白沫出来"。(第五十三回)西门庆不问青红皂白,指着如意的鼻子便臭骂:"奶子不看好他,以致今日。若万一差池起来,就捣烂你做肉泥,也不当稀罕!"可怜的如意,怎敢有任何的辩解,她只有"两泪齐下"。此后,如意是再也不敢大意了,她时时刻刻都把孩子看护得严严实实。直到此时,如意心里才开始明白,只有官哥好,她的日子才会好,只有官哥无虞,她的生活才不会有差池,如若官哥一旦有了任何的不测,哪怕是一点点不好的状况,她不要说是锦衣美食,就连饭碗也难保。可是,这身子孱弱的官哥,动不动就会受惊抽搐,常常把她和做娘亲的李瓶儿吓得魂飞魄散。

尽管如意儿基本做到眼不离、身不离地看护着这孩子,全身心都用在了官哥的身上,官哥的身体也渐渐有了起色,可老虎也有打盹儿的时候。如意的小心防范,又怎敌得过潘金莲的十分用心。官哥,来到人间才有年余的孩子,终究还是被潘金莲精心训练的雪狮猫,给活活吓死了。如意十分伤心,这一年多以来,她与官哥朝夕相处,面面与对,人非草木,孰能无情?如意对官哥的感情,形同半个母亲。孩子的死,她当然不忍。面对李瓶儿的失子之痛,在当时西门府的女人中,她是最能理解的一个人。可更为现实的问题是,已经没孩子可奶,这个奶娘的位置自然就成了家中的多余。如意不想就此离开富裕的西门府,她不想被人再次领卖,她也无法预知一旦走出西门府,又会面临怎样的生活境遇。可要想如愿以偿地长期留在西门府中,她唯一能依靠的人就只有主子李瓶儿了。

官哥出殡的那天,李瓶儿哭得昏天黑地,一不小心便把头撞到了门底下,头撞破了。好容易在孙雪娥的劝说下,李瓶儿停止了哭泣。如意此时似乎有了某种不祥的预感,她跪在李瓶儿面前,哭声问道:"小媳妇有句话,不敢对娘说。今日哥儿死了,乃是小媳妇没造化,只怕往后爹与大娘打发小媳妇出去,小媳妇男子汉又没了,那里投奔?"(第五十九回)如意此番话正触及李瓶儿心中的伤痛。李瓶儿虽能体谅如意的心情,但还是感到孩子才死去不久,奶妈就只会想自己的后路,不由得有些生气:"怪老婆,你放心,孩子便没了,我还没死哩。纵然我到明日死了,你恁在我手下一场,我也不叫你出门。往后你大娘身子若是生下哥儿小姐来,你就接着奶,就是一般了。你慌乱的是些甚么!"李瓶儿的话说得虽有些情绪,但话中多少含有照看如意的意思。李瓶儿的应承,使如意心中感激不已。

在如意的内心深处，一直都很希望李瓶儿能成为她在风险浪恶的西门府里的一个靠山，一把大伞。可这一切都随着官哥的死去，正在成为泡影。如意眼见死了孩子的李瓶儿，又患上了血崩之症，之后不久亦病入膏肓。那个刻毒的潘金莲得寸进尺，对六房随时都恶语相向，已是心如死灰的李瓶儿，却只是一味地忍气吞声，背着人时便向隅偷泣。如意看在眼里，难过在心里。她唯有尽心尽力地服侍这个心地善良的主子。同时，如意对潘金莲的霸道和险恶，心里自然很是不满，但她又无奈。一天，常到西门府走动的王尼姑来探视李瓶儿的病，当看见香肌消减、病容满面的李瓶儿，不禁惊问道："我的奶奶，我去时你好些了，如何又不好了，就瘦得恁样的了？"（第六十二回）如意这下总算有了替主子发个牢骚的机会："可知好了哩。娘原是气恼上起的病，爹请了太医来看，每日服药，已是好到七、八分了。只因八月内，哥儿着了惊唬，不好，娘昼夜忧戚，那样劳碌，连睡也不得睡，实指望哥儿好了，不想没了。成日着了那哭，又着了那暗气暗恼在心里，就是铁石人也禁不的，怎的不把病又犯了！是人家有些气恼儿，对人前分解分解，也还好。娘又不出语，着紧问还不说哩。"王尼姑一直以为李瓶儿是西门府中很得宠的一位小妾，听到如意此番话后很是吃惊。王姑子怎么也想不到，李瓶儿还会受别人的气。她好奇地追问："那讨气来？你爹又疼他，你大娘又敬他，左右是五六位娘，端的谁气着他？"如意儿便一五一十地对王姑子讲了潘金莲的所作所为。如意讲的时候真可谓小心翼翼，生怕被潘金莲偷听了去：

> 因使绣春："外边瞧瞧，看关门不曾。路上说话，草里有人不备。——俺娘都因为着了那边五娘一口气。他那边猫挝了哥儿手，生生的唬出风来。爹来家，那等问着娘，只是不说。落后大娘说了，才把那猫来摔杀了。他还不承认，拿俺们煞气。八月里哥儿死了，他每日那边指桑树，骂槐树，百般称快。俺娘这屋里，分明听见，有个不恼的？左右背地里气，只是出眼泪。因此这样暗气暗恼，才致了这一场病。天知道罢了！娘可是好性儿，好也在心里，歹也在心里，姊妹

之间，自来没有个面红面赤。有件称心的衣裳，不等的别人有了，他还不穿出来。这一家子，那个不叫贴他娘些儿。可是说的，饶叽贴了娘的，还背地不道是。"王姑子道："怎的不道是？"如意儿道："相五娘那边，潘姥姥来一遭，遇着爹在那边歇，就过来这屋里和娘做伴儿，临去娘与他鞋面、衣服、银子，甚么不与他！五娘还不道是。"（第六十二回）

李瓶儿在如意说完后这些话后，制止了她："你这老婆，平白只顾说他怎的！我已是死去的人了，随他罢了。天不言而自高，地不言而自卑。"然而，如意所说的这些话，正是李瓶儿平日里没处去说的话。李瓶儿是在如意说完后才制止她，显然只是出于一种礼貌和修养的表现而已。打这以后，如意真正成了李瓶儿的贴心人。

念念斯人去无声

李瓶儿大限将至，她在临死之前，"又叫过奶子如意儿，与了他一袭紫绸子袄儿、蓝绸裙，一件旧绫披袄儿，两根金头簪子，一件银满冠儿，说道：'也是你奶哥儿一场。哥儿死了，我原说的叫你休撇上奶去，实指望我在一日，占用你一日，不想我又死去了。我还对你爹和你大娘说，到明日我死了，你大娘生了哥儿，也不打发你出去了，就教接你的奶儿罢。这些衣物与你做一念儿，你休要抱怨。'"（第六十二回）从李瓶儿的嘱咐中不难看出，如意虽然来李瓶儿身边只一年多，但李瓶儿是把她与那些多年服侍自己的其他家人一般对待的。李瓶儿这一番真挚的话语，使如意儿感动得泣不成声，她跪在瓶儿的面前，边磕着头边说道："小媳妇实指望伏侍娘到头，娘自来没曾大气儿呵着小媳妇。还是小媳妇没造化，哥儿死了，娘又这般病的不得命。好歹对大娘说，小媳妇男子汉又没了，死活只在爹娘这里答应了，出去又投奔那里？"言毕，泪如雨下。如意这些话确实是发自肺腑，她对李瓶儿的确心存感激，可终究自己的出路问题才是第一要紧的事，这是做奴才帮佣者真实心态的反映。所谓大厦既倾，奴家的保全要紧。李瓶儿死了，如意哭得是如丧考妣。李瓶儿完全信守了她对如意的承诺，如意也终于留在了西门府内。如意很明白，李瓶儿死后，这偌大的西门府，将不会再有哪个主子似李瓶儿那样待她了。如意很清楚地意识到，她势必要更加努力地寻找新的主子作靠山，否则没有主子为之撑腰的奴才，处境必当局促和艰难。

李瓶儿虽然死了，可西门庆依然对李瓶儿房里的一切，从陈设到奴仆都保持原样，未改分毫。西门庆在卧房内安放着灵床，挂着犹似活人一般的李瓶儿半身画像。如意和房里的其他丫头们一如既往，一日三餐为李瓶儿供奉着茶饭，一如李瓶儿生时一样。西门庆依旧每晚都进入六房，以李瓶儿的画像伴宿，为李瓶儿守灵，以此寄托他对李瓶儿的哀思。在李瓶儿死了近一个月的时间里，西门庆就一直独宿在灵床的对面。这个夜夜离不开女人相陪的西门庆，竟是以孤眠独宿的方式，来表达他心中对李瓶儿的一番深切情义。把这一切都看在眼里的如意，即便没多少感动，心下也难免会生出几分好感。依旧在房里侍候主人的如意，此时少不了要给西门庆端茶送水，拿东拿西，小心翼翼地侍候这位多情的男主人。随着如意与西门庆直接接触机会的增加，她对西门庆的了解更多了些，在感情上也起了一种微妙的变化，她渐渐对西门庆的态度从畏惧变为更多一些的体贴。

李瓶儿下葬的那天晚上，西门庆坐在李瓶儿的画像对面，让丫鬟们摆了饭，一边吃一边对画中人说："你请些饭儿。"犹如李瓶儿还活着一样。西门庆的痴情，使得在场的所有"丫鬟养娘"，包括如意"都忍不住掩泪而哭"（第六十五回）。如意看到了西门庆身上深情重义的一面，与以往那个性情暴躁，让她动辄得咎的男主子比，简直就是判若两人。在如意以往的感受中，西门庆是个很粗暴的男人，而今面对逝去的李瓶儿，西门庆竟是如此温柔。在没有了惺惺作态的西门庆身上，如意发现了他真性情的一面。刚性的男人一旦柔情似水，那是会让人的爱心泛滥如洪、情动不已的，更何况像如意这样一个小女子，一朝面对西门庆一颗温柔的心，她虽知道并不是为了她，但心中的悸动也很难以自禁。如意既感动于西门庆表现出

香脂口夜半灵孤守

来的男性温情，也出于奴才对主子的本能趋奉意识，便开始主动对西门庆"挨挨抢抢，掐掐捏捏，插话儿应答"，下意识地想要讨好西门庆。一天夜里，西门庆陪人喝酒喝醉了，睡到半夜时要喝茶，这递茶本是通房大丫头迎春职分的事，可如意听见西门庆叫喝茶后，她也不去叫醒迎春，便自己起身来为西门庆递茶，又顺手给西门庆掖了掖掉在地上的被角儿。如意的举动实在太具有女性的温柔、母性的慈爱了，难怪早孤的西门庆会一把就搂过如意，对着这个他以往从未留意过的女人，狠劲儿地亲了一口。这一夜，如意和西门庆云雨巫山，对着李瓶儿的画像，如意再次得到了西门庆的亲口保证，她终于可以永久性地留在西门府了。如意的贴念，不仅使西门庆提前结束了苦行僧似的守灵时期，也钉牢了她在西门府生活下去的后半生。西门庆就此之后，把如意当成了一个顶窝补缺的人，以便他继续在李瓶儿身后，在六房之中，能够有个满足他肉欲的替身。如意对西门庆是"极尽殷勤"地逢迎讨好，每当她在妆镜前梳妆，看到头上插着西门庆赏的四根金簪时，心里就会感到"脚跟已牢，无复求告于人"的轻松。所以，如意脸上写满了她的满足，她在人前有说有笑，心情舒畅。可如意忘了，潘金莲不会让她如此舒心快活，也不会让她称心如意。

如意极力地讨好，给了西门庆意外的感官快乐，竟使得西门庆对她有点爱不释手了。照理，如意与围在西门庆身边的众多府中女佣相比，不是特别的出色。她既不会弹琴唱曲，又不善描眉画脸。论风骚，她没有宋惠莲那般迷人。论性情，她不及庞春梅有味儿。论穿戴，她没有贲四娘子出色。以西门庆对女人的见识和品鉴，如意是很难引起西门庆多少兴趣的。的确，在李瓶儿生前，西门庆在房里出出进进无数次，从来也没正眼瞧过她一眼。可经过那一夜欢娱之后，西门庆却对如意如此着迷，这不是因为如意有什么了不起的床笫功夫，而是由于西门庆在心理上，把如意当成自己对李瓶儿情感补偿的对象。

李瓶儿之死，给西门庆造成了情感上极大的创伤。所谓的情感创伤，更多的是西门庆自己内心的愧疚感。他不由得睹物思人，睹物伤心。人一旦有了内疚和亏欠感，就会造成巨大的情伤，尤其面对逝者，就更加难以做到轻易释怀。因为人死不能复生，不能复生就无从弥补，无从弥补愧疚和亏欠感，被亏欠者就会变成亏欠者心中永远的痛。西门庆之所以要独宿守灵，为的就是弥补心里的愧疚。西门庆如此行为，虽说精神上或许能寻得一点慰藉，但他并不能获得生理上一种实在的满足。每当西门庆对着李瓶儿的画像自言自语时，如意有意无意的插话、或轻或重的应答等行为，便会或多或少地填补西门庆天天独语时的心理空白。如意似有若无的应答功效，使西门庆的独白不再是单项的告白，而成为有回应的交流，西门庆在心理上也不再感到独白是一种沉沉的孤单。在那些独眠的夜晚，他所能感受和得到的，都是与李瓶儿过往生活的点滴回忆。或也可能有与李瓶儿在梦中的重叙温柔，可醒来后，这种鸳梦重温式的感觉，只会令西门庆倍觉凄凉，更加孤单。自有了如意的陪宿，西门庆对李瓶儿的怀想，从精神到肉体都有了依托。生养过孩子的如意要比年轻的通房丫鬟迎春更有女人味，也能更理解西门庆对李瓶儿的生死恋情。尤其让西门庆心不能舍的是，如意的身体与李瓶儿竟十分相像。西门庆见如意儿"身上如绵瓜子相似"，便情不自禁道："我儿，你原来身体皮肉，也和你娘一般白净。我搂着你，就如同和她睡一般。你须用心伏侍我，我看顾你。"（第六十七回）西门庆这是典型的爱屋及乌。很明显，他是把自己对李瓶儿的各种情感，下意识地代入到了如意身上。西门庆这般强烈的情感代入，让人不禁怀疑，如意是否真如西门庆所言，身体与李瓶儿一般，还是西门庆自己产生出来的幻觉？

西门庆"瞒着月娘，背地银钱、衣服、首饰，甚么不与他"。西门庆借如意的身体，重温他与李瓶儿的过去。西门庆不仅想要延续李瓶儿以及六房的环境空间，他更幻想把自己以往在李瓶儿房中过夜的一个时间维度，能依然不变地延续下去。此外，西门庆对如意的另眼相看，还因如意对待西门庆有着其他女人身上少有的顺从，如意是继潘金莲之后，又一个能满足西门庆变态性要求的女人。仅此一点，那就十分可西门庆的意了。尤其是如意在日常生活中，从不会带给西门庆一点点的压力。她对西门庆没有争风吃醋的怨念，只有倍加温存的体贴以及周到细心的照顾，这些女人特有的温暖是潘金莲所不具备的，也是西门府中其他女人比不上的地方。

如意，既是西门庆床上的性伙伴，又是对西门庆最殷勤的贴身使女。西门庆睡觉前，如意殷勤递茶送水，精心铺床展被，她以身暖好冷床，为伊宽衣解带。西门庆起床时，如意会"先起来伏侍拿鞋袜，打发梳洗，极尽殷勤"。不用叫丫鬟侍候，省去了许多的过节和麻烦。如意，真是使西门庆感到称心如意。尽管这样，如意充其量还是个顶替李瓶儿缺的人，她无论如何也无法代替李瓶儿在西门庆心里的位置。如意所付出的身心也罢，心意也好，亦不过像市场上的物品一般，西门庆既是瞒着吴月娘在背地里给如意银钱、衣服、首饰等物品，那便是以有价的物质形式，对如意进行身心索取、性欲要求的交换手段罢了。西门庆之于如意儿，只是双方之间各自利益和需求的一次次交易。由此可知，他们两人间发生的性关系，性质上与情感并无多大关联。如果说还是有些情感因素的话，那也只是如意的一己投入，这与两情相悦是毫不相关的。既如此，西门庆与如意的私通，可说并不是西门庆对李瓶儿的无情，恰恰相反，正是西门庆把对属于李瓶儿的情意加以绵延，以至于到了找替身的程度。西门庆不舍李瓶儿这房，如意在生理上对他有所满足，也就延长了西门庆在心理上对李瓶儿的那份依恋。因此，如意只是西门庆情有所依的一个变相存在，说白了是爱屋及乌，而非是爱情转移。

层层霜凌成淡云

然而，如意的点滴变化，尽收在潘金莲锐利的目光之中。如意的金头簪子才一戴上头，潘金莲立刻就感到她与六房之间又有戏了。西门庆与如意两人间的隐秘性事，很快就被潘金莲全部知晓。潘金莲好不容易才算摆布死了李瓶儿，居然让个奶娘轻易就顶下了六房的缺，这可是不能容忍的事。西门庆前脚离开如意，潘金莲后脚就进了上房，她对着吴月娘道："大姐姐，你不说他几句？贼没廉耻货，昨日悄悄钻到那边房里，与老婆歇了一夜。饿眼见瓜皮，甚么行货子，好的歹的揽搭下。不明不暗，到明日弄出个孩子来算谁的？又相来旺儿媳妇子，往后教他上头上脸，甚么张致？"（第六十七回）很明显，潘金莲想借吴月娘在西门府居于正房的话语权力，来阻止西门庆对如意有可能的用心太过。潘金莲以为，说说妾室房里的女人若有了西门庆的孩子，再提一提前头宋惠莲自缢一事，定会触及吴月娘的心病。如果只是为了西门的家声和后嗣问题，吴月娘是极易被潘金莲利用和掌控的。潘金莲认定，只要能借吴月娘的口向西门庆提出这件事的不堪，她就既能达到挤兑如意的目的，又不至于得罪西门庆。这一招一如当年对付西门庆娶李瓶儿的事一样，西门庆好感的是潘金莲，不理睬的是吴月娘。长于使用借刀杀人计的潘金莲，这次可是小看了貌似木讷的吴月娘。人吃一堑还会长一智，更何况宋惠莲的死，吴月娘本来就认为是潘金莲一手造成的。若说到孩子，吴月娘此时已有了身孕，家里的女人，不论是谁有了西门庆的孩子，那都威胁不到吴月娘正妻长子嫡出的身份和地位。再说了，李瓶儿死前的叮嘱，吴月娘记忆犹新。她心里明白知道，自己要警惕的人是潘金莲，而不是身份卑微的奶娘如意。只见吴月娘毫不客气地直言道："你每只要栽派教我说，他要了死了的媳妇子，你每背地多做好人儿，只把我合在缸底下一般。我如今又做傻子哩！你每说，只顾和他说，我是不管你这闲帐。"吴月娘话里话外，直接说出当初潘金莲与宋惠莲结成一气，其后潘金莲又暗中把宋惠莲给整治致死，知道的人自是不说了，不知道的人还以为是吴月娘不容人。话说得如此敞亮，等于是指着鼻子说潘金莲在借刀杀人。吴月娘的话把潘金莲说得是"一声儿不言语，走回房去了"。碰了一鼻子灰的潘金莲，哪里就肯善罢甘休。

西门庆因事上京城后，吴月娘开始整肃家风，这使得潘金莲与陈经济两人没有了打情骂俏的机会，如意更加变成了潘金莲的出气筒。此时如意自以为是有势可依的，她对潘金莲根本不作退让，两人之间的矛盾冲突只是迟早的事。一天，庞春梅要洗衣服，她让房里的粗使丫头秋菊去问如意借棒槌用，吴月娘也正好找出了西门庆的许多衣服汗衫，叫如意等女仆去浆洗，如意也就没把棒槌借给秋菊。潘金莲听说这事后，正好找到了可以闹事的由头，她挑唆庞春梅和如意大吵大闹。如意一看庞春梅来势汹汹，便赶紧向她作出解释，谁知道潘金莲紧跟庞春梅的脚步就来了，她对着如意一顿劈头盖脸的臭骂："你这个老婆，不要说嘴！死了你家主子，如今这屋里就是你。你爹身上衣服，不着你怎个人儿拴束，谁应的上他那心？俺这些老婆死绝了，叫你替他浆洗衣服，你死拿这个法儿降服俺每，我好耐惊耐怕儿！"如意一听潘金莲夹枪带棒的话，便连忙解释说："五娘怎的这说话？大娘不分付俺们，好意掉揽替爹整理也怎的？"如意本想强调说明，给西门庆浆洗衣服是吴月娘分派的差事。潘金莲哪里会听她的解释，直是骂道："贼歪刺骨，雌汉的淫妇，还强说什么嘴！半夜替爹递茶儿、扶被儿是谁来？讨披袄儿穿是谁来？你背地干的那茧儿，你说我不知道！偷就偷出肚子来，我也不怕。"（第七十二回）潘金莲是借题发挥，意在使如意搞明白，西门府没有她不知道的事，她才是西门庆最相信的人。可如意不像李瓶儿似的，能对潘金莲忍气吞声。只见她反唇相讥道："正景有孩子还死了哩，俺每到的那些儿！"如意这话正戳着了潘金莲的心病，只见潘金莲"粉面通红，走向前一把手"，把如意的头发扯住，另一只手去抠如意的肚子，仿佛如意肚子里真有了西门庆的孩子，她一定要把这孩子抠出来似的。潘金莲这一动作，正好反映出她的恐惧心态，潘金莲是真怕如意有了西门庆的孩子。

西门庆从京城回来了，潘金莲又重施对付宋惠莲的故技。可这次西门庆并没听从潘金莲的挑唆，反说道："罢么，我的儿，他随问怎的，只是个手下人，他哪里有七个头八个胆，顶撞你？你高高手他过去了，低低手儿他过不去。"潘金莲进一步试探，她想看看西门庆是否有扶如意成六姨娘的意思。西门庆则当即表示："你休胡乱猜疑我，那里有此话！你宽恕他，我教他明日与你磕头陪不是罢。"西门庆的话显见出潘金莲太过心虚，竟然与一个成不了气候的下人这般计较，太缺少一个主子应有的风度。潘金莲自己也意识到了这一点，但她对西门庆袒护如意仍旧心有不满。潘金莲强硬表示："我不要他陪不是，我也不许你到那屋里睡。"面对潘金莲的强硬态度，西门庆作出了相应的回应，那就是对潘金莲施以更粗暴的性惩罚，他一面用力造成潘金莲身体上的痛苦，一面逼问："你怕我不怕？再敢管着儿？"潘金莲既已知晓西门庆对如意的真实态度，不会让如意成为第二个李瓶儿，那就算放她一马，也未尝不可。西门庆为使这两个女人不再闹腾，他让如意给潘金莲送去李瓶儿的皮袄，还叫她给潘金莲赔礼。

经此一事，如意算是明白了，她是不能与潘金莲相对抗的。要想在西门府立足，如意只依靠西门庆的偏私袒护是不够的，她必须依附最得势的潘金莲，那样她才有可能过上安宁的日子，可谓是"县官不如现管"。在深宅大院里，女主子的抬举，要比男主子的赏赐更为现实和有效。如意恭敬地给潘金莲送去了皮袄，又跪在地上给潘金莲磕了四个头，行完奴才对主子的礼节后，如意说："俺娘已是没了，虽是后边大娘承揽，娘在前边还是主儿，早晚望娘抬举。小媳妇敢欺心，那里是落叶归根之处？"（第七十四回）对如意的示好，潘金莲当然心知是西门庆的意思，也就顺水推舟，向如意说了一大堆冠冕堂皇的话。如意心不甘情不愿地臣服于潘金莲，潘金莲又在附加了许多条件后，勉强同意西门庆和如意继续在一起过夜。这一场西门府里女人的局部争斗，到此算告一段落。此后，如意的奴才日子，总算过得稍稍安稳、舒坦了些。

西门庆咽气之时，吴月娘生下了她和西门庆的遗腹子孝哥，如意又做了奶娘，也终于可以不再受制于潘金莲。如意在西门府最为红火鼎盛时做奶娘，又在西门府行将没落时再做奶娘。短短几年的时间里，她看到了这个府第的最繁华，也看尽了这个府第的最悲凉。麻木不仁的二姨娘李娇儿，是热热闹闹地抬出西门府。那位声高气粗、睥睨裙钗的庞春梅，是冷冷清清地离开西门府。而横行霸道、惹是生非的五姨娘潘金莲，是凄凄楚楚地告别西门府。为人憨愚、心性耿直的四姨娘孙雪娥，是偷偷摸摸地逃离西门府。身为大小姐的西门大姐，是伤伤心心地走出西门府。风韵不俗、世事通明的三姨娘孟玉楼，是风风光光地嫁出西门府。这些女人，她们曾充溢了这个家庭的喜、怒、哀、乐，也在西门府里演出了一幕幕人生中的悲、欢、离、合。如意则是从置身其中的一分子，渐渐活成了一个吃瓜的旁观者。人生的过程，做一个看别人演戏的观众，势必比置身舞台中心要轻松得太多太多。

面对人走屋空，已经凋敝了的西门府，如意还是不想离开。如意这意念并不是出于对主人的忠诚，而是出于自我心理中的畏惧感。如意目睹曾经走进了她生命时空隧道的各色女人，虽说很多人的生活有所改变，而所有涉及的人，对于这或主动或被动的生命轨迹的改变，都表现出了不同的态度，但这些与她擦肩走过的女人，不论命运是悲也好，是喜也好，此时此刻，都已经与如意毫不相干了。如意只求能留在西门府里当好一个奴才，当稳一个奴才。要达到这一小小目标，只是做个奶娘还是不牢靠的，她一定要有一个属于自己的归宿。如意最终做了西门府里家奴小厮来兴的填房，长久地留在了西门府，一直到被吴月娘打发出门，与其他的家奴小厮一样，脱去了家奴户籍，自立了门户。

综观兰陵笑笑生笔下的如意形象，这是一个习惯被别人设置生活的人物。这种人根本不会有要去改变生活道路的想法，也不会有改变生活现状的勇气。如意的心理，就是求得安稳，能有人赏一口饭吃就行。她并不在乎失去的什么价值、尊严等不切实际的东西。这样的凡俗之人，他们把看得见的现实利益、物质得到，视为高于虚无缥缈的所谓尊严以及个人意志的真正价值体现。实际上，现实生活中像如意这类对被他人设置生活仍能安之若素的人并不少见。这类跟随命运亦步亦趋的人，大多生活平淡无奇，毫无色彩可言，他们缺乏对生活变化的兴趣，追求的人生目标无外是吃喝拉撒的生存保障。造成他们这样人生态度的因素，一是因为贫困，使得他们丧失了对生活的想象力、激情、好奇和爱；二是因为愚昧无知，造成他们对外界感受力、认知力和领悟力的疲软、低下和麻木。这类人群是最能忍气吞声、逆来顺受的群体，也是最易实现奴化的群体。当然，对于在温饱线挣扎的人们，要去和他们谈论人的尊严、个人的意志、生命的价值追求等，无疑是太过奢侈。人穷大多志短，贫贱大多认命。如意只求能有一个吃饱穿暖的生活，日子过得安宁一些，她就会感到很是称心，很是如意了。

的的确确，对于那些只求温饱的人们，那些祖祖辈辈挣扎在草根环境中的人群而言，要求他们对生命的长度与生命的密度作出选择，同样是不可思议的行为。

10 王六儿 的女人 追钱逐利转头成空

色绯妖娆送青霄

在一个贫富两端存在巨大悬殊的社会里，贫困的人们势必穷则思变。精神与物质，两者中单一的或双重的贫穷，都会叫人不寒而栗，都会使人生成为悲剧。因为贫穷被迫或主动出售尊严、灵魂、肉体的人，他们真的能够通过出卖换来满意的人生吗？《金瓶梅》中的王六儿，西门庆的外室，她一生的境遇，或许能给人一个极有深度的回答。

王六儿是西门庆铺子里一个叫韩道国的伙计之妻。王六儿双亲早逝，由做屠宰买卖的哥哥把她一手抚养长大，后嫁给了破落户韩光头的大儿子韩道国。韩道国从小混迹市井，是个油嘴滑舌的街头小混混。他凭借自己出色的口才，得到西门庆的赏识，被西门庆安排到新开的绒线铺里做了伙计。

以那个时代的婚姻观而论，男女双方成婚，讲究门当户对。就王六儿的出身背景、家世地位来看，她无论如何腾挪，也不可能与官宦、财主等阶层的人家攀附上任何的关系。更何况王六儿本是一个姿色平平的女人，实在难以发生类似于潘金莲奇遇西门庆一类惊艳回眸、一见钟情的浪漫故事。

王六儿和市井中绝大多数的普通女人一样，整天都在为生养衣食而操心，过的是今日吃毕想明日、上顿吃完想下顿的日子。王六儿虽还不至于过着衣不遮体、食不果腹的赤贫生活，但她的家也算是相当清贫的。王六儿一家的生活与西门府那样的家庭生活之间的差距，说是云泥之别也不为过。

王六儿丈夫韩道国"其人性本虚飘，言过其实，巧于词色，善于言谈"，自从搭上了西门府里一个主管的关系后，被引荐给了西门庆，西门庆看韩道国口齿伶俐，便让他做了绒线铺里的伙计，算是有了一份固定收入，王六儿一家的衣食温饱，总算不再成为一件让人操碎心的大事。韩道国自"手里财帛从容"后，便把自己打扮得衣帽光鲜，整日在大街上招摇过市，宛如一个成功人士。那些街坊们尽知韩道国是为西门大官人打点买卖的，他们一家的生活，就成了那个小小牛皮巷子里，人们茶余饭后谈论八卦的关注热点。巷子里的人都知道他何时离家、何时在家。韩家人的任何行动，皆成为小巷里人们的话题中心，一家人的生活点滴，也成为那个环境里的聚焦对象。

韩道国的弟弟、王六儿的小叔子"是个耍钱的捣子"，以赌为生，想来对哥嫂艰难时期的生活时有接济，王六儿与这小叔子且是不清不白。以王六儿这样的生活境况而言，叔嫂之间各有所需，发生奸情，这本也不是什么不可能的事儿。可住在这"房里两边，都是邻舍"的小小牛皮巷内，厕身于拥挤嘈杂的环境中，王六儿这么个"搽脂抹粉，打扮乔模乔样，常在门首站立睃人"的女人，自然会叫那些"浮浪子弟"的荷尔蒙激素分泌旺盛。这个诱人的妇人，却并不好勾搭，"人略斗一斗她儿，又臭又硬，就张致骂人"。因此，这些市井泼皮们，对王六儿这样只能看不能动的女人，很是心有不甘，但也无可奈何。那些曾被王六儿骂过的泼皮们，心中本就不忿，看到韩道国突然发迹，对王六儿家更是细致地注意观察各种动静。不久，他们便知道王六儿与小叔子有奸情。这帮人十分兴奋，谋划着如何让这个难以得手的女人，出上一个大大的丑。

机会终于被泼皮们等到了。一个午后，王六儿和小叔子被突如其来的这帮人"都一条绳子栓出来"示众，这时韩道国正在大街上向别人吹着牛皮，口沫横飞地说着西门庆如何把他当心腹之人。令人好笑的是，这牛皮正吹得起劲，便被人告知他家里出了丑事，有可能惊动官府。这牛皮大王韩道国"大惊失色，口中只咂嘴，下边顿足"。眼看这牛皮就快被吹破了，韩道国只好硬着头皮，求他的雇主西门庆出面帮助。西门庆果然把这件事消弭得一干二净，韩道国也因此走入了西门庆的饭局，成了西门庆朋友圈里的人。

韩道国本是市侩小人，只要有利可图，有钱好拿，他才不在乎什么廉耻、名声，老婆是不是偷人。要是有朝一日没了饭吃，就是卖女儿、卖老婆，他也在所不惜。何况老婆只是背地与自己弟弟有点那个，再说那喝的酒、吃的肉还是弟弟掏钱买的，他一点不亏。因老婆王六儿的事，他得以巴结上主子西门庆，这是因祸得福的天大好事，他高兴还来不及，哪管什么脸面。面子的事情与联络上主子的感情相比，后者要更加实惠。王六儿有这样一个无耻之尤的丈夫，没有早早成为暗娼已是一个意外。

王六儿经此一事，尝到了有权势者作为保护伞的甜头。她对西门庆既心存感激，又十分仰慕。所以，当李瓶儿的养娘冯妈妈替西门庆向王六儿说媒，想要王六儿十五岁的女儿韩爱姐去京城，给丞相蔡京的大管家翟谦做小妾时，王六儿马上就答应了。再后来冯妈妈又说，西门庆想来家里看看她的女儿时，王六儿简直就不敢相信自己的耳朵。她惊问："真个？妈妈子休要说谎。"（第三十七回）王六儿仰慕的大恩人，名满清河县的成功人士西门庆竟然就要来家里了，这可是天大的机缘，自是不可错失。

这天晚上，王六儿与丈夫"商议已定"。第二天，韩道国"丢下老婆在家，艳妆浓抹，打扮的乔模乔样"，专心等候西门庆的到来。尽管王六儿相貌平常，但有一副"长跳身材"，皮肤虽是"紫膛色"，不很白净，可脸形是个"瓜子脸"，也还受看。对目不识丁、姿色平平的王六儿来说，她唯一能使西门庆看一看的，就只有她的身段了。

西门庆真的来了，他原打算看一眼韩爱姐就离开的，可王六儿母女一出场，就吸引住了西门庆。尤其是王六儿"上穿着紫绫袄儿，玄色段红比甲；玉色裙子下边，显着麹麹的两只脚儿，穿着老鸦段子羊皮金云头鞋儿"。这一身得体的衣着打扮，更加衬托她"生的长跳身材，紫膛色瓜子脸，描的水鬓长长的"，看得西门庆"心摇目荡，不能定止"。他不禁在内心暗自感叹道："原来韩道国有这一个妇人在家，怪不得前日那些人鬼混他！"既如此，西门庆自然也有"鬼混他"的可能性啊。只见西门庆拿出银子、戒指等做了赏赐，又对王六儿详细地说了给她女儿韩爱姐嫁妆的安排。王六儿是"连忙又磕下头去。谢道：'俺每头顶脚踏都是大爹的，孩子的事又教大爹费心，俺两口儿就杀身也难报。亏了大爹。又多谢爹的插带厚礼。'"王六儿口中、心中自是对西门庆万分地感激不尽，她这话说得是既得体又甜蜜，西门庆当然"就把心来感动了"。

不久，王六儿的女儿韩爱姐起程远嫁京城，去侍候一个有权势的陌生男人。韩道国送女上京离开了家。面对一时变得冷冷清清的屋子，王六儿想着女儿如花的年纪，却嫁给一个四十来岁的男人做妾，一时悲从中来，"整哭了两三日"。西门庆则乘着王六儿感情处于脆弱期的大好机会，要冯妈妈做说客，希望王六儿能答应他"如此这般"幽会半日的要求。冯妈妈本是李瓶儿的旧家人，一听西门庆此话，不由冷笑道："你老人家，坐家的女儿偷皮匠，逢着的就上。一锹撅了个银娃娃，还要寻她娘母儿哩！"这"银娃娃"指韩爱姐，言下之意是人家的闺女成了你巴结京城权贵的礼物，你连当妈的也不放过。冯妈妈话虽这样说，可仍挡不住西门庆给她高额跑腿费的诱惑，于是同意为其说项，但冯妈妈对王六儿能否答应西门庆的要求，把握并不很大。所以，她也不敢给西门庆什么肯定的答复，只对西门庆这样介绍王六儿："他是咱后街宰牲口王屠的妹子，排行叫六姐，属蛇的，二十九岁了，虽是打扮的乔样，倒没见她输身。"王六儿毕竟属于家庭妇女，冯妈妈当然不能确定，王六儿是否会愿意"输身"，愿意出售自己的贞操。

然而，王六儿出售了。西门庆是王六儿"输身"卖春的第一个对象。西门庆对王六儿出手十分大方，一送就是个丫鬟，银价四两。自开了这个头，西门庆走动得很是勤快，而每一次都要给王六儿一二两银子。以当时社会的物价标准看，这个价码可是不低。对西门府里，西门庆是"瞒的家中，铁桶相似"，李瓶儿想使唤冯妈妈都困难。王六儿变态的性事行为喜好，正投合了西门庆的喜欢，可牛皮巷嘈杂烦乱的环境以及王六儿家里菜肴的口味，还有实在太过一般的酒水等，都令西门庆感觉美中不足。为了王六儿的"好风月"，西门庆计划把她做自己的外室给包养起来。

王六儿一听西门庆愿意拿出银子买房子送她，心中那是一个极其地喜出望外，她立即应声说道："爹说的是。看你老人家怎的可怜见，离了这块儿也好。就是你老人家行走，也免了许多小人口嘴。咱行的正，也不怕他。爹心里要处自情处，他在家和不在家一个样儿，也少不的打这条路儿来。"（第三十八回）

王六儿真是太会说话，这话里话外的不过是要表示这样几层意思：其一，以你西门庆的身份，来这样糟糕的地方寻欢真是委屈了。这是狠狠抬举了西门庆的身份。其二，指出离开这个多事之地，以免有碍西门庆官声的绯闻传出，于西门庆做官不利。其三，对西门庆暗示，她不是因为怕人说，她对西门庆是心甘情愿，彼此是有来有往的事，她主要还是为西门庆着想的。最后，再暗示西门庆不用考虑丈夫韩道国的态度，因为她能搞定自己的丈夫，且韩道国对王六儿和西门庆的暗通早就是心知肚明的。

蜂狂蝶媟乱朝纲

以西门庆的精明头脑，加之作为情场老手所练就的敏锐观察力，他对王六儿的话当然全听明白了。所以，等韩道国从京城送亲一回来，西门庆就给了他五十两银子的高额奖金。韩道国回到家中，欣喜地把五十两银子交给了王六儿，王六儿则把西门庆"勾搭之事"，如数家珍般详尽地告诉了丈夫，还说："这不是有了五十两银子？他到明日，一定与咱多添几两银子，看所好房儿。也是我输了身一场，且落他些好供给穿戴。"王六儿的话中，即是向丈夫表明她"输身"的目的就是为了钱财，为了改善这个家的生活品质，可这话中也能感到含着几丝的酸楚。韩道国对王六儿微微的辛酸之情并未有所理会，他只厚颜无耻道："等我明日往铺子里去了，他若来时，你只推我不知道，休要怠慢了他，凡事奉他些儿。如今好容易撰钱，怎么赶的这个道路！"韩道国对妻子能以色谋财发出的由衷叹喟，满是一副十分欣慰的样子，这般毫无廉耻之心，令王六儿都觉得好笑："贼强人，倒路死的！你倒会吃自在饭儿，你还不知老娘怎样受苦哩！"王六儿的诉苦，韩道国却并不当真，他与王六儿只管说笑不已。看到此番，不由的人心中五味杂陈，像韩道国这样的男人，实在是无可挑剔的伦理缺失之冠，他的厚颜无耻可谓世间第一。而在王六儿说笑的话语中，反倒不乏有那么一点点黑色幽默的自嘲味道。

王六儿的算计并没有落空，西门庆在清河县富人区的狮子街上"使了一百廿两银子，买了一所门面两间，到底四层房屋居住"（第三十九回）的舒适住宅送给王六儿。这一来，王六儿与丈夫韩道国摇身一变，成了有实力、有身份的买卖人家。他们依仗着和西门庆的特殊关系，接受着街坊邻居们的恭维和尊敬。王六儿在心理上得到极大的满足感，在精神上获得了高速的升迁感，那种成功女人的自豪感，可是百十两银子所不能衡量的。

元宵节来临之际，西门庆在狮子街上大放烟火，引得四处的人都来观看，这是西门庆向清河县城的人们炫耀财势的一种方式。在众目睽睽之下，西门庆让王六儿陪他观看烟火，故意使周围的左邻右舍都明白他俩不同一般的暧昧关系。这种风流韵事在富商云集的狮子街，并不会招来舆情纷纷，也不会有流言蜚语。因为在富人堆中显摆情人，只会让西门庆体现实力，让王六儿更有面子。此时，王六儿的得意之情、傲娇之态，并不弱于傍到大款的妙龄女郎。一个年近三十的女人，相貌又如此一般，居然能傍上西门庆这样一个有权有钱、一表人才的情郎，王六儿很以为荣。街坊邻里有想攀附权势的人，也当会对这个特殊女人另眼相看。西门庆家的烟火还在放，西门庆却借机和王六儿进行着苟且之事，可对西门府的各位妻妾而言，此事连个风中传说都没有，她们被瞒得一丝风都不透。

大凡男人的外室都是要养的。既然是一场身体的买卖，彼此都明白与情感无关，也自然懂得破费钱财，属情理之中的事。西门庆不惜破费银钞为王六儿购房，只是为了好养而已。有钱无德的男人，养外室只为消遣对方，愉悦自己。而每一次的消遣，也都只是为一己感官愉悦投资的成本进行回收的方式。西门庆为能多一些消遣王六儿的机会，就算付出再大的花销，他也无怨无悔。或许会有人认为，这样的大手笔是成功男人的潇洒，但凭借最原始的本能，从男人手里换取有价格的物质获得，这不能不说是王六儿一类女人别样的悲哀。

王六儿在感受着生活的巨大变化的同时，也对权势的能量认识更加具体化。因为，西门庆就是权势的化身。王六儿乐于逢迎西门庆，韩道国拱手献妻给西门庆，他们的目的十分明显，他们讨好的不是西门庆这个人，而是西门庆所代表的那个权势。王六儿不仅以出卖肉体和人格来亲近权势，也利用对权势的靠近，为自己索取更多的金钱和利益。

王六儿在狮子街的新邻居乐三是个经纪人，他有个客户叫苗青，因犯了谋主钱财、害人性命的案子，在他家躲避。当听说清河县提刑夏大人正差人访拿正凶归案，乐三娘子找到了王六儿，"封下五十两银子，两套妆花段子衣服"（第四十七回），请王六儿向西门庆说个人情。心中只有钱财的王六儿，眼见凭自己说句话就能轻松得到如此多的实惠，便是"喜欢的要不的，把衣服和银子并说贴都收下"，满口答应为苗青说情。可是王六儿已几天都没见到西门庆了，她只好托西门庆的心腹小厮玳安代为说项。

玳安说动了西门庆到王六儿那里，西门庆看了苗青的说帖后，张口就问："他拿了那礼物谢你？"当西门庆看到王六儿拿出乐三娘子送来的五十两银子，听到王六儿又说"明日事成，还许两套衣裳"（第四十七回）时，不由觉得好笑起来："这些东西儿，平白你要他做甚？你不知道，这苗青乃扬州苗员外家人，因为在船上与两个船家商议，杀害家主，撺在河里，图财谋命。如今见打捞不着尸首，又当官两个船家招认他，原跟来的一个小厮安童，又当官三口执证着要他。这一拿去，稳定是个凌迟罪名。那两个，都是真犯斩罪。两个船家见供他有二千两银货在身上，拿这些银子来做甚么，还不快送与他去！"西门庆一席话，使王六儿恍然大悟。的确，两千银子和一条人命的买卖，区区五十两银和两套衣服怎就了结，这

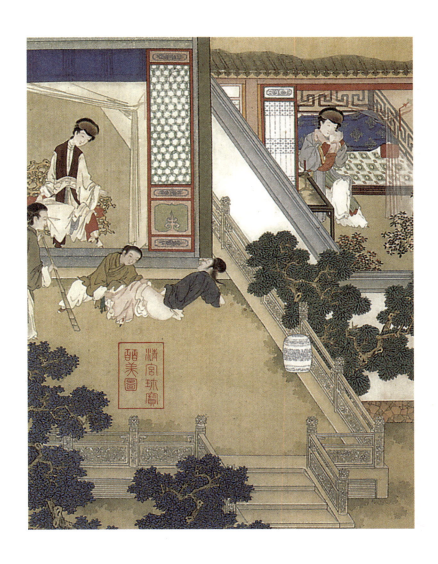

二佳人帧深同气苦

岂不太便宜了。

王六儿把银钱和说帖原封退还给乐三娘子，苗青一下慌了手脚，再托付乐三娘子赶快来说："老爹就要货物，发一千两银子货与老爹。如不要，伏望老爹再宽限两三日，等我倒下价钱，将货物卖了，亲往老爹宅里进礼去。"有了这话，西门庆才答应帮忙："既是恁般，我分付原解，且宽限他几日拿他。教他即便进礼来。"苗青一发售完货物，便用酒坛子装了上千两的白银，又宰了一头猪，送到西门府上，还分别给了西门府中知情的小厮们每人十两银子的打点。西门庆的心腹仆人玳安还多得了王六儿给的十两银子的跑腿费。当然，王六儿得到的更多，苗青给了王六儿一百两银子和"四套上色衣服"，这是比当初多一倍的礼物。面对此情此景，王六儿甭提有多么兴奋，她又一次看到权势带来的无比优越性。在王六儿眼里，真金白银的实惠获得，要比那劳什子的什么天理王法更加要紧，就算是一条枉死的人命，在金钱面前的确是算不得什么。

可是贪官污吏们哪能料到，这天底下竟还有为主人枉死而讨要说法的忠仆。仆人安童一状告到了巡案御使曾孝序的座前，西门庆受到弹劾。消息传来，西门庆立即打点起珠宝、白银到京城，找了王六儿的姻亲、朝中太师爷蔡京的大管家翟谦，让他在蔡京面前为自己说项，摆平此事。翟谦果然有办法，找了关系，把弹劾西门庆的奏章留中不发。这一桩谋财害命、贪赃枉法的大案，便被如此轻易地不了了之。

王六儿拿到这笔有百两之数的银钱，她想到的只是打些什么样式的首饰，把自己装扮得富丽一点。王六儿永远也不会去想，她给西门庆揽来的这件买卖，实际上是给了西门庆一个贪赃枉法的机会，西门庆通过王六儿姻亲翟谦的说情脱罪活动，则是废弛了一个朝廷的朝纲政纪。所有参与苗青一案的人，他们的所作所为，正是对朝廷的蛀蚀和摧毁。这可真是应了时下的一句话：雪崩来临之时，没有一片雪花会认为是自己的责任。当然，苗青杀人一案于王六儿而言，只是个顺手牵羊，可以谋取钱财的事。王六儿毕竟是个市井间的女人，她可管不了那么多的经国大业。她只管惦记着自己的生日来到了，让自己年纪尚轻的弟弟去请西门庆来"上寿"。这一天，也正是西门庆有了奇遇的日子。一个颇有道行的"胡僧"，给了西门庆一种奇妙的壮阳药，西门庆顾不得这天也是李娇儿的生日，他想到的是要赶紧在王六儿身上试药。西门庆急急忙忙到潘金莲房里拿了淫器包，赶到王六儿这里。他送给王六儿的生日礼物是"一对金寿字簪儿"（第五十回），又给了王六儿置办酒席的全部银子，真真细心周到。

在西门庆所有的殷勤周到里，当然包含王六儿给他发了一笔小财的奖赏。不过这还不够，吃了药又拿了淫具的西门庆，为的就是和王六儿恣肆纵欲一番，王六儿也在极力地迎合西门庆。经过这次消遣，西门庆便动了长久占住这女人的心思，他想把韩道国留在南方做个买手，这样就能和王六儿更多在一起消费他的情欲投资。韩道国被西门庆打发去扬州进货，这个嘴皮子利索的韩伙计，为西门庆运回了十车价值一万两的缎料。精明的韩道国在过关验税时动了点小手脚，为西门庆偷漏了许多的税钱。经此一事，西门庆对韩道国很是欣赏。韩道国这一趟给自己也捞了不少的银两，以及价值一二百两银子的货物。王六儿见丈夫如此生财有道，高兴之余也提醒丈夫，不要忘了感谢一下主子带来的财运，再说西门庆才死了儿子，作为外室不能不有所表示。

王六儿和韩道国商议道："你我被他照顾，此遭挣了恁些钱，就不摆席酒儿请他来坐坐儿？休说他又丢了孩儿，只当与他释闷，也请他坐半日。他能吃多少，彼此好看些。就是后生小郎看着，到明日就到南边去，也知财主和你我亲厚，与别人不同。"（第六十一回）王六儿要韩道国请西门庆的客，一是因为西门庆食量不大，花不了多少钱。二是为了韩道国在新来的伙计面前显出他的人脉实力。王六儿真不愧是个精于算计的小市民，韩道国自然对她的安排是满心的赞同。

云浮月桂雨潇潇

这是韩道国第一次以男主人身份在自己家里招待西门庆，酒足饭饱，听罢小曲后，韩道国知趣地到铺子里过夜，让妻子和西门庆在自己的家里嘲风弄月，也促使西门庆敲定了给他长期在南边做买卖的事。就此可知，这两口子是早有男主外、女主内，两头都能吃钱的默契了。如此一桩大买卖，王六儿与西门庆此番的枕席之欢，必然与往次不同。王六儿忍了常人难忍的痛苦，满足了西门庆的变态嗜好，两人也免不了一番只在枕席间才会说的山盟海誓。西门庆道："你既是一心在我身上，到明日等卖下银子，这遭打发他和来保起身，亦发留他长远在南边立庄，做个买手。"这话正中王六儿下怀，只见她撒娇撒痴，半是当真半是谈笑地说："等走过两遭儿回来，却教他去，省的闲着在家，做甚么！他说道倒是在外边走惯了，一心只要外边去。他江湖从小儿走过，甚么买卖客货中事儿不知道。你若下顾他，可知好哩。等他回来，我房里替他寻下一个，我也不要他，一心扑在你身上，随你把我安插在那里就是了。我若说一句假话，把淫妇不值钱身子就烂化了。"

王六儿这是一边对西门庆夸赞自己的丈夫是江湖老手，十分会做买卖，以此来打动西门庆，为有些经商之才的丈夫谋个机会，一边又以信誓旦旦的盟誓，试探西门庆的诚意有多大。这是醉翁之意不在酒，并不是真把西门庆的话当回事，她只是为了使韩道国的希望能实现，能到南方去做一个独当一面的买卖庄家，才如此地逢迎，让西门庆一时高兴而已。王六儿与西门庆本就是相互利用的交易关系。一个以色谋财，一个以财谋色，一旦无财无色之时，彼此也就利尽情绝，不过那是后话。就眼前来说，王六儿和西门庆两人之间还有利可图。

不久，西门庆真把韩道国派到南方做买手去了。王六儿送走了韩道国，并不在意自己已经彻底做了西门庆的外室，她只觉得西门庆似乎对她是动了真格的，觉得自己很有可能会成为西门府里的第七个姨娘。

王六儿原以为支走了丈夫，她和西门庆的关系会更加亲密。哪知西门府里李瓶儿病重，接着又死了。西门庆一心一意扑在李瓶儿身上，他办完了李瓶儿的丧事，又是没完没了地哭吊、发丧和酒宴。之后，西门庆和名妓郑爱月勾搭上了，两人交往很是火热。且西门庆通过郑爱月的指点，又搭上了赫赫显贵的王招宣府里官家的娘子、招宣大人的遗孀林太太。再之后，西门庆为官位升迁谢恩上了京城，回来后则是来自四面八方的各种应酬，没完没了的迎来送往，天天的酒酣耳热，家门口不断的车水马龙。这时候的西门庆早把王六儿这个身份低微的外室丢到了九霄云外。这一抛闪，就是近大半年的时间。

王六儿依旧耐心地等着西门庆，这种等待与潘金莲当年急着嫁给西门庆，生怕西门庆不娶她的那种焦灼等待很不一样。王六儿怕的是失去这个权倾一方的霸主，使自己苦心建造的权利保护屏障消失。随着时光的流逝，她越发感到西门庆与自己已渐行渐远。王六儿不甘心，她让在西门庆身边做贴身小厮的胞弟王经，向西门庆转交一包东西。西门庆打开一看，里面"却是老婆剪下一柳黑臻臻光油油的青丝，用五色绒缠就的一个同心结托儿，用两根锦带儿拴着，做的十分细巧工夫；那一件是两个口的鸳鸯紫遍地金顺袋儿，都绲着回纹锦绣，里边盛着瓜穰儿"（第七十九回），真是一件好精致的手工艺品。一个从来在内心对西门庆就不曾动情的女人，对一个风月场上的老手摆出个深情款款的范儿，难免会让人产生作呕的生理反应。不过这招对西门庆很是灵光，他终于想起这个快被他遗忘了的外室。

西门庆明明就是一个寡情薄义之人，此时又是一副即将油尽灯枯之躯，可他却不愿意、也不敢正视这一事实。相反，还自欺欺人地想回到从前，自以为仍旧很多情，仍旧很有征服力。仅此一笔，兰陵笑笑生就把人性的悖论情态，通过西门庆这一人物的言行，体现得淋漓尽致。

西门庆强打起精神，依仗着壮阳药，又在王六儿身上再次体会了作为占有者的快乐感。所谓乐极生悲，竭尽全力施展性能力的西门庆，拖着疲惫不堪的身子，被小厮们送进了潘金莲的房里。这一进去，便步上了漫漫黄泉路。

当王六儿听说西门庆死了，虽表面上不动声色，但想必她心中也会有些难过。既做了有权势人的外室，谋求的就是钱财和势力带来的利益。王六儿甚至有过做西门庆小妾的梦想，可这一切都随着西门庆的死而宣告完结。所以，她在心伤之余，"亦备了张祭桌，乔素打扮，坐轿子来与西门庆烧纸"（第八十回）。王六儿哪里知道，西门府的吴月娘已从小厮口中得知，西门庆发病的当晚就是与她在一起"吃酒"的。吴月娘对这个王六儿自是恨之入骨，视为寇仇。在西门庆死后的首七，就把她弟弟王经给打发出了府。王六儿这次来祭奠西门庆，"在灵前摆下祭祀"，站了很久，可西门府里没一个有名分的人出来接待她，王六儿十分难堪，走也不是，留也不是，好不尴尬。

吴月娘听小厮来报："韩大婶来与爹上纸，在前边站了一日了，大舅使我来对娘说。"恨声便骂："怪贼奴才，不与我走！还来甚么韩大婶，毡大婶，贼狗攮的养汉的淫妇，把人家弄的家败人亡，父南子北，夫逃妻散的，还来上甚么毡纸！"吴月娘也不管这是自己的大哥，吴大舅让小厮传的话。这一顿没头没脑、滚滚而出的脏话，直骂得小厮安童不知所措。倒是吴大舅心里十分清楚，现在可是不能得罪韩道国和王六儿的。韩道国还在南边给西门庆购货，手里攥着西门庆大把的银子和货物。吴大舅急忙进屋对吴月娘说："姐姐，你怎么这等的，快休要舒口！自古人恶礼不恶。他男子汉领着咱偌多的本钱，你如何这等待人？好名儿难得，快休如此。你就不出去，教二姐姐、三姐姐好好待他出去，也是一般。做甚么怎样的，教人说你不是。"吴月娘听大哥说明，这陪祭关系到韩家与西门家钱财得失，以及与自己的名声有所关联，这才勉强让孟玉楼出面去陪祭。只是王六儿已然听到吴月娘的恶骂，心中自知没趣，便在杯茶之后起身告辞，离开了她曾以为有可能进去的西门府。

带着被冷遇后的羞愤，怀着一腔的失望，王六儿感到自己对西门庆的付出与所得到的相比，还是很不划算的。当韩道国从扬州运货回来途中，听说西门庆的死讯，赶紧卖出了一千两银子的货物，回到家里便与妻子商议："咱留下些，把一半与他如何？"王六儿道："呸！你这傻才，这遭再休要傻了！如今他已是死了，这里无人，咱和他有甚瓜葛，不争你送与他一半，叫他招韶道儿，问你下落。倒不如一狠二狠，把他这一千两，咱顾了头口，拐了上东京，投奔咱孩儿那里，愁咱亲家太师爷府中，招放不下你我？"（第八十一回）韩道国一听王六儿这话，倒畏惧起王六儿为人的狠毒劲儿。韩道国道："丢下这房子，急切打发不出去，怎了？"显然，韩道国这是找了一个借口，他实在不想把西门庆的钱全部拐走。王六儿则轻易地就把这借口给堵了回去："你看没才料！何不叫将第二个来，留几两银子与他，就交他看守便了。等西门庆家人来寻你，只说东京咱孩儿叫了两口去了。莫不他七个头八个胆，敢往太师府中寻咱们去？就寻去，你我也不怕他。"韩道国自知说服不了王六儿，只好和盘托出他心中的想法："争奈我受大官人好处，怎好变心的，没天理了。"王六儿可不管什么天理人情，她要的是实际利益："自古有天理倒没饭吃哩！他占用着老娘，使他这几两银子不差甚么。想着他孝堂，我倒好意，备了一张插桌三牲，往他家烧纸。他家大老婆，那不贤良的淫妇，半日不出来，在屋里骂得我好汕的。我出又出不来，坐又坐不住。落后他第三个老婆出来陪我坐，我不去坐，坐轿子来家。想着他这个情儿，我也该使他这几两银子。"韩道国听完这番话后，默许王六儿的拐财计划，再不提"天理"二字。

韩道国与王六儿这对夫妻，称得上是人间绝配。兰陵笑笑生写韩道国这个人物的言行举止，处处表现出市井宵小所具有的行为特征，即大恶不敢为，小恶从不断，有点歪才，头脑精明，口舌利索，品格低俗。韩道国与王六儿夫妇之所以能够狼狈为奸，皆因他们俩的"三观"极为一致，由此导致了他们之间感情的深厚。自王六儿与西门庆之间发生了"输身"关系后，韩道国常问起王六儿的话题就是西门庆对她怎样。韩道国一方面放任妻子用身体为资本去换取钱权，另一方面对妻子又是加倍地温情和体贴，这种爱怜之情犹如对一架造币机的心爱一般。

以社会的普适伦理道德观念论，韩道国绝对是个极其无耻的男人。他依裙带为生，不以为耻，反而心安理得。可如果详细看看王六儿和韩道国的家庭生活细节，他们之间不无温情脉脉，满是温馨和睦的感觉。他们夫妇二人无话不谈，毫无秘密，心无间隔。他俩事事有商量，彼此常问候，相互多关心。他们夫妻虽各自有性伙伴，但从不影响二人独处时自然流露出来相互间那种醇厚的温存和细腻的关爱。

韩道国与王六儿二人不把传统意义上的家庭伦理道德观念，当作是他们自己的行为规范。他们只以现实利益的获取，物质实惠的得到，作为他们自身价值追求的最大目标。他们都没有受过良好的教育，都生长于原生市井家庭的环境，这使他们的价值判断必是以赢取功利为基准，而不是，也不可能是以崇尚道德为圭臬。他们具有中国传统的家庭观念，他们二人都有对家庭的巨大责任感，也很重视夫妻关系的维系。这在传统集权时代，尤其在东方社会体系中，亦属十分罕见，这是一种充满了人性多重的矛盾性，但又能完全得到统一的奇特关系，他们的家庭亦属于非常特别的结构类型。

韩道国对西门庆有恩应报是"天理"的那番说辞，并不说明他具有良知，而是因他一到家就问王六儿："我去后，家中他先前看顾你不曾？"王六儿回答说西门庆对她还可以的一个回应。韩道国对西门庆评判的是非标准，就是王六儿的好恶感。所以，当韩道国再听到王六儿说吴月娘对她是如何羞辱时，心里更多想到的便是，王六儿做西门庆外室能得的利益已经不再，故而，他那一瞬间的理性思维也就荡然无存，而妻子王六儿的话却是一定要言听计从的。

一世纷扰田头埋

常言道：人算不如天算。王六儿原以为有了一千两白银做后盾，又有了比西门庆权势更大的姻亲做靠山，他们一家人的日子会比与西门庆往来时过得更好。可谁知，天子脚下变故多。当太师老爷蔡京被科道给参倒了台，儿子也被处斩刑，所有的家产都被抄没入官。作为太师府大管家翟谦的姻亲，必然会是被牵连的人。小说中再次写到王六儿一家时，他们已是投靠无门，只得暂借临清谢家大酒楼栖身的漂泊之人了。

所谓无巧不成书，此时谢家大酒楼的老板不是别人，正是被庞春梅收容在守备府里，那个曾经是西门庆女婿的陈经济。这时故人相逢，王六儿、韩道国与陈经济三人都有些恍若隔世之感。陈经济见韩道国"已是掺白须鬓"，当年远嫁京城的女儿韩爱姐却出落得"白净标致"，"一双星眼""延瞪瞪秋波"（第九十八回），这使陈经济对韩爱姐一见钟情。

韩爱姐和母亲王六儿此时已是同坠风尘之中，母女两人暗中为娼，以换取衣食温饱的生存空间。陈经济知道他们的状况后，付给韩爱姐的第一次嫖资便是五两银子，这给韩爱姐留下了陈经济是一个豪爽体贴男子的深刻印象。陈经济给的这笔高额夜资，韩爱姐悉数都交给了母亲王六儿，在这一交一接之间，母女两人的心情是不难想象的。

原以为把女儿送进豪门就能摆脱贫寒生活与低贱出身的王六儿，而今竟亲眼目睹女儿行这暗娼的贱业，而自己却形同娼门的鸨娘一般，坐收着女儿的卖身钱，王六儿心里该有多么的悲凉。而更为悲凄的是，当王六儿以为一家人无论贫贱，无论饥寒，从此终可得到陈经济关照了，可没想到这个陈大老板一回家，就是七八天都不照个面。银子是韩道国一家每天都必须面对的急迫问题。王六儿此时已是"年约四十五六，年纪虽半，风韵犹存"。为了解决必须的衣食生存问题，更为了女儿少受些罪，王六儿只好重操皮肉生计。

韩家此时已是顾不上什么哀与悲了，一家之主的韩道国，心里暗自为家里有两个可以接客的女人而庆幸。韩道国凭借着老婆和女儿出卖身体，"如今索性大做了"，在酒楼干起了私娼的买卖。王六儿毕竟已经人老珠黄，当韩家接进来一个嫖客，一个贩"丝绵绸绢"的南商何官人，他看中了年轻貌美的韩爱姐，可韩爱姐却因被陈经济不明就里的冷落后，心中正不痛快，不愿接客。这一来"急的韩道国要不得"，王六儿只好出场救急。何官人细看王六儿那副"长挑身材，紫膛色，瓜子面皮，描眉铺鬓，大长水鬓。涎邓邓一双星眼，眼光如醉，抹的鲜红嘴唇"的扮相时，凭他多年做嫖客的经验，便认定"此妇人一定好风情"，也愿意拿出一两银子，买了与王六儿的一夜风流。从此以后，何官人与王六儿"两个打得一似火炭般热"，成了韩家的老主顾，也是韩家主要的经济来源。韩爱姐则在得到陈经济让人捎来的五两银子后，就不再接客，一心只想着陈经济，并为他守身。韩爱姐在这污浊的世间为自己的心、自己的情留下了一丝干净的真情表白。

韩爱姐的爱情坚守，使王六儿变成了维持家庭生计的唯一主力。王六儿对女儿的任性和坚持十分迁就，对韩爱姐冷落客人的态度也从不计较，不管多累多委屈，她都不会勉强女儿接客。王六儿觉得，唯有这样才能表达她对女儿的爱。兰陵笑笑生对王六儿此时的行为描写，透露出王六儿心里深藏着身为人母对女儿的万分愧疚。所以，只要自己还有生意，还能保住衣食，她就绝不会让女儿做不愿意的事。王六儿终究不是娼门里的鸨子，她毕竟是韩爱姐的亲娘。

当然，私娼的营生并不是容易干的事。就在韩家以为可以就这样在酒楼过上一段安定的日子，悄悄做些迎新送旧的事情，以此混个温饱时，收取保护费的地痞流氓，很快觉察到韩家在做暗娼的勾当。一个外号坐地虎，名叫刘二的人，仗着姐夫张胜是守备府里的主管，便对胆敢不给他们交保护费的韩家来了个下马威。韩家的老主顾何官人被刘二一顿拳脚，打得再不敢上门，王六儿也被那刘二踹了两脚，还挨了一番臭骂。此时，正好来到酒楼的陈经济得知此事，便存了一个要报复刘二的心。陈经济知道刘二的姐夫张胜包占了孙雪娥一事，他便向守备小夫人庞春梅告发，这陈、庞两人合谋，欲置张胜于死地，哪知张胜在窗下偷听到了，便先下手杀了陈经济，等张胜再想杀庞春梅时，被其他的守卫给拿下，一顿乱棍打死了。之后，刘二也给官府杀了。

韩爱姐去给陈经济哭坟，想到陈经济是为韩家报复张胜而死，她就此发誓要为陈经济守节终生，她要跟着庞春梅回守备府去。女儿这一突然的变故，使得王六儿十分伤心，她哭道："我承望你养活俺两口儿到老，才从虎穴龙潭中夺得你来，今日倒闪赚了我。"（第九十九回）王六儿说的是养儿防老的心思和道理，可她的心里其实更多的是对女儿这一决定的不忍之情。试问，哪个做母亲的会愿意自己的女儿无端守寡到死？更何况女儿与陈经济，不过是"露水夫妻"，是恩客、旧主的关系罢了。王六儿要女儿想想，回忆一下，在太师府大祸来临时，她不知用了什么本事，才让自己的女儿脱离了干系，避免了被官府随意发卖、一家人离散的悲惨命运。一句"虎穴龙潭中"，一个"夺"字，道尽那时是何等凶险的情形。可现在，女儿竟不顾一切要随庞春梅进守备府，使他们一家三口再次分离，王六儿怎不伤感泪流。可韩爱姐坚定不移，随庞春梅走了。王六儿这"一路上悲悲切切，只是舍不得他女儿，哭了一场又一场。"卑贱的王六儿，势利的王六儿，自私的王六儿，无耻的王六儿……可不论怎样评判这一人物，有一点是不可否认的，那就是王六儿一点也不缺少女性身上应有的母爱。在一个无良的社会里，暗无天日的世道所带来的灾难，每每让女人们成为最早、最直接的承受者。

王六儿与韩道国两口子，此时都已是年近半百的人，生活给予他们选择的机会几乎为零，他们面临的将是越来越残酷的生存问题。万般无奈之下，王六儿主动找了老主顾何官人。这个善良的商人，见夫妇两人生活无着无落，便与韩道国商议："你女儿爱姐，已是在府中守孝，不出来了。等我卖尽货物讨了赊账，你两口跟我往湖州家去罢，省得在此做这般道路。"（第一百回）

王六儿此番虽是伴着丈夫和旧客同行，但也比在临清县酒楼做个担惊受怕、被流氓欺负的暗娟要强一些。何官人在湖州的家，终究是个可以落脚的归宿。王六儿和韩道国、何官人一起来到江南湖州，过起了一女侍二夫的畸形生活。可就这样的日子也过不了多少年，何官人丢下与王六儿生的六岁女儿，还有几顷水稻田地，死了。王六儿和韩道国又生活了一年，韩道国也死了。当长女韩爱姐和小叔子为逃避战乱，从北方来到湖州寻找到王六儿时，王六儿已是一个孤苦伶仃，一力撑持生活的农妇。关于王六儿与韩道国以及何官人所建构的这种家庭关系样本，在现代剧作家曹禺创作的《原野》中，被再次复制。这一女侍二夫的家庭模式，似乎是一个还可以继续探讨的复杂社会伦理问题。

王六儿与小叔子再次成家，"情受何官人家业田产"，撑起了一个小小的家，一个可供自己的女儿们遮风避雨的地方。写王六儿这次与小叔子成婚，似是暗喻情感的归宿重回到了原点。王六儿的第三次婚姻，既不再为风月的领略，也不再为利益得失的权衡，而是单纯地为了生活。她要尽一个人母、一个主妇的责任。王六儿能这样度过她的余生，真真实实地做个普通农妇，简简单单地面对生活，这是她的大造化，也是经历过太多人生波折，有过太多欲望渴求，被命运玩弄于股掌之上的人，在透悟了人生的坎坷起伏，品尝过命运的诸多苦乐悲欢之后，所能奢望的一种生活方式。因为，终归平淡的人生晚景，对许多人来说，依旧是可遇不可求的。

王六儿的一生是许许多多市井女人，人生聚散的文学折射。兰陵笑笑生正是通过对这一人物深度且曲折的描写，使受众能透视出贪婪欲望追求的虚无与缥渺。与此同时，王六儿也使得有关女人的话题，成为了一个复杂又多元，且难以轻易作出对错、好坏、善恶定评的问题。王六儿从对钱财利益得失的计较，到最后的一无所有，从曾经不惜一切代价对权势的攀附，对欲望满足的疯狂追求，到仍归于平凡卑微的一介细民的生存轨迹所反证出的，不正是人与人、人与社会、人与生命价值等这些有关于人的终极意义在形而上问题的讨论，必须从对人的最基本生存问题，即油、盐、柴、米、酱、醋、茶等形而下的实际关注开始的重要性的体现吗？所谓国之重器，民生琐细。王六儿这一形象，把人生中诸多玄妙的，或者被认为是极富哲理性思考的冗长话题，变得简单明了，具体可感。

然而，若问人的尊严最易被什么击碎？尊严被击碎的人会无所畏惧地说：贫穷！若再问人的灵魂会在怎样的情形下被出卖？出卖灵魂的人会麻木不仁地讲：贫穷！王六儿的生存理念，其实印证了这样一句简单的话：生活并不复杂，只是艰难。

林太太

的女人 高墙深宅难掩寂寞

11

庭院深深深几许

明代大名士袁宏道认为："堂前列鼎，堂后度曲，宾客满席，男女交舄，烛气熏天，珠翠委地，皓魄入帷，花影流衣"，这是人生五大快乐之一。

《金瓶梅》中就写了这样一位自能寻乐的女子。她姓林，嫁到王招宣府里成了大将军的太太，人称林太太。她虽享有钟鸣鼎食、夜宴笙歌、宾客盈门、花影流芳的生活，可她的生活中少的是快乐，多的是烦忧。

林太太生在富贵人家，嫁于官宅深院。虽说她出场时的身份已是王招宣的遗孀了，但身处在一个没有姬妾成群的招宣府内，她是这深宅大院中唯一的女主。林太太在整个清河大县的上流社会中，身份算得上尊荣，但她生活过得却颇为低调。她的行事做派基本符合寡居一隅的皇家命妇规范，尤其在丈夫王招宣战死沙场之后，林太太遣散了府里的歌舞班子，自然也打发了那些曾经争宠妖媚的姬妾之人，她让府役仆从们出府谋生，开始过一种精简开销、闭门谢客、简朴度日的寡居生活。她丝毫没有依仗朝廷的旌表和封赏，骄奢跋扈于一方。林太太这一系列的动作，为她在清河县带来了好名声，而她半隐居式的生活方式，也使招宣府渐渐淡出了人们的视线，退出了人言的焦点。

那么招宣究竟是个什么官职？据我国古代官制载：招，指的是招讨使，专门担任肃清地方动乱以及镇压朝廷叛军等任务，即行使招降讨叛之职。宣，指的是代表朝廷行使权利，对一方百姓进行宣慰、安抚的职能。招宣使的职责，主要是代表中央巡视地方，并过问地方官吏和百姓的各类情况，且有权进行处理，相当于执政大臣。随着朝代更迭，政体变化，这个专由武官担任的行政职位，逐渐变成一路或多路军队的统帅。因招讨使、宣抚使俱由武职担任，且所行职务功能相近，故统称为招宣使。故而，在地方行政管辖区域，招宣使便等同于中央对地方治安管理的化身，更担负着平定边患、保家卫国的职责，算得上是封疆大吏一类。

林家女子嫁给王姓招宣使，他们两家的婚姻当属门当户对，甚或王姓将军还有点高攀林家姑娘的意思。何以见得？看小说中虽对林、王两姓的具体家世没有清楚交代，但从林家女子进入招宣府，却并未从俗冠王姓氏作为称谓，在王招宣战死后，林家女子主持整个招宣府，人称她林太太，而不以王姓冠名前称谓，这都不太符合当时社会女子出嫁从夫姓的常情，却像是林家招赘女婿似的。这样的写法，非是作者的笔误，而是他有意营造这位林太太对招宣府掌控的实力，真真十分了得。

在普通平民百姓的眼里，这位林太太是个十分好命的女人。她有幸出身豪门，可谓投对了胎，长成之后又嫁入了豪门，一生衣食无忧。她容颜美丽，生活优渥，丈夫为国征战期间，林太太在招宣府里整日轻歌曼舞，丝竹弦琴。清河县里曾经的招宣府，也算是一等一的神仙府邸了。但是好景不长，人生总是一个祸福相生相伴的过程。王招宣不幸战死沙场，林太太年纪轻轻便守寡。

青年丧偶虽是人生之一苦，好在林太太与王将军生养了一个儿子。有了儿子就有了生活的指望，因为儿子在成年后便能承袭父辈的功名，这对于王家而言，就能光耀门楣，荣恩延续不辍。对朝廷而言，有了忠良之后，皇家赏给王家荣施、恩典便有了承接者。故而，林太太对于王家、对于朝廷而言，那可真是功莫大焉。所以，在整个清河大县里，男人们视她尊贵可敬，女人们视她完美无缺。可就是如此这般的一个十全九美女人，作者却给了她一种既不高格，又无贵气，无可尊敬，更谈不上闪亮，实际上还有点龌龊的方式出场。

西门庆第一次听说这位招宣府的林太太之名，那是在刚刚亲近起来的青楼女子郑爱月房里。郑爱月向西门庆说起，丽春院里西门庆包养的当红头牌妓女李桂姐与他人有染。李桂姐是西门庆二房李娇儿的侄女，也是西门庆按照青楼结婚仪式宣布了"梳笼"，就是正式包占，不得另外接客的红妓。西门庆每月给李桂姐包身银，还给丽春院额外的费用。按行规，李桂姐不得再接待其他的客人。西门庆哪能想到，李桂姐享用着他的包月银子，竟然还敢背着他接其他的客人，完全没有一点商业的契约精神。这李桂姐所接之客，更是林太太与王将军的独生子，招宣府的王公子三官。

这个王家公子初进江湖，不知深浅，竟敢染指西门大官人包了身的院中人，这分明就是伤损西门庆的面子。西门庆听郑爱月一说，当下脸就气得发绿，王三官这是王八打了乌龟脸——啪啪啪地作响啊！郑爱月眼看西门庆是一脑门子的官司，一腔子的怒火，她便更加缓缓地向西门庆继续爆料，道："王三官娘林太太，今年不上四十岁，生的好不乔样，描眉画眼，打扮狐狸也似。"（第六十八回）既打扮得"狐狸也似"的模样，想必也有"狐狸也似"的心性了。这与西门庆对林太太原有的认知，那是差距甚大的。西门庆在得知这位身份贵重的林太太，不过是个风流寡妇时，心下真是惊讶多过惊喜。接着，西门庆从郑爱月口中还听到这"王三官儿娘子儿，今才十九岁，是东京六黄太尉侄女儿，上画般标致，双陆棋子都会"。但曾因为丈夫王三官喜欢嫖妓，使"她如同守寡一般，好不气生气死，为他也上了两三遭吊，救下来了"。西门庆这可真是被惊到了，他怎么也没想到，这往来无白丁的招宣府中，竟养出这样一个纨绔浪子。这一身的浪荡习气，比他这个市井街巷里长大的人还更加严重。

郑爱月不紧不慢的讲述，那言下之意西门庆自是心领神会。辣手摧花原就是西门庆的一贯伎俩，况且这个不知好歹的王三官，竟敢触碰到他所包占的妓女，还是在他管辖的地界上，西门庆有一种在自己的眼皮子底下被人动了"奶酪"的郁闷，他这个面子实在丢大发了，也实在是丢不起的，西门庆必是要狠狠地报复一下这位招宣府的王公子。

郑爱月这番举重若轻的絮叨，恰好提点了西门庆实施报复的具体思路。情敌之间最狠的绝招，便是占了对手的老娘，污了对手的妻子。西门庆能想出这样报复王三官的招数，真真是十分的阴损。可这深宅高墙之中、官府内院里边的家丑，被一个青楼女子如数家珍般地历数出来，这除了说明招宣府的人立身处世行为不检点之外，更暗示身份低贱的郑爱月与这非富即贵的王家人，有着非比寻常的关系。

郑爱月之所以要透露招宣府中女主人的私秘，自不仅仅是为了笼络西门庆的心，借此修复她过去不屑理会西门庆所导致的生分，更是她想拉近与西门庆之间的关系，利用西门庆手中掌握的地方司法权力，来助威自己在行业中的实力，以便与丽春院作一番属于妓家风月的市场角斗。西门庆现在既生出了争锋之心，想要一雪被王三官鸠占鹊巢之耻，他必然会对向他泄露秘闻的郑爱月亲密示好，郑爱月也能顺理成章地把西门庆变成打败对手的一个秘密武器。

写郑爱月向西门庆爆料招宣府秘事一节，虽说是为了引出林太太这一人物，但也道出了当时社会的真实状况，以及末世人心世态的模样。官宦之家大多生活糜烂，市井之中廉耻皆无，世风日下，纲纪废弛。这一切的一切，皆从郑爱月柔声细语的叙述中，一点点被清晰地描画了出来。

西门庆对报复情敌王三官的计划虽已有了铺排谋定，可一向对寻花问柳途径十分稔熟的西门庆深知，要想能进入到林太太视野里，绝对不是拿着银子，讲个价钱就能得逞的事儿。要找到能给牵线搭桥的人，这是完成计划必不可少的程序。西门庆终于打听到这个隐秘的牵线之人是文嫂，这媒婆专门在官宦人家走动，暗中做的就是牵线保媒的买卖。西门庆不方便亲自出面，便派出自己最得力的心腹小厮玳安，悄悄找到了文嫂传话，要文嫂为西门庆指一个能搭上招宣府林太太的门道。

当西门庆以五两银子作为文嫂的介绍费时，文嫂震惊的不是西门庆出手大方，而是西门庆竟然知道林太太如此隐秘之事，文嫂不由问道："是谁对爹说来？你老人家怎的晓得来？"（第六十九回）西门庆故作神秘地回答道："常言人的名儿，树的影儿，我怎不得知道！"此时，这个心计活络的媒婆终于亮出了底牌：

> 若说起我这太太来，今年属猪，三十五岁。端的上等妇人，百伶百俐，只好三十岁的。他虽干这营生，好不干的最密。就是往那里去，许多伴当跟着，喝着路走，径路儿来，径路儿去。三老爹在外为人做人，他原是在人家落脚？这个人说的讹了。倒只是他家里深宅大院，一时三老爹不在，藏掖个儿去，人不知鬼不觉，倒还许说。若是小媳妇那里，窄门窄户，敢招惹这个事？说在头上，就是爹赏的这银子，小媳妇也不敢领去，宁可领了爹言语，对太太说就是了。（第六十九回）

文嫂的一番话，断掉了西门庆想复制当年勾搭潘金莲方式的念头，那个借着王婆茶楼就好事的想法已然是行不通了。想那林太太怎肯屈尊到文嫂的小门小户里与人幽会，西门庆过于老套的设计，反倒显出他毕竟是个出身不高、眼界有限、见识太少的人。

叵耐灵鹊多谩语

文嫂终究是个保媒的老手，她给西门庆想到了一条可进入到门户森严的招宣府里，去幽会那位秘密接客的林太太的路子，即刚刚成为招宣府当家人的王三官。

王三官富贵人家生，温柔乡里长，父亲早逝，母亲高冷。他没有学到一点家风的忠义骨气，养成的是一身的浮浪毛病。这个浪荡成性的纨绔公子，成了他母亲的一块心病。

林太太为了儿子的成长，苦苦地熬着寡居的岁月，付出了一生最好的

李瓶儿睹物哭官哥

年华，她身心的寂寞和压抑是可想而知的。好容易盼到儿子长成，娶妻成了家，她以为终于可以把偌大的招宣府交付给儿子打理，自己能过逍遥的日子了。却不想儿子有了独立处事权后，竟是个不成器的东西。王三官不仅打理不了家业，还整天与一帮街头痞子混在一起，干的是嫖妓宿院、聚众豪赌、挥霍家产的事。林太太的儿媳妇，美丽的黄氏虽动用京城娘家人的关系，以官府肃风为由，出面对王三官的败德行为进行过干预，可王三官待风头过后，又故态萌发。毕竟县官不是现管，京官的手也不及地方官的长。林太太眼见养儿不成才，家事还要靠自己料理，这心里的苦总得找个人说说吧。就这样，常在招宣府走动，做事利索，老于世故，暗中专为林太太物色性伙伴的媒婆文嫂，自然成了林太太倾诉烦恼、诉说心事的对象。

这天，文嫂带着西门庆托付的事来到了招宣府，又与林太太拉开了家常。文嫂有意把话题引到了王三官的身上："三爹不在家了？"林太太不无烦心地回答："他有两夜没回家，只在里边歇哩。逐日搭着这伙乔人，只眠花卧柳，把花枝般媳妇儿丢在房里，通不顾，如何是好？"林太太这话不仅有对儿子的不满，更有对儿媳妇的一份同情。女人守寡的滋味，林太太深有体会。况且，这儿媳妇守的还是活寡。面对无力约束丈夫的儿媳黄氏，林太太在同情之余，内心更有着难以言说的感触。机灵的文嫂见状乘机进言："不打紧，太太宽心，小媳妇有个门路儿，管就打散了这干人，三爹收心，也再不进院去了。太太容小媳妇便敢说，不容定不敢说。"显然，文嫂是在卖关子，她想要表明自己只是一心为雇主，绝不是捣糨糊弄人的骗钱之流。长年生活于高墙深宅里的林太太，并没有什么可以信赖的知心朋友，她已习惯把文嫂视为自己的体己人，更何况文嫂所讲的是能使自己的儿子浪子回头的大事情。看着文嫂卖关子，林太太就像个撒娇的小女孩子一样，甜口说道："你说的话儿，那遭儿我不依你来？你有话只顾说，不妨。"

且看，这个文嫂是如何向林太太隆重推出西门庆的：

> 这文嫂方说道："县门前西门大老爹，如今见在提刑院做掌刑千户，家中放官吏债，开四五处铺面：缎子铺、生药铺、绸绢铺、绒线

铺，外边江湖又走标船，扬州兴贩盐引，东平府上纳香蜡，伙计主管约有数十。东京蔡太师是他干爷，朱太尉是他卫主，翟管家是他亲家。巡抚、巡按多与他相交，知府、知县是不消说。家中田连阡陌，米烂成仓，赤的是金，白的是银，圆的是珠，光的是宝。身边除了大娘子，——乃是清河左卫吴千户之女，填房与他为继室。——只成房头、穿袍儿的也有五六个，以下歌儿舞女，得宠侍妾，不下数十。端的朝朝寒食，夜夜元宵。今老爹不上三十四五年纪，正是当年汉子，大身材，一表人物，也曾吃药养龟，惯调风情；双陆象棋，无所不通；蹴踘打毬，无所不晓；诸子百家，拆白道字，眼见就会。端的击玉敲金，百伶百俐。闻知咱家乃世代簪缨人家，根基非浅，又三爹在武学肄业，也要来相交。只是不曾会过，不好来的。昨日闻知太太贵旦在迩，又四海纳贤，也一心要来与太太拜寿。小媳妇便道：初会怎好骤然请见的，待小的达知老太太，讨个示下，来请老爹相见。今老太太不但结识他来往相交，只央浼他把这干人断开了，须玷辱不了咱家门户。"

（第六十九回）

文嫂这番真多假少、稍带夸张的长篇大论，传达的信息量确实十分丰富。这些言辞既说明了西门庆现有的权势、财势、家势等方面都配得上林太太的身份，又瑁示林太太，西门庆是可以进入"四海纳贤"行列的人，具有床笫间风月卓然的身体与技巧资本。尤为主要的是有一个堂而皇之的理由，那就是西门庆能帮助林太太的儿子王三官改邪归正。

在文嫂的这番话里还能隐约听出，文嫂自诩所见识过的人都是一些门径不低，颇通官家，并且有实力、有能耐的成功人士。所以，凡是我文嫂为你林太太找来的恩客，那都是既能带给你林太太身心的愉悦，又能为你林太太高贵的招宣府办大事的人。文嫂这样滴水不漏的说辞，用光明正大的理由涂抹私下的色情交往，这样体贴周到的安排，就算林太太有心客气地推辞，仍然还是动了心。林太太同意与西门庆来一次现实的幽会。在文嫂严密精细的安排下，西门庆悄然走入了声名显赫的招宣府，虽然走的不是正门。

西门庆跟随文嫂，从招宣府后门的夹道往里走，"转过了一层群房"，这才来到林太太住的五间正房。但是西门庆并不能直接从正房的门进入，而要从一旁的便门进去，还要在文嫂的"导引"下，西门庆才进到了后堂。这一路进来，可真是尽显了侯门深似海的阵势，给西门庆一种新奇的刺激感。

终于登堂入室的西门庆，在"灯烛荧煌"的后堂里，环视着四周，但见：正面供养着王家功勋卓著的"祖爷太原节度邠阳郡王王景崇的影身图，穿着大红团袖蟒衣玉带，虎皮校椅坐着观看兵书，有若关王之像，只是髯须短些。傍边列着枪刀弓矢，迎门朱红匾上'节义堂'三字；两壁书画丹青，琴书潇洒；左右泥金隶书一联：'传家节操同松竹；报国勋功并斗山。'"这些陈设在西门庆的眼里，显现出的是一个整齐庄严的厅堂，充满了以军功立家之大将军的气度和威武正义。在这样一个环境里，西门庆似乎有些局促不安，那文嫂才拿了一盏茶出来，西门庆就催着要"请老太太出来拜见"。但文嫂告知西门庆说："请老爹且吃过茶着。刚才禀过，太太知道了。"面对贵妇人如此矜持的接待阵势，带着嫖客心理的西门庆当真是很不自信，也很不自在。

西门庆首次领略到像林太太这种贵妇人见客的大规矩，与此同时，林太太也没有闲着，她悄悄站在门帘后，观察着这个前来与她幽会的男人。这是一个多么有趣的画面，西门庆在环视厅堂，而林太太却在打量他。映入林太太眼帘的"西门庆身材凛凛，语话非俗，一表人物，轩昂出众；头戴白段忠靖冠，貂鼠暖耳，身穿紫羊绒大氅，脚下粉底皂靴，上面绿剪绒狮坐马，一流五道金纽子"。西门庆这一身的穿戴打扮，整齐得体，颇显实力。而这位也很有阅历的贵妇，则透过西门庆那无可挑剔的外貌，看出西门庆"就是个富而多诈奸邪辈，压善欺良酒色徒"。但林太太还是"一见满心欢喜"。

为何林太太会对"多诈奸邪""压善欺良"之徒"满心欢喜"呢？难道真像俗语所云：男人不坏，女人不爱吗？其实不然，林太太眼里所见的西门庆是"富"，是"色"，写西门庆"多诈奸邪""压善欺良"，那是作者指出来给读者看的。所以，林太太观察一番西门庆的结果，便是西门庆被请进了内房。因为，这位贵妇人觉得，出来厅堂见西门庆颇为有些"羞答答"，她不好意思在悬着"节义堂"匾额的厅堂，会见这样的恩客。好一个知情识趣的林太太，如此具有羞耻心。既是皮相之会，在自己卧房里接客，当然比在有节义、有正气的客厅更有心理的优势，更能自然应景些。林太太还算是对王家的祖宗有个忌惮，在伦理上还有个羞愧感做底线。否则，她就真是太过无耻了。

进了内房的西门庆还是按礼数，向林太太行了跪拜大礼。而这位林太太也以一个母亲的身份，向西门庆诉说了儿子的不轨之事，希望能得到帮忙。他们之间的言谈举止中规中矩，在情在理。可西门庆和林太太双方心里都十分清楚，这些冠冕堂皇的言行，只是为行将到来的幽会主题作必要的铺垫罢了。所谓醉翁之意不在酒，但酒也是不可缺少的。就这样，林太太和西门庆在酒足饭饱之后，该谈的正经事也谈完了，剩下的就该是温馨时刻了。

想想林太太与西门庆正襟危坐、客气有礼交谈的画面，着实是太过逗笑了些，这样的幽默与讽刺，必是要令人喷饭的。龌龊交易前，配上这样一个彬彬有礼的前奏曲，倒也一如当下的某些交易洽谈场合和程序，看来这时空虽易，用冠冕堂皇的理由来掩饰苟且的用意和过程手段，倒是大同小异。

西门庆对这次幽会是有备而来的。他不仅带了淫器包，还吃了壮阳药，"当下竭平生本事，将妇人尽力盘桓了一场"。林太太对遇见这样一个卖力的"面首"，该是很满意的吧。然而，这种你需我要的交合，究竟与两情相悦相去太远。使用"尽力"二字，正显示出西门庆在以性能力征服女人的生活中，遇上了一个强劲的对手。这次幽会中的两性征战，林太太具有明显优势。此役完结后，西门庆心有不甘，还想着伺机再来，一定要找回他没能征服对方的心理平衡。

商人出身的西门庆，对重要的客户一贯是重诺守信的。第二天，他便派出人马，着手整治了王三官等一伙人。西门庆办这事相当认真麻利，行动快速有效。年轻的王三官给吓得屁滚尿流，不知所措。在西门庆的安排下，那伙纠缠王三官的痞子流氓，被西门庆狠狠收拾了一顿。至于西门府二房李娇儿的娘家，丽春院妓馆，从此被西门庆打入了另册，西门庆与李桂姐也"疏淡"了往来。林太太因有了请西门庆管教儿子的由头，与西门庆的往来也由地下转到了地面，他们两人的交往可以公开后，西门庆便经常大摇大摆地从正门出入招宣府。

含恨含娇独自品

西门庆晋升官阶进京，他从京城给新情人林太太带了"一套遍地金时样衣服：紫丁香色通袖段袄，翠蓝拖泥裙，放在盘内献上"（第七十二回），作为林太太的生日礼物。而林太太对接受这样的礼物进献，早就习以为常。对这样一套"金彩夺目"的时髦服装，也不过只"先是有五七分喜欢"罢了。林太太对感官满足的要求，比实体的物质馈赠更为看重。就在这次生日筵席上，林太太让儿子王三官拜西门庆为义父。林太太此举的用意不仅是为了能与地方势力交好，更是给自己找一个名正言顺的理由，以便能与西门庆长久公开地往来。西门庆既是林太太儿子的义父，经常到招宣府看望义子，这既合乎所谓的人之常情，也不会给旁人有说长道短的口实，林太太还可以在心理上给自己有悖伦常的行为，找一个自欺欺人的安慰。这番精心安排还有另外的一层意思，林太太想要断了西门庆对王三官妻子黄氏的非分之想。可她哪里会知道，不是有个假名分的义父子关系，就能挡住西门庆刻意报复的心的。

新年又到了，王三官来给义父拜年。前脚才走，后脚西门庆就叫小厮玳安告知文嫂，他要约会林太太。到了初六，西门庆准时赴约。有了第一次幽会的经验，西门庆在心理上准备得已很是充分，他这一次是要"鏖战"林太太。这又是一次床笫间征服与被征服的博弈，西门庆与林氏双方都以感官的快乐满足索取为目标，这场征战，最终以西门庆的性虐待宣告结束。精疲力竭的西门庆，终于颇为得意地邀请林太太，还有王三官年轻美貌的妻子黄氏，在元宵节一起到西门府中观灯。西门庆的邀请，对于情场人事老到娴熟，为人又多疑谨慎的林太太而言，已是露骨三分。只见林太太是满口的应承，使得内力不支的西门庆"满心欢喜"。林太太亦是个风月老手，她当然清楚西门庆得陇望蜀的企图和用心。林太太之所以毫不犹豫地答应了西门庆，就是想要涮一涮这个自以为是的登徒子。

西门庆回去后，在府里认真安排了节日观灯、放烟火的事儿。吴月娘听说西门庆要她邀请堂客，其中有从未见过面的王三官娘子和他的母亲时，心想，王三官是西门庆的义子，请他娘子黄氏来也就罢了，怎么连这义子的妈都要一起邀请呢？吴月娘不禁奇怪地问西门庆："那三官儿娘，咱每与她没大会过，人生面不熟的，怎么好请她？只怕她也不肯来。"（第七十八回）吴月娘哪里会知道其中的各种曲折，更不知晓王三官的妈已是西门庆的老熟人。

林太太戏涮西门庆一节写得真是有声有色。西门庆请堂客会的这一天，招宣府里的婆媳俩，以及刚刚到任，做西门庆副手的何副千户的漂亮娘子蓝氏，却是迟迟没有露面。西门庆一心挂着王三官美貌的妻子黄氏，可就是不见人来，急得他"使排军、玳安、琴童儿来回催邀了两三遍，又使文嫂儿催邀"。在西门庆切切不已地盼望中，时间已是日头正午了，才见林太太的轿子来到。看到只有林太太一人前来时，他竟顾不得礼貌地问道："怎的三官娘子不来？"林太太的答复很有意思："小儿不在，家中没人。"这明明就是推脱之词，况且语气甚是冷淡，这让在女人身上从没有失过手的西门庆，不禁显露出一脸的失望，林太太此时的心里是有多少的暗自好笑。在他们屈指可数的几次交往后，林太太对西门庆的贪婪德行，已然很是了解。这位老奸巨猾的林太太，她让西门庆在这一天里，把期待和失落的心理变化，把感官欲望得失的大起大落都经历了一遍，这便是林太太有意姗姗来迟的一个原因。想要报复王三官的西门庆，终究还是被王三官的娘给报复了。

到了晚间上灯时节，燃放烟火不久，林太太便起身告辞，走了。这一场情人相会，林太太使西门庆尝试了一次多情反被无情恼的滋味。这位半老徐娘，把个不知天高地厚的色鬼，耍弄得一愣一愣的。西门庆目送着林太太的离去，还没来得及想明白林太太为何没让他见王三官娘子，还没意识到自己被人故意捉弄了一番，随后便一命呜呼了。而刚从花里胡哨的西门府起身离开的林太太，此时还不知在回家的路上是怎样的偷着乐，是如何对文嫂讲着这一切过程，又是如何开心地一脸窃笑。试想，这个惯于偷香窃玉的林太太，也很会嘲风弄月的风流寡妇，此时若是听到了西门庆的死讯，不知她的笑容会不会僵在那张风韵犹存的脸上。她对西门庆曾露出鄙夷的眼神，不知是否也是对自己行为的一种下意识鄙夷。

林太太对与她有染的"面首"们，基本是抱着一种玩弄的态度，其中也包括对西门庆的玩弄。这一如西门庆对众多女性的玩弄一样，都是属于不道德的行为。然而林太太生长在一个性别歧视、压迫十分深重的时代，她的婚姻是包办的，她年轻时丧夫守寡却不能再嫁；她拥有显赫的家声财富，却得不到一份应有的安全感，她不能拥有一个属于自己的生活。像林太太一类的女人们，她们该向哪个"青青子衿"，去倾诉她们的"悠悠我心"呢？

林太太已成年的儿子，可以置画中人般的妻子于不顾，整天嫖妓宿院，花天酒地。而已是中年的母亲，却不能找个男子改嫁。在这个对两性的性行为、性道德评判实行双重标准的社会里，生存于其间又不幸是女人，且又有幸是个富贵女人者，除了采取游戏消遣的态度对待自身与他人，又或者是孤寂悲苦之外，还能有其他的选择吗？她们又能改变些什么呢？林太太选择了游戏消遣的态度，这从某种意义上说，也是对虚伪道统标准的背叛。在一个女性的社会价值和生命意义完全由男性来进行判定和赋予的社会，女人能归属于怎样的社会阶层家庭，以及在这个家庭中的地位如何，也就成为女人本身社会地位定性以及自身价值高低的显著标志。能过着呼奴唤婢的生活，实现锦衣美食的理想，在家庭中具有实际权利的运作等，这些大多是女人对自己生存意义最为世俗的理解，也是最为实在的一种追求意识了。

财富与美貌，地位与权势，这些普通女子有可能要花费一生求取的东西，在林太太身上根本无需费劲追求，她几乎是命中注定拥有一切的人。

不过正如《圣经》有言：上帝在这里关上一扇门，就会在那里打开一扇窗。这位好命与生俱来的林太太，正值青春少妇的时候却失去了丈夫。在女人最美妙的芳华岁月，她却必须要持家抚子，度过她自己的守寡岁月。想当初，潘金莲在招宣府学艺时，身为女主人的林太太，也曾有过曼妙歌舞、优雅轻松的生活，可如今都已成了她梦一般的记忆。富贵的家世，没有使这位林太太感到过自己生命的充实，以至于当她年近不惑时，还在孜孜以求感官的愉悦满足。或许是因为生活从未有过冷暖之虞，或许是因为幽闭的深宅大院天过孤单寂寞，又或许是她有着不为人知的巨大情感愤怨。可不管是何种缘由，林太太最终让自己成了一个花娘，她把自己与一个个男人的幽会，当成了生命时光的消遣，把与男人们偷情，作为她生活中必要的一种调味剂。她向文嫂笑说这些貌似正经的色男们，在床帐中各种各样的窘态，述说着她是如何开心地将他们玩弄于股掌。

林太太这一人物形象的意义，早已超越了以往道统对女性行为规范的评价，也跳出了时代与王朝的谴责话语，而进入到一个更为深广，旨在关注人性与两性话语的语境之中。几百年后的英国文学中，出现了一个与林太太十分相似的文学人物，即 1938 年，由英国女作家达夫妮·杜穆里埃创作的长篇小说《吕蓓卡》中的女主人公吕蓓卡。这个从未出场，却引人惊悚的贵妇人，轻而易举地把王公贵胄、名门公子玩弄于股掌之上，并把这些身份贵重的男人当成笑料，时常和自己的女仆一起，嘲笑贵胄们的狼狈行藏。这部小说因电影《蝴蝶梦》而名声大噪。林太太形象的出现，可说是中国长篇小说人物画廊中的一个新亮点。

纵观世界文学人物系列，不论是东方文学中的故事，还是西方文学中的故事，贵妇人的文学形象不胜枚举，各有风骚。尽管东西方贵妇们因文化的养成十分不同，她们对于生活内在含义和价值的定位也多有差异，但这些被视为高贵的女人们，她们对富与贵的生活向往，对拥有权势大小比拼的执着，尤其是那份对灵与肉的满足渴望，那种女性特有的，藏于心底里对于爱与情的热烈追求，包括对物欲占有的疯狂程度等，都要比普通女子来得更加地肆无忌惮。贵妇们可以为了家国民族大义凛然、慷慨献身、不畏生死，但她们也可以为一己私欲而不择手段、寡廉鲜耻，无所不用其极。她们对个人情欲缺乏制约的任性追逐，显得十分可怕。她们的情欲不论是正向的，还是负向的，不论是爱情的，还是亲情的，大多都显得过分猛烈和炽热，足以使人毁灭。

林太太以感官享乐为体现自身存在的目标，这确实不像她的身份那般高贵，但却是她人生命运的唯一主题。这个主题古老而久远，生动而隐秘。从这一点看，描绘林太太这一人物形象所触及的问题是，在以男性为中心的社会里，女性生命中那种深层次的悲哀：既存在生理宣泄阻碍的苦恼，也有着情感心理无依的悲哀。虽说，游戏生活的人最终会被生活所戏弄，林太太在玩弄西门庆身心的同时，也是在残酷地玩弄自己的身心。但如果是人，尤其是女人，他们只能用放弃作为人所应有的人格和尊严，才能获得自身价值的实现，那不是十分可悲的社会现象吗？

林太太这样的人物确实可鄙可憎，但也可悲可怜。

12

李桂姐

的女人
烟花柳巷倚势谋利

章台新柳是杨花

《金瓶梅》中涉及妓家风月的人物中，李桂姐是当之无愧的浓墨重彩者。从身份上讲，李桂姐是清河县妓院丽春院的新晋头牌。从人脉上说，她是西门府里二房姨娘李娇儿的亲侄女。当年李娇儿人老珠黄、声名过气之时，西门庆刚刚发迹起来，因图一时虚荣，花了三百两银子的高价，给李娇儿赎了身，让她脱了妓籍，把这个当年的老相好娶进家中做了二房姨太太。从此，这清河县风月之地的丽春院，便成了西门庆自家的后院，有了所谓的姻亲关联。

可一个歌舞之地、温柔之乡的丽春院，怎可没有拿得出手的叫座姑娘？李桂姐便是凭借她的莺喉婉转、善演时尚新曲，还通晓音律，弹得一手好琵琶，倏然成了清河县里声名鹊起的新一代当红女伶，风头自是盖过她的姑母，当年清河名伶的李娇儿。

李桂姐在她初出茅庐、为了显山露水而四处出台之际，正好遇见了西门庆和他的九个市井宵小、篾片混混一起结拜兄弟的酒宴，这是李桂姐在

西门庆梳笼李桂姐

小说中的首次亮相。与李桂姐在一同场面上亮相的还有两个歌妓，她们三人组成了一个新的演唱组合，西门庆见是妓院中新出的后辈登台亮相，自己并不认识，不免要逐个打听清楚她们的姓名和来历。

当西门庆听说李桂姐是自己的二房李娇儿的侄女时，他不由感到有些好笑，便道："六年不见，就出落的成人儿了。"（第十一回）西门庆说这话，不仅带着惊讶，还有些自嘲。西门庆自诩是妓馆行院里攀花折柳的常客，馆阁楼台中勇占花魁的老手，况且他与这丽春院曾经有着历久时长的往来史，尤其是娶了李娇儿后，他与丽春院还有了一层姻亲的关系。西门庆笑自己，竟然没有注意到丽春院捧出了这样一个颇有姿色、技艺出众的大侄女当新红伶。作者此一笔隐写出了一个梗儿，那便是自李娇儿嫁进西门府后，西门庆已有相当长的时日不曾来丽春院走动过。

乖巧伶俐的李桂姐，乘机在酒席间利用西门庆是她姑父的这层长辈关系，对西门庆那是一个"殷勤劝酒，情话盘桓"。而这"情话"，当然不是男女之间的打情骂俏，而是那种不熟悉的人之间，竟又攀扯出亲戚关系时，言语交际上常常会表现出来貌似亲热，实则无话找话的寒暄而已。西门庆既知晓与李桂姐沾点亲带点故，当然要与她说点场面上的话："你三妈、你姐姐桂卿在家做甚么？怎的不来我家走走，看看你姑娘？"这话说得没心没肺，虚情假意。但李桂姐的回答却老练圆滑，半真半假："俺妈从去岁不好了一场，至今腿脚半边通动不的，只扶着人走。俺姐姐桂卿，被淮上一个客人包了半年，常是接到店里住，两三日不放来家，家中好不无人。只靠着我逐日出来供唱，答应这几个相熟的老爹，好不辛苦。也要往宅里看看姑娘，白不得个闲。爹许久怎的也不在里边走走？放姑娘家去看看俺妈？"这一问一答中，不难感到西门府与丽春院的交集，早已不是往日的光景。很显然，丽春院的老鸨，李娇儿的姐姐是患了中风，这不算很小的事情发生，可西门庆压根儿就不知道。由此可推想，李娇儿大概也是不知道的，又或者知道也没有当回事儿，并未告诉过西门庆。又或者西门庆是知道的，不过并未当回事儿，也早忘了。可不管是否知道或当回事儿，都可想见李娇儿对她曾经寄身于此，并得以出名的丽春院，并没有应有的那份亲近感，对经营丽春院的姐姐，也没有应有的关切。李娇儿的态度必会对西门庆产生影响，西门庆自然不会对丽春院有以往李娇儿在时那样的密切走动。通过李桂姐与西门庆之间寥寥数语的对话，便可直观写出李娇儿、西门庆与丽春院之间的过往人情，早已相当疏远。

西门庆对李桂姐虽是刚见面不久，并不熟识，可李桂姐对这位姑父，却像是自己久别重逢的亲人，话语间毫无违和感不说，还捎带出丽春院生计困顿，她一人以薄力持家不易的意思，这一下就引出了西门庆惯有的怜香惜玉之心。李桂姐这番絮絮叨叨、家长里短的琐事陈述，表面平常，可却是话里有话：这丽春院生意清淡，你身为姻亲的姑父也是面上无光的吧？这藏而不露且十分凌厉的词锋，给西门庆留下了少有的尖锐感觉。李桂姐初入江湖，在应对老于世故的西门庆时，竟能够如此的言语含锋，语态沉着，不慌不忙，可见其人着实是人情练达，惯常八面玲珑，这倒有些出乎西门庆的预料。所以，西门庆顷刻间感到这小女子口齿伶俐、说话老到，他对李桂姐"一团和气，说话儿乖觉伶变"的样子，自是产生出许多的意外，而这多意外的聚合也就成了一种好感，挑起了西门庆想要征服这小女子的欲望。

李桂姐并无惊人之艳，但却以她特有的小女儿情态，引得西门庆"就有几分留恋之意"，席间赠予她"汗巾"，还有"连挑牙与香茶盒儿"等一些带有男女间暧昧意味的小物件儿，又主动提出要送李桂姐回家。等到酒席一散，西门庆真是亲自陪李桂姐回了丽春院。李桂姐对西门庆有意想要拉近两人间关系的做派，自是心知肚明。首次重大亮相，可谓大获成功，她一下就抓住了西门庆这样一个地方新贵和财神爷。李桂姐心中知道，只要抓住西门庆这个行院老手，只要有这个集权势和财势于一身的姑父捧场，她想要追求名震清河的人生第一个小目标就不难实现，而艳压群芳的时刻也是指日可待的。

西门庆又勤到丽春院走动了，再次复制他往昔追捧李娇儿的手段。这是一次充满了表演性质的调情过程，西门庆要李桂姐唱支曲儿给他听，可"那桂姐坐着，只是笑，半日不动身"。这是啥玄机呢？西门庆竟然有点看不懂了。不过一会儿之后，西门庆回过味儿来，他拿出了"五两一锭银子来"，这李桂姐才给西门庆表演了一曲。这是很有意思的一个桥段，别看李桂姐小小年纪，但她是从小在妓家行院里长大的，她对自己身价那是把握得准准的，绝不会无售而歌，白白被人占了便宜去。更何况拿腔作势、自抬身份是这一行里人的必备，李桂姐绝不会因为西门庆是她的姑父，还对她有点小暧昧的暗示，就会放开嗓子，为西门庆高歌一曲。在看不到真金白银之前，哪怕是只唱一首歌，那也是不行的。李桂姐头脑里的认知其实很朴素，那就是所有来到丽春院的人都是她的客人，而客人要她做的一切服务，那都是要付出银两的，李桂姐可不管这客人是属于什么样身份的人。

李桂姐不俗的演技、动听的歌喉，使得西门庆"喜欢的没入脚处"，便动了心，想按照妓家行院里的规矩和这小侄女结婚，把李桂姐给"梳笼""包占"了。所谓梳笼，即指嫖客长期固定占有一个妓女，妓院也就形同民间人家嫁女儿一般，举行一个热闹的仪式，表示不论出价多寡，该妓女都不再接待别的客人，妓院也不会再挂她的牌子令其出台。同时，出钱"梳笼"妓女的恩客，不论是否来行院，每月都要付赡养这女子的例银费用，以及所属妓院的经营管理费，支付方式可按月或按年付给，就是通常所说的包养起来。妓家行院必须摘掉该女子出价牌子，该女子也不再参与任何应酬活动。虽说这样一来门庭可能不热闹，但被"梳笼"的妓女能给妓院带来一份只赚不赔的稳定收入。

西门庆为了表示对"梳笼"李桂姐是慎重其事的，当晚"就在李桂卿房里歇了一宿"。李桂卿是李桂姐的亲姐姐，西门庆用娶妹宿姐表示对"梳笼"的重视，就算是在妓家行院里，也让人觉得矫揉造作，虚伪可笑。此一笔，充满了对妓家肥水不流外人田式的逐利思维的极大讽刺。西门庆虽是宿在李桂卿房里，宿费和酒水茶钱劳务费，样样都是要照单付钱的。虽说"梳笼"的费用是西门庆独支，但给李桂卿的夜资费是不会有折扣的。西门庆如此着急办理"梳笼"仪式，是因为他知道，早一天把李桂姐包养起来，就早一天把李桂姐变成他的专供，他人就再难以染指，这是西门庆买卖要锱铢必较的心理表征，也是商人减损经营思维的下意识反映。丽春院得到了西门庆全部的消费所得，西门庆占有了丽春院的全部可用资源。丽春院也好　西门庆也罢，这种市井中人惯常有的小心思，终归是如出一辙，双方不过是通过姻亲之名彼此算计而已。

第二天，西门庆拿五十两银子，四套衣裳，正式举行"梳笼"李桂姐的仪式。西门庆"梳笼"李桂姐，虽说在辈分上有乱伦之嫌，可西门府二姨娘李娇儿却是十分高兴。西门庆"梳笼"侄女儿，这不仅给了丽春院一个强大的保护，也是对府中那些当面背地鄙视李娇儿出身低贱者最好的打脸。李娇儿知道，只要能有西门庆的帮衬，丽春院娘家就能够在这个行当里重振风骚，再争势头。为此，她才不会去计较什么辈分称谓的劳什子。李娇儿要的就是能在府里既解了气，还有了西门庆撑腰的局面。

别人的新婚未必不是他人的心凉。那位刚被娶进西门府月余，也还算是新娘子的第五房姨娘潘金莲，可是满心满腹的怨气。美丽出众的潘金莲，几经磋磨，不惜杀夫守寡，好容易才嫁入西门府，新婚不过月余，丈夫西门庆竟然对妓家流连忘返，还"梳笼"了一个雏妓，这让她情何以堪？这让府里的人用怎样的目光看她？内心自卑外表好强的潘金莲，唯有以彼之道还施彼身之手段，才能重拾她可怜的自尊。

西门府中这一切明里暗里的骚动，对李桂姐而言无关紧要。李桂姐要过的是自己与西门庆的蜜月，想的是西门庆长久的供养和赏礼，这是生意，是买卖，维持经营才是硬道理。李桂姐常是娇娇媚媚，憨态可掬。她使出浑身解数，把西门庆弄得神魂颠倒、不辨西东。西门庆竟然置阖府一家人等于不顾，宿在妓院半个多月也不回家一次，就连正房吴月娘要接西门庆回府里去过生日，潘金莲暗地遣人送来寄相思的情词，也都唤不来他回家一次。

一天，李桂姐在得知西门府中的女人们呼唤西门庆回家一事后，竟然红颜一怒，随言珠泪涟涟。见此情景，西门庆立即踢了传话的小厮两脚，撕了潘金莲寄予相思的帖子，又当着李桂姐的面大骂小厮："家中哪个淫妇使你来，我这一到家，都打个臭死。"（第十二回）这壁厢是李桂姐装腔作势的哭哭啼啼，那壁厢是西门庆倍加温柔的蜜语奉承，好容易才算是"窝盘"住了这个娇娇娘，平息了李桂姐的一腔怒火。然而，西门庆终于还是回家了。李桂姐既已是西门庆打包拿下的货品，只要不断了给丽春院和李桂姐的一应供养，李桂姐就一直是西门庆的人。西门庆十分明白，自己的生日应酬必须回到西门府筹办，那才是名正言顺，才能合乎礼数。李桂姐再怎么骄纵，也必须要按礼数进到西门府里，向西门庆拜寿，向西门府中有名分的女人行礼。

在李娇儿的引见下，李桂姐拜会了吴月娘，还特意提出想见见那位会写情词的潘五娘。已是西门府里有名有分的潘金莲，此时当然不会把这些妓院里的庸脂俗粉放在眼里，她来了个闭门不见，这使得李桂姐"遂羞讪满面而回"。潘金莲的折辱之仇，李桂姐当然是立刻就要报的。回到丽春院后，李桂姐装模作样，向西门庆一通撒娇闹脾气，迫使西门庆最终答应了她的要求。西门庆回到家里，以相思为名，哄骗潘金莲剪了一束黝黑的头发给了他。西门庆把潘金莲这束代表相思的头发，拿给李桂姐垫了鞋底，让李桂姐每日踩踏。李桂姐采用这种充满暗示意味的古老巫蛊之术，以解她心头之恨。

人面桃花逐水流

李桂姐自从被西门庆梳笼后，连带着丽春院也风光了许多。西门庆此时对李桂姐正是浓情蜜意之时，甚是百依百顺，不仅有男欢女爱的亲密，还多了一层长辈怜惜的关照。他把手中几乎所有的人际应酬的酒水饭局、休闲娱乐统统都放在了丽春院。李娇儿的弟弟、李桂姐的叔父李铭也被西门庆请到府里，做了调教四个房里大丫鬟弹唱的教头，李铭不仅享受每日三茶六饭的待遇，每月还拿到了西门庆付给五两银子的教习报酬。此外，西门庆给李桂姐每月二十两银子的定钱，除了陪陪西门庆，她就再无其他接客事项要做，这使李桂姐避免了不少遭受蹂躏欺辱的事情。如此这般，若以一般常态社会的人情来理解，李桂姐该对西门庆忠心不贰才对，就算西门庆不需要李桂姐对他感激涕零，但至少李桂姐也会有点感恩的心吧？

可惜，感恩一词对妓家而言，原本就是一个生僻词。

时过境迁，浓情变淡。当西门庆把李瓶儿娶进家门，再邀约朋友上丽春院时，迎接他的只有那李桂姐的老娘和姐姐李桂卿了。"怎么桂姐不见？"西门庆问，李桂姐的娘，丽春院的老鸨说："桂姐连日在家伺候姐夫，不见姐夫来到。不想今日她五姨妈过生日，拿轿子接了，与她五姨妈做生日去了。"（第二十回）有些失望的西门庆只好先摆上酒席，等待着李桂姐的回来。谁知人有三急，酒席间去茅厕方便的西门庆在后院窥见的一幕，令他无比受伤。西门庆"梳笼""包占"，受他供养的李桂姐，竟然陪着另一个男人在喝酒。西门庆瞬间倍感受骗，怒火中烧。可李桂姐不是西门庆"凭媒娶的妻"，大不了是丽春院和李桂姐在生意上不守信罢了。西门庆不能、也不愿当面跟李桂姐翻脸，他只好认了。做了冤大头的西门庆，快步来到丽春院前厅，他一鼓作气，砸了桌椅板凳、窗户墙壁，嚷嚷着要把李桂姐和她的嫖客一起抓起来。李桂姐在后院听到了一片嘈杂，待听得是西门庆大闹，她一脸不屑，完全是一副经历过大风大浪的样子，只见她不慌不忙，冷静沉稳地面对那个吓得浑身乱哆嗦，口里直喊"救命"的嫖客道："呸！好不好，就有妈哩。不妨事，随他发作，怎么叫嚷，你休要出来。"

李桂姐真是个太有主张的人，她很了解西门庆，她知道西门庆不能拿她怎样。西门庆大闹一场后，愤愤而去，除了发誓再不上丽春院，不进李家门之外，也没能对李桂姐如何。这场妓院风波之后，李家让西门庆的那帮狐朋狗友代为调停，毕竟西门庆是当地一个有势力的财主，李桂姐也是他捧红的。既然只是一场买卖，多个人缘多条路，不必为生意上的事情把与财主的关系闹僵了，丽春院本是求财不求气。西门庆心里既不舍李桂姐的好风月，又抛不下江湖上浪子班头的名声，丽春院和西门庆两下里都清楚自己要的是什么。李家在丽春院摆下了赔礼酒席，西门庆也在这帮酒肉弟兄的一番说笑调侃、插科打诨中，与李桂姐冰释前嫌。

西门庆做官后，李桂姐更注意加强与西门府的关系。律法规定，官员不许留宿妓院和嫖妓。丽春院该怎么保持与西门庆的紧密关系？只靠失宠的李娇儿显然不行，李桂姐自知，无论如何，背信弃义的梗儿毕竟横在西门庆心里，她也难以重获郎心。她灵机一动，想出了拜正房娘子吴月娘为干娘的招数。就在西门庆为了庆贺做官而大摆酒宴的第三天，李桂姐买了礼物来到了西门府，还特意为吴月娘做了双鞋子，并正式拜吴月娘为干妈，吴月娘也受了李桂姐的跪拜礼，认下了这个妓家干女儿。之后，李桂姐便大模大样地坐到了炕上，看着其他的歌妓们都坐在下边一条杌儿上，这其中也包括和六房的李瓶儿关系极好的吴银儿。此时此刻，李桂姐攀上高枝儿成凤凰的优越感油然而生，她这心里就甭提有多得意了，只见"那桂姐一径抖擞精神，一回叫：'玉箫姐累你，有茶倒一瓯子来我吃。'一回又叫：'小玉姐，你有水盛些来，我洗这手。'"吴月娘房里的丫头们，被李桂姐使唤得团团转。其他出身行院里的女孩子们，不由大眼瞪小眼地看着这个得势张狂的李桂姐，不知该如何言语了。陡然间涨了身份的李桂姐，冲着她曾十分妒忌的对手吴银儿道："银姐，你三个拿乐器来，唱个曲儿与娘听，我先唱过了。"（第三十二回）言下之意，我李桂姐唱的曲是给女主人听的，我现在让你们唱给我与女主人同听。吴银儿等歌妓无奈，只得给吴月娘和李桂姐唱曲子。等到酒席正式开始，歌妓们都出去陪客演唱，李桂姐摆出了一副她很与众不同的样子，对吴月娘说："我今日不出去，宁可在屋里唱与娘听罢。"

李桂姐拜干娘这一招，不仅仅是为了与同行，尤其是劲敌吴银儿一比高低，争做歌舞风月场买卖的生意头寸，更是因为西门庆的缘故。李桂姐虽然和西门庆和解了，但两人心里都有了芥蒂，没有了过去的亲密感。李桂姐现在有了吴月娘干女儿的身份，便与吴月娘拉近关系。而与府中女主人的距离近了，与男主人的距离还会远吗？这样一来，丽春院可以在市场上借西门府的势力招摇，借与官家走动的姿态以壮大门面，也可在同行面前遮掩住西门庆对李桂姐，以及整个丽春院的冷落和疏远。西门庆知道李桂姐成了自己的干女儿，自是不好意思撤销每月二十两的供养银子，李桂姐则能够名正言顺地接待其他嫖客，赚取更多的钱。李桂姐拜干妈，真可谓是放大招，无疑是一箭四雕之计：抢了吴银儿的势头，得了西门府的倚仗，掩饰了被冷淡的尴尬，做了更多的买卖。好个精明透顶的李桂姐，西门庆的钱给的再多，终究还是买不来一个烟花女子的情分。

李桂姐依旧操持着她唱曲卖艺，前门迎新、后门送旧的营生，西门庆也并不想过问。李桂姐只要还收下西门庆供养的包银，不明显接待任何固定常客，西门庆也就对这个曾经倾心的青楼红粉睁一眼闭一眼。可这个精于算计的李桂姐，终于给自己找了麻烦。

王招宣府的唯一继承人王三官，本是个游手好闲的浪荡纨绔子弟。成年掌家后，他的妻子黄氏因丈夫宿妓豪赌，眠花宿柳，长期不思归家，便一状告到了在京城做太尉的叔叔那里。这个太尉大人随即利用官府的能量，把这家妓院和帮王三官嫖妓的一干人等都给抓了起来。这家妓院就是丽春院，李桂姐被吓得逃入隔壁的院内，才侥幸没被官衙的人给关起来。

第二天一大早，惊魂未定的李桂姐悄悄来到西门府上，一把鼻涕一把泪地跪在地上，哀求西门庆帮她脱了这桩抓捕嫖赌案子的干系。早已知晓个中缘由的西门庆，此时面带笑容，安静地听着李桂姐前言不搭后语的辩白。李桂姐见西门庆面带诡谲的笑容，心里更是发虚，她又让吴月娘帮她说话。西门庆考虑到吴月娘的面子问题，勉强答应让府里的下人到京城去打点此事。李桂姐得了西门庆的应承，便住在西门府里避难。日子又过得舒心畅意了起来，她不用再为官司操心，只需不时为西门庆、吴月娘在家宴应酬时弹唱曲子即可。

李桂姐混迹江湖毕竟还不够老到，她真是把西门庆想简单了。以行商出身的西门庆那是很会算账的，他为李家官司花费的钱，不能因为有姻亲关系，或是对李桂姐有过的"梳笼"缘由就白花了。西门庆除了让李桂姐给他的家庭应酬唱曲外，他还要从李桂姐的身体上找回来他所有的花销。李桂姐在西门庆的眼里，压根儿不是什么干女儿，而是他包养的"粉头"。在嫖客眼里，妓女永远是妓女，形式和称谓是掩盖不了妓家的本质的。

西门庆在府中花园的藏春坞山洞里，把李桂姐给好好玩了一把，他为的就是做平自己的花账。西门庆这貌似乱伦的行动心理实质其实很明白，他玩李桂姐是花钱为享受，扯不上什么乱伦不乱伦的伦理纲常。李桂姐对此是相当地明白，她知道在西门府的花园山洞中，也一如在丽春院的床上一样，她可以满足西门庆的一切要求，只求西门庆别拖延时间，她怕被人看见。这一点大概算是李桂姐与西门庆在交易过程中，提出的唯一附加条件吧。

然而，任何买卖人都喜欢花钱大方的顾客，王三官就是这样的顾客。初向风月场中走，年轻英俊，能文能武，花钱洒脱，出身贵重，这个招宣府中第一哥儿，就是丽春院和李桂姐最喜欢的冤大头，没有之一。李桂姐对于有这样一表人才的王三官公子给她捧场，当然是不会在乎大叔级别的中年油腻男西门庆的。京城的官司才了结，李桂姐与王三官就故态复萌，交往依旧。尽管丽春院对西门庆封锁消息，可世上没有不透风的墙。丽春院这事被李桂姐的竞争对手，那位香浓软艳的爱月轩主人郑爱月，故意在西门庆的面前透了风声，她还给西门庆指了一条勾搭招宣府女主人，王三官母亲林太太的道儿，以图报复李桂姐。西门庆为了林太太，再次使丽春院挨上了官司，李桂姐对西门府的利用关系才算是告一段落。

西门庆死后，李桂姐代表丽春院到西门府去送祭桌吊唁，她乘此机会，偷偷给姑母李娇儿说了一番盗财归院的主意。李娇儿虽说已经不想再回到丽春院里，可心中的去意也被李桂姐给激活了。之后，李桂姐又对李娇儿说，替代了西门庆势力的张二官人要想娶李娇儿进府。这表明，李桂姐又攀上了新的有权势人物。李娇儿终于偷盗了财物，离开西门府，风风光光地嫁给张二官人，做了第二房姨太太。李桂姐也再次成了风月场上要风得风、要雨得雨的大姐大。所谓风水轮流转，但对于唯利是图的人而言，浪里桃花逐流漂，风水年年都到家。兰陵笑笑生笔下的一干青楼女子中，李桂姐是刻画得最到位的一个，这一人物形象具备了相当突出的妓家心态特征。

在李桂姐的生活信条里，一是钱，二是权。这信条本身就是妓家心态的产物，实在不值得大惊小怪。身为妓女，公开表露这种心态和这样的行为，使人一见而知，便能防范有加。可怕的是在一个社会里，正当行业的体面人，甚至是社会精英领域里的那些"有识之士"们，也把钱和权作为自己生活中的唯一信条，当成了一生追逐的终极目标。这种弥漫于社会各个阶层、各个领域、各个角落、各种角色人等为钱、为权的人生心态，就是一种隐蔽而曲折的妓家心态。而正是这种妓家心态不可遏止的蔓延，才构成了对社会体制的极大危害。正义和原则，良心和情操，官职和责任，文明和野蛮等，一切的一切，不论是物质的还是精神的，也不论是有价的还是无价的，统统都可以被拿将出来，成为可交易、可买卖的"东西"。妓家之心，何其可怕！

李瓶儿病缠死孽

13 郑爱月 除却商机不言风月的女人

欢场红粉瑶台姬

　　世上有百业，行分三六九。虽说《金瓶梅》中写西门庆流连风月，纳娼娶妓，实为社会清流所不齿，可说到这娼妓一脉，还真真是人类历史上渊源最为久远的一个古老行当。且不说西方古罗马之名妓，就我华夏古老职业中，很早就有妓家纳税的记录存留。《板桥杂记》有载："管仲相桓公，置女闾七百，征其夜合之资以富国。"可见君主们在争霸天下时，并不在乎国库里的银钱来得是否合乎道德节操。既是一种行业，商业运作必不可少。若说李娇儿、李桂姐出身的丽春院是清河县的秦楼，那另一个叫爱月轩的地方，就是清河县欢场上真正的楚馆。

　　随着西门庆官场上平步青云，他对秦楼楚馆的风月趣味，产生了升级换代的要求。以他当年生药铺的小业主身份，只喜欢钻进黑黢黢的暗娼格子间，到荣升掌刑千户官职后，命人拿帖子请名伶们唱堂会养名角儿。西门庆生日这天，他请了清河县四个顶尖级歌妓来弹唱助兴。掌刑大人府上有请，青楼的小女子们无不趋之若鹜，都答应来给西门大老爷祝寿，"止有郑爱月儿不到"。郑爱月就是爱月轩的女主，西门庆在寿宴前的两三天就对此人下了预定，可郑爱月竟以王皇亲家请她去为由，对西门庆寿宴说，不来了！西门庆此时可是全县炙手可热，在山东省也大名鼎鼎的富官，办寿宴竟然连个妓女都请不来，实在是没面子透了。西门庆当然不会善罢甘休，只见他叫过小厮吩咐道："你多带两个排军，就拿我个侍生帖儿，到王皇亲家宅内，见你王二老爹，就说是我这里请几位人吃酒，这郑爱月儿答应下两三日了，好歹放了他来口。倘若推辞，连那鸨子都与我锁了，墩在门房儿里。这等可恶，叫不得来，就罢了！"（第五十八回）小厮走后，西门庆的朋友奉承道："哥今日拣的这四个粉头，都是出类拔萃的尖儿了，再无有出在他上的了。"可见郑爱月的艺名着实响亮。

西门庆请的客人都到了，郑爱月一行人才来到。西门庆着意地打量这郑爱月："穿着紫纱衫儿，乜纱挑线裙子，头上凤钗半卸，宝髻玲珑。腰肢袅娜，犹如杨柳轻盈；花貌娉婷，好似芙蓉艳丽。"好一个娇俏的女子，她竟不把掌刑大人的预约当回事儿，余怒未消的西门庆质问她："我叫你，如何不来？这等可恶，敢量我拿不得你来！"郑爱月对西门庆的问话并不做答，而是"磕了头起来，一声儿也不言语，笑着同众人一直往后边去了"。郑爱月的嫣然一笑，西门庆心里的种种不快便化成了丝丝甜意。兰陵笑笑生写郑爱月出场，真是别有一种情调。试想，西门庆做寿开宴，定然宾客盈门，难免喧嚣嘈杂。郑爱月静若处子般的微微一笑，如清风一缕，瞬间消散了西门庆心里的燥火，留给他一道抹不去的甜美印象。

郑爱月来到后院上房，见李桂姐拿出吴月娘干女儿的架势，询问这四个小同行晚来的原因，她们异口同声，都说是郑爱月耽误了时间。这郑爱月并不申辩，她"用扇儿遮着脸儿，只是笑，不做声"。好一个爱笑的女孩儿，那份甜劲儿，引得吴月娘也瞩目定睛，一看之下不由叹道："可倒好个身段儿。"郑爱月出色的衣饰着装，使得潘金莲"且只顾揭起他裙子，撮弄他的脚看，说道：'你每这里边的样子，只是恁直尖了，不相俺外边的样子趫。俺外边尖底停匀，你里边的后跟子大'""一回又取下他头上金鱼撒杖儿来瞧，因问'你这样儿是那里打的？'"潘金莲看着郑爱月一身时鲜娇俏的打扮，心里是有多想能紧跟这市面上衣饰妆扮的流行风尚。

郑爱月可人的笑靥，使西门庆念念不忘。过了生日没几天，他就给郑爱月送去三两银子，一套纱衣作为见面的预订金。待西门庆来到郑家时，接待西门庆的不是郑爱月，而是郑爱月的姐姐郑爱香和鸨娘。西门庆在前院明间敞屋喝完了茶，才由郑爱香领着，来到姑娘们住的后院。这里的环境比丽春院更为气派，也更有讲究。但见"门面四间，到底五层房子。转过软壁，就是竹枪篱。三间大院子，两边四间厢房，上首一明两暗——三间正房，就是郑爱月儿的房"。（第五十九回）这是头牌名伶亮出的待遇，当西门庆进到房里，看到其陈设的文气和雅致，那是丽春院所无法比拟的。在客人坐等的明间里，"供养着一轴海潮观音；两旁挂四轴美人，按春夏秋冬：惜花春起早，爱月夜眠迟，掬水月在手，弄花香满衣；上面挂着一联：'卷帘邀月入，谐瑟待云来'。上首列四张东坡椅，两边安二条琴光漆春凳"。正当面悬有楷书的"爱月轩"三字。作者把爱月轩的空间结构和内里陈设层层写出，用以境衬人的手法，既渲染郑爱月优雅的生活习性，也为后来郑爱月与李桂姐的风月之争，留下了一个大大的伏笔。

西门庆"坐了半日"之后，郑爱月才出来相见。一身素妆的郑爱月："不戴鬏髻，头上挽着一窝丝杭州攒，梳的黑鬒鬒光油油的乌云，露着四鬓；云鬓堆纵，犹若轻烟密雾，都用飞金巧贴，带着翠梅花钿儿，周围金累丝簪儿齐插，后鬓凤钗半卸，耳边戴着紫瑛石坠子；上着白藕丝对衿仙裳，下穿紫绡翠纹裙，脚下露一双红鸳凤嘴；胸前摇珮珰宝玉玲珑；正面贴三颗翠面花儿，越显那芙蓉粉面。四周围香风缥缈，偏相衬杨柳细腰。"如此细致地描写郑爱月的发型、穿戴、身形，不仅是为显示郑爱月天生丽质的绰约风姿，更是为了显示真正头牌大角儿的身份、做派。婀娜素雅的郑爱月，让西门庆感觉"比初见时节儿，越发整齐。不觉心摇目荡，不能禁止"。写郑爱月清丽脱俗的外貌，更能加倍映衬出西门庆的粗鄙和庸俗。以往西门庆逛妓院，感官享乐是第一位的，他从不知道原来高档青楼，必是以显贵名流的诗词书画题写为标志。故而,西门庆一进到爱月轩满是诗书画意的氛围中,也只有羡慕和敬畏的份儿。当西门庆进到郑爱月的卧房时,他再次感受到在丽春院从未有过的雅致情调:

> 但见瑶窗用素纱罩,淡月半浸;绣幕以夜明悬,伴光高灿。正面黑漆镂金床,床上帐悬绣锦,褥隐华裀;旁设褪红小几,博山小篆霭沉檀;楼鼻壁上文锦囊象窑瓶,插紫笋其中;床前设两张绣甸矮椅,旁边放对鲛绡锦帨。云母屏,模写淡淡之笔;鸳鸯榻,高阁古今之书。西门庆坐下,但觉异香袭人,极其清雅,真所谓神仙洞府,人迹不可到者也。(第五十九回)

兰陵笑笑生不惜笔墨,如此细腻地描写郑爱月卧房里的种种陈设。这不由得使人怀疑,在如此高雅的环境之中,该如何行那肉帛交易的苟且之事?郑爱月所从事的营生与她身处的环境,给那些倚仗权势、附庸风雅的西门庆之流所带来的身心反差,该是巨大的吧?此一笔,实可见市井间妓家风月之一斑。然而,不论爱月轩的环境如何优美,卧房的陈设如何高雅,其本质依然是情色与钱财的交易之地。西门庆在与郑爱月一番亲热后,夜过三更,才起身回家。做官后的西门庆,终是不敢夜宿青楼。因为,在妓家留宿有违行政规定,按官章,青楼只能作为接待应酬的场所。由是可见,官场上的形式主义在任何时代都是很猖獗的。

西门府因李瓶儿之死,全府上下忙乱了好一阵子。到李瓶儿做"五七"前后,西门庆已是身体困乏,筋疲力尽。这日正好大雪纷飞,西门庆在家中书房赏雪散闷。郑爱月让弟弟郑春给西门庆送来了两盒点心,面上覆有一个精致的描金小方盒。西门庆问:"是甚么?"郑春说:"小的姐姐月姐,知道昨日爹与六娘念经辛苦了,没什么,送这两盒儿茶食来,与爹赏人。"(第六十七回)郑家少年这话可谓话轻礼重,礼轻情重。郑爱月大雪天还能记着送来点心,西门庆这心里怎不暖融融的。他打开看两盒点心,一盒是果顶酥皮饼,一盒是出于西域"沃肺融心,实上方之佳味"

的酥油泡螺儿，大类今日的西式甜点奶油冰激凌。这玩意儿，西门府里原只有李瓶儿会做，这也是西门庆平日里最爱吃的点心。西门庆怎么也没想到，李瓶儿死后，他还能吃到这东西，而且还是郑爱月亲手做的。这陡然增添了西门庆对郑家，特别是郑爱月的好感，心下直觉得郑爱月真是心灵手巧的女子，做事十分有心。一盒泡螺儿，把西门庆感动得连连说："费心。"再看那小的描金盒里，郑爱月专门给西门庆送了"一方回纹锦双拦子，团撮古硃线，同心方胜结穗捶红绫汗巾儿，里面裹着一包亲口磕的瓜子仁儿"。这更是叫西门庆体会到郑爱月对他用心细腻，情趣了得。所以，当西门庆听在场的门人食客，奉承他"寻的多是妙人儿"时，两眼笑得都没缝儿了，那心里更不知有多甜。作为回报，西门庆给了郑春五钱银子的赏，又让他把杭州出产，用蜂蜜和药物一起精炼配制的美味食品，叫"衣梅"的，带去给郑爱月吃。此后，西门庆对郑爱月有了更不同于其他青楼女子的亲密感。

郑爱月对西门庆如此用心至细，她是所为何来？若说为了钱，有比西门庆更有来头、做派更为大方的张二官人捧郑爱月的场。这张二官人"好不有钱，骑着大白马，四五个小厮跟随"（第三十二回），拿了十两银子来到郑家，只为见郑爱月一面却吃了闭门羹。不管牵线的中人怎样跪地请求郑家收银子，"只教月姐儿见一见，待一杯茶儿，俺们就去"。可郑爱月就是不答应，老鸨子想拿这银子都没辙儿。此一节很能说明，郑爱月在这行业里的名角儿地位不虚，她不同于那些为钱就去接客、拉客的庸脂俗粉，更不会是那些通常见钱眼开，唯利是图的青楼烟花粉女。郑爱月接的客人，那是她选择的结果，要她愿意接才成，就算是老鸨娘也强迫不了她。若说为了势，夏提刑是郑家的常客。在进京为官之前，夏提刑是西门庆的顶头上司，西门庆还是在夏提刑置办的酒宴上，才认识了郑爱月。若说为风月，西门庆第一次"露阳"，就让郑爱月心惊不已，且每次床笫间西门庆的霸王硬上弓，郑爱月都表现出痛苦状。西门庆粗鄙又毫无情调的风月味道，应该不属于郑爱月喜欢的"菜儿"。因此，郑爱月不会爱上西门庆，更不会想要做西门府的小妾。郑爱月之所以向西门庆示好，其原因实在是复杂曲折的。

青楼幽歌天籁音

又是一个下雪天，西门庆踏雪去看望郑爱月，为的是感谢她送的礼："前日多谢你泡螺儿，你送了去，倒惹的我心酸了半日。当初有过世六娘他会拣，他死了，家中再有谁会拣他？"（第六十八回）郑爱月也谢西门庆回送的礼："多谢爹的衣梅。妈看见吃了一个儿，喜欢的要不的。他要便痰火发了，晚夕咳嗽，半夜把人聒死了，时常口干，得恁一个在口内噙着，他倒生好些津液。我和俺姐姐吃了没多几个，连罐儿他老人家都收了在房内，早晚吃，谁敢动他。"此时西门庆与郑爱月像是一对老朋友，坐在一起互拉家常。说话间，郑爱月有意把话题转到了李桂姐的身上："爹连日会桂姐来没有？"西门庆答："自从孝堂里到如今，谁见他来！"这话里显然有不满。郑爱月又问："六娘五七他也送茶去来？"西门庆说："他家使李铭送去来。"李瓶儿死后办五七，这是西门府里一件大事。身为吴月娘干女儿身份的李桂姐，连面都不露一下，不说礼节上过不去，情分上也说不过去。

郑爱月见西门庆对李桂姐的行为来了情绪，便说道："我有句话儿，只放在爹心里。"待西门庆想听是什么话，郑爱月却故意作思量状，欲言又止："我不说罢，若说了，显得姊妹们，恰似我背地说他一般，不好意思的。"这一来，西门庆的胃口给调上来了，他搂着郑爱月说："怪小油嘴儿，甚么话说与我，不显出你来就是了。"郑爱月自是不失时机，把李桂姐和王三官如何打得火热，王三官"如今丢开齐香儿，又和秦家玉芝儿打热：两下里使钱。使没了，包了皮袄，当了三十两银子。拿他娘子儿一副金镯子，放在李桂姐家，算了一个月歇钱"。各种妓家的争风八卦，郑爱月如此这般，举重若轻地统统告诉了西门庆。西门庆一听大为光火，他对李桂姐的新怒旧怨一股脑儿都冲了上来。西门庆还记得为李桂姐与王三官惹下的官司，他曾专门派人上京城为李桂姐打点，大动了一次手脚，才算了结了这个官司。可没想到，李桂姐根本不领他的情，官司才了结，又与王三官继续勾搭往来。西门庆遂骂道："恁小淫妇儿，我分付休和这小厮缠，他不听，还对着我赌身发咒，恰好只哄我。"郑爱月见西门庆动了真怒，知道机会来了，只听她柔声说道："爹也别要恼，我说与爹个门路儿，管情教王三官打了嘴，替爹出气。"西门庆当然是想出这口鸟气的，他不能干这赔了夫人又折兵的事儿，自己包占的妓女还被人嫖了去！郑爱月要西门庆答应不传六耳，然后把王三官母亲林太太如何好风月，如何在家里"招贤纳士"，媒人文嫂如何牵线，王三官娘子如何美丽得像画中人，却像是守活寡，等等，详尽地说了一遍。西门庆听着，也想出了好主意：你王三官要了我包占的粉头，我便要你的老娘和老婆。精明的西门庆对郑爱月竟如此详细地知道招宣府王家的事感到奇怪，他不由问郑爱月是如何得知的。面对西门庆的追问，聪明的郑爱月快速反应："教爹得知了罢，是原梳笼我的那个南人，他一年来此做买卖两遭，正经他在里边歇不的一两夜，倒只在外边，常和人家偷猫递狗，干此勾当。"郑爱月此话若真，更可知她对招宣府王家三官有多恨了。

按说，郑爱月从外形到气质的自身实力，使她在行业的地位显然要大大超过丽春院的李桂姐。郑爱月对西门庆故意提及李桂姐，那是别有用意，她就是要给西门庆诛心。因为，郑爱月与王三官本有亲密交往，郑爱月不仅常在王三官家招宣府中弹唱，还把王三官为她写的条幅，挂在自己的房里，直到西门庆看见了才赶紧收藏了。可见，王三官与郑爱月的交情非同一般。但后来王三官与李桂姐却走得很近，冷落了郑爱月。王三官因李桂姐抛弃了郑爱月，王三官的母亲林太太又端走了郑爱月的衣食客人，郑爱月恨极了丽春院和招宣府，她是定要报复王家和李桂姐，动了利用西门庆的心机便情有可原。

王三官妻子黄氏的娘家人，曾动用过官府出面抓嫖，李桂姐与王三官的事被闹得沸沸扬扬。郑爱月知道西门庆包占着李桂姐，也知道西门庆为李桂姐平息了那场官司，更知道西门庆虚荣心很强，极看重在风月场上的面子。郑爱月就是要借西门庆的好色、好面子，用这阴损的招式来报复同行对手李桂姐和薄情寡义的王三官。

郑爱月和李桂姐之间争夺的对象并不是西门庆，而是比西门庆身份高贵的招宣府公子，年轻英俊、文武双全的王三官。郑爱月不显山不露水，便达到了狠狠报复王三官和李桂姐的目的。她机智地利用了西门庆，让西门庆误以为他与郑爱月有共同的敌人，郑爱月是有心向着他，他们两个都是被招宣府王家损害了的人，他们都有要报复王家的理由，绝非是郑爱月对西门庆有什么别的企图。郑爱月为西门庆报复王三官出的绝妙主意，也让西门庆觉得"合着他的板眼，亦发欢喜"。西门庆把郑爱月拥入怀里高兴地说道："我儿，你既贴恋我心，每月我送三十两银子与你妈盘缠，也不消接人了，我遇闲就来。"西门庆出如此高价的包身银子，比他当年每月二十两银子包占李桂姐的费用，整高出了 50%。西门庆出手阔绰超乎预料之外，他以为郑爱月会称谢感激一番。但郑爱月的反应出乎西门庆的预想，她就没把这高额的包银当回事儿："爹，你有我心时，甚么三十两、二十两，两日间掠几两银子与妈，我自恁懒待留人，只是伺候爹罢了。"郑爱月对银钱的洒脱姿态，颇具一股清高自持的范儿。这潇洒不俗之状，使西门庆深感自己虽然出的是高价，可还是显得寒酸、磕碜了。郑爱月对高额包身银子轻描淡写的态度，严重刺激了西门庆的自尊感，他更加爽利地说："甚么话，我决然送三十两银子来。"这明明就是一桩财色交易，郑爱月却做得让人嗅不到丝毫的铜臭。西门庆花了大钱，还觉得欠了人情。郑爱月于人无情，却让人以为她情义无价，她的智计和心机，在整部《金瓶梅》的女性形象里，真是翘指第一人。

　　郑爱月的报复计划大见成效。西门庆成功与王三官的母亲林太太实施通奸，他又派人到丽春院李家去抓嫖，吓得王三官不敢露面，嫖客们也不敢轻易到丽春院去。丽春院的生意消停了，李桂姐也不再被请到西门府里给干娘吴月娘唱曲了。尽管她又使出"负荆请罪"的老招式，再次向西门庆发誓赌咒，可并没产生多大的效用。西门庆占了林太太，又收了王三官做干儿子，他得意地向郑爱月说，林太太"委托我指教他成人"。西门庆的得意可想而知，昔日的情场敌人，今日成了受他指教的干儿子，这事真真充满了荒诞剧式的喜感。经过与王三官的一番较量，西门庆大获全胜，心里肯提有多受用、多得意了。同样达到目的的郑爱月不禁拍手大笑道："还亏我指与这条路儿，到明日，连三官娘子不怕不属于爹。"（第七十七回）

一石多鸟的西门庆当然不会忘了郑爱月的好处，他给郑爱月送去贵重的礼物也属理所当然。郑爱月不费一手一足，轻言细语间就收拾了有负于她的招宣府王家，还得到了西门庆的眷顾。当郑爱月把西门庆送给她的礼物，一条漂亮的貂鼠皮围脖拿在手里把玩时，心里当是十分快意的。不过，西门庆一死，郑爱月失去了一个风月场中的密友、知己和合伙人，但却未曾见她有什么伤心、难过。

兰陵笑笑生在《金瓶梅》里塑造的郑爱月人物形象，就是一个表面风雅灵性、实则心机深藏的青楼女子。这个"腹有诗书气自华"的郑爱月，生动得令人不得不承认，世道确实太过炎凉，人心实在相当险恶。或许人情纸薄本是妓家的通病，但这种病可也不唯妓家所独有。西门庆也好，王三官也好，他们自以为花钱玩弄了别人，其实他们自己也都是风月场中别人手里的玩偶。

既往矣，那些散尽千金之数，只为博得红颜知己一展笑颜的故事，在历史中曾被演绎过很多很多次。的确，赢得红颜芳心，那是许多男儿们梦寐以求的艳遇。这样的风流韵事，哪怕一生只有一次，男儿们也会视为是终身的奇遇。个中原由，不仅是因为有两性原欲的吸引，更因青楼独特的文化氛围。正如诗所云：青楼幽歌天籁音，红粉佳人劝酒频。舞低杨柳翩翩影，散尽千金为芳心。

明清两季的青楼、妓馆较之其他朝代，尽数都在效仿唐宋遗风，这深深地吸引了不少有才学的名流浪子、高门贵胄，以及一批仰慕这种文化样式，想要附庸风雅的财主商贾和暴发户。青楼，成为中国古代社会里一个公私兼有的酬酢性社会活动场所。所以，不论是在家里设宴待客，还是在妓院里摆酒请客，有妓相陪，那才是对客人的一种高规格礼遇，这是符合当时官方有关规定条文的。

当然，古人之青楼行走，与今人之进红灯区差异甚大。古之青楼，尚以风雅、性灵、音乐、诗酒为美饰。今之红灯区，则是人人皆知的关门上床、财色交易之地，谈不上什么格调和情趣，最多就是性工作者有无敬业精神之分。仅以肉帛交易一端而论，真可谓古雅而今俗。

14

西门大姐

的女人
利益婚姻葬送一生

择为膏粱难承望

西门大姐是西门庆与发妻陈氏的独生女，是西门府里唯一的大小姐。因年幼丧母、身世可怜，在子息稀少、后嗣匮乏的西门府中，被视为至宝。未出嫁时，她是府里最受宠爱的女孩儿。谈婚论嫁时，她的婚配自然也是西门府中最最要紧的一桩大事。

同那个时代所有的女孩子一样，西门大姐很早就定下了一个婆家。她的夫家是京城里一个陈姓人家，可这陈家并不是普通人家。陈家的主人叫陈洪，他是八十万禁军提督杨戬的儿女亲家，女儿是杨戬的儿媳妇，陈洪的儿子叫陈经济，西门庆就是把女儿大姐许配给陈经济为妻。正是凭借着这层关系，他才巴结上了朝中的各类政要。

就在孟玉楼嫁进西门府后不几天，陈家便迎娶了西门大姐过门。西门庆也由一个普通的小地方商人，一跃而成身居五品级别官职的副提刑千户，掌握着一方民众的治安与司法权。西门大姐是以嫡女身份嫁入这样一个有权、有势、有地位的官宦之门，位居正室，做了豪门大户的正房大娘子。

就缔结的这门婚姻而言，西门庆为女儿做了一个衣食无忧的长远之计，可说是不负女儿一生。西门大姐这是攀上了高枝儿。

可是，完婚不到一年时间，因朝廷上政治风云突变，杨戬被弹劾罢官，"圣旨下来，拿送南牢问罪。门下亲族用事人等，都问拟枷号充军"。（第十七回）陈家与杨家的连襟关系难逃厄难，陈洪一听到消息，赶紧让儿子陈经济连夜带着媳妇西门大姐，以及"家活箱笼"的细软钱财，急急如惊弓之鸟，逃往远离京城的西门府里避难。西门大姐自打此次回娘家后，再也没能返回过京城。

女儿和女婿一路仓皇出逃归来，西门庆当然知道发生了大事，还知道这大事是能毁家灭族的。西门庆怕受到连坐，更怕走漏了风声，连忙紧闭了西门府的大门。他整天惶惶不可终日，悄悄派人上京城使钱活动，想要脱了干系。这一场突如其来的祸事，使他连娶李瓶儿的事儿都给耽误了。在银钱重金的助力之下，上了黑名单的西门庆，因竖行书写的便利，催动笔吏硬生生改动成了贾（賈）庆，西门庆终于脱净了困厄，他又继续过着官商双兼于一身的风风光光的生活。此后，西门大姐和丈夫陈经济也过上了安定、富足的日子。西门庆也从来没有嫌弃或怪罪过这门亲家。

在西门府里，西门大姐是唯一有主子身份和家主地位的小辈。阖府之中，除了西门庆，人人都称她"大姑娘"，她的丈夫陈经济也很得长辈们的喜欢。男丁阙如的西门庆，对这个女婿更是视为左膀右臂，精心扶持，悉心栽培。陈经济虽说是暂时寄住在丈人的家，但西门庆对这小两口可真是多有疼爱。尤其对女婿，西门庆从不见外。不论是商场中的大事小情，还是家中建房筑院、施工督管事宜，他都一概交代给陈经济去办理。遇有官场有逢迎接待，或是友朋之间的往来结交，陈经济也常常要陪侍在西门庆左右。西门庆意在培养这个女婿的各种社交能力，表现出了作为父辈对小辈的信任和看重。西门庆的所为和态度，对陈经济来说，既解除了他心理上寄人篱下的自卑，也有利于打消因家庭变故引发的各种顾虑，能更快适应西门府的生活。在西门庆不动声色的关怀下，陈经济的确很快适应了在西门府的生活，也迅速把自己融入了这个大家庭当中，由此不难看出，西门庆身上不乏如山的父爱。对女儿的生活，西门庆虽也遵循女嫁不多问的传统姿态，可实际上却是颇多关心。每当遇上逢年过节、观灯游玩、亲眷走动、听戏听曲等热闹的活动，西门庆都常常提醒吴月娘，要她带上西门大姐一道去。他担心女儿会被冷落，他可不希望让西门大姐生出有嫁出去的女儿泼出去的水之感，他不愿让女儿对娘家有疏离感。

在西门庆似轻实重的呵护下，继母吴月娘对西门大姐也是亲善有加，态度和睦，其他各房姨娘们也都对西门大姐客气友善，阖府上下都把西门大姐当成个小字辈的主子来对待，并没有与她发生过什么大的矛盾冲突。在一个妻妾成群、婢子成堆的生活空间里，倘若没有西门庆这位慈父的关怀和爱待，一个已经嫁出去的女儿家，怎么能够跑到娘家来长期避难，还把日子过得这样悠闲自在？

西门大姐的衣食用度和零花钱，依照府里的管理，应该是由丈夫陈经济支给，西门庆只管每月按例发银子给陈经济就行了。但西门庆对女儿的关心，远不止于保证她的丈夫有所收入就行，西门庆有多惦记女儿，且看一个细节便知：每到逢年过节，少不得许多官场应酬，西门庆在府上设宴饮酒，款待他的同事和朋友，庞春梅要西门庆给她做新衣穿，并且要比别人多一件"白绫裙儿，搭衬着大红遍地金比甲儿穿"。庞春梅要西门庆答应她的要求，她才愿意在家宴请客时，出去端茶送水弹琵琶。西门庆在答应了庞春梅的要求后，同时说道："你要不打紧，少不得也与你大姐裁一件。"（第四十一回）庞春梅本就想能够打扮得与府中众女子都不同，所以，一听到西门庆说要给西门大姐也缝一件一样的，立即说："大姑娘有一件了罢，我却没有，他也不说的。"西门庆却并不理会庞春梅说的话，他仍给女儿西门大姐做了同样一套衣服。到了开席的那天，"惟有大姐和春梅，是大红遍地金比甲儿"，由是观之，西门庆此举不是把女儿降到了婢子的地位，而是相反，他把婢女庞春梅抬高到了小主子的位置。西门庆宠婢也宠女，对丫鬟等同于对女儿的待遇，这实属治家无方，宠婢太过，失了分寸。故而不能据此以为西门庆对自己的女儿不好，西门大姐过的是和丫头比肩的日子。

其实，日子过得好不好，自己是最知道的。西门庆活着的时候，西门

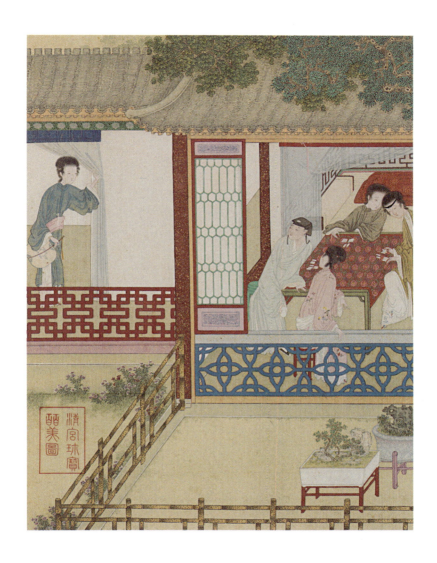

见娇娘敬济消魂

大姐在府里后院的不少事务上那是颇有发言权的。丈夫陈经济惊艳姨娘潘金莲，两人之间竟透出了一些眉目传情、言语调笑的样子，被机灵的宋惠莲发现了苗头。爱抢风头的宋惠莲便故意与陈经济也来个"言来语去""打牙犯嘴"，意在刺激潘金莲。西门大姐知道这事后很是心塞气闷，且不说陈经济和西门府中其他女人"嘲戏"，显得太过于轻薄无行。仅就以辈分论，府里这些女主女仆们，个个都是陈经济的长辈，陈经济无论如何也不该有此举动。就算不说人品问题，这要是风言风语地传到西门庆耳里，他们小两口还怎么在西门府立足？故而，回房以后西门大姐严厉地骂了丈夫一顿："不知死的囚根子！平白和来旺媳妇子打牙犯嘴，倘忽一时传的爹知道了，淫妇便没事，你死也没处死！"（第二十四回）西门大姐的话是一番既了解自己丈夫轻薄性情，又了解自己父亲风流德行的大实话。她话里并没有表示出对丈夫陈经济的不信任，有的只是怕丈夫触犯家规的担忧。此时西门大姐小两口并没有什么大的感情隔阂，陈经济虽痴迷于潘金莲的美貌和万种风情，也喜欢宋惠莲的活泼风趣，但并不敢对西门大姐有半点的轻辱之举。这时的西门大姐在丈夫陈经济的心里，还存在着一定的影响和控制力，只是这力道是源自西门庆的。

　　常言"不要以貌取人"，可人的样貌实在也是件要紧的事，毕竟关乎到眼睛的舒适度问题。西门大姐虽生在富人家，又是嫡女，婚配高门，有父疼爱，但她生得是"鼻梁仰露"，还"行如雀跃"，加之"声如破锣"，容貌实在平平，显然是没能遗传西门庆的仪表容颜。可西门大姐身处的西门府里，却是个美女如云的环境。她每日里眼见那些比自己年长，却十分美丽动人的女人们进进出出，生出自卑感和压抑感是不可避免的。陈经济与西门大姐的婚姻，本就是媒妁之言、父母之命，根本没有什么感情基础。因此初进西门府里，这个年轻英俊的小伙陈经济，会迷失在那些美丽的女人群中，会表现得轻薄好色，会对潘金莲痴迷不已，与宋惠莲调笑犯嘴，这是必然或自然的一种人之常情，天性使然，实在谈不上该不该，或者对不对的问题。《诗》有云："窈窕淑女，君子好逑。"况且是十几岁的少年郎，正值青春年少，本就谈不上君子与否，又如何能镇定地把持自己？西门大姐对自己样貌信心不足，对丈夫只能有所迁就。再后来，宋惠莲含愤自尽，西门大姐还以为从今往后，她和丈夫便会平安无事了。

西门大姐在娘家避难，虽说有父爱笼罩，但也有很多零碎细小的不堪，既不能分说于人前，又不能抱怨于后院。她对待父亲西门庆的六个女人，自也有亲疏厚薄之分。她对正房吴月娘，那是敬多于亲。吴月娘掌着内院，属于众妇之首。吴月娘对西门大姐礼待如儿，宽厚包容，西门大姐自是恭敬吴月娘，一如敬畏长辈，可谓敬多情少。西门大姐对李瓶儿是亲多于畏，因李瓶儿善解人意，心地善良，待人实在，为人真诚。她对西门大姐是似母如姐，体贴细致，西门大姐爱戴李瓶儿，一如亲爱闺蜜，西门大姐"平日与李瓶儿最好，常没针线鞋面，李瓶儿不拘好绫罗缎帛就与之，好汗巾手帕两三方背地与大姐，银钱是不消说"（第五十一回）。这说明，西门大姐在平日里，手中几乎没什么零花钱。由此可想，丈夫陈经济平日里就没给过妻子多少零花钱，尤其是女子每月必要有的胭脂水粉费、针黹花样钱等。陈经济大概认为，丑妻不需妆，这也埋下了他们夫妻间日后的种种怨恨之因。

锦衣红绡两衾霜

西门大姐生活里遭遇的种种小尴尬，多是由吴月娘骨子里的小家子气引发的。吴月娘认为，让寄养在娘家的女儿一家子有饱饭吃，有新衣服穿，她算是个宅心仁厚的继母了。再说，西门大姐的零花钱本不该由吴月娘给。在这个女人成堆、热闹富足的西门府中，西门大姐的尴尬为难，西门大姐的烦心苦恼，唯有做六娘的李瓶儿能看得清楚，能体会得到。只有李瓶儿能像细雨润物一般，毫不显露地给予西门大姐关心和爱护，实实在在地抚慰着西门大姐那颗时常被他人冷落藐视、充满自卑的玻璃心。因此，西门大姐对李瓶儿的这份情义，是深深领受并满怀感激的。她们两人平时往来虽不多，可一旦府中有人想伤害李瓶儿，西门大姐是绝不会坐视不理的。那日，潘金莲因妒忌李瓶儿生子后得宠，她借着李娇儿过生日这天，西门庆却跑到李瓶儿房里过夜一事，对吴月娘说了西门庆几句不是的话，还有意编了一套谎言来挑拨吴月娘："李瓶儿背地好不说姐姐哩！说姐姐会那等虔婆势，乔做衙，'别人生日，乔作家管。你汉子吃醉了进我屋里来，我又不曾在前边，平白对着人羞我，望着我丢脸儿。交我恼了，走到前边，把他爹趋到后边来。落后他怎的也不在后边？还往我房里来了。我两个黑夜说了一夜梯己话儿，只有心肠五脏没曾倒与我罢了！'"（第五十一回）吴月娘听了这些话，肺都快气炸了，对着自己的嫂子和孟玉楼说："果是你昨日也在根前看着，我又没曾说他甚么。小厮交灯笼进来，我只问了一声：你爹怎的不进去？小厮倒说往六娘屋里去了。我便说：你二娘这里等着，怎没槽道，却不进来。论起来也不伤他，怎的说我虔婆势，乔坐衙？我是淫妇老婆？我还把他当好人看成。原来知人知面不知心，那里看人去。干净是个绵里裹针、肉里刺的货，还不知背地在汉子根前架的甚么舌哩。"吴月娘越说越气，要与李瓶儿对质。潘金莲怕事情露馅儿，慌忙假意劝慰，说道："姐姐宽恕他罢。常言大人不责小人过。那个小人没罪过！他在屋里背地挑唆汉子，俺每这几个谁没吃他排说过。我和他紧隔着壁儿，要与他一般见识起来，倒了不成。行动只倚逞这孩子降人。他还说的好话儿哩，说他的孩儿到明日长大了，有恩报恩，有仇报仇，俺每都是饿死的数儿。你还不知道哩！"西门大姐听到潘金莲对吴月娘说的是非挑拨之语，心里很为李瓶儿抱不平。于是，她向李瓶儿透露了这事情。李瓶儿听完气得"两只胳臂都软了，半日说不出话来，对着大姐吊眼泪"。西门大姐落实到潘金莲说的是谎言，她便去对吴月娘说："我问他来，他说没有此话，'我对着谁说来？'且是好不赌身发咒，望着我哭哩，说娘这般看顾他，他肯说此话？"西门大姐说话虽很直白，但她只为了说明，李瓶儿就没有骂过吴月娘那些话。吴月娘的嫂子也认为，这事是潘金莲有意挑拨。这一来，吴月娘也有了警觉："想必两个不知怎的有些小节不足，哄不动汉子，走来后边戳无路儿，没的拿我垫舌根。我这里还多着个影儿哩！"正是有了西门大姐的话头，才有了吴月娘对潘金莲想拿自己当枪使、借刀砍人之计的看破，也才使得这事没能如潘金莲的愿，没酿成李瓶儿与吴月娘之间的误会。西门大姐为人正直义气、知恩图报的品性，由此可见一斑。只是，西门大姐自己的家庭危机却已经有所隐伏。

西门大姐常常陪吴月娘听道姑子"宣卷"、讲经，每次一听就是一整夜。少年夫妻这长夜不见面，丈夫陈经济当然心有不满。吴月娘治家无方、不懂礼数，使得陈经济和潘金莲常常有机可乘。潘金莲过生日，陈经济因外面的事务来往已经有所应酬，喝得是半酣了，他又进到里院来给潘金莲磕头。酒量不大的陈经济，开口问西门大姐要杯敬寿主的酒："有锺儿，寻个儿筛酒，与五娘递一锺儿。"西门大姐眼见丈夫有些酒醉，便说："那里寻锺儿去，只恁与五娘磕个头儿。到住回，等我递罢。你看他醉腔儿！恰好今日打醮，只好了你，吃的恁憨憨的来家。"（第三十九回）西门大姐这是心疼丈夫酒多伤身，替他给寿主敬酒，也显出夫妻的一个情分。可她哪里知道，陈经济与潘金莲早有一腿。陈经济没能和潘金莲对上喝酒，便和潘金莲聊天说闲话，说着说着，便扯到了李瓶儿的是与非。

> 金莲见李瓶儿没在根前，便道："陈姐夫，连你也叫起花大舅来？是那门儿亲，死了的知道罢了。你叫他李大舅才是，怎叫他花大舅？"经济道："五娘，你老人家乡里姐姐嫁郑恩，睁着个眼儿，闭着个眼儿。早出儿子，不知他什么帐儿，只是伙里分钱就是了。"（第三十九回）

这话里话外，分明是说李瓶儿的孩子是花子虚的遗腹子，非西门庆所生。西门大姐十分反感这话题，且更敏感到丈夫陈经济对潘金莲是敬少浮多，全然不是小辈对长辈的样子，便立刻没好气地说陈经济："贼囚根子，快磕了头，趁早与我外头挺去！又口里恁汗邪胡说了！"陈经济因顾忌西门庆的缘故，只得向潘金莲施礼完毕，乖乖地回后院里去了。

民谚有曰：上梁不正下梁歪，中梁不正倒下来。治家治国皆同此理。陈经济在西门府这样污秽烂糟的环境里，他身上纨绔子弟的轻狂风流性情，只会变本加厉。西门庆让陈经济外出收银子，陈经济却把西门庆的男宠，俊俏的小厮书童也带了去，并在外面干那偷香窃玉的事儿。西门庆的心腹小厮玳安得知陈经济带书童出去，便把书童骂得狗血喷头。西门大姐听得风声，当着潘金莲、李瓶儿的面，对陈经济就是一番训斥："贼囚根子，别要说嘴！你不养老婆。平白带了书童儿去做甚么？刚才交玳安甚么不骂出来，想必两个打伙儿养老婆去来。去到这咱晚才来，你讨的银子在那里？"（第五十一回）对于缺少母爱的西门大姐而言，她身上少有女性的温柔和细腻，也缺少对丈夫的观察和尊重。西门大姐对丈夫的关切之情，往往是以训斥的口吻表达，而陈经济的反应也多是顺从，或者闭口不言。这样给他人造成西门大姐仗着娘家的势，欺负自己丈夫的印象。其实，陈经济的和顺，皆因对岳父西门庆有所敬畏罢了。在对人对事的处理上，西门大姐不及她父亲西门庆多矣。西门大姐越是对丈夫严词厉色，就越是把丈夫往别的女人怀里推。可惜，她认识不到这个道理。

西门庆一死，陈经济成了西门府里唯一的当家男人。西门庆临死前，把所有家底都告诉了这个宝贝女儿的丈夫陈经济。显然，西门庆希望女婿能光大门庭，维系家族的兴旺。西门庆把保家守业的重任，一股脑儿交到了陈经济的手上，把他当作自己的儿子对待。就这样，能力不大又缺少心理准备的陈经济，只能强打起精神，尽其所能，支撑起了西门庆死后最艰难的日子。陈经济管着西门府里所有库房的钥匙，又是外边全部伙计们的主管。他除了要操办西门庆的丧吊祭祀之事，迎来送往之外，还要继续打理各店铺的生意，售货收银，账目盘对，调货配货等，渐渐显出独当一面的才能。潘金莲眼见陈经济掌控整个家族大局，自是要利用陈经济对她的爱慕之心来满足一己私欲，也为以后的生活寻找个依傍。可混沌的西门大姐并不清楚局势的变化，她只会一味在后院陪着吴月娘交集各种女眷，这一来便给了陈经济在前院勾搭潘金莲的机会。陈经济与五房主仆两人亲热之后，浓情蜜意，已是难以分割。西门大姐的家庭悲剧就此拉开了大幕。

常言道：若要人不知，除非己莫为。陈经济和潘金莲乱伦的丑事儿，被潘金莲自己房里的丫头秋菊说了出来，并传到了吴月娘的耳朵里。吴月娘嘴上虽痛骂秋菊，可心里却有些犯嘀咕：

虽是月娘不信秋菊说话，只恐金莲少女嫩妇，没了汉子，日久一时心邪，着了道儿。恐传出去，被外人耻辱：西门庆为人一场，没了多少时光儿，家中妇人都弄得七颠八倒。恰似我养的这孩子，也来路不明一般。香香喷喷在家里，臭臭烘烘在外头。又以爱女之故，不叫大姐远出门，把李娇儿厢房挪与大姐住，教他两口儿搬进后边仪门里来。遇着傅伙计家去，教经济轮番在铺子里上宿。取衣物药材，问玳安儿出入。各处门户都上了锁钥，丫鬟妇女无事不许往外边去。凡事都严禁。这潘金莲与经济两个热突突恩情都间阻了。（第八十三回）

西门大姐这时虽还有陈经济的人，却再也得不到陈经济的心。吴月娘采取掩耳盗铃的做法，无疑使事情更加难以挽回。西门大姐在听到一些风言风语后，便质问丈夫，陈经济当然不承认。西门大姐惯性地使用权威口吻训道："贼囚根子，你别要说嘴！你若有风吹草动到我耳朵内，惹娘说我，你就信信脱脱去了，再也休想在这屋里了。"这话说得颇带威胁，完全是一副居高临下的态度。陈经济又是一番辩白："是非终日有，不听自然无。怪不的，说舌的奴才到明日的了好？大娘眼见不信他。"听了丈夫的这番辩解，西门大姐不无讥讽地说道："得你这般说就好了。"性格耿直的西门大姐尚不懂得，倘若丈夫对自己的出轨行为还会进行抵赖，那说明他还有对家、对妻子的一分顾及和愧疚在，他们的婚姻还不算走到尽头。在这尚需选择的微妙时候，聪明的妻子往往是能够以行动，而不是语言来表明态度，处理好自己的婚姻。可一味娇惯着长大的西门大姐，她完全不能领悟这种家庭关系的微妙关窍，更不懂得当夫妻感情危机出现后，女人该采取怎样的应对措施，方能达到适合的目的。

吴月娘远行去泰山还愿，潘金莲也打掉了她与陈经济的胎儿。吴月娘远行归来不久，便亲眼目睹潘金莲与陈经济在一起的丑事，这一次可不能再装聋作哑了。西门大姐风闻此事，到晚上又痛骂陈经济："贼囚根子，敢说又没真赃实犯拿住你？你还那等嘴巴巴的？今日两个又在楼上做甚么？说不的了！两个弄的好碎儿，只把我合在缸底下一般。那淫妇要了我汉子，还在我根前拿话儿栓缚人，毛司里砖儿，又臭又硬，恰似降伏着那个一般。他便羊角葱靠南墙，老辣已定。——你还在这屋里雌饭吃！"（第八十五回）西门大姐的话，明白就是说陈经济是个吃女人软饭的货，不仅吃软饭，还犹如俚语骂的，白虱子吃人羞人。陈经济自知已无解释的余地，且也下了决裂之心。他开始狠狠地顶撞西门大姐道："淫妇，你家收着我银子，我雌你家饭吃？"说完竟扭头就走，从此不进后院来。从未被丈夫顶撞过的西门大姐，大概也不明白自己要不要挽回这个裂痕渐宽的婚姻。

君心似水覆难收

可笑吴月娘，为陈经济偷情五房妾室主仆的事儿，竟不顾外面店铺工作的伙计们要吃饭的问题，"每日饭食，晌午还不拿出来，把傅伙计饿的，只拿钱街上盪面吃"。西门大姐的家庭矛盾终于被公开了，家庭丑闻成了被证实的事实，吴月娘以雷霆手段治家，效果却适得其反。之后，吴月娘叫来媒人领卖了庞春梅，陈经济和吴月娘的矛盾更加激烈。陈经济对西门大姐早已没有了从前的隐忍，直是"淫妇前淫妇后"地骂不绝口，又说西门大姐："我在你家做女婿，不道的雌饭吃吃伤了！你家都收了我许多金银箱笼，你是我老婆，不顾瞻我，反说我雌你家饭吃！我白吃你家饭来？"（第八十六回）骂得西门大姐只有哭的份儿，家庭矛盾激化到不可避免要解体的程度。

陈经济在外对着伙计们说："有爹在怎么行来？今日等爹没了，就改了心肠，把我来不理，都乱来挤撮我。我大丈母娘听信奴才言语，反防范我起来，凡事托奴才，不托我。由他，我好耐惊耐怕儿！"陈经济不仅对家里的伙计说吴月娘的不是，还故意在外人面前逗着吴月娘的儿子孝哥说："这孩子倒相我养的，依我说话。教他休哭，他就不哭了！"陈经济故意以污人清誉的方法激怒吴月娘，吴月娘听了如意的告状，气得一头昏厥过去。西门府丈母娘们与女婿一来二去的折腾，终于导致陈经济和吴月娘爆发了更为激烈的冲突，在孙雪娥的出谋划策下，吴月娘带领府中众妇，把陈经济

"七手八脚，按在地下，拏棒槌短棍，打了一顿"。面对丈夫被众妇暴打的场景，西门大姐作出的反应竟是"走过一边，也不来救"。至此，他们的夫妻情分已告终结，绝没有挽回余地了。吴月娘要陈经济交出账目，陈经济也明白在西门府已无立锥之地。他不作告辞，径自离开了曾经栖身于此，快活、开心过的西门府。在吴月娘与陈经济的较量中，西门大姐始终都站在吴月娘一边，但西门大姐与丈夫陈经济之间，却从此成了天涯陌路人。

陈经济出走，但吴月娘绝不同意他休妻。且不说家里有个被丈夫休掉的女儿是一件十分丢人的事儿，就算是和离，只说西门大姐两口子当年逃难时，从陈家带出来许多的细软，全都收在吴月娘的上房里。若是要吴月娘拿出来还给陈经济，这就是第一个不可能的事。但要陈经济放弃这笔家产，主动提出净身出户，那同样也是不可能的事。西门大姐全然不了解自己婚姻的死结是根本无法化解的，她还以为能一生一世，守在生她养她的西门府里。

陈经济为父奔丧，也为了得到给潘金莲赎身的一百两银子，急急忙忙回了趟京城老家。待陈经济回来后，吴月娘要西门大姐按照礼节，去祭奠公公陈洪。吴月娘此举的目的，本是想借机把西门大姐送回到陈家，毕竟西门大姐在名分上还是陈家的儿媳妇。陈经济一听西门大姐来了，张口便骂："趁早把淫妇抬回去。好的死了万万千千，我要他做甚？"（第八十九回）陈经济见轿夫不愿抬人，又踢又打轿夫，轿夫只得把西门大姐抬回娘家。吴月娘知道后气得发昏，她对西门大姐说："孩儿，你是眼见的，丈人、丈母那些儿亏了他来？你活是他家人，死是他家鬼，我家里也难以留你。你明日还去，休要怕他，料他挟不到你井里。他好胆子，恒是杀不了人，难道世间没王法管他也怎的？"想吴月娘当初设计痛打陈经济，要把这女婿赶出家门的时候，根本就没想过要征询西门大姐的意见，她没有丝毫在意过这个名义上的女儿。吴月娘暴打女婿，倒好好出了自己心里的一口恶气，却丝毫没有考虑过西门大姐的将来。在吴月娘心里，本就把陈经济视为寄养者。西门大姐在继母与丈夫发生矛盾冲突时，一贯全力维护继母的权威性。西门大姐在丈夫被打这事上，表现出对丈夫极为冷淡无情的态度，他们夫妻间的裂痕有多深，吴月娘怎会不知道。西门大姐被陈经济拒绝后，吴月娘不去考虑西门大姐面临的困境，而是一味替自己争面子。她不论死活，执意要把西门大姐送进陈家去。此时，惯会表现爱女的吴月娘，却不与西门大姐商量，也不管她是否愿意，一顶轿子又把她送回了婆家。

第二天，陈经济去上坟不在家，西门大姐被婆母接进了家门。待陈经济回到家里，一见西门大姐在家里，一下子怒火万丈，破口大骂，西门大姐也不示弱，夫妻间展开了一场对骂。陈经济不仅动口，还狠狠打了西门大姐，并把前来劝架的母亲也推倒在地，可知陈经济心里有多么痛恨西门大姐。晚上，西门大姐又被一顶轿子抬回了西门府。陈经济提出西门大姐回去的条件是："不讨将寄放妆奁箱笼来家，我把你着淫妇活杀了。"至此方才看清楚，原来吴月娘送西门大姐回婆家，是让她空手去的，吴月娘心里算计着女婿这几年的吃饭钱。陈经济可不吃这一套，他一定要索回当年带进西门府里，那些属于陈家的金银箱笼和细软。在吴月娘与陈经济的家财拉锯战中，可怜的西门大姐被你推我踢，成了娘家不要、夫家不容的累赘。西门大姐内心的那份悲苦，此时可想而知。陈经济与吴月娘第一个回合争斗，吴月娘告输。

当然，吴月娘是不会轻易认输，把那些值钱的东西拿出来还给陈家的。说到底，西门大姐终究是别人的女儿，她现在被夫家赶出来，吴月娘能收容她在家，已经是看在西门庆和那些东西的份儿上了。可就是这样苟且的日子，西门大姐也没过上几天。她回到府里不久，发生了孙雪娥和家奴伙计来旺私奔一事，这给西门府惹来一场官司。陈经济趁机威胁吴月娘，要休了西门大姐，到官府告西门府侵吞陈家的家财。此时，吴月娘犹如惊弓之鸟，为了少一些折腾，她急忙把西门大姐连同"床奁箱厨陪嫁之物"，一起抬到陈家。陈经济点验后见少了细软，很是不甘心，但那些细软是属官府要没收的赃物，又不好明要，便提出要原来在房里侍候的丫鬟元宵做赔偿。吴月娘本不愿意，但听说元宵已经被陈经济"收用"过，只好把元宵给送来陈家。陈经济和吴月娘第二回合争斗，他们打了个平手。

西门大姐与陈经济已然恩断义绝，如今回陈家那是羊入虎口，没好日子过的。陈经济用一百两银子，从妓院赎买一个妓女做妾，那本是为潘金莲赎身的银两。陈经济把正房给了妾，把西门大姐赶到偏院的小耳房住，西门大姐过得连丫头都不如。之后，陈经济带一千两银子出远门跑买卖，走前给小妾一百两银子做生活费。再往后，陈经济生意失败，两手空空回来时，家里两个女人已是"扭南面北"。西门大姐说小妾："他家保儿成日来，瞒藏背掖，打酒买肉，在屋里吃。家中要的没有，睡到晌午，诸事儿不买，只熬俺每。"（第九十二回）小妾则说大姐："成日横草不拈，竖草不动，偷米换烧饼吃。又把煮的腌肉，偷在房里和元宵同吃。"可怜这位西门府的大小姐，现下已经沦落到偷米换烧饼，还偷点腌肉与丫鬟同吃的境地，这日子过得该多凄惨。贫穷本就是道德的天敌。身无分文的人要生存，不偷不抢是不可能的。陈经济却不管这些大道理，他大骂西门大姐："贼不是材料淫妇！你害馋痨馋痞了，偷米出来换烧饼吃，又和丫头打伙儿偷肉吃。"骂完人还不算，又把西门大姐和丫头元宵踢打了一顿。性格生就刚硬的西门大姐，怎么也忍不下这委屈，她一头撞向小妾，骂道："好养汉子的淫妇！你抵盗的东西与鸨子不值了，倒学舌与汉子，说我偷米偷肉，犯夜的倒拿住巡更的了！教汉子踢我。我和你这淫妇换兑了罢，要着命做甚么！"西门大姐说的是真心话，她自打回到陈家后，生活情状与当年在西门府天壤之别，再坚强的人也受不了这种暗无天日的生活。陈经济巴不得西门大姐死，他挖苦道："好淫妇，你兑换他，你还不值他个脚指头儿哩。"接着"一把手采过大姐头发来，用拳撞、脚踢、拐子打，打的大姐鼻口流血，半日苏醒过来"。出完气后的陈经济与小妾说笑着回房了，西门大姐只能"呜呜咽咽"地悲伤哭泣。

当晚，西门大姐悬梁自尽，死了！年仅二十四岁。吴月娘得到消息后，立即率领家奴、媳妇等若干人，浩浩荡荡地开到陈家，把陈经济一顿"乱打"，把"房中的床帐装奁，都还搬的去了"。吴月娘担心陈经济将来还会要回这些东西，她一状把陈经济告到了官府，最终给断了个"不许再去吴氏家缠绕"。陈经济与吴月娘的第三次交手，吴月娘大获全胜。西门大姐的死，让吴月娘重新夺回了给陈家的全部陪嫁，只是西门大姐的生命永远地回不来了。

西门大姐的人生如此惨淡，生时无足轻重，死了不及鸿毛，不由得令人一声叹息。在西门大姐短暂的一生中，她付出的多，得到的少。她爱父亲，可父亲要爱的女人、美童、财宝太多太多，实在分不出多一些的爱来给她。她爱西门家，可她最终成了这个家里多余的人。她顺从"父母之命，媒妁之言"的古训，嫁入官宦之门，为西门阖府完成了一个以财势利益为目的的婚姻关系建构，使西门府的家声得以提高好几个档次，可她所得到的是一个没有温暖和情感的家庭。当这种财势利益的获得性消失后，她又充当了利益冲突双方争斗的牺牲品。西门大姐在她二十四年的生命岁月中，从来没有为自己真正地活过一天。因为，那个集权体制的社会里，不能允许女人有"为自己"的理念存在。西门大姐无论如何也不知道，应该怎样去赢得属于自己的人生。

西门大姐是一个死于财势婚姻的典型形象，是一个以家庭利益结盟为驱动，被包办婚姻所吞噬掉的生灵。西门大姐式的财势婚姻形式虽已是遥远的过去，可是以财势利益为驱动的婚姻悲剧并没有完结。在任何一个追名逐利的时代里，金钱仍以它巨大的魅力和能量，在更多的领域恣肆无忌。利益得失，成为人们考虑人情世事的本能反应，犹反映在人们对待情感和两性婚姻关系的态度上。

西门大姐的悲剧对后人实在是一个严重的警示：没有爱的婚姻不仅是可怕的，更是作为人本质意义上的不道德。西门大姐这段悲剧婚姻，既然是以财势利益的获取作为开场，必然也会以财势利益的散尽作为结束。以获利为目的的任何行为，终将出现利存则聚、利尽则散的结局。正所谓，出来混总是要还的。兰陵笑笑生笔下这一人物形象，其悲剧寓意远远超过了该人物本身悲情故事的演绎。

15 贾四娘子

的女人 人生如戏全靠演技

屋檐瓦草随风摇

贾四是西门庆手下所有伙计中，最精明强干的一个。他媳妇，人称贾四娘子，更是一个世故圆滑、很会"做"人的女人。在人际社会里，会做人的人才能有人脉，才能招人待见。一句话，才具有强大的生存能力。这如同凌霄花一般，不论土地贫瘠还是肥沃，只要有风雨阳光，就能依傍近身的树干，慢慢攀附延展，摇曳生姿，活力满满。《金瓶梅》中的贾四娘子，便是犹如凌霄花般的女人，实在值得见识一番。

贾四娘子的娘家姓叶，她排行第五，小名叶五儿。在她结婚生子后，因家贫而被卖身到大户人家当了奶妈。其间，她与年轻能干的贾四相识，一来二去，便有了感情，她因害怕婚内与人私通的事情败露，担心主人家怪罪下来，两人便双双私奔了。他俩来到清河县，投奔了西门庆，贾四做了西门庆的伙计，因"生的百浪嚣虚，百能百巧"（第十六回），尤其是处理账目精细，且琵琶、箫、管都会摆弄，深得西门庆的器重。写这对情人的私奔，颇具有因情抗礼的意味，这是对贾四娘子为何要婚内出轨，而后又不顾名节，与人私奔的缘由作出一个交代。

起初，贲四是西门庆生药铺里照管称货的伙计。生药铺是西门庆家祖传的买卖，西门庆自然十分看重，尤其是称货的岗位，不仅人要愿意勤快多出力，更要眼观六路，心细如发。因为，对药铺而言，除了账目要清楚外，所有进出的货品还不能有一丝一毫地错漏。如此一个重要的岗位，让一个新来的伙计上岗，可见西门庆对贲四的个人能力是看重和认可的。之后，西门庆为娶李瓶儿要修建一座玩花楼，让贲四做了监工，这可是人人羡慕的肥差，精明的贲四也因此在私下里捞到了不少好处。再后来，西门庆新开了绒线铺，又让贲四当铺子的掌柜。那西门府家仆、伙计众多，贲四得到西门庆如此迅速的提拔，对于一个来路不明的外乡人而言，很是惹眼。然贲四受重用，既不招人妒忌，也没让人背后使绊子，这与贲四娘子会逢迎、懂变通、花钱大方、为人低调的圆滑世故手腕不无关系。贲四和他的娘子在西门府里因多得人缘，遇事也就多有助力。这还真印证了成功男人的背后站立着一位精明女人的铁律。

贲四娘子不仅极为精明，且脾气性格又很和气温柔，她是个"女子无才便是德"的正解形象。所谓"女子无才"之"无"实为"不显露"的意思，世俗常以为此话中的"无"是"没有"，这是一个误解。所以此话的正解是：对一己所能不故意招摇、不故意显摆的女子，便是有德行的女子。

贲四一家人不住在西门府内，因为贲四不属于家奴，他只是受雇于西门庆。贲四家在西门府的大门对面，在地理位置上有观察往来西门府中人员动静的优势，贲四娘子善于利用这个位置优势观察人际活动，她时常会邀请府里的女主子们，以及在府里有主子撑腰庇护的大奴才、大丫鬟们，到她的家里做客，她也很用心地招待各色人等。贲四娘子不像宋惠莲和如意那样，只懂得一味地走上层路线，一心只想着攀高枝、往上爬，她也不是中山狼式的人物，一旦得势便猖狂起来。贲四娘子很懂得走群众路线的重要性，很善于与西门府里的众仆妇打成一片，更能与女主子们和睦相处。她的操作方法即对主子要善于理解，对下人要热情相待。贲四娘子成了一个能上下通情，八面玲珑，勾连府里各房，纵横人际关系的灵动小人物。每到逢年过节，就是贲四娘子为各种人际关系忙碌奔走的时节。

整部《金瓶梅》里，共写过四次元宵节。每一个元宵节，贲家都是全家出动，给西门府扎上几个大大的烟花架子，为节日的西门府内外增添五光十色的热闹，以及富丽堂皇的气氛。贲四娘子很会借此机会送礼、请客，拉近府里各种关系。第一次元宵节来临，孟玉楼，潘金莲、李瓶儿与陈经济、宋惠莲等人从街上观灯回来，"只见贲四娘子穿着红袄、玄色段比甲、玉色裙，勒着销金汗巾，在门首笑嘻嘻向前道了万福，说道'三位娘那里走了走？请不弃到寒家献茶。'"（第二十四回）孟玉楼说："承嫂子厚意，天晚了，不到罢。"贲四娘子忙说："耶嚛，三位娘上门怪人家，就笑话俺小家人茶也奉不出一杯儿来。"接着，生拉活扯，硬是把孟玉楼、潘金莲、李瓶儿三位姨娘拉进了她家里，她还让女儿长姐给三位姨娘磕头，自己则又是倒茶，又是连番殷勤地应答着。这一来，孟玉楼和潘金莲只好送了两只花给她，而"李瓶儿袖中取了方汗巾，又是一钱银子与他买瓜子儿磕，喜欢的贲四娘子拜谢了又拜"。贲四娘子并非是因为得到这些小礼物而欢喜，而是因为能得到这三个姨娘的赏赐而欢喜。因为能得到西门府中女主子们的恩赏，这对贲四娘子来说是很有脸面的一件事情。要知道，这三个姨娘可都是西门府里最有头有脸的妾室，贲四娘子能一次性同时把她们都请到家里喝茶，这可不是件人人能办得到的事。对那些不缺好茶喝的人来说，去别人家里喝不知品级的茶，是赏了别人的脸面，故而贲四娘子当然会感到莫大的荣耀。

第二个元宵节，这"贲四娘子打听月娘不在，平昔知道春梅、玉箫、迎春、兰香四个，是西门庆贴身答应，得宠的姐儿。大节下安排了许多菜蔬果品，使了他女孩儿长儿来，要请他四个去他家里散心坐坐"。（第四十六回）几经辗转，终于得到了西门庆的允许。这天，贲四娘子从清早就去请这些大丫鬟们，三请四请，直到傍晚，西门府的四大丫鬟，才算收拾打扮整齐，姗姗来到。贲四娘子一见这些个二主子，就"如同天上落下来的一般"。她客客气气地把这四大丫鬟迎进门，摆上了满满一桌子丰盛的

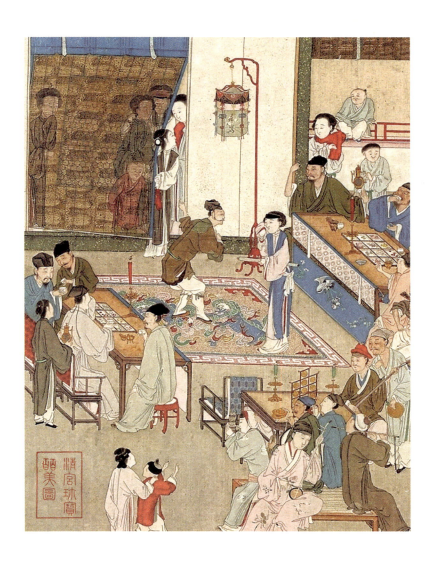

西门庆观戏动深悲

菜肴，口口声声"赶着春梅叫大姑，迎春叫二姑，玉箫是三姑，兰香是四姑"。宴席上，只见贲四娘子呼前唤后，一个劲儿奉承、一个劲儿劝酒。真是媚气十足，俗气十足。这四个大丫鬟，吃惯了西门府里的美味佳肴，对贲四家的酒菜食欲并不大。不过，她们还是举筷端杯，应景了一番，给了贲四娘子不小的脸面。这些平日里在西门府伺候别人的女孩子，今天也尝到了被人伺候的滋味，得到了别人的尊呼，得到了别人的敬畏，感觉相当的良好。四个丫鬟这样被他人高看，对其中多半人而言，那是生平中的第一次，也是最后一次。贲四娘子在这些大丫鬟们得意的表情里，拥有了一份暗中的自得。从今往后，府里其他的丫头、媳妇，若谁想把贲四家的什么坏话捅到主子那里去说，那就是件不能够的事了。贲四娘子对丫头们如此，对小厮们就更加殷勤。当然，这是后话。

　　贲四娘子的苦心没有白费，西门府里是非最多的当属下人奴仆中间，但凡有人说起这些仆妇们，都道："论起来，贲四娘子为人和气，在咱门首住着，家中大小没曾恶识了一个人。"（第七十八回）在宋惠莲寻死觅活的时候，西门庆第一个想起来能陪伴宋惠莲的人，就是这个为人和气、口甜心活的贲四娘子。可见，贲四娘子在西门府里是颇有善名的。虽说贲四两口子很会打算，也是十分的精明，但这两口子明白眼前的是现实，也更知道他们需要的不是远方。他们低调但绝不会错失机会，一旦抓住目标，就不会轻易放弃。长儿是贲四家里唯一的女儿，人称长姐，她被卖给了当时西门庆的上司，正掌刑千户夏龙溪的府里，说是学弹唱，后来被夏提刑收了房，做了夏府的小妾。贲四卖掉女儿，不是因为缺钱，而是从西门府中女人们的身上看到，裙带关系是最快速得势的路径。所以，他们两口子利用机会，给自己家里，给自己的女儿找个靠山。这桩买卖女儿的事情，贲四家处理得极为低调，事前连吴月娘也没打个招呼，西门庆更是一点都不知情，这一招十分有效地避免了引人忌妒的后果。

　　直到长姐走的那天，贲四两口子这才打扮得整整齐齐，带了如花般的女儿，提着几盒点心，进到府中来向主子们辞行。长姐对西门庆、吴月娘行了尊长之大礼，这下子可把两个主子喜得合不拢嘴，立即叫人摆上茶来，请贲四一家人留坐，还把李娇儿、孟玉楼、孙雪娥、潘金莲和西门大姐等一干人都叫到上房来，一一陪坐见礼，这给了贲四一家人很大的面子。临走时，西门庆与众妻妾还分送了许多金钗和银两作礼物给长姐"纪念"。贲四两口子的行事手腕儿，不论是宋惠莲、如意，还是王六儿一家，那都相形见绌了。

百花丛中犹卿卿

夏提刑升迁入京为官，贲四奉了西门庆之命，护送夏大人的家眷进京去了。只身留家的贲四娘子，不仅要打理府里的杂事，还要打理自己的家事。西门府里的小厮玳安、平安便主动担起了贲家的细碎家务活儿，为贲四娘子买东西，拿物品，出力气搬东西等，隔三岔五地打点酒，让贲四娘子炒点菜肴，作为酬谢。这一来二去，他们之间的关系自然很好。

西门庆给孟玉楼过生日那天，他看到自己的贴身小厮玳安，领着一个"五短身子，穿绿段袄儿，红裙子，勒着蓝金绢箍儿，不擦胭粉，两个密缝眼儿"（第七十四回）的女人，感觉似曾相识，还有点像郑爱月。西门庆的感觉颇有意思，大概是这两个女人都爱笑，所以眼都眯缝得相像，还是西门庆想念郑爱月太过，恍惚间觉得贲四娘子有点相类？不论是何原因，西门庆盯上了这个"一似郑爱月模样"，被潘金莲形容成"矮着个靶子，两是半头砖儿，也是一个儿。把那水济济眼，挤着七八拏的儿晷"（第七十八回）的女人。在贲四离家的这段日子里，西门庆有一次从郑爱月家回来，冷眼瞧见小厮玳安从贲四家出来。没有比主子更了解近身仆从的心性了，西门庆想起了贲四娘子，他心有狐疑地问玳安到贲四家干什么去。也没有比近仆更懂主子心理的了，玳安自是不会说与贲四娘子有一腿，他只说："贲四娘子从他女孩儿嫁了，没人使，常央及小的每替他买买甚么儿。"西门庆一听便说道："他既没人使，你每替他勤勤儿也罢。"西门庆对独守空房的女人总是倍加关怀的，他悄悄对玳安说："你慢慢和他说：如此这般，爹要来你这屋里来看你看儿，你心下如何？看他怎的说。他若肯了，你向他讨个汗巾儿来与我。"（第七十七回）玳安口里应着，脚却难迈。这几日，玳安正与贲四娘子打得火热，好不浓烈。他万没料到，主子也来这口锅里抢肉吃，还要自己穿针引线，这当然是很为难的事。可身为奴仆，玳安要不打折扣地执行西门庆交办的事。

玳安是如何与贲四娘子蜂送蝶情的？兰陵笑笑生书写留白，读者自然不得而知。总之，没多大一会儿工夫，玳安便来到了西门庆身边，等到没人时，只见玳安凑着西门庆的耳朵，悄声说道："小的将爹言语对他说了。他笑了，约会晚上些，伺候等爹过去坐坐，叫小的拿了汗巾儿来。"西门庆接过玳安递上的红绵纸包打开一看，是"一方红绫织锦回纹汗巾，闻了闻喷鼻香，满心欢喜，连忙袖了"。贲四娘子和西门庆的勾搭，既然有了你情我愿的欲望基础，那么付诸行动，也就行之有据了。

由于在西门府大门内就能把贲四家的动静看得一清二楚，加之贲四家装修的材料不甚隔音，隔壁的韩嫂听得见响动，所以，西门庆与贲四娘子凡有苟合，每每都是匆忙又快捷。西门庆既没有与王六儿那样的感官缠绵，也没有与如意那般能畅意饮谈，他们的交合都只是一瞬间，真正是速战速决。这样具有冒险性的两性行为，在西门庆的性生活里并不多见。或许正因这一点，很是能激起西门庆的性欲，这或许是西门庆更喜欢与贲四娘子偷欢的原因。

做紧张度高的事，酬劳也不能低。商人出身的西门庆很明白这个道理。他们第一次约会后，贲四娘子从西门庆那里得到了"五六两一包碎银子，又是两对金头簪儿"的高额报酬。此后的每次约会，贲四娘子都能有几两银子的花账收入。西门庆付给贲四娘子的酬金，远远超过外室王六儿的价码。西门庆对此的解释是："我待与你一套衣服，恐贲四知道，不好意思。不如与你些银子儿，你自家治买罢。"（第七十八回）精明人的算计可谓丝丝入扣，一毫不爽。贲四娘子既然不像王六儿那样，要房子、要丫鬟，那多算点银两给她也不亏损。可是，西门庆再怎么算得精确，也没能算到自己前脚走，心腹小厮玳安后脚就进了房，和贲四娘子喝茶吃酒又上炕。贲四娘子这是迎新不送旧，因为她对现实看得明白、透彻。

贲四娘子不会像宋惠莲、如意那般不切实际，以为自己和主子有了一些暧昧，就想入非非，要登堂入室为妾。她心里很清楚，主子只能给钱，小厮却能出力。两不耽误，兼而有之，何乐而不为呢？可贲四娘子也有担心的事情，她害怕这些风流韵事被一墙之隔的韩嫂知道，若再闹得全府皆知，暗事弄成明事，那她在西门府便立不住脚，说不定贲四也会抛弃了她。想到这些严重后果，贲四娘子再也睡不着了，她对躺在身边的玳安说："只怕隔壁韩嫂儿传嚷的后边知道，也似韩伙计娘子，一时被你娘们说上几句，羞人答答的，怎好相见？"韩伙计娘子指的是住在隔壁的惠元。由此看来，贲四娘子还算顾及名声，还有些懂羞耻的底线。精明的玳安为她出了个主意："如今家中，除了俺大娘和五娘不言语，别的不打紧。俺大娘倒也罢了，只是五娘快出尖儿。你依我，节间买些甚么进去，孝顺俺大娘。别的不稀罕，他平昔好吃蒸酥，你买一钱银子果馅蒸酥、一盒好大壮瓜子送进去。这初九日是俺五娘生日，你再送些礼去，梯己再送一盒瓜子与俺五娘。你到明日进来磕头，管情就掩住了许多口嘴。"多亏有这玳安的筹谋，在如火如荼的西门府情场，玳安对各种情势那是了如指掌，自然应该无往而不胜。

　　贲四娘子懂得，给娘子们送礼不是件简单的事儿，其中的学问多了去了。送给谁，送什么，采用何种方式送，选取什么时间送，等等，都是要花费心思的。情场如战场，送礼犹如向对方进行火力侦察，只有做到知己知彼，才能百战不殆。否则，弄不好就是羊肉没吃着，还惹了一身骚。贲四娘子把送礼堵口的事，全权交给了玳安，玳安也果真把这事情办得是妥妥当当。吴月娘得了贲四娘子的礼物，感到自己无功受禄，很有点过意不去，便对玳安说："男子汉又不在家，那讨个钱来，又交他费心。"说完还把一盒馒头，一盒果子，叫玳安拿回去送给贲四娘子，并叮嘱玳安要"多上覆，多谢了"。可贲四娘子叫小厮送礼，无事献殷勤的举动，难免会让人猜疑。在上房安插了耳目的潘金莲，一下就敏感到此事有些蹊跷，她甚至没花什么工夫，就把这事给打听得一清二楚。这天是潘金莲生日，她见玳安和琴童正在挂灯笼，便借机说琴童欠揍。原来是西门庆有一次到贲四家鬼混，正好有客来求见，整个西门府都找不到主人，琴童急得说西门庆大白天给丢了，这话说得不吉利，本是要挨打的，但西门庆因在贲四娘子那里弄得身心愉快，根本就没有追究此事，所以琴童免了一次皮肉之苦。显然，西门府里知道此事的人不多，但玳安却听出潘金莲是话里有话，便回击说："娘也不打听，这个话儿娘怎得知？"玳安这一问，给了潘金莲大泼醋坛子的机会，她把那贲四家骂得一钱不值，还捎带上玳安这小厮："瞒那傻王八千来个！我只说那王八也是明王八。怪不的他往东京去的放心，丢下老婆在家，料莫他也不肯把毡闲着。贼囚根子们，别要说嘴，打伙儿替你爹做牵头，勾引上了道儿，你每好图躂狗尾儿。说的是也不是？敢说我知道？"潘金莲见两个小厮都不吭声了，便继续掰扯送礼背后的用意："嗔道贼淫妇买礼来，与我也罢了，又送蒸酥与他大娘，另外又送一大盒瓜子儿与我，想买住我的嘴头子，他是会养汉儿。我就猜没别人，就知道是玳安儿这贼囚根子，替他铺谋定计。"玳安一听之下，恨不能浑身长出千张嘴，他此番也伶牙俐齿地与潘金莲展开了舌战："娘屈杀小的。小的平白管他这勾当怎的？小的等闲也不往他屋里去。娘少听韩回子老婆说话，他两个为孩子好不嚷乱。常言：要好不能勾，要歹登时就一篇。房倒压不杀人，舌头倒压杀人。听者有，不听者无。论起来，贲四娘子为人和气，在咱门首住着，家中大小没曾恶识了一个人。谁人不在他屋里讨茶吃，莫不都养着，到没放处！"玳安这话说的是软中有硬，头头是道。潘金莲与玳安正怼得热闹，潘金莲的妈来了，两人互撕才算告一段落。看来，玳安让贲四娘子给潘金莲送礼这步棋是走错了。

又到过年时节，贲四也从京城回来了，西门府门前又放起了烟花。烟花还是那样五彩缤纷，那样斑斓艳丽。关于贲四娘子的艳事绯闻，很快就成了隐约的传说。在这些府中秘事中，贲四娘子不过是风流剧里片刻的女主角罢了。西门庆也好，玳安也罢，都只是她利用的对象。西门府中这主仆俩，谁也没把这种信手拈来的风流事儿当过真，大家都是逢场作戏，相互玩玩而已。

西门庆一死，一切的一切都成了过去。贲四这一家有自己的日子要过，当然不会让往事拖拽，人是要向前看的，不是吗？何况世上谁会对没有主人公的故事感兴趣呢？为人和善的贲四娘子，毕竟不是宋惠莲、如意、王六儿等人。她不属于既贪图眼前快乐，又喜欢畅想未来的幻想式女人。贲四娘子很明白，现实社会就是很现实。她乐不忘忧，为人行事既能瞻前更能顾后。她滴水不漏的言行，通于人情、达于事理的行事风格，都充分显露出世事通达女人那种脚踏实地生活的理性。她把心给了贲四，而把身体看作是人际应酬、人情回馈的一个物件儿或工具，一个如此理性地分割自己的"心"与"体"功能属性的人物形象，在同时期的中外文学人物中，实属罕见。

兰陵笑笑生笔下的贲四娘子形象，生动得形同隔壁家的婶子一般。这通俗与媚俗，贲四娘子都做得十分出色。这样一个很懂得现实的人，当会活得很轻松吧？只是不知道这份生命中的轻飘是否也有承受不住的一天。

红尘内外皆半人

三姑六婆聚一堂，讲佛宣理道轮回。这是《金瓶梅》里的一道市井风情。

宗教对拯救众生苦厄的博爱情怀，与世俗私利获取追求行为的尖锐对立性，被这些穿梭在街巷坊间、庙宇内宅的三姑六婆们给奇妙地和解了。宗教的神圣与世俗的苟且，竟然成为共生体。在这些通过宣讲大慈爱、大悲悯而借机获取黄白俗物的三姑六婆中，首推薛姑子为佼佼者。

薛姑子是市井出身，后嫁了个卖蒸饼的小生意人，算是武大郎的同行。婚后家住广成寺旁，丈夫每日外出卖饼，日子过得清贫。小户人家的房前屋后，一个年轻女人出出进进的身影，晃得那些在寺庙里孤旷日久的男僧们，有事没事地过来与她搭讪、调侃。此种"闲聊"的行迹，虽说不一定会发生纯粹的男性荷尔蒙冲动，但也难免逗引修为浅陋者心神动摇。这个善于应对的薛姑子却"专一与那些寺里和尚行童调嘴弄舌，眉来眼去，说长说短，弄的那些和尚们的怀中个个是硬邦邦的"。（第五十七回）

长长的白昼时光，对薛姑子而言是寂寞无聊的。丈夫不景气的买卖，也令薛姑子"就有些不尴不尬"，家中时有饥饿之忧，薛姑子不得不为生计作出一些筹谋。那些小和尚们得知薛姑子家的境况后，必是要以慈悲为怀，不免会拿些火烧、饽饽、馒头、栗子等信男善女们的供品，作为搭讪、调侃薛姑子的由头，也作为酬谢薛姑子理会他们的馈赠，"又有那付应钱与他买花，开地狱的布送与他做裹脚，他丈夫那里晓得"。既受人点滴之恩，自当要涌泉相报，这原本是做人之传统美德，可贫寒的薛姑子何以为报？她唯有以一己之身相报。薛姑子的以身相报，对那些尚不能透悟苦乐相生之大义的小和尚们，倒算是一种身心的解救。虽说薛姑子未必懂得密宗双修身之大法的本义，但却从本能出发，去身体力行实践这修行之功。或许正是基于这样的认识，在丈夫"得病死了"以后，薛姑子走了这熟道，出家为尼，算一个半路出家的姑子了。从此，清河县僧尼的队伍中，又多了这个身在红尘外、情系俗世中的女尼。薛姑子出家，起初进了地藏庵里修行。许是用心，许是聪明，再许是师傅引导得法，总之，这个地藏庵里的尼姑，活得风生水起，在清河县大有名头。这位姑子后来去西门府走动时，真是满肚子的佛经故事，还有抑扬顿挫、真假莫辨的诵经声声，可见薛姑子应该确实有过一段实实在在的修行时期。

在西门府里，李瓶儿最先是从西门庆办的一桩"花案"中，听到了薛姑子这个名字的。西门庆说起他这个案子的处理，那真是十分的得意，他对李瓶儿道：

> 昨日衙门中问了一起事：咱这县中过世陈参政家。陈参政死了，母亲张氏守寡。有一小姐，因正月十六日在门首看灯，有对门住的一个小伙子儿，名唤阮三，放花儿。看见那小姐生得标致，就生心调胡博词、琵琶，唱曲儿调戏他。那小姐听了邪心动，使梅香暗暗把这阮三叫到门里，两个只亲了个嘴，后次竟不得会面。不期阮三在家思想成病，病了五个月不起。父母那里不使钱请医看治，看看至死，不久身亡。有一朋友周二定计说，陈宅母子，每年中元节令，在地藏庵薛姑子那里，做伽蓝会烧香。你许薛姑子十两银子，藏在他僧房内与小姐相会，管病就要

好了。那阮三喜欢，果用其计。薛姑子受了十两银子。在方丈内，不期小姐午寝，遂与阮三苟合。那阮三刚病起来，久思色欲，一旦得了，遂死在女子身上。慌的他母亲忙领女子回家。这阮三父母怎肯干罢，一状告到衙门里，把薛姑子、陈家母子都拿了。依着夏龙溪，知陈家有钱，就要问在那女子身上。便是我不肯，说女子与阮三虽是私通，阮三久思不遂，况又病体不痊，一旦苟合，岂不伤命。那薛姑子不合假以作佛事，窝藏男女通奸，因而致死人命，况又受赃，论了个知情，褪衣打了二十板，责令还俗。其母张氏，不合引女入寺烧香，有坏风俗，同女每人一楼，二十敲，取了个供招，都释放了。（第三十四回）

这案子本身来看，西门庆问得还算公正，也不枉他行走花街柳巷积累下的丰富经验，但在执行时便打了好几个折扣。这位薛姑子"假以作佛事，窝藏男女通奸"，把密宗欢喜佛的修行，全数移植在了对红尘众生、旷男怨女的本能成全上，尤为可恶的是以此而广得"善财"，中饱私囊，这可真真是脏了佛门一方干干净净的圣地。按照西门庆说的判决结果，薛姑子应离开佛门清静地还俗，可有趣的是佛门并没有令她还俗。个中缘由，应该与薛姑子颇能为寺庙创收有关。所以，这个薛姑子是前脚出了地藏庵，后脚又进了莲华庵，依旧维系她尼姑的身份，仍然布施她的善道，广结她的善缘。但这些所谓的"善道""善缘"，却都与原义原本的佛祖情怀和普度教义无关。

薛姑子的本领不仅是念经做法事，也不仅是开禅房成就红尘男女苟合之事，她最叫人敬畏的精深道行是制药，她会配制一种使女人受孕的"灵丹"。用今天的话说，就是能治疗妇女的不孕症。对于那些后嗣不济、人丁单薄的人家而言，不啻为莫大的福音，这也是薛姑子莫大的功德。这一技能，使得薛姑子声名远播，以至于传到了西门府的深宅大院之中。西门庆好不容易有李瓶儿为他生了个儿子，吴月娘也爱若己出，可潘金莲却对孟玉楼讲，吴月娘自己生不出来，故而讨好李瓶儿。吴月娘听了这话，气得发昏，发狠想着自己能有个孩子。那样的时代，大户人家多有请僧尼庙祝定期来家里讲经说法的习俗，以除去晦气，添加福禄。更有逢红白喜事，皆要请这帮方外之人为家中做法事、行道场的传统。可谓无巧不成书，那个常在西门府里走动的王姑子，得知吴月娘想要有一个自己的孩子，便向吴月娘极力推荐被西门庆处罚过的薛姑子："俺每同行一个薛师父，一纸好符水药。前年陈郎中娘子，也是中年无子，常时小产了几胎，白不存，也是吃了薛师傅符药，如今生了好不丑满抱的小厮儿！一家儿欢喜的要不得。只是用着一件物件儿难寻。"（第四十回）王姑子说的难寻"物件儿"，就是用头胎孩子的胎盘做成的一种药引子。吴月娘听王姑子说得活灵活现，又十分符合自己的情况，还有成功案例作佐证，那一刻真恨不得把薛姑子即时请来："这师父是男僧、女僧？在那里住？"王姑子说："他也是俺女僧，也有五十多岁。原在地藏庵儿住来，如今搬在南首里莲华庵儿做首坐。好不有道行！他好少经典儿，又会讲说《金刚科仪》，各样因果宝卷，成月说不了，专在大人家行走，要便接了去，十朝半月，不放出来。"吴月娘是听在耳里，挂在心里。可这位颇有道行的大尼姑如此忙碌，吴月娘也只有焦急等待的份儿了。

李娇儿生日这天，王姑子把这个大名鼎鼎的"送子娘娘"薛姑子给请到了西门府，当年被西门庆责其还俗的女僧尼，今日被当成贵宾请进了门。只见薛姑子"戴着清净僧帽，披着茶褐袈裟，剃的青旋旋头儿，生得魁肥胖大，沼口豚腮"（第五十回），带着两个徒弟来了。薛姑子这般的富态，这样的气势，难怪"慌的月娘众人，连忙磕下头去"。薛姑子为显出与他人不同的修为，做出一副"镛眉苦眼，拿班做势，口里咬文嚼字"的样子。她念的那让人听不懂的话语，令吴月娘等一干女眷很是景仰不已，"一口一声，只称呼他薛爷"。到晚上，薛、王两姑子都留宿在上房，吴月娘也如获至宝一般，得到了那份金贵的安胎药。为此，吴月娘拿出四两银子给两个姑子当酬谢，又说道："明日若坐了胎气，还与薛爷一匹黄褐段子做袈裟穿。"待这二位姑子离开西门府时，吴月娘又送每人五钱银子和许多礼物。

吴月娘依着姑子们的交代行事，果然有了身孕，承诺的酬谢自然是不能少的，但那也是后话了。薛姑子之后常来西门府宣讲佛经，使得吴月娘等女眷也渐渐听得入了迷，对她的好感与日俱增。薛姑子在西门庆眼皮子底下来来去去的，数度出入西门府。有一天西门庆见薛姑子从他家里走出去，甚是

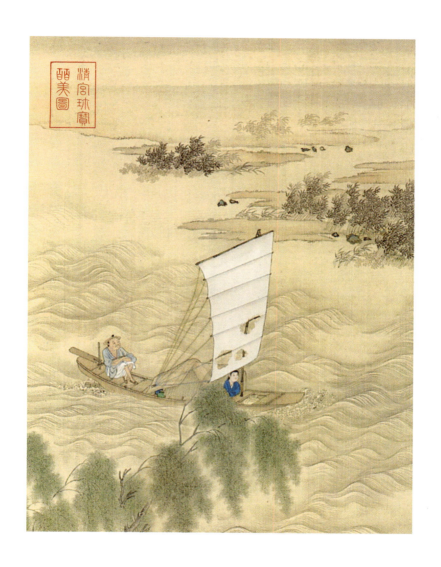

书童私挂一帆风

惊讶，忙问吴月娘："那个是薛姑子？贼胖秃淫妇，来我这里做甚么！"（第五十一回）西门庆还不知道，他大骂的这个人是对他大有恩惠的人。吴月娘对薛姑子更是感激涕零，无以为报。她听见西门庆如此骂薛姑子，心中很是不快，说道："你好怎枉口拔舌，不当家化化的，骂他怎的，他惹着你来？你怎的知道他姓薛？"西门庆马上振振有词，把他办薛姑子"花案"的过程，详尽地又讲了一遍给吴月娘听，并心有疑惑地说："他怎的还不还俗？好不好，拿到衙门里，再与他几桥子。"不想，这个从来以正经自居的吴月娘，在听完西门庆的一番陈词后，非但没有对薛姑子产生嫌憎、防范之心，反责备西门庆："你有要没紧，怎毁神谤佛的。他一个佛家弟子，相必善根还在，他平白还甚么俗？你还不知他，好不有道行。"可不是吗？与传宗接代的无量功德相比，在佛堂里窝藏青年男女苟合的事，那又算得了什么。西门庆追问"还俗"的事，的确是"有要没紧"的。可见吴月娘对"正经"与否的判断是选择性判断，标准只有于自己是否有好处而已。

纷纷佛语难入魂

自从有了西门府大娘子吴月娘的庇护，西门庆对薛姑子在西门府上的走动就只当没看见。由于薛姑子讲经说佛的技巧高妙，西门府的女眷们对她十分信服，也对佛法更为崇敬，这种敬仰的情绪把西门庆也给感染了。薛姑子听说西门庆为修缮永福寺，要一次性捐助五百两银子，她心思一动，竟然当面向西门庆拉赞助。她劝西门庆出钱印制《陀罗经》，还意味深长地说："那佛祖说的好：如有人持颂此经，或将此经印刷抄写，转劝一人，至千万人持诵，获福无量。况且此经里面，又有护诸童子经咒。凡有人家生育男女，必要从此发心，方得易长易养，灾去福来。"（第五十七回）西门庆一听这"易长易养"，正好对应儿子官哥体弱难养之症，赶紧拿出三十两的足色纹银来，交给薛姑子，要她去印五千卷经书。西门庆此时可是顾不得计较与这尼姑有什么嫌隙的事儿了。可他哪里知道，薛姑子这番意味深长的话，本是故意针对官哥一事说的。更有那李瓶儿，才听说薛、王两姑子和吴月娘说了要印经消灾的事，便立即拿出自己房中压被用的一对银狮子，重达四十一两五钱，还有一个十五两重的银香球给了这两个姑子，让她们作为印经卷做道场的善款。西门庆与李瓶儿两头给的印经钱合计起来，那也有百余两之数了。仅是印经书一项，薛姑子少说私吞掉了三十几两的银子。为了这笔钱，薛、王二人闹翻了脸。随后两人在西门府里，都一个劲地诋毁对方。由于薛姑子助益吴月娘怀胎，得到了吴月娘的好感，王姑子最终被挤出了这块风水宝地。吴月娘早就忘了，这位很有手段的"薛爷"，还是经过王姑子的引荐才得以进到西门府的。

尽管有神灵保佑，可西门庆长子官哥还是架不住潘金莲的恶毒用心，终于惊风而亡。官哥的母亲李瓶儿痛不欲生，"每日黄恹恹，连茶饭儿都懒待吃，题起来只是哭涕，把喉音都哭哑了"。（第五十九回）不论西门庆以及众妇人怎么相劝，李瓶儿心里的结终究是打不开了。面对此情此景，薛姑子另辟蹊径。她利用小乘佛经中的故事，讲生死轮回，因果报应，边讲边劝李瓶儿："今你这儿子，必是宿世冤家，托来你荫下化目化财，要恼害你身。为缘你供养修持，舍了此经一千五百卷，有此功行，他投害你不得，今此离身，到明日再生下来，才是你的儿女。"李瓶儿听了薛姑子讲的故事和劝说，再证以自己梦中的情形，心里实在是相信不疑，虽仍有些悲切，但心已宽慰了很多。

再后来，李瓶儿继儿子死后不久也去世了。西门庆子嗣稀缺的问题日渐突出。广布耳目的潘金莲，终于得知吴月娘怀孕的秘密是服用了薛姑子神奇的安胎药，真是又惊又喜。她想若是自己能为西门庆生儿子，西门庆还不得把她宠到天上去了，说不定有朝一日，她还会被扶成正房。潘金莲为自己的这些想法所激动，从来不敬佛信神的潘金莲，恭敬地把薛姑子悄悄请进自己房中，"与他一两银子"，求薛姑子为自己也配制出一副能坐胎的神药。从价格上讲，潘金莲付给薛姑子的总价是一两三钱银子，这只是当初吴月娘付的半数，潘金莲也觉得有些不好意思。这薛姑子因与王姑子在分钱上发生了激烈的矛盾，面对潘金莲的这桩生意，薛姑子借机洗白，她不但不嫌钱少，还对潘金莲因酬金微薄的致歉说道："菩萨快休计较，我不像王和尚那样利心重。前者因过世那位菩萨念经，他说我挽了他的主顾，好不和我嚷闹，到处拿言丧我。我的爷，随他堕业！我不与他争执，我只替人家行好，救人苦难。"（第七十三回）在一番表白之后，薛姑子还格外用心地教潘金莲一个绝活："缝个绵香囊，我赎道朱砂雄黄符儿，安放在里面，带在身边，管情就是男胎，好不准验！"就这样，薛姑子也成了潘金莲敬重的人。可事实上，为李瓶儿断七念经，吴月娘托薛姑子请僧尼，她却瞒着王姑子独自吞掉了五两银子。薛姑子真不愧是个老江湖，这种吃小亏占大便宜的世俗之"经"，她是念得倍儿熟练了。更戏剧性的事情发生在西门庆死后，吴月娘为丈夫做盂兰会，请的还是这个薛姑子。

薛姑子的所作所为，距离人们通常对出家人以慈悲为怀、解人困厄的认知，似乎相去太远。薛姑子讲经说理、宣扬佛法的同时，也把谋求实际利益作为每一次弘扬佛法道场的终极目的。后来同时代人的冯梦龙在小说《醒世恒言》中写了一个故事，他讲道："那和尚们名虽出家，利心比俗人更狠。"走门串户的尼姑们，借宣佛行善之名，行饱私贪利之实，假佛济利，全没有走出红尘之人的超凡与脱俗。可恰恰有这样的世俗情结、世俗心态和世俗行为，才使得高居于形而上的宗教义理，以及高深莫测的宗教信仰的神秘性，悄然地走下了神坛，消弭了神秘，不经意地融进了市井凡尘的千家万户、现实世俗的需求之中。

宗教世俗化的过程，正是宗教发展普及的必然路径。佛教在中土本土化完成的具体表征，也正是通过像薛姑子一类怀揣世俗种种欲念的芸芸僧众得以凸显。正是由于这些怀揣俗念的僧众们太了解、太熟知世俗的欲念，才能把宗教的生命活力给予具体的世俗体现。任何宗教思想或仪式，如果丧失了世俗化的行为能力，也就意味着这种宗教行将灭亡，甚或已经死亡。从这个意义上来说，佛教在我国社会发展历程中，在历经本土化的途程里，必然少不了要有薛姑子们的功用发挥。一位学者对此曾有形象的表述："当宗教能够走出寺院，像小商贩走街串户般自由出入寻常百姓之家时，它才获得了'生命力'的补给。"这才有宗教世俗化真正实现的可能。世俗化，正是宗教广得信徒，走入人心，绵延千年，不断完善的唯一方法。

薛姑子以及她的同行们，他们把宗教信仰的建立，变化成了一种职业操作的意义所在。他们培养信徒的目的，只是为了谋取生存所需。他们把人因宗教信仰所形成的内化需求，以及释放出来的奉献精神，统统异化成获取物质利益的贪欲满足。在各种物质利益的驱动下，他们对本职工作兢兢业业，一丝不苟。薛姑子们不论是讲经还是开道场，都竭尽所能，甚至花样翻新。而信徒们面对此情此景，也会更加坚定信念，崇尚教义，坚信神明的法力无边。这种动机与实质的二律背反，这种宗教情怀与世俗心肠的对立统一，在面对貌似坚定的信徒们的口是心非或表里不一时，方能更加显出宗教伟大的拯救精神，也确证了人性最终不能完美的悲哀定律。任何伟大宗教，在其教义被薛姑子们进行了一番世俗解读的异化过程里，都会变成虔诚信徒们挥之不去的种种梦想。

在对薛姑子的剖析完结时，不妨再次引用学者诗语般的论述："在宗教之外，才能体味宗教的大慈大悲。在世俗之上，才能反观世俗的大红大紫。"宗教的慈悲与救赎精神，使宗教高贵，令人崇敬，促人仰视；世俗的红紫，使世俗精彩，令人着迷，让人沉溺。佛祖情怀是希冀普度众生，让众生走进宗教的殿堂，以解脱生命中的苦痛与绝望。而世间凡俗的信徒们，多半是一些挣扎在红尘俗世与清净方外两界之间的身僧心俗之人。那些成了佛祖信徒的薛姑子们，他们本应首先完成的是度化他们自己，而后才是芸芸众生。可千年之后，在宗教的世界里，信徒们的自我度化并未完成。名寺僧侣们，越来越倾慕红尘中的权力话语，他们愿意对强权顺服亲近，以期获得更多的物质利益。他们也知道贪财、贪色有违教义，可他们还是放不下。在他们华丽的僧袍下，依旧是一颗充满无尽贪欲的心。在古代小说中，《金瓶梅》之前对恶僧的文学描写对象大多是和尚，到了《金瓶梅》这里，终于出现了丑恶的女尼，这算是填补了古代文学形象的空白吧。

薛姑子这一人物形象的刻画，说明宗教的神圣性一旦被物欲的泥沙所裹挟，便会成为最剧烈的精神泥石流，被摧毁的民众信仰将是难以挽回的。然而，这样的危害性薛姑子们不会明白。他们念经依旧，逐利依旧。可见，度化人心何其艰难。

穿花引蝶无量斗

《金瓶梅》里的王婆形象延续了《水浒传》里这一人物的特质和身份，王婆是《水浒传》中武松故事单元里最先出场，又是个最多面手的人物，堪称"天字第一号"媒婆。这个老于世故、心机狠毒的暗媒人物，随着潘金莲故事的流传，便为世人所熟知。在《金瓶梅》中，兰陵笑笑生对这一故事细节有所增补，他着意刻画了这个为钱而谋的马泊六形象。

说到"暗媒"一词，就不得不说说什么是"媒"，"暗媒"又指的是什么。媒，本是人类文明史上最古老的职业之一，也是人类最早实行信息收费服务的职业。提到媒，人们通常认为是男婚女嫁信息的传递者，是美丽神话传说里的月神行走在人间的化身。实不尽然，在此稍许介绍一点有关"媒"的小常识。

据史书载，上古之神女娲就是沟通神与人之间的媒人，"以其（女娲）载媒，是以后世有国，是祀为皋禖之神"。古代社会形态自产生阶级划分之后，"礼"成为等级制度的标志，"乐"则是和谐人际社会的理想方式。我国从周代开始，官职中就设有官媒，据《周礼·地官·媒氏》记载："媒氏掌万民之判，凡男女自成名以上，皆书年月日名焉。令男三十而娶，女二十而嫁，凡娶判妻入子者皆书之。仲春之月，令会男女。于是时也，奔者不禁。若无故而不用令者罚之。司男女之无夫家者而会之。"该记载说明了"媒氏"（官媒）的具体职责有五：一是记录新生婴儿的出生年月和姓名；二是通令成年男子要按时结婚，不可逾期；三是每年二月农忙之前，要督促适龄男女适时结婚；四是监督、执行彩礼的数量；五是主管婚姻诉讼案，惩罚那些违法者。因官媒职属是公务人员，故朝廷要给一定的俸禄，"媒氏"则需认真执行上述职责。这是目前我国历史上有关"官媒"这一制度最早和最完备的记载。

秦朝以后，"媒官"一职没有再行设置。再之后，"二十四史"中的"职官志"条里也没有记载，但在一些人物志里还有所涉及。"媒官"之称呼也一直都未改变，一般是指在官府衙门里，专司执行命婚与判决的女卒们，《三国志》中就提到"为设媒官，始知嫁娶"，到了元、明时期，官媒则是专指那些在官府衙门登记认可的媒婆，其身份同衙役一样，主要是管理女性囚犯的婚配，或者民间婚姻发生的纠纷，以及朝廷犯官的女性眷属的处罚，还有在公堂上需要发落婚配的事宜等，皆属于官媒的职责范围。从《仪礼·士婚礼》中规定看，人们成婚的程序为六礼，即采纳、问名、纳吉、纳征、请期、亲迎，六个环节中没有一个环节能离开媒人，一个家庭组合前端的男婚女嫁各项事宜，大多就是媒的职业工作范畴，"于是男女以行媒始知其名，无媒则亦不交，男方无媒不得妻，女方无媒老且不嫁"。因此，媒妁制度成为了传统礼制的重要组成部分，《管子》中有"自媒之女，丑而无信"一句，这说明，那时候成婚是否用媒人一事，已经上升到了伦理道德的高度。男女成婚，必要用媒人才算符合伦理道德规范，否则便会受到周遭人际环境的轻视和指责。《唐律疏议》中有"为婚之法必有行媒"一说，婚嫁行媒，已成婚姻法定的条文。《元典章》中亦有："媒妁由地方长老，保送信实妇人，充官为籍。"媒妁俗称媒婆，因媒妁的主要构成者是妇女。媒妁也是中国古代妇女的重要职业之一种。在社会进入到以

"父母之命，媒妁之言"为两性婚姻操作的通行模式后，这一职业的普遍性和重要性，尤其是传承的久远性和不间断性，实为其他行业职能无法比拟。专属媒人一职也同其他行业一样有各种门道，除了在官府注册的官媒（明媒）外，还有行动于民间的私媒（暗媒）存在。在称谓上，媒的雅称有"伐柯"（《诗经》），"媒妁"（《孟子》），"冰人"（《晋书》），还有用知名度最高的文学人物"红娘"做称，以及出自媒人功能定称的"保山"等。

虽说媒妁制度以及媒人的社会功能极为重要，但在正史中却难以寻其踪迹。媒婆在普通人眼里就是无事生非、喜弄唇舌、贪婪狠毒、蛇蝎心肠之恶妇的代名词。因"媒"在后来的社会生活中逐渐演变成为一种谋生手段，她们多以获利为目的，以说合为原则，所谓"说好一门亲，好穿一身新"，这话很能反映出媒人收入较高的状况。随着社会发展越繁复，"媒"所传递的信息就越多无关婚姻情爱和幸福了，更多的是与求媒者诸多利益相关联。做媒者只为从中得利，她们不惜花言巧语，常常欺瞒实情，谎报费用，假话连篇，诚信缺失，锱铢必较。正史阙如，小说家言便成了研究"媒"制度的主要佐证，因为小说家在叙述故事和刻画人物时，必要牵涉其社会背景，需要做出符合人情物理的描述。《金瓶梅》中对官媒人物形象多有涉及，写到那些因朝廷大案被牵连的官宦女眷们，或者触犯了律法的女性，一旦被官府发卖为奴，或者接受官府指配婚姻的处理时，官府的经纪人便是官媒，如孙雪娥因偷盗家财被官府发卖为奴一节，那个为孟玉楼嫁西门庆保媒的薛嫂，就因是官媒，她才能把孙雪娥领出去，发卖到守备府里。还有那个为林太太寻欢牵线的文嫂亦是官媒。就一般而言，民间寻常人家若有男女婚嫁、联姻定亲之事，必是要请有官媒身份的人为其说项，才能合乎"明媒正娶"的礼制要求。然，从《水浒传》到《金瓶梅》，在这两部小说中，给人印象最为深刻的媒婆形象，毫无悬念属于违法的私媒者——王婆。

王婆的公开身份是开茶馆的老板娘。自古以来，茶馆就是信息集散地。王婆既是个做小本经营的买卖人，当然会眼观六路，耳听八方。加之她长期在社会底层挣扎的生存方式，练就了她胆大心细、遇事不慌的心性。当潘金莲为躲避街头宵小的骚扰，与武大一起把家从县城西街搬到紫石街拐角后，王婆的茶馆与潘金莲家的大门是对面相望，后门为邻。据文中两个居所的方位看，颇似 V 形的两头，只是不知后门是否为死胡同，若非如此，这建筑还真不好设计了。

从西门庆被潘金莲失手掉落的那根竿子打得害了相思病后，他便常常魂不守舍地在武大家门口转悠，西门庆的行为自是逃不过王婆那双久经江湖的利眼。老于世故的王婆，故意以梅汤为引，十分巧妙地让西门庆知道了自己是暗媒人的身份。文中此一节写得是颇有曲折意趣：西门庆来到王婆的茶馆要了一碗梅汤，一尝之下，称赞王婆的梅汤做得好喝，王婆便借这话头，故意装聋打岔道："老身做了一世媒，那讨得一个在屋里！"（第二回）这是向西门庆表明，她保媒资历不短，但却没给自己的儿子说成一个媳妇。西门庆这一时没能反应过来，便笑道："我问你这梅汤，你却说做媒，差了多少！"王婆见弯的不行，于是干脆直说："老身只听得大官人问这媒做得好，老身道说做媒。"西门庆此时也明白过来，便顺水推舟，要王婆为他说媒："干娘，你既是撮合山，也与我做头媒，说头好亲事，我自重重谢你。"王婆明知西门庆想要说的是谁，却故意卖关子道："前日有一个倒好，只怕大官人不要。"西门庆赶紧表态："若是好时，与我说成了，我自重谢你。"西门庆是熟知暗媒要以利相诱才能见效的道理，这王婆用的则是迂回战术："生的十二分人才，只是年纪大些。"西门庆以为有门儿，立即说道："自古半老佳人可共，便差一两岁也不打紧。真个多少年纪？"王婆戏西门庆道："那娘子是丁亥生，属猪的，交新年恰九十三岁了。"西门庆被她的话弄得哭笑不得，"看你这风婆子，只是扯着风脸取笑！"话不投机，西门庆只好起身离去。王婆之所以要顾左右而言他，为的是试探西门庆对武家娘子潘金莲的兴趣到底有多大，肯花的本钱有多少。

一盏香茶浸春色

夜色朦胧，灯才点燃，西门庆又来到茶馆。王婆此时已心中有底，只是她不主动点题。王婆很明白，延时是要价的最佳手段。第二天一大早，西门庆"又早在街前来回踅走"。王婆看在眼里，成竹在胸，心里有了盘算："这刷子踅得紧！你看我着些甜糖抹在这厮鼻子上，交他舔不着。那厮全讨县里人便益，且交他来老娘手里纳些败缺，撰他几贯风流钱使。"王婆拿定主意后，便一个劲儿地吊起西门庆的胃口，直到西门庆承认思念潘金莲到了"恰似收了我三魂六魄的一般，日夜只是放他不下。到家茶饭懒吃，做事没入脚处"的地步，并恳求王婆帮助他为止。王婆见时机成熟，便向西门庆亮出了她的要价底牌。王婆先说买卖难做："老身不瞒大官人说：我家卖茶，叫做鬼打更。三年前十月初三日下大雪，那日卖了一个泡茶，直到如今不发市，只靠些杂趁养口。"王婆给西门庆解释"杂趁"是个啥意思时，便开始吹嘘自己通身的本领："老身自从三十六岁没了老公，丢下这个小厮，无得过日子。迎头儿跟着人说媒，次后揽人家些衣服卖，又与人家抱腰，收小的。闲常也会牵头，做马泊六，也会针灸看病，也会做贝戎儿。"所谓真人面前不说假话，王婆的坦言使西门庆完全信任了她，还许王婆只要打通他与潘金莲见面的路子，事成之后有十两银子的高报酬。

然而，王婆这番卖瓜式的自白，既说明了自己儿子不能成婚是因家贫，而更深一层的意蕴是有力印证了"贫穷是罪恶的催产婆"一语的精辟。王婆中年守寡，家贫子幼，她面对生存的危机，面对现实的残酷无情，只能以力所能及的方式，让自己把握住一切赚钱的机会。她要想抓住每一两能到手的银子，必要不计一切手段。久而久之，心里那些曾存有过的美好和善良，自是渐渐地湮没，直到荡然无存。王婆习惯性地把钱财的得到，视为自己生活的第一要义。对她而言，只要有钱可赚，所有东西都能够出售，包括人的身心。

西门庆开出十两银子的价码，只是为见一见潘金莲，王婆当然是很动心的。她首先向西门庆提出，要想私会潘金莲，必须懂得把握时机，即"挨光"的问题，并从通俗的道理上对西门庆进行了一番洗脑工作，使西门庆感到对潘金莲花再大的价钱，也是物有所值。只听王婆道："大官人，你听我说：但凡挨光的两个字最难。——怎的是挨光？似如今俗呼偷情就是了。——要五件事俱全，方才行的。第一，要潘安的貌；第二，要驴大行货；第三，要邓通般有钱；第四，要青春小少，就要绵里针一般，软款忍耐；第五，要闲工夫。此五件唤做'潘驴邓小闲'。都全了，此事便获得着。"（第三回）王婆这是对西门庆风月实力的试探，西门庆是个明白人，不仅逐条地说明了自己具有"挨光"的实力，还再次表示"我自重重谢你"。王婆既已十拿九稳，便把潘金莲的身世根底统统告诉了西门庆，并为西门庆出谋划策，制订了一个周密细致、在情在理、易于得手的"挨十光"勾搭潘金莲计划：

> 大官人如干此事，便买一匹蓝绸，一匹白绸，一匹白绢，再用十两好绵，都把来与老身。老身却走过去，问他借历日，央及人拣个好日期，叫个裁缝来做。他若见我这般来说，拣了日期，不肯与我来做时，此事便休了；他若欢天喜地，说我替你做，不要我叫裁缝，这光便有一分了。我便请得他来做，就替我裁，这便二分了。他若来做时，午间我却安排些酒食点心请他吃。他若说不便当，定要将去家中做，此事便休了；他不言语吃了时，这光便有三分了。这一日你也莫来。直到第三日晌午前后，你整整齐齐打扮了来，以咳嗽为号，你在门前叫道："怎的连日不见王干娘？我来买盏茶吃。"我便出来请你入房里坐吃茶。他若见你，便起身来走了归去，难道我扯住他不成？此事便休了；他若见你入来不动身时，这光便有四分了。坐下时，我便对雌儿说道："这个便是与我衣施主的官人，亏杀他。"我便夸大官人许多好处，你便卖弄他针指。若是他不来兜揽答应时，此事便休了；他若口里答应，与你说话时，这光便有五分。我便道："却难为这位娘子，与我作成，出手做。亏杀你两施主，一个出钱，一个出力。不是老身路岐相央，难得这位娘子在这里，官人做个主人，替娘子浇浇手。"你便取银子出来，央我买。若是他便走时，不成我扯住他？此事便休了；若是不动身时，事务易成，这光便有六分了。我却拿银子，临出门时对他说："有劳娘子，相待官人坐一坐。"他若起身走了家去，我难道阻挡他？此事便休了；若是他不起身，又好了，这光便有七分了。待

我买得东西，提在桌子上，便说："娘子，且收拾过生活去，且吃一杯儿酒，难得这官人坏钱。"他不肯和你同桌吃，去了，回去了，此事便休了；若是只口里说要去，却不动身，此事又好了，这光便有八分了。待他吃得酒浓时，正说得入港，我便推道没了酒，再交你买；你便拿银子，又央我买酒去，并果子来配酒。我把门拽上，关你和他两个在屋里。若焦喋跑了归去时，此事便休了；他若由我拽上门不焦喋时，这光便有九分。只欠一分了，便完就。这一分倒难。大官人，你在房里，便着几句甜话儿说入去，却不可燥爆，便去动手动脚，打搅了事。那时我不管你。你先把袖子向桌子上拂落一双箸下去，只推拾箸，将手去他脚上捏一捏。他若闹将起来，我自来搭救。此事便收了，再也难成。若是他不做声时，此事十分光了。他必然有意。这十分光做完备，你怎的谢我？"（第三回）

这一节的描写，绘声绘色，细致入微，声形并茂，简直活化了王婆的老谋深算，直描出王婆趋利而动，借机生财，毁人家庭的恶毒心肠。

《金瓶梅》里对王婆谋算潘金莲的这段著名描写，给人留下的印象极为深刻。王婆的这番妙计实属无风险投资，因为成与不成，她都能从中得到好处。王婆本想以这样的精心布局，使西门庆再多给她付点报酬。可经验丰富的商人西门庆，根本不谈加付银子的实质性问题，只一味地赞扬道："虽然上不得凌烟阁，干娘，你这条计，端的绝品好妙计。"王婆见暗示西门庆加价没门儿，只能退守："却不要忘了，许我那十两银子。"这是一番标准的市井交易，王婆对西门庆的讨价还价虽暂时受挫，但那"十挨光"的计谋却很成功。金风玉露终相逢，西门庆成功勾搭上了潘金莲。王婆把自己的茶馆做了"情人旅馆"，收得了西门庆不少的包房钱。可出乎王婆预料的是，那为人猥琐的武大郎，竟然斗胆来捉奸，使得王婆这暗中的包租买卖曝了光。武大郎与西门庆、潘金莲间的矛盾激化后，王婆给潘金莲和西门庆出了一条毒计，让西门庆从药铺拿砒霜，并吩咐潘金莲如何行动，教唆潘金莲毒死了武大，并协助灭迹脱罪。这些行为显然已经超越了媒婆的职业范围。

王婆并不是对武大有什么不共戴天的深仇大恨，作为邻居，武大对王婆一向客气有礼。否则武大也不会让妻子潘金莲去茶楼为王婆裁缝衣服，以至于给自己招来杀身之祸。从利益论，王婆给潘金莲和西门庆提议的"短做夫妻"方案，即西门庆只有在武松外出公差时，才能与潘金莲幽会，地点也只能在她的茶楼，这对王婆而言，最是有利可图。如此一来，王婆收取房钱的进账将很可观。但王婆很清楚一点，这放长线钓来的大鱼是好，可风险也极大，玩不好是会让自己身败名裂的。她之所以要出一个"长做夫妻"的绝户计，心肠如此狠毒，为的还是脱开武松的威慑，保住身家性命要紧。虽说潘金莲一旦进了西门府，王婆便拿不到包房钱了，但也算是与富户人家有了关系，将来向西门府中讨点活儿干，能够得到潘金莲和西门庆的一些关照，应该是不成问题。长于算计的王婆对事事都有着深谋远虑。而后来事情的发展果如王婆所设计的那样：武大郎死了，潘金莲进了西门府，武松被长远发配。谋杀者没有偿命，作恶者没有受到惩治。一切尘埃落定之后，王婆生活照旧，不紧不慢地消磨着时光。

几年过后，王婆因何九之托，来西门府上找潘金莲帮忙。何九是当时给武大验尸的人，曾受过西门庆的贿赂，如今他的兄弟何十惹上官司，他便求王婆找潘金莲说项，意图让已经做了掌刑大人的西门庆施以援手。王婆在西门府里，亲眼目睹潘金莲养尊处优的富家女人生活，可潘金莲却没有对王婆表示一丁点的感激之情，甚至不再叫她"干娘"，而是叫她"老王"，王婆自是感觉受到了冷遇，她对潘金莲当然有所不满。虽然潘金莲最终帮办了他们所托之事，想必王婆也拿到了何九许给她的好处，但潘金莲却留给王婆一个忘恩负义的印象。所以，当潘金莲被吴月娘赶出西门府，让王婆来领卖出去时，王婆眼里有的只是钱，而没有什么"干女儿"。王婆转卖潘金莲，一张口就要一百两银子，而且咬住银价绝不松口。她打定主意，要在这个忘恩负义的女人身上大捞一笔，以弥补自己当年为她费心筹谋、得利不多的经济损失。为了这笔高价赎身费，陈经济只得远上京城，庞春梅所在的守备府也犹豫再三，这才给了一心要报杀兄之仇的武松机会，武松拿出一百两白花花的银子赎买潘金莲，王婆一见白银，哪里还会想得起与潘金莲共同犯下的罪恶，她兴高采烈地把潘金莲送进了新房……等到这个老奸巨猾的王婆有所醒悟而后悔时，她已成了武松的刀下鬼，在惨痛中结束了伤天害理、可悲可恨的一生。

王婆惨死，她的生命价值轻飘得让人没有知觉。想那王婆也曾为人女，为人妻，为人母，她的生命中也应该有过一些人性中的美好吧？可经她手所导演出来的婚爱悲剧却不在少数。王婆的所作所为只为一个目标，钱！！！王婆活着的全部意义，就是不择手段地获得钱财。王婆从未有过发大财的环境和机会，也不具有赚大钱的能力和本事。王婆生活资费所得，大多以他人的痛苦作为代价。这或许是媒人的通病，又或许能说明媒婆多遭人恨的原因。但就王婆形象的狠毒而言，应该更多追问是什么吞噬了她的善良，释放了她的恶毒？人们在痛斥金钱万恶之时，是否应思考对贫穷的追根寻源？人们在信奉金钱万能的时候，是否更应关注道德沦丧的理性分析。

王婆的人生经历说明，一个对弱势底层不能救赎和帮助的时代，必是不道德且无人性的社会存在。王婆的悲惨人生，显然不是一句"轻于鸿毛"就能概括的。

18

小玉

的女人
眼观轮回由奴而主

乘风化云终有时

小玉，《金瓶梅》中大房吴月娘使唤的一个小丫鬟，本是作品中一个不起眼的小人物。小玉出场在第九回，这一回讲的是潘金莲几经折腾，终于嫁进西门府里，做了西门庆第五房小老婆。西门庆为使这个嫁入府的新妇感受到他的宠爱，不仅给潘金莲买了一个粗使丫头秋菊，还把府中资历深厚的大房丫鬟庞春梅拨到五房，给潘金莲做贴身使唤的婢女。为弥补吴月娘房里减少的人手，西门庆花了五两银子买了个小丫鬟充入大房，这个小丫鬟就是小玉。所以，小玉是与潘金莲同一天进入到西门府里的，她是一个给上房补空缺的小人物。

西门庆之所以要把精明干练的庞春梅从吴月娘房里调出来，不仅仅是为了要对阖府上下，尤其是对正妻吴月娘表明，他就要抬举五房、抬举潘金莲的意思，更是要借机给吴月娘一个旁敲侧击。西门府里人人皆知，庞春梅是吴月娘房里干活熟练的婢女，地位仅次于掌事大丫鬟玉箫，西门庆把庞春梅拨到五房给潘金莲做贴身婢女，那就成了五房的掌事大丫鬟，且

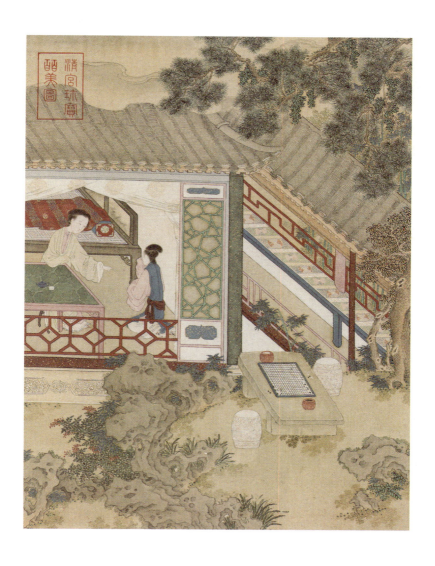

玉箫跪受三章约

庞春梅只管侍候铺床更衣，端茶送食，干些细巧的活儿，这对庞春梅而言是升了半级，庞春梅心下自是十分高兴。而吴月娘房里换进来的是个啥都不会的生手，这个小丫鬟小玉还需要吴月娘从头调教。西门庆作出这一人事上的调配，所为何来吴月娘是心知肚明的，但也只能忍气吞声。西门庆觊觎庞春梅很久了，可吴月娘就是不松口，西门庆终究不能正式收房，在心里便对吴月娘有怨气。

就在潘金莲热热闹闹被一顶花轿抬进西门府的这一天，小玉静悄悄地被领进了这个富有的豪宅。就在潘金莲得意于她的生活今非昔比时，小玉却想的是如何适应这样的环境。这个只值五两银子的小玉刚进西门府时，既不能像陪嫁的婢子们那般，得到旧主子的庇护和关照；也不能与那些进门早的大丫头们一样，有深厚的人缘关系可倚仗。可尽管如此，小玉却很快地在西门府站稳了脚跟，周旋于西门府内院上上下下的人际关系中，在不太长的时间里，她已迅速成为了吴月娘身边一个有实力的婢女，成为一个越来越引人注目的下人，甚至在大房，她的影响力竟不输被西门庆"收用"过的掌事大丫鬟玉箫，若与玉箫相较，她至少算是平分秋色。小玉在女人成堆、关系复杂的西门府中何以如此走运？这与她为人处世的机灵心性，做事善于变通，也颇能审时度势，性格沉稳，少言擅行的个性有着密切的关系。且看她是如何依人附势、应对处理后院人事的。

小玉进府不久，潘金莲便同意西门庆把庞春梅收房，从此五房潘、庞这主仆二人，沆瀣一气，兴风作浪，不可一世。庞春梅仗着被西门庆"收用"之势撒泼，挑唆潘金莲嚼舌根、弄是非，激西门庆暴打了四房姨娘孙雪娥。这个事件的全部缘由，吴月娘是从小玉嘴里得知的。小妾们搬弄是非，理应正妻出面弹压才对，即使吴月娘不屑亲自出马，也应派出掌事大丫头玉箫代为调解矛盾，这才算是顺理成章。况且，玉箫本来与孙雪娥关系就不错，又与庞春梅曾是同房一起做事的婢女，不论从哪方面看，玉箫都是最合适的人选。再有，玉箫是西门府中的旧人，还是正妻吴月娘的贴身丫鬟，这样一个执掌全府钥匙的身份，应该能镇住潘金莲这个新妇的嚣张气焰吧。然而，吴月娘却派出了刚进门不久的小玉去摆平此事，真是令人不解。这当然不是作者的笔误，而是有意为之的隐笔，仅仅这一笔，便显示出小丫头小玉，此时已经迅速取得了西门府里众妇之首，吴月娘的信任和好感。从后来发生的其他事中，还可见出吴月娘的识人善用，并非是一个木讷之人能为之的。

小玉为人处世的沉稳，与大丫鬟玉箫心性的浅薄和轻狂形成了鲜明的对比。西门庆流连妓院，潘金莲不耐寂寞，私下与孟玉楼房里的小厮琴童有染。小玉从秋菊那里得知此事后，她并没有直接告知吴月娘，而是悄悄告诉给孙雪娥，这是小玉既能解主子之意，又善于审时度势处理问题的聪明之处。吴月娘痛恨"家反宅乱"，这一点小玉是很明白的。那么，能给主子不添事的最好方法就是不说事。孙雪娥本是西门庆原配妻子陈氏的陪嫁侍女，被西门庆收房后排行在潘金莲前一位，就当时西门府的局势而言，孙雪娥似乎尚能与潘金莲进行一番势均力敌的较量。所以，心思细腻的小玉便把潘金莲与仆人私通的重要信息捅给了孙雪娥，并暗中促使孙雪娥出面，去西门庆面前状告潘金莲。小玉这一招，既能让孙雪娥一解被"激打"之仇，孙雪娥也当然会感念小玉给她提供了报仇的机会，感念小玉的好，这以后四房姨娘自会对小玉和大房有利。更有一点，让孙雪娥出面，小玉和大房都不会被牵连在关乎人命的大是非之中，不论孰是孰非，大房是双方都不会得罪的。果然，当孙雪娥同二房李娇儿联手，先是把状告到吴月娘那里，此时对潘金莲尚存好感，又不愿意看"家反宅乱"的吴月娘，对这两位多嘴多舌的小妾很是不满："他才来家，又是他好日子。你每不依我，只顾说去；等住回乱将起来，我不管你。"（第十二回）继而，西门庆在听到孙雪娥和李娇儿两人的说辞后，又得了小玉的"口词"，鞭打了潘金莲。事后，潘金莲一房与之结仇的是孙雪娥、李娇儿，而不是小玉和大房；吴月娘嫌恶的是"狂浪"的潘金莲和"多话"的孙雪娥，而不是小玉。甚至吴月娘都没过问一下小玉，她为何知道这事情，又为何没有对主子说起，因为吴月娘的心里认为小玉是和她一样，想家中的事情能大事化小、小事化了。如此一来，吴月娘更觉得小玉贴心。二房、四房与五房结下的这一仇怨，最终成为导致孙雪娥后来被卖进娼门的悲惨命运的一个缘起，导致潘金莲不得进到张二官人府邸而命丧武松手的悲惨结局。小玉的运筹帷幄还真是不得不让人佩服。

然而，西门府里各房势力并不是均衡不变的，它们总是在此消彼长地演变，较量和博弈也时有发生。小玉对后院风云变幻十分地留意，对各房亲疏远近的"度"的把握，也能做到拿捏得当，恰到好处。小玉既不会令人感觉有对强者趋炎附势的巴结状，也不曾出现过对弱小无势者的欺凌态。兰陵笑笑生通过小玉这样一个小人物形象的刻画，把生活中小人物的圆通方略，勾勒得淋漓尽致，令人拍案叫绝。

当潘金莲与庞春梅结成联盟，将五房变成了最得西门庆宠爱，成了西门府里最具实力的一房后，小玉对她们的态度便悄悄地转了向。以小玉所处的位置，只要在一些鸡毛蒜皮的小事情上，稍对潘金莲和庞春梅示好，潘金莲与庞春梅也就会把小玉当自己人，这本是情理之中的事。所以，潘金莲的五房很快便接纳了小玉，小玉也成了这房可信任的人。但聪明的小玉之所以表现出"加盟"五房，其实只是她做出的一种姿态罢了。小玉的加盟，既可以消除潘、庞两人对她和大房的防范，又能得到潘、庞一房的好感和支持。在潘金莲最红火的时期，小玉一方面与之交好，另一方面又常常提醒吴月娘，须对潘金莲多加提防，并多次点明潘金莲爱偷听墙角这一癖好。一次，西门庆宴请宾客，叫了两个唱曲的小优伶侍候。这两个小伶人是首次到西门府献唱，吴月娘点的几支小曲，大概因老调子了，两人都不会唱，吴月娘便问："你会唱'比翼成连理'不会？"其中献唱的一个小伶人忙说："小的有。"这小伶人"才待拿起乐器来弹唱，被西门庆叫近前来分付：'你唱一套【忆吹箫】我听罢。'"西门庆点【忆吹箫】的曲子，那精通音律的潘金莲当然能听出来，这是有怀念李瓶儿的意思，心里便十分不快。席散后，吴月娘、孟玉楼和西门庆在上房聊起这事，在屋外听了一阵子的潘金莲，突然掀帘子进房插话，把孟玉楼吓了一大跳："是这一个六丫头，你在那里来？猛可说出句话，倒唬我一跳。单爱行鬼路儿。你从多咱走在我背后，怎的没看见你进来脚步儿响？"（第七十三回）还没等潘金莲回答，小玉就说："五娘在三娘背后好小一回儿。"这说明小玉早就看见潘金莲藏在外间，但小玉却不招呼她，只等潘金莲自己进来，小玉才说出来。从表面看，小玉就是随口一说，可吴月娘、孟玉楼等人在心里会怎样看潘金莲呢？以常理论，对偷听他人说话的人，谁都会很反感的。后来，潘金莲终因偷听行为与吴月娘发生了严重冲突，吴月娘对着西门府众妇人宣泄她心里种种的不满：

> 嫂子，早是你在这里住，看着，又是我和他合气？如今犯夜倒拿住巡更的。我倒容人了，人倒不肯容我。一个汉子，就通身把拦住了，和那丫头通同作弊，在前头干的那无所不为的事。人干不出来的，你干出来。女妇人家，通把个廉耻也不顾。他灯台不明，自己还张嘴儿说人浪。想着有那一个在，成日和那个合气，对俺每千也说那一个的不是，他就是清净姑姑儿了。单管两头和番，曲心矫肚，人面兽心，行说的话儿就不认了，赌的那誓唬人。我洗着眼儿看着他，到明日还不知怎样而死哩！早时刚才你每看着，摆着茶儿，还好一等他娘来吃。谁知他三不知的就打发的去了，就安排着要嚷的心儿，悄悄儿走来这里听。听怎的？哪个怕你不成！待等那汉子来，轻学重告，把我休了就是了。（第七十五回）

此时小玉则旁敲侧击道："俺每都在屋里守着炉台站着，不知五娘几时走来，在明间内坐着，也不听见他脚步儿响。"小玉的话无疑给吴月娘是火上浇了油，使得吴月娘从心理上更加厌恶潘金莲。孙雪娥接着小玉的话说："他单为行鬼路儿，脚上只穿毡底鞋，你可知听不见他脚步儿响。想着起头儿一时来，该和我合了多少气，背地打伙儿嚼说我，教爹打我那两顿，娘还说我和他偏生好斗的。"这时吴月娘可算是气极了："他活埋惯了人，今日还要活埋我哩。你刚才不见他那等撞头打滚撒泼儿，一径使你爹来家知道，管就把我翻到地下。"李娇儿冷眼看着这家里的乱事，付之一笑道："大娘没的说，反了世界。"吴月娘对潘金莲态度的转变，实在关系着潘金莲命运的转变。吴月娘从对潘金莲的好感，渐变到后来的万分厌恶，这其中除了潘金莲自己行为不检、树敌过多等原因外，小玉在上房的暗中影响不可谓是毫无关系。从这点上来说，小玉正是削去潘金莲在西门府势力的一柄钝刀。

细窥众生轮回场

大宅门里像小玉一类的丫鬟，既然不能以姿色为凭借，依靠被男主人的"收用"而得势，那就只剩下对女主人忠心耿耿一条路了。唯其对女主一心一意的忠诚，才可能会得到女主人的照拂。小玉要想在深宅大院、女人成堆而又无事生非的环境中占得一席之地，想在西门府里扎牢营盘，不至于被主子给"下岗"外卖的话，那么，获得有势力者的支持，尤其是主内的第一女主人的扶掖是极为重要的一点。就当今社会而言，任何想要出人头地者，必要寻找和取得权势者的支持与庇护，这是极重要的成功条件。小玉便以上房为中心，展开八面玲珑的人脉关系建构，这使她受益匪浅。小玉在西门府里的地位日趋稳固，加之她厕身于吴月娘房中的有利位置，使她对西门府中的大事小情、各色人等，尽皆知晓。尤其对吴月娘主持家政的风格与思路，更是了若指掌。她知道只要能守财与安宁，只要是府里不出现"家反宅乱"的事，吴月娘是不会要求家声要有多清明，家风要有多淳厚的。所以，小玉一事当前，首先阻隔乱言乱事的上达。这般贴心合意的言行，使得小玉比大丫头玉箫更得到了吴月娘的赏识，小玉也渐渐成了吴月娘的代言人，甚至常以主子的口吻训斥玉箫。西门庆为儿子官哥办了满月的盛大酒席，因酒宴后一把银壶不见了，玉箫和小玉便发生了口角，两人一直吵到了吴月娘那里，小玉当面说玉箫是"敢屁股大吊了心也怎的？"（第三十一回）口气很是倨傲，自知理亏的玉箫也没敢还嘴。

在丫头堆里，若说庞春梅是大姐大，那么小玉也算大有来势的。她俩的区别在于，庞春梅是得势张扬，小玉则懂得收敛。所谓鸡飞枝头成凤凰，此时西门府的小玉丫头，在不长的时间里，已变成在西门府中那些勾心斗角、是非纷争、邀幸取宠的争斗中，足以周旋自如、游刃有余的人物。同时，小玉也成为了一个下情上达、上令下传、信息勾连、斡旋平衡各种关系的枢纽，形同一个隐形的大管家了。小玉的成功，除了她对吴月娘的殷勤和忠心，为人十分机灵以外，更主要的是善于审时度势，对西门府中各房力量对比的"度"的分寸掌握恰到好处的缘故。如在李瓶儿初嫁西门庆做第六房妾时，小玉曾与玉箫一块儿，"都乱戏他"，拿李瓶儿向西门庆求饶和亲热的事儿开玩笑，当众把李瓶儿"羞的脸上一块红一块白，站又站不得，坐又坐不住，半日回房去了"。（第二十回）可这以后，小玉再也没有一次说过李瓶儿的不是，这其中固然有李瓶儿"性好"的原因，可更主要的是李瓶儿有了身孕，后来还生了儿子，这使李瓶儿在西门府中地位陡然提高，西门庆是日益地宠爱李瓶儿，这六房也自然变成了能与潘金莲五房相抗衡的一个势力，小玉对这样的力量对比变化，自是看得十分清楚。

西门庆死后，小玉在西门府的作用和地位愈加突出。因西门府的败落，迫使吴月娘把两个大丫鬟玉箫和迎春送了人。小玉俨然成了西门府的第一掌事大丫鬟。吴月娘去往泰山还愿，"把房门、各库门房钥匙交付与小玉拿着"（第八十四回）。从此，小玉掌管了上房和家里各库房的全部钥匙，坐稳了一人之下，众人之上的大管家位子。就在这一时间，由于不忿平日里备受潘金莲、庞春梅的欺侮和折磨，秋菊便把潘金莲和庞春梅合伙与西门大姐丈夫陈经济私通一事告发了出来，小玉不仅能立即弹压住秋菊，还在吴月娘回来后，把潘金莲产私生子一事"瞒得月娘紧紧的"。东窗事发后，吴月娘并没有怪罪小玉，只是执意要把庞春梅给"罄身儿赶出去"卖了，还要小玉去监督执行。小玉进到潘金莲房里，说的话却是："五娘，你信我奶奶，倒三颠四的！大小姐扶持你老人家一场，瞒上不瞒下，你老人家拿出他箱子来，拣上色的包与他两套，教薛嫂儿替他拿了去，做个念儿，也是他番身一场。"（第八十五回）小玉听到潘金莲说她："好姐姐，你倒有点仁义。"小玉的回话却是一番很有见识的言辞："你看谁人保得常无事！虾蟇、促织儿，都是一锹土上人。兔死狐悲，物伤其类。"好一个"瞒上不瞒下"，好一个"兔死狐悲，物伤其类"，小玉的这些话并不是简单的同情，而是人生哲理的世俗性阐释，勾画出她为人胸襟与气度的不一般。小玉背着吴月娘，"一面拿出春梅箱子来，是戴的汗巾儿、翠簪儿，都教他拿去"。还让潘金莲给庞春梅包了"两套上色罗段衣服鞋脚，包了一大包"，又从自己"头上拔下两根簪子来"，送给了庞春梅。作者如此铺垫小玉的所为，直是为日后庞春梅与吴月娘相逢一笑泯恩仇的言和，打下了合情合理的逻辑基础。

庞春梅被卖后，潘金莲也紧接着被吴月娘一怒赶离了西门府。吴月娘对媒人指示，只给潘金莲一个箱笼，不给她乘轿子。小玉则对媒人改了说法："俺奶奶气头上便是这等说，到临岐，少不的雇顶轿儿。不然，街坊人家看着，抛头露面的，不乞人笑话。"（第八十六回）小玉的一句话提醒了吴月娘，还应以大局为重，家丑不可外扬。小玉遇事如此地思虑周全，吴月娘也自感弗如，无话可说。潘金莲临出大门时，小玉"悄悄与了金莲两根金头簪儿"，并和孟玉楼一道把潘金莲送至大门首，目送着她上了轿子。兰陵笑笑生写小玉对五房如此有情有义，也正显出这时的小玉已今非昔比，她早已不是那个只值五两银子的卑微小丫头，而是西门府里一个具有决断力和执行力的人物，形同西门府的准主子，一个有实力可以对他人施以怜悯的人。

战乱一起，吴月娘与二哥吴二舅，连同十五岁的儿子孝哥，并西门庆生前心腹小厮玳安及小玉，一行五人离开了西门府，离开了清河县，一路往济南奔窜：一是为避难，二是想赶紧为孝哥完婚。谁知刚随难民们挤出城门来到郊外，便被一云游老僧留宿在了永福寺。这一夜，小玉目睹了一场生死轮回的大戏：

又一人素体荣身，口称是："清河县富户西门庆，不幸溺血而死。今蒙师荐拔，今往东京城内，托生富户沈通为次子——沈钺去也。"小玉认得是他爹，唬的不敢言语。已而又有一人提着头，浑身皆血，自言是陈经济，"因被张胜所杀，蒙师经功荐拔，往东京城内，与王家为子去也。"已而又见一妇人，也提着头，胸前皆血，自言："奴是武大妻，西门庆之妾潘氏是也。不幸被仇人武松所杀，蒙师荐拔，今往东京城内黎家为女，托生去也。"已而又有一人，身躯矮小，面皆青色，自言是武植，"因被王婆唆潘氏下药吃毒而死，蒙师荐拔，今往徐州落乡民范家为男，托生去也。"已而又有一妇人，面皮黄瘦，血水淋漓，自言："妾身李氏，乃花子虚之妻，西门庆之妾，因害血山崩而死。蒙师荐拔，今往东京城内袁指挥家，托生为女去也。"已而又一男，自言花子虚，"不幸被妻气死，蒙师荐拔，今往东京郑千户家托生为男去也。"已而又见一女人，颈缠脚带，自言："西门庆家人来旺妻宋氏，自缢身死。蒙师荐拔，今往东京朱家为女去也。"已而又一妇人，面黄肌瘦，自称："周统制妻庞氏春梅，因色痨而死。蒙师荐拔，今往东京与孔家为女，托生去也。"已而又一男子，裸形披发，浑身杖痕，自言是打死的张胜，"蒙师父荐拔，今往东京大兴卫，贫人高家为男去也。"已而又有一女人，项上缠着索子，自言："西门庆妾孙雪娥，不幸自缢身死。蒙师荐拔，今往东京城外，贫民姚家为女去也。"已而又一女人，年小，项缠脚带，自言西门庆之女，陈经济之妻，西门大姐是也。不幸自缢身死，蒙师荐拔，今往东京城外，与番役钟贵为女，托生去也。（第一百回）

　　作者写小玉夜观西门府一干众鬼魂轮回归宿一节，意在以小玉双眼探视人生之终极与无限。小玉的"偷窥"，使读者透过小玉之"眼"，得以探视书中大多人物命运的终结，又得知人物命运的延续转变。这种写人生轮回往复的笔法，《金瓶梅》算不上首次出现，但确能读出笑笑生对酒、色、财、气这人之四病，满是殷切执着的劝诫之意，也能看到作者认为，因果报应一说实属虚妄，人生应该把握现世追求的真实意义，而恰是最后一点给人的感悟之功，该是作者始料不及的吧。这一夜，吴月娘也因梦开悟，让儿子孝哥随着老僧遁入空门，远离凡俗。

　　战乱过后，吴月娘在小玉和玳安夫妇俩的陪伴下回到了清河县，回到了几多欢乐、几多悲哀，几多生死、几多荣枯的西门府。已经舍去儿子的吴月娘，把西门府存留的一点家业让玳安继承，玳安也承袭了西门的姓氏，改名西门安，小玉以西门安的妻子身份，名正言顺地成为西门府正经八百的女主人，而曾经的女主吴月娘，现已是新西门府里被恩养的一位食客。

尽管作者刻画了小玉这样一个城府深藏、机关算尽的形象，但如果只看到小玉城府深藏和为人用心之细这一点，那就辜负了作者描写这个人物形象的苦心。虽说了解小玉攀权夺势的招数，在现实中可能颇为实用，但更应该明白，刻画小玉形象，实在是全书的一个"书眼"所在。小玉是作者刻意设置的主旨之"眼"、情节之"眼"，更是让读者清醒世态炎凉的解读之"眼"。小说中有许多主要情节，多因小玉为发端而引出，由此也可以认为小玉是一个情节发出者。例如，西门庆与宋惠莲有奸，玉箫观风作牵头，是小玉指给潘金莲知道的，这导致家奴来旺被递解回原籍，宋惠莲羞愤自缢情节的出现。孙雪娥与来旺有了"首尾"，也是被小玉发现后，暗传得"合家都知"，最终使孙雪娥被西门庆痛打，"拘了头面"，打入下房，不得翻身。在小玉这个人物形象中，聚合着潘金莲的灵动、李瓶儿的宽厚、庞春梅的傲气、吴月娘的做戏、孟玉楼的乖觉。兰陵笑笑生似乎想表明这样一种对女性的认知，即一个女人，只有集灵、厚、傲、假、乖的特质于一身，才能在严酷逼仄的人生路上，求得生存和发展的空间。

《金瓶梅》通过小玉这一人物来终结这部百万余言的巨著，透视这一场始于武姓家、终于西门府的种种人生之变幻起伏，演绎人们各式悲欢与离合，也明白阐释出人们追求澹泊宁静生活之不易的百回大戏。

让小玉目睹众人生死轮回的生命归宿，让噩梦惊醒混沌的吴月娘，让人生的得与失、有与无、高与低、主与宾等均难以把控的迅疾转换，来唤醒人们对生活的理性思考，兰陵笑笑生的良苦用心应是很深邃吧。